페르디두르케

Ferdydurke

세계문학전집 101

페르디두르케

Ferdydurke

비톨트 곰브로비치

윤진 옮김

민음사

일러두기

1 이 책은 Witold Gombrowicz, *Ferdydurke*, traduit du polonais par Georges Sédir, Christian Bourgeois, 1995(Gallimard, Folio, 1998)를 저본으로 번역했다.

2 본문의 각주는 모두 옮긴이 주이다.

차례

1장

납치

그 화요일, 밤이 끝나고 새벽은 아직 태어나지 못한, 아무런 감성도 매력도 없는 시간에 나는 눈을 떴다. 소스라치며 깨어나 곧바로 택시를 잡아타고 역으로 달려가고 싶었다. 그래야만 할 것 같았다. 하지만 막 실행에 옮기려는 찰나, 역에는 내가 탈 수 있는 기차가 없으며 내가 특별히 시간을 맞춰서 해야만 하는 일도 없다는 사실을 고통스럽게 깨달았다. 나는 흔들리는 희미한 빛 속에 그대로 누워 있었다. 참기 힘든 공포에 사로잡힌 채로, 내 육체가 정신을 짓누르고 내 정신은 육체를 짓눌렀다. 결국 아무 일도 일어나지 않으리라는, 아무것도 변하지 않고 영원히 아무 일도 없으며 어떤 계획을 세우든 아무 일도 일어나지 않으리라는 생각이 들자 온몸의 힘줄들이 굳어 버리는 것 같았다. 그것은 무(無)에 대한 두려움, 공허 앞에서 느끼는 공포, 실재하지 않는 것 앞에서의 뒷걸음질, 속으로 찢기고 벌어지고 흩어지는 순간에 온몸의 세포가 내지르는 생물학적 외침이었다. 하찮음과 수치스러운 빈약함에 대한 섬뜩한 불안, 해체와 파편화에 대한 두려움, 내 안에서 느껴지고 밖에서 위협하는 폭력의 공포였다. 가장 심각했던 것은 내 온몸의 입자들에 비웃음과 야유가 이어져 있다는 느낌, 말하자면 내 육체와 정신의 모든 조각이 나에게 던지는 은밀한 조롱에 대한 자각이 계속 나한테 달라붙어 있는 것 같은 느낌이었다.

밤에 꿈속에서 괴로워하다가 깨어난 것도 그 공포 탓일 것이다. 자연에는 금지된 일이지만 시간이 거꾸로 돌아가서 내가 다시 열다섯 혹은 열여섯 살이 된 꿈이었다. 십 대의 나는 강가 물레방아 옆의 바위에 있었다. 뭐라고 말도 했다. 오래전에 사라진, 마치 수탁 같은 내 목소리도 들렸다. 얼굴의 윤곽이 완전히 잡히지 않아 코가 너무 작았고, 손은 너무 굵었다. 나는 과도기의 일시적 변화 단계에 흔히 나타나는 추한 특성들에 심한 불쾌감을 느꼈다. 정신을 차렸을 때는 재미있기도 하고 두렵기도 했다. 그때만 해도 서른 살이 넘은 내가 흉한 풋내기이던 예전의 나를 비웃고 흉내 내는 것 같았다. 하지만 이전의 나라고 해서 왜 지금의 나를 흉내 내지 않았겠는가. 결국 둘 다 서로를 흉내 냈다. 우리가 지금의 힘을 얻기까지 어떤 길을 지나왔는지 되새기게 해주는 기억은 불쾌한 법이다! 그때 나는 비몽사몽 상태이긴 해도 분명 잠에서 깨어나 있었는데, 그런데도 왠지 내 몸이 하나로 합쳐지지 않는 것 같고 몸의 몇 부분이 여전히 어릴 때의 상태처럼 느껴졌다. 머리가 다리를 비웃고 다리가 머리를 비웃으며, 손가락이 심장을, 심장이 뇌를, 코가 눈을, 눈이 코를 비웃는 가운데, 내 몸의 각 부분이 온전하고 잔인한 조롱의 분위기 속에서 거세게 날뛰는 것 같았다. 완전히 정신이 들고 난 뒤 나는 내 삶에 대해 곰곰 생각해 보았다. 하지만 두려움은 조금도 사그라지지 않았다. 오히려 두려움은, 도중에 내 입이 웃음을 참지 못하는 바람에 잠시 멈추기는 했지만(어쩌면 멈출 때마다 커진 게 아닐까?) 점점 커졌다. 인생을 절반 정도 산 내가 어느 불길한 숲속에 들어온 것 같았다. 설상가상으로, 그 숲은 녹색이었다!

잠에서 깨어난 후에도 꿈속에서와 마찬가지로 모호하고 찢긴 상태였다. 나는 막 서른 살의 루비콘 강을 건넜고, 인생의 한 문턱을 지나왔다. 신분증이나 겉모습에 따르면 나는 중년 남자——내가 아닌 남자였다. 그렇다면 나는 누구인가? 브리지 게임을 하는 서른 살 남자? 일거리가 생기면 일하고, 일상의 자질구레한 일들을 꾸역꾸역 해내고, 변제 날짜가 정해진 빚이 있는 사람?

내 상황이 어땠더라? 나는 카페와 술집을 들락거렸고, 사람들을 만났고, 그들과 말을, 때로는 생각을 주고받았다. 하지만 내 상태는 그 어느 것 하나 분명하지 않아서, 내 안의 어느 부분이 어른이고 어느 부분이 애송이인지 나 자신도 알 수 없었다. 결국 삶의 전환점까지 온 나는 이것도 저것도 아니었다. 나는 아무것도 아니었고, 그래서 이미 결혼을 하고 (삶 자체가 그렇지는 못하더라도 적어도 행정적으로는) 확실하게 정해진 위치를 차지하고 있는 내 또래 사람들은 어느 정도 정당한 이유로 날 경계했다. 나에게 달라붙어 있는, 하지만 정말로 다정하고 어머니와 다름없던 여러 친척 아주머니들은 내가 앞가림을 하고 중요한 인물이 되기를, 예를 들어 변호사나 사업가가 되기를 바라며 오래전부터 애를 썼다. 그녀들은 나의 우유부단한 성격 때문에 무척 힘들어했다. 내가 누구인지 알 수 없으니 나에게 어떻게 말해야 하는지 알기 힘들었고, 그래서 그냥 웅얼거렸다. 그리고 그런 웅얼거림 사이로 말했다.

"유조, 애야, 때가 되었단다! 그렇잖니! 남들이 뭐라고 하겠니? 확실한 기술을 가진 사람이 되는 게 싫으면 적어도 여자들을 유혹하는 남자나 말[馬]을 잘 타는 남자 정도는 되어야지……. 적어도 뭔가에 애착을 가져야 하지 않겠니? 애착을 가질 줄 알아야……."

그녀들 중 하나가 다른 하나에게 내가 사회생활이나 인생에 있어서 성숙하지 못하다고 귓속말로 속삭이는 소리가 들려왔다. 그녀들은 나로 인해 머릿속에 파인 구멍 때문에 괴로워하면서 다시 웅얼거리기 시작했다. 사실 이런 상황이 영원히 계속될 수는 없었다. 자연이라는 시계의 바늘은 어김없이 돌아가는 법이다. 가장 마지막 치아, 그러니까 사랑니가 뚫고 나올 즈음에는 정말로 깊이 생각해야 했다. 발달이 다 끝나고 살해가 불가피해지는 순간이 오는 것이다. 어른이 되었으니 이제 가련한 소년을 죽여야 했고, 허물을 벗고 나비처럼 날아올라야 했다. 안개, 혼돈, 혼란스러운 토로, 소용돌이, 흐름, 야단법석, 갈대, 개구리 같은 우스꽝스러움…… 전부 버리고 이제는 분명하고 다듬어진 형태를 갖춰야, 머리를 빗고 매무새를 정돈해야, 어른들의 사회적 삶에 들어가 그들과 이야기를 나누어야 했다.

하지만 어쩌란 말인가! 나도 애써 보지 않은 건 아니다. 노력도 했다. 하지만 결과만 생각하면 어디선가 비웃음이 나를 뒤흔들어 놓았고, 결국 나는 최대한 나 자신을 추스르고 스스로 납득하기 위해 책을 쓰기 시작했다. 설명이란 게 원래 상황을 더 혼란스럽게 만들 뿐이긴 하지만, 이상하게도 왠지 설명 없이 세상으로 들어가면 안 될 것 같았다. 우선 책을 통해 세상의 호의를 얻고, 그런 뒤에 개인적 접촉을 통해 준비된 발판을 찾아내고 싶었다. 세상이 나에 대해 적절한 이미지를 갖게 되면 그 이미지가 나를 변모시킬 것이고, 그렇게 내가 나 자신의 의지와 상관없이 어른이 될 수 있으리라고 계산한 것이다.

하지만 어째서 글은 나를 배반했을까? 그 무슨 얼토당토않은 수줍음 때문에 남들이 다 쓰는 그런 소설을 쓰지 못했을까? 어째서 나는 마음과 영혼으로부터 고상한 줄거리를 끌어내는 대신에 개구리들, 다리[脚]들, 제대로 준비되지 못하고 발효 중인 재료들로 꾸역꾸역 책을 채웠을까? 그래 놓고 오직 문체와 어조, 냉정하고 의식적인 언어를 통해서만 그것들과 떨어지려 하다니, 내가 그런 효모들과 결별하고 싶어 한다는 걸 그런 식으로 드러내려 하다니! 어째서 나는, 마치 나 자신의 의도와 반대로 나아가려는 듯이, 그 책에 『미성숙한 시절의 회고록』이라는 제목을 붙였을까? 친구들이 나한테 그런 제목을 고르지 말라고, 요즘은 미성숙을 조금만 암시하는 것도 좋지 않다고 말렸지만, 나는 듣지 않았다.

"그러지 마!" 친구들이 말했다. 미성숙은 위험한 생각이야. 너 스스로가 미성숙을 인정해 버리면 누가 널 성숙한 사람으로 생각하겠어? 성숙의 필수적인 첫째 조건이 바로 스스로 성숙하다고 생각하는 거야. 모르겠어?"

하지만 내 안에 있는 풋내기 소년을 너무 일찍 너무 가볍게 떨쳐 내면 안 될 것 같았고, 어른들은 어차피 매우 능란하고 속내를 꿰뚫어 볼 줄 알기 때문에 속지 않을 것 같았다. 나는 누구든 풋내기인 자신이 늘 따라다닌다면 그 풋내기 없이 세상에 모습을 드러낼 수는 없다고 생각했다. 그러니까 난 심각한 것을 너무 심각하게 생각하고, 어른들의 어른스러운 특징을 너무 높게 생각한 것이다.

추억이여, 추억이여! 나는 머리를 베개 속에 파묻고 다리는 이불 속에 넣고 웃음과 두려움 사이를 오가며 어른들의 세계 속으로의 나의 입장이 어땠는지 결산해 보았다. 사실 어른들의 세계로의 입장은 상당히 무거운 결과가 따르는 법이지만 사람들은 그것이 촉발하는 고통이나 사고들에 대해 별로 이야기하지 않는다. 문인들은 아주 오래전의 일이고 아무런 상관도 없는 일, 예를 들어 브룬힐데의 결혼을 두고 고민에 빠진 황제 카를로스 2세 이야기를 하느라 놀라운 재능을 발휘하지만, 정작 가장 중요한 질문, 그러니까 자기들이 어떻게 공적 인간, 사회적 인간으로 변모했는지 하는 질문을 들추면 싫어한다. 분명 그들은 자신들이 인간의 의지가 아니라 신의 의지에 따라 작가가 되었다고, 재능을 지닌 채로 하늘에서 땅으로 내려왔다고 생각하고 싶을 것이다. 브룬힐데의 이야기, 혹은 그저 양봉가들의 삶에 대해 쓸 수 있는 권리를 얻기까지 어떤 타협을 했고 어떤 개인적 실패를 겪었는지는 보여 주려 하지 않는다. 그렇다. 그리하여 자기 삶에 대해서는 한마디도 안 하고 양봉업자들의 삶에 대해서만 말한다. 물론 양봉업자들의 삶에 대해 스무 편쯤 쓰고 나면 중요한 인물이 될 수 있을 것이다. 하지만 양봉의 제왕과 사적인 인간 사이, 인간과 청년 사이, 청년과 소년 사이에는, 소년과 바로 얼마 전까지 자기 모습이었던 어린아이 사이에는 어떤 연관이, 어떤 관계가 있는가? 당신의 풋내기는 당신의 제왕으로부터 어떤 위안을 얻는가? 이런 관계들을 고려하지 않는 삶, 지속성 안에서의 중단 없이 이어지는 삶은 말하자면 결국 지붕부터 지은 집과 같고, 자아의 분열적 분리로 끝날 수밖에 없다.

추억이여! 인류에게 내려진 저주는 바로 이 세상을 살아가는 우리의 존재가 한정되고 고정된 그 어떤 위계질서도 받아들이지 않지만 모든 것이 흘러가고 모든 것이 퍼져 나가고 모든 것이 쉴 없이 움직인다는 사실임을, 또한 무지하고 편협하고 아둔한 사람들이 내린 결론도 섬세하고 명민한 지식인들의 결론과 똑같이 중요하기 때문에 모두가 모두에 의해 시련을 겪고 평가받아야 한다는 사실임을 알아야 한다. 인간은 다른 사람들의 영혼 속에 비치는 자기 모습에 꽉 묶여 종속된다. 비록 그것이 백치 같은 자의 영혼이라도 다르지 않다. 이 점에서 나는 아둔한 사람들의 생각에 대해 "오디 프로파눔 불구스(Odi profanum vulgus)[1]"라고 선언하면서 귀족인 척 으스대는 내 동료들의 생각에 단호히 반대한다. 그렇게 초라하고 보잘것없는 방식으로 현실에서 벗어나고 잘못된 가련한 우월감 속으로 도피하다니! 나는 정반대로 단언한다. 무디고 편협한 의견일수록 우리에게 더 중요하다. 발에 잘 맞는 신발보다 꽉 끼는 신발이 더 잘 느껴지는 것과 같은 이치다. 오! 당신의 지능·마음·성격에 대한, 당신이라는 전체를 이루는 모든 요소들에 대한 인간들의 판단이여! 무모하게도 자기 생각을 출판하고 종이 위에 자기 생각을 퍼뜨린 자들, 오! 인쇄된 종이! 인쇄된 종이여! 그자들 앞에 수많은 평가와 의견들의 심연이 열릴지니! 나의 친척 아주머니들, 모두 친절하고 친근한 그 든든한 여인들의 평가를 말하는 게 아니다. 내가 생각하는 건 다른 여인들이다. 그러니까 문화계의 훌륭한 여인들, 글도 조금 쓰고 비평도 건드리는, 먹잇감에 달라붙고 자기의 평가를 잡지에 발표하는 여인들 말이다. 문학을 움켜쥐고 문학에 매달린 여인들, 정신적 가치들을 너무도 잘 알고 미학 이론에도 정통하고, 대부분은 상당한 개념과 이론을 구사하는, 오스카 와일드는 이제 구식이고 버나드 쇼가 '역설의 대가'임을 알고 있는 여인들이 세상의 문화를 점령해 버렸다. 그렇다. 그녀들은 자신이 독립적이어야 하고 단호해야 하며 예리해야 한다는 것을 너무 잘 알고 있고, 그래서 보통은 독립적이고, 예리하고, 과도하지 않게 단호하고, 친근한 선의도 가득하다. 그 든든한

---

1) '나는 속된 민중을 증오한다.'는 뜻의 라틴어로, 호라티우스가 한 말이다.

여인들, 여인들, 여인들! 아! 그중 누군가의 작업대에 놓여서, 모든 걸 진부하게 만들고 생명에서 생명을 앗아가는 사고방식에 의해 소리 없이 난도질당해 본 적이 없는 사람은, 그중 누군가가 자기에 대해 한 말을 신문에서 읽어 본 적이 없는 사람은 그 여인들이 얼마나 편협한지 알지 못할지니!

내친김에 더 이야기해 보자. 시골 지주들과 그 아내들의 판단, 젊은 하숙생들의 판단, 하급 공무원들의 쩨쩨한 판단, 거물들의 관료주의적 판단, 시골 변호사들의 판단, 학생들의 직설적인 판단, 노인들의 오만한 판단, 그리고 기자들의 판단, 사회 운동 투사들의 판단, 의사들의 아내들의 판단, 부모들의 판단에 귀 기울이는 자녀들의 판단, 가정부나 하녀나 요리사들의 판단, 사촌 여형제들의 판단…… 너무도 많은 판단들이 쏟아져 나와 제각기 당신을 다른 사람으로 규정짓고, 그러면서 자기의 정신을 당신에게 드러내 보인다. 말하자면 당신은 수많은 편협한 정신들 속에서 태어난 셈이다!

정신이 성숙한 사람에게 내 책이 너무 힘겹고 성가셨던 만큼이나 나의 처지는 더 힘겹고 성가셔졌다. 물론 나는 그 책 덕분에 몇몇 사람들과 제법 괜찮은 친분을 쌓을 수 있었다. 만일 문화계의 든든한 여자들이나 다수의 대중을 대표하는 또 다른 사람들이 자기들은 꿈속에서도 다가갈 수 없는 제한된 모임에서 '칭송'받고 '존중'받는 사람들이 나를 칭송하고 존중한다는 사실을 알게 되면, 우리가 어떻게 탁월한 지적 대화를 나누었는지 알게 되면, 아마도 내 앞에 납작 엎드려 내 발을 핥아댈 것이다. 하지만 다른 한편으로 내 책에는 일종의 미성숙이, 친근감을 허용하고 평범한, 이도 저도 아닌 어정쩡한 지식인 중 가장 가증스러운 부류의 사람들의 마음을 끄는 무언가가 있었다. 성숙이 진행 중인 시기는 어정쩡한 아류 문화계를 유혹하는 법이다. 아마도 내 책은 아둔한 사람들의 눈에는 너무 섬세해 보이고, 심각함의 겉모습밖에 보지 못하는 사람들의 눈에는 너무 저급하고 허황돼 보였을 것이다. 사람들이 나에게 경의를 표하고 나를 숭배하는 성스럽고 신성한 모임을 마치고 나오는 길에 멍한 얼굴의 엔지니어 부인들 혹은 여자 하숙생을 만난 적이 몇 번 있는데, 그녀들은 마치 내가 자기들의 식구라도 되는 양 가볍게 대했고 어깨를 툭 치면서 큰 소리로 말했다. "안녕! 유조! 넌 바보야……. 아직 더 커야 해!"

그러니까 어떤 사람들은 내가 똑똑하다고 생각했고 또 어떤 사람들은 날 바보로 여겼다. 나는 어떤 사람들에게는 중요한 인물이고 다른 사람들에게는 보잘것없었으며, 어떤 사람들에게는 평범하고 다른 사람들에게는 귀족적이었다. 우월함과 열등함 사이에서 찢긴 나는 상황에 따라 이 사람들 혹은 저 사람들과 친하게 지냈다. 존경받는 동시에 무시당했고, 영예를 누리는 동시에 경멸을 받았으며, 능력 있는 사람인 동시에 무능한 사람이었다. 결국 내 삶은 조용히 집에 있을 때보다 더 많이 찢겨 버렸다. 나 자신도 내가 어느 쪽인지 알 수 없었다. 나는 나를 좋게 생각하는 사람들 쪽일까, 그렇지 않은 사람들 쪽일까?

여기서 최악의 일은 내가 문제의 어정쩡한 지식인 떼거리를 세상 누구보다 미친 듯이 싫어하면서도 그들 쪽에 섰다는 것이다. 나는 엘리트와 귀족에 맞섰다. 그들이 나에게 활짝 벌려 준 팔 대신에, 나를 그저 풋내기로 여기는 통통한 손 쪽으로 갔다. 사실 한 인간에게 가장 중요하고 그의 앞날의 변화 과정에 결정적인 것은 그가 무엇을 행동과 처신의 기준으로 삼는가 하는 것이다. 행동하거나 말하거나 무언가를 좋아하거나 글을 쓸 때 성숙한 어른들과 분명하고 고정된 생각들을 염두에 두었는가, 아니면 우글거리는 떼거리, 미성숙한 자들, 코흘리개 아이들, 하숙생들, 지주들, 시골 사람들, 문화계의 든든한 여자들, 기자들, 연재소설 작가들의 생각, 당신을 엿보다가 서서히 덩굴 식물이나 아프리카 칡처럼 엉겨 붙어서 꼼짝 못하게 만드는 혼란스럽고 수상쩍은 아류 문화계의 생각에 사로잡혔는가에 따라 달라진다. 나는 미완성 인간들의 미완성 세상을 단 한순간도 잊지 못했다. 그 세상에 대한 공포에 사로잡혀 끔찍하게 혐오하고 그 이끼 같은 녹색의 미성숙을 떠올릴 때마다 몸서리치면서도 벗어나지 못했고, 뱀에게 넋을 잃은 한 마리 새처럼 그 세상에 매료되었다. 악령이 나를 미성숙을 향해 밀고 가기라도 한 걸까! 나는 순리를 거슬러 낮은 쪽에, 나를 풋내기의 모습으로 붙잡아 두는 낮은 쪽에 애착을 느꼈다. 사실 나는 단 한순간도 온전히 내 능력으로 똑똑하게 말하지 못했다. 시골 어디에선가 한 의사가 날 멍청이로 여기고 내가 멍청이짓만 할 거라고 기대한다는 사실을 알았기 때문이다. 또 나는 단 한순간도 사람들 사이에서 예의를 지키면서 신중하게 처신하지 못했다. 내가 예의 따위는 깡그리 무시하는 행동을 하기를 기대하는 여고생들이 있다는 걸 알았기 때문이다.

그렇다. 정신의 세계에는 항구적인 폭력이 존재한다. 우리는 자율적이지 않고, 타인에 대한 함수(函數)일 뿐이다. 우리는 다른 사람이 보는 우리의 모습이어야 한다. 나의 개인적 재앙은 다름 아닌 사춘기 소년들, 애송이 젊은이들, 어린 아가씨들, 문화계의 든든한 여인들이 생각하는 내 모습을 일종의 음란한 관능 같은 것을 느끼며 받아들인 데서 비롯되었다. 하지만 든든한 여인 한 명을 언제나 등에 업고 있는 것, 누군가 내가 순진하다고 생각하기 때문에 순진하고 누군가 내가 멍청하다고 생각하기 때문에 멍청한 것, 어떤 천둥벌거숭이가 나를 자기의 미성숙 속에 빠뜨려 담가 두기 때문에 천둥벌거숭이가 되는 것은 화가 나고 미쳐 날뛸 만한 일이다. 그나마 우리를 살아갈 수 있게 해 주는 '하지만'이라는 말마저 없었으면 어쩔 뻔했는가! 어른들의 우월한 세계 안으로 들어가지 못한 채로 기대 서서 몸을 비벼대기, 품위와 우아함과 지성과 진중함과 성숙한 판단과 상호 존중과 가치들의 위계에 가까이 있기, 이러한 감미로운 것들을 오직 유리창 너머로 바라보기만 하기, 그것들을 손에 넣을 수 없는 것으로 느끼기, 있어도 없어도 좋은 존재가 되기……. 그리고 열여섯 살 때처럼 그냥 어른인 척하는 느낌으로 어른들과 친하게 지내기? 작가인 척, 문인인 척하기? 문학적인 문체와 우아한 어른의 표현들을 흉내 내기? 적을 은밀히 두둔하면서 겉으로는 살벌한 전투를 벌이기?

사회적 삶 속으로 입장하면서 나는 어정쩡한 문화계의 축복을 받았고, 열등한 영역에 속한 사람들의 세례를 듬뿍 받았다. 상황이 조금 더 복잡하게 꼬인 것은, 내가 사회에서 취한 태도 또한 문제가 많아서 결국 어정쩡한 문화계의 밝은 불빛 앞에서 어리둥절하고 초라하고 흐리멍덩하고 넋이 나가 있었기 때문이다. 잘난 척하느라 그랬는지 겁이 나서 그랬는지 모르지만, 여하튼 나는 알 수 없는 이유로 서툴렀고, 그래서 성숙한 세계와의 정상적인 접촉이 불가능했다. 재치 있게 아부를 늘어놓으며 접근하는 사람을 겁에 질려 꼬집어 버린 적도 있다. 나는 요람 속에서부터 우아했을 문인들, 이미 우월한 운명을 안고 태어난 그 사람들이 부러웠다. 누가 뒤에서 바늘로 찌르기라도 하듯 무작정 높은 곳으로 나아가는 영혼을 지닌, 애초에 그렇게 태어나기라도 한 듯 조금도 어색하지 않게 창조적 노력을 쏟아부으면서 영원히 축성된 높디높은 개념들의 수준에서 작업을 하고, 그리하여 신마저도 도무지 고귀할 것 없는 평범한 존재로 보이고 마는, 그런 근엄한 영혼을 가진 근엄한 작가들 말이다! 어째서 모두가 사랑에 관한 소설을 쓸 수 없고 박해받는 자들을 위해 싸우는 투사가 될 수 없을까? 시를 쓰고 '시의 눈부신 미래'를 믿는, 뛰어난 재능을 가지고 재능 없는 사람들의 정신을 먹여 살리고 지탱해 주는 시인이 되는 건? 언제나 우월한 수준에서, 너무도 고상하고 너무도…… 어른다운 틀 안에 머물 수 있다면, 아무리 고통스럽고 희생이 따른다 해도, 자기 스스로 제물이 된다 해도, 진정 즐겁지 않을까? 얼마 안 되는 돈을 은행에 저금해 놓은 정도의 안정을 보장받으면서 수천 년 이어 온 문화 제도의 덕으로 먹고살고, 그렇게 만족을 얻고 또 다른 사람에게 만족을 주기! 하지만 애석하게도 나는 풋내기였고, 나에게는 바로 그 풋내기들의 부류가 유일한 문화 제도였다. 결국 나는 이중으로 제한받고 갇혔다. 우선 나 자신의 과거, 내가 잊지 못하는 유년기에 갇혔고, 나에 관한 유치한 상상, 사람들의 시선 속에 만들어진 나의 캐리커처에 갇혔다. 그렇다. 나는 덜 여문 식물, 깊숙한 덤불숲에서 길을 잃은 곤충이었다.

힘겨울 뿐 아니라 위협적이기도 한 상황이었다. 사실 어른들은 이 세상 그 무엇보다도 미성숙을 싫어하고 제일 혐오한다. 아무리 공격적인 반항이라도 일단 성숙의 틀 안에서 일어나는 것이라면 그들은 어려움 없이 감내한다. 어른의 이상에 맞서 다른 어른의 이상으로 대항하는 혁명 투사는 두려워하지 않는다. 그리하여 군주제를 전복하고 공화국을 세우기도 하고, 반대로 군주제 덕분에 공화국을 흔들어 삼켜 버리기도 한다. 그들은 세련된 어른들의 일을 둘러싸고 벌어지는 혼란은 즐겁게 바라본다. 하지만 누군가에게서 미성숙을 간파하면, 풋내기 혹은 코흘리개 어린애의 낌새를 눈치채면 지체 없이 공격한다. 오리를 공격하는 백조처럼 부리로 쪼아댄다. 욕설, 야유, 조롱을 퍼부어 상대를 죽인다. 자기들이 오래전에 거부한 세상에 속한 고아가 다시 둥지를 침범하게 놔두지 않는 것이다.

어떻게 끝날까? 이 길은 나를 어디로 데려갈까? 나는 어쩌다가 이런 미완성에 노예처럼 묶여 버리고 유아기적 어설픔에 빠지고 만 걸까? 미완이고 열등하고 하루살이 같은 인간들이

유난히 많은, 깃을 세워 제대로 옷을 입은 사람이라고는 눈 비비고 찾아도 보이지 않는, 불행과 우울뿐 아니라 뒤뚱거리는 불안과 무능력이 들판을 방황하는 지역 출신이라서 그런 걸까? 아니면 오 분마다 새로운 구호가 채택되고 새로운 경련이 이는 새로운 찡그림의 시절, 다시 말해 과도기를 살고 있기 때문일까?

살짝 열린 블라인드 사이로 희미한 새벽 여명이 스며들었고, 나는 이렇게 내 삶을 결산하면서 얼굴이 달아올라 이불 속에서 마구 낄낄거렸다. 그러다가 갑자기 동물의, 기계의 웃음, 발의 웃음이 터져 나왔다. 누군가 내 발뒤꿈치를 간질이고 있고, 내 얼굴이 아니라 발이 웃는 것 같았다. 최대한 빨리 멈춰야 했다. 유년기와 관계를 끊고 결단을 내리고 출발점에서 새로 시작해야 했다. 뭐라도 해 보자! 여고생들은 잊을 것. 잊어야 한다! 문화계의 든든한 여인들의 사랑도 촌뜨기 여인들의 사랑도 뿌리칠 것. 나쁜 말단 공무원들은 잊을 것. 내 발을 잊고, 내 끔찍스러운 과거를 잊고, 내 안에 있는 풋내기와 코흘리개를 무시할 것……. 어른들의 땅에 확실히 발을 디딜 것. 그렇다. 초(超)귀족적인 태도를 받아들이고 무시할 것, 무시할 것! 더는 나의 미성숙으로 타인의 미성숙을 일깨우고 자극하고 부추기지 말 것. 오히려, 반대로, 나 자신으로부터 성숙을 끌어내고 다른 사람들도 성숙할 수 있도록 도와줄 것, 그리고 나의 영혼으로 다른 영혼들과 대화를 나눌 것 ─영혼으로? 그럼 발은 잊어야 하나? 문화계의 든든한 여인들의 발을 잊을 수 있을까? 만일 사방에서 돋아나고 진동하며 싹을 틔

우는 어린애 같은 유치함을 극복하지 못한다면 결국 어떻게
될까?(난 분명 해내지 못할 것이다.) 그리고 만일 내가 어른이 되
어 다가갔는데도 사람들이 여전히 나를 대수롭지 않게 여기
면? 나는 지혜롭게 행동하는데 오히려 그들이 계속 멍청하게
굴면? 안 된다, 그건 안 된다. 차라리 내가 먼저 미성숙한 태도
를 보이는 게 낫다. 나의 지혜를 그자들의 멍청함 앞에 내어
놓을 수는 없다! 그자들의 멍청함 앞에 내 멍청함을 펼치는
게 낫다! 게다가 난 별로 바뀌고 싶지 않다. 그럴 마음이 없
다. 그냥 이대로 있고 싶다. 오! 나는 새싹이, 움트는 싹이, 푸
른 덤불숲이 좋다! 그것들이 나를 다시 붙잡고 다정하게 안아
주는 느낌이 들자 다시 그 기계 같은 웃음, 발의 웃음이 터졌
다. 나는 짓궂은 노래를 흥얼거렸다.

　　엘리기우스[2] 성자의 축일에 보석 세공인 셋이
　　보석 세공 장인의 집에 저녁을 먹으러 갔다네
　　엘리기우스 성자의 축일에 보석 세공인 셋이…….

　그런데 갑자기 입안이 씁쓸해지면서 목이 메었다. 방 안에
나 혼자가 아니었다. 구석에 놓인 난로 옆에, 아직 컴컴한 곳
에 누군가 있었다——방 안에 다른 사람이 있었다.
　분명 문은 잠겨 있었다. 그렇다면 사람이 아니라 유령이다.

---

2) 6~7세기 프랑스의 성자로, 오드프랑스 지역 누아용의 주교였다. 젊은 시
절 금은 세공을 익혔고 말굽을 만들었다. 보석 세공인과 말굽 철장 등의 수
호성인이다.

유령? 악령? 환영? 귀신? 곧 그것이 귀신이 아니라 살아 있는 사람이라는 느낌이 들자 나는 온몸에 소름이 돋았다. 그리고 마치 개가 다른 개의 냄새를 맡듯 상대의 냄새를 맡았다. 입이 다시 마르고 가슴이 뛰고 숨이 막혔다. 그리고 난로 곁에 나 자신이 보였다! 이번엔 꿈이 아니었다. 정말로 나와 똑같이 생겼다. 그 다른 나는 나보다 더 겁에 질린 모습이었다. 고개를 숙이고, 눈을 내리깔고, 두 손을 옆구리에 얹은 채로 겁에 질려 있는 그 모습이 나에게 용기를 주었다. 나는 여전히 이불을 뒤집어쓴 채로 나 아닌 다른 사람을 쳐다보듯 슬그머니 눈길을 던졌다. 나이면서 내가 아닌 얼굴. 나 아닌 내가 울창한 녹색 나무들 사이에 모습을 드러냈다. 그는 연한 녹색이었다. 내 코…… 내 입술…… 내 귀…… 그리고 내 집이었다. 내가 즐겨 찾던 반가운 구석 자리! 너무도 잘 아는 자리! 불안을 감추기 위한 입가의 경련도 내가 잘 아는 그대로다! 두 입술이 나뉘는 곳, 턱, 전에 테드한테 물리는 바람에 반이 떨어져 나간 귀도 그대로다. 두 가지 영향을 드러내는 징표와 증상들, 바깥의 힘과 안의 힘, 그렇게 두 힘이 싸움을 벌이는 얼굴, 그것은 바로 나였다. 아니, 내가 바로 그것이었다. 아니, 그것은 내가 아니었지만 그래도 난 그것이었다.

돌연 그것이 나일 수 없다는 생각이 들었다. 거울에 비친 자기 모습을 보며 불현듯 저게 정말 나인가 되묻게 되듯이, 그렇게 나는 형태들의 충격적 실재감을 맞닥뜨리면서 놀랐고, 그야말로 신경이 곤두섰다. 희한하게 잘라서 빗은 저 머리카락, 저 눈꺼풀, 저 바지, 몸에서 듣고 보고 숨 쉬는 저 기관들이 정녕 나의 것인가? 아니면 저것들이 그냥 나인가? 다른 나는 명료했다. 윤곽선이 분명하고 세밀하게 그려져서…… 너무도 명료했다! 그는 내가 자기를 뜯어보고 있다는 걸 알아차린 듯 점점 더 부끄러워하며 어설픈 미소를 지어 보였고, 손짓을 하는 것 같았다. 그러다가 그 모호한 동작은 곧 어둠 속으로 사라졌다.

창문으로 빛이 점점 많이 들어오면서 다른 나의 모습이 점점 더 분명해졌다. 손끝에 달린 손가락과 손톱까지 보였다──정말 다 보였다. 그러자 유령은 내가 자기를 뜯어보고 있다는 사실을 알아채고 몸을 움츠렸고, 나에게 눈길은 주지 않은 채로 쳐다보지 말라고 손짓으로 말했다. 정말 나였다. 퐁파두르 부인[3]만큼이나 낯선 모습이었다. 그 모습은 우연이었다. 왜 다른 모습이 아니라 바로 저 모습이란 말인가. 언제나의 문제이리라. 낮의 빛에 쫓기는 밤의 인간처럼 여전히 웅크린 유령의 얼굴이 햇빛 때문에 밝아지면서 못생긴 부분과 반점 들이 드러났다. 다른 나는 방 한가운데에서 덫에 걸린 생쥐 꼴이었다. 그의 몸 구석구석이 점점 더 분명하게, 점점 더 끔찍하게 드러났고, 여기저기서 몸의 일부분들이 하나씩 형체를 띠고 분명해지고 구체화되면서…… 그런대로 봐줄 만한 정도까지…… 민망한 부분까지…… 전부 드러났다. 손가락, 손톱, 코, 눈, 엉덩이, 발, 전부 환하게 드러났다. 나는 그 상세한 모습에 마치 최면이 걸린 것처럼 벌떡 일어나 그가 있는 쪽으

---

3) 프랑스 왕 루이 15세의 애첩이었던 후작 부인.

로 걸음을 옮겼다. 다른 내가 소스라쳤고, 용서해 달라고 애원하듯 손을 저었다. 이게 아니었어, 어쩔 수 없었어, 용서해 줘, 미안해, 날 내버려 둬. 그가 말하는 것 같았다. 처음에는 무언가 경고하는 듯하던 손이 마지막에는 축 늘어졌다. 나는 다가갔고, 내 손을 억제할 수 없었다. 결국 나는 그의 뺨을 세게 후려쳤다. 나가, 나가라고! 그렇다, 저건 내가 아니다! 그저 우연히 나타난 낯설고 우발적인 것, 말하자면 어정쩡한 타협 같은 것이지 절대 나의 몸이 아니다! 그는 신음하듯 끙끙거리더니 순식간에 어디론가 사라졌다. 그렇게 방 안에 나 혼자 남았다—아니, 아니다. 이제 나는 더 이상 혼자가 아니다. 도무지 갈피를 잡기 힘들었다. 내가 실제로 존재하는지 느껴지지도 않았다. 생각, 움직임, 동작, 말, 그 하나하나가 나로부터 나오지 않는 것 같았다. 내 밖에서 결정되고 나를 위해 만들어지는 것 같았다—결국 나는 내가 아닌 다른 사람인 것이다! 그러자 끔찍한 분노가 나를 휘어잡았다. 아! 나만의 형태를 만들자! 밖으로 튀어 나가자! 나를 표현하자! 내 형태가 나로부터 태어나도록, 밖에서 주어지지 않도록 하자! 너무 화가 나서 나는 펜을 들었고, 서랍에서 종이를 꺼냈다. 그사이에 날이 완전히 밝아 아침이 되었고, 햇빛이 방 안 가득 퍼져 있었다. 하녀가 커피와 작은 빵을 가져왔고, 나는 세공되고 반짝이는 형태들에 둘러싸여 작품을, 나 자신의 작품, 나와 닮은, 나와 똑같은, 나로부터 직접 태어난 것, 모든 것에 맞서고 모든 사람에 맞서서 나 자신의 존재 이유를 지고의 방식으로 알리는 작품을 쓰기 시작했다. 그때 갑자기 초인종이 울렸고, 하녀가 문을 열자 문학 박사이자 교수인, 더 정확히 말하자면 크라쿠프의 교육자이자 교양 있는 문법학자인 T. 핌코가 나타났다. 키가 작고 호리호리하며 비쩍 마른, 대머리에 안경을 쓴 그는 줄무늬 바지와 재킷을 입었고, 누런 손톱이 볼록했고, 노란색 가죽 구두를 신고 있었다.

　　그 교수를 아시나요?
　　그 교수, 아시나요?
　　그 교수?

　이런! 이런, 이런, 이런, 이런! 끔찍스러울 정도로 진부하고 최대로 통속적인 그 남자를 보는 순간 나는 내 원고로 달려가 온몸으로 가려 버렸다. 그러거나 말거나 핌코는 의자에 앉았고, 나도 앉을 수밖에 없었다. 그는 오래전에 세상을 떠나 이제는 기억도 나지 않는 어느 숙모의 죽음에 대해 나에게 조의를 표했다.

　"망자들에 대한 기억은 민요와 마찬가지로 노인들과 젊은 이들을 이어 주는 다리와 같다. 미츠키에비치. 인류는 산 자들보다 더 많은 죽은 자들로 만들어졌다. 오귀스트 콩트. 당신 숙모께선 돌아가셨지요. 바로 그 이유로 우리가 그분에 대해 깊고 교양 넘치는 성찰을 바칠 수 있는 겁니다. 아니, 바쳐야 합니다. 고인에게는 물론 결점이 있었지만(그러면서 하나씩 열거했다.) 사회에 유익한 장점도 있었습니다.(이것도 열거했다.) 결론적으로 말하자면, 그다지 나쁘진 않은 셈입니다. 20점 만점에 15점쯤 될까요……. 그러니까…… 결론을 말하자면, 제 입장을 요약하자면, 고인은 사회에 유익한 성원이었고, 전체적인 평가도 양호합니다. 이 말을 당신한테 꼭 전하는 게 고인께서 속하는, 하물며 돌아가셨으니 이의의 여지 없이 확실하게 일원이 된 바로 그 가치의 수호자인 나 핌코의 즐거운 의무라고 생각했습니다. 이런 말도 있지 않습니까?(그가 친절하게 라틴어로 말했다.) '데 모르투이스 니힐 니시 베네(De mortuis nihil nisi bene).[4]' 물론 비판할 만한 점이 없진 않지만 굳이 젊은 작가를, 죄송합니다, 젊은 조카를 낙담시킬 필요는 없잖습니까? 헌데 이게 뭐죠?(그가 탁자 위에 놓인 나의 원고 뭉치를 보며 큰 소리로 말했다.) 아! 그냥 조카가 아니라 젊은 작가셨군요! 우리는 작가가 될 수 있는지 능력을 시험해 보게 되죠. 어디! 어디 한번 봅시다! 작가라니! 제가 지금 당장 읽어 보고 도와 드리겠습니다."

그는 여전히 앉은 채로 팔을 뻗어 종이를 잡았고, 이어서 앉은 자세 그대로 코안경을 걸쳤다.

"아니에요…… 이건 그냥……." 나도 여전히 앉은 채로 더듬거렸다.

세상이 무너지고 있었다. 난 숙모와 작가 이야기에 혼비백산한 상태였다.

"그래요, 알아요, 그래요……. 자! 젊은이, 젊은이!"

핌코는 이렇게 말하면서 눈을 비볐고, 담배를 한 대 꺼내

─────────────

4) 죽은 사람들에 대해서는 좋은 말만 하게 하소서.

왼손 두 손가락으로 잡고는 오른손 두 손가락으로 요리조리 만지기 시작했다. 코에 들어간 담뱃가루 때문에 재채기도 했고, 여전히 앉은 채로 내 원고를 읽기 시작했다. 그는 얌전히 앉아서 읽어 나갔다. 내 원고를 읽는 그의 모습을 보면서 나는 마음이 불편했다. 내 세상이 무너지고, 한 고전적 현학자의 원칙에 따라 곧바로 재건되고 있었다. 나는 그에게 달려들 수 없었다. 앉아 있었기 때문이다. 내가 앉아 있는 건 그가 앉아 있었기 때문이다. 이유는 알 수 없지만 아무튼 앉아 있는 자세가 가장 중요해졌고 또 가장 큰 장애물이 되었다. 나는 무엇을 해야 하고 어떻게 처신해야 하는지 알 수 없는 상태로 의자에 앉아서 안절부절못했고, 발을 떨었고, 벽을 쳐다보았고, 손톱을 물어뜯기 시작했다. 핌코는 논리적이고 일관된 태도로 자리에 앉아 현학적인 독서를 이어 갔다. 끔찍스러울 정도로 긴 시간이었다. 몇 분이 몇 시간으로 이어졌고, 몇 초 역시 길게 늘어졌다. 나는 전전긍긍했다. 차라리 바닷물을 호스로 들이마시는 게 나을 것 같았다. 나는 신음했다.

'제발, 현학자는 싫어. 잘난 척하는 현학자는 싫다고!'

날카롭고 완고한 현학자는 나를 약한 불로 조금씩 태워 죽였다. 하지만 그는 여전히 지극히도 전형적인 현학자의 태도로 얼굴을 바짝 들이댄 채 내 원고를 읽었다. 창문 너머로 건물이 보였고, 그 건물에 위아래로 열두 개, 옆으로 열두 개 달린 창문들이 보였다. 꿈인가? 생시인가? 이 사람은 왜 온 거지? 왜 여기 앉아 있지? 나는 또 왜 이러고 앉아 있지? 도대체 어떻게 조금 전까지 존재하던 모든 것, 몽상, 추억, 여인들, 고통, 환상, 막 쓰기 시작한 글…… 그 모든 것이 저렇게 앉아 있는 진부한 현학자 한 사람으로 집약되어 버렸지? 세상이 현학자 한 명으로 줄어들었다.

말도 안 되는 일이었다. 핌코는 앉아 있을 이유가 있지만(그는 여전히 읽고 있다.) 나는 아무 이유 없이 앉아 있었다. 내가 흥분해서 일어서려 하자, 핌코가 안경 너머로 나를 향해 너그러운 시선을 던졌다. 그리고 갑자기 내 몸이 작아지기 시작했다. 발이 작아지고, 손이 작아지고, 나의 작품이 작아지고, 나의 자아가 작아지고, 내 존재가 작아지고, 내 몸도 작아졌다. 반대로 그는 커졌고, 여전히 앉아서 내 원고를 읽고 또 읽고, 검토하고 또 검토했다.

여러분은 누군가의 안에서 작아지는 이런 느낌을 아는가? 든든한 여인 안에서 작아지는 것도 지극히 부적절한 일이지만, 진부한 현학자 안에서 이보다 더 부적절하게 작아질 수는 없었다. 하물며 그자는 마치 풀을 뜯는 소처럼 내 안의 풀밭에서 싱싱한 풀을 뜯고 있었다. 당신의 아파트에 찾아온 현학자가 당신의 풀을 뜯는 모습이 얼마나 놀라웠겠는가. 그는 여전히 의자에 앉았고, 풀을 뜯었다. 나한테 무언가 끔찍한 일이 일어났는데, 내 밖에서는 멍청하고 염치없이 비현실적인 일이 벌어지는 중이라니.

"혼이에요!" 내가 외쳤다. "난 혼이에요! 작가가 아니에요! 혼이라고요, 살아 있는 혼!"

하지만 핌코는 계속 앉아 있었고, 앉은 그대로 있었다. 앉은 채로 계속 그대로 있었으며, 너무도 잘 앉아 있어서, 앉은 자세가 너무도 단호해서, 그 자세가 너무도 바보 같았지만 그럼에도 전능했다. 그는 코안경을 벗어서 손수건으로 닦았고, 무적의 승리자인 양 오똑한 코, 코의 성격을 가진 우연적이고 진부하며 현학적인 꽤 길쭉한 것 위에 다시 안경을 걸쳤다.

"뭐라고요? 무슨 혼 말이죠?"

"내 혼요."

그가 다시 물었다.

"우리의 혼, 조국의 혼?"

"우리의 혼이 아니라 내 혼요!"

"당신 혼요?" 그가 친절하게 되물었다. "우리의 혼에 대해 말해 볼까요? 그런데 우리가 적어도 라디슬라우스 왕에 대해서는 알고 있나요?"

그는 여전히 앉아 있었다.

나는 갑자기 라디슬라우스 왕의 마구간으로 방향을 틀어버린 호송대가 된 느낌이 들었다. 나는 길을 멈추었고, 내가 라디슬라우스 왕의 혼을 알지 못한다는 걸 깨달으며 입을 열었다.

"어떤 라디슬라우스 왕 말이죠?"

"그리고 우리가 역사의 혼은 알고 있나요? 헬레니즘 문명의 혼은? 절도와 취향이 가득한 프랑스 문명의 혼은? 나만 알고 아무도 모르는 16세기 작가가 있는데, '배꼽'이라는 단어를 처음 쓴 그 목가적 작가의 혼을 아나요? 언어의 혼은? '내가 지나갔다'가 맞나요, '내가 지나갔었다'가 맞나요?"

당혹스러운 질문이었다. 10만 개의 혼들이 내 정신을 짓눌렀고, 난 더듬거리며 잘 모르겠다고 대답했다. 핌코는 나에게 카스프로비치의 혼을 아느냐고, 그 시인이 농부들에 대해 어떤 입장이었는지는 아느냐고 물었다. 그런 뒤에는 렐레벨[5]의 첫사랑에 대해 물었다. 난 잔기침을 하면서 내 손톱을 힐끗거렸다. 하지만 손톱은 깨끗했고, 위에 아무것도 쓰여 있지 않았다. 나는 누군가 답을 속삭여 주기라도 할 것처럼 두리번거렸다. 하지만 내 등 뒤에는 아무도 없었다. 꿈인가? 거짓말인가? 맙소사! 도대체 무슨 일이 일어난 거지? 나는 재빨리 원래 방향을 쳐다보기 위해 고개를 돌렸지만 그 시선은 나의 시선이 아니었다. 그 밑에 있는 시선, 아이 같고 초등학생의 증오로 가득 찬 시선이었다. 나는 시대착오적이고 적절하지 않은 욕구에 사로잡혔다. 그러니까 핌코의 코에 종이 뭉치를 던져 버리고 싶었다. 하지만 그랬다가는 뒤탈이 생길 것 같아서, 친근한 어조를 띠려고 필사적으로 노력하면서 시내에 새로운 소식이 있는지 물었다. 그런데 내 목에서 나온 건 정상적인 목소리가 아니었다. 내 입에서는 마치 변성기처럼 쉰 듯한 카운터테너의 목소리밖에 나오지 않았고, 나는 입을 다물었다. 핌코는 내가 부사들을 얼마나 알고 있는지 물었고, '로사(rosa), 로삼(rosam), 로사에(rosae)……'로 라틴어 격변화를 시켰고, '아모(amo), 아마스(amas), 아마트(amat)……'로 동사 변화도 확인했다. 그러다가 찡그린 표정을 지으며 선언했다. "좋아, 좋아. 공부 좀 해야겠군." 그러면서 성적표를 꺼내서 낮은 점수를 매겼

---

5) 19세기 폴란드의 역사가·지리학자.

고, 여전히 내내 앉아 있었다. 그는 단호하게 앉아 있었고, 권위적으로 앉아 있었다.

뭐야? 어쩌자는 거야? 난 학생이 아니라고, 뭔가 착오가 있다고 소리치고 싶었다. 도망치기 위해 벌떡 일어서려 했지만, 등 아래쪽에서 무언가가 마치 집게처럼 붙잡고 놓아주지 않는 바람에 나는 옴짝달싹하지 못했다. 그것은 바로 내 작은 궁뎅이, 어린아이의 궁뎅이였다. 나는 궁뎅이 때문에 움직이지 못했고, 문제의 현학자는 계속 앉아 있었다. 그가 앉은 자세로 늘어놓는 현학적인 말들이 흠잡을 데 없었기에, 나는 소리를 지르기는커녕 학교에서 초등학생들이 선생님에게 허락을 구할 때 하듯 손가락 하나를 치켜들었다. 핌코가 눈살을 찌푸렸다.

"자리에 그냥 있거라, 코발스키! 또 구석에 서서 벌 받고 싶은 거냐?"

나는 꿈속처럼 비현실적이고 말도 안 되는 상황에 빠져 그냥 앉아 있었다. 몸을 움직일 수 없었고, 핌코의 현학적 태도에 말려들어 나도 짐짓 현학적이 되어 버렸다. 나는 어린 시절의 궁뎅이 위에 계속 앉아 있었다. 핌코는 마치 아크로폴리스에라도 앉은 듯 거만하게 수첩에 무언가 적었고, 마침내 입을 열었다.

"자, 유조, 이제 학교에 가자."

"무슨 학교 말이죠?"

"피오르코프스키 교장 선생님이 이끄는 학교지. 일류 학교란다. 중학교 1학년 과정에 빈자리가 있다는구나. 너는 그동안 교육을 소홀히 했기 때문에 부족한 부분을 좀 메워야겠다."

"무슨 학교 말이죠?"

"피오르코프스키 교장 선생님이 이끄는 학교라니까. 겁낼 것 없다. 나도 그렇지만 우리 교육자들은 모두 삐악거리는 병아리들을, 아이들을 좋아한단다. 나에게 어린애들 좀 보내 주세요……."

"무슨 학교 말이죠?"

"피오르코프스키 교장 선생님이 이끄는 학교라니까 그러는구나. 공석을 채우게 도와 달라는 그 사람의 부탁을 받았단다. 학교가 운영되어야 할 것 아니냐. 학생이 없으면 학교가 없고, 학교가 없으면 교사도 없겠지. 학교에 가자! 학교에! 넌 바로 그 학교에 다녀야 한다!"

"무슨 학교 말이죠?"

"그만! 말 듣거라! 말썽 부리지 말고! 학교에 가자! 학교에!"

핌코는 하녀를 불러서 내 외투를 가져오라고 말했고, 하녀는 낯선 사람이 왜 나를 데려가는지 어리둥절해져서는 금방이라도 울음을 터뜨릴 듯 탄식을 늘어놓았다. 하지만 핌코가 꼬집자 하녀는 더 이상 아무 소리도 내지 않았고, 웃음을 터뜨리며 이를 드러내 보였다. 핌코가 내 손을 잡고 밖으로 데리고 나갔다. 밖에는 여느 때와 마찬가지로 집들이 있고 사람들이 있었다!

경찰을 불러 줘요! 너무 터무니없잖아요! 이런 터무니없는 일이 어떻게 진짜일 수 있어! 말도 안 돼, 터무니없잖아! 그런데 너무 터무니없기 때문에 도무지 저항할 수 없었고…… 정말로 진부한 현학자인 이 평범한 현학자에게 어떻게 해볼 도리가 없었다. 누군가가 당신에게 너무도 진부한 말을 하면 당신이 아무것도 할 수 없는 것과 같은 이치다. 나는 아직 모자란 아이의 궁뎅이 때문에 아무것도 할 수 없었고, 모든 가능성을 빼앗겨 버렸다. 나는 성큼성큼 걸음을 옮기는 거구의 남자 옆에서 종종걸음 치며 따라갔다. 혼이여, 작별 인사를 하자꾸나, 막 시작한 나의 작품과도 작별하자. 정결하고 진정한 형태여, 영원히 안녕! 아직 허물 벗지 못한 풋내기여, 어수룩하고 끔찍한 형태여, 안녕, 안녕! 핌코의 현학적인 태도에 지극히 진부하게 말려든 나는 거구의 남자 옆에서 잰걸음을 옮겼고, 핌코는 혼자 웅얼거렸다.

"이런, 이런…… 코 좀 풀어라. 난 네가 마음에 드는구나. 그래, 그래…… 애야, 꼬마야. 금발 꼬마야. 이런, 이런, 이런…… 자, 자, 자. 우리 꼬마 유조, 우리 귀여운 유주, 유지우. 꼬마야, 꼬마야, 꼬마야, 자! 자……."

우아한 부인 한 명이 줄에 묶인 작은 개 한 마리를 끌며 우리 앞을 지나갔다. 개가 으르렁거리며 핌코에게 덤벼들더니 한쪽 바짓가랑이를 찢어 버렸다. 핌코는 비명을 질렀고, 개와 개 주인에 대해 떠들어댔다. 그리고 찢어진 바지를 핀으로 고정했다. 우리는 다시 걸었다.

2장

감금, 그리고 작아지기 이후

정말로 우리 앞에—내 눈을 믿을 수 없었다!—나지막한 건물이, 학교가 나타났다. 울면서 호소했지만 핌코는 내 손을 잡아 학교 쪽으로 끌고 갔고, 작은 문 안으로 나를 억지로 밀어 넣었다. 때마침 쉬는 시간이어서 운동장에 열 살에서 스무 살까지 중간 단계의 인간들이 둥글게 서서 버터 바른 빵과 치즈를 먹고 있었다. 운동장을 따라 둘린 담에는 작은 틈새가 있고, 그 틈새로 어머니와 숙모 들이 소중한 보물들을 잠시도 지치지 않고 지켜보고 있었다. 핌코는 우아한 콧속에 든 두 개의 가는 관을 통해 관능적으로 학교의 냄새를 맡았다.

"자, 자, 애야. 그래, 애야······."

그때 담당 교사로 보이는 일종의 절름발이 지식인이 다가와 핌코를 아주 정중한 태도로 맞았다.

"자, 선생님." 핌코가 말했다. "이 아이는 유지우이고, 고등학교 2학년 과정에 등록하려고 합니다. 유조, 선생님께 인사드려라. 제가 가서 피오르코프스키 교장 선생님한테 말하고 올 테니까, 이 아이가 급우들과 친해지게 해 주시죠."

나는 거부하고 싶었다. 하지만 그러기는커녕 무릎을 굽혔다. 가벼운 바람이 불기 시작하면서 나뭇가지들이 핌코의 머리카락과 함께 흔들렸다.

"이 아이가 처신을 잘해 주면 좋겠군요." 늙은 교사가 내 머리를 쓰다듬으며 말했다.

"아이들은 어떻습니까?" 핌코가 목소리를 낮추며 물었다. "원을 그리며 걷고 있군요. 좋지요. 아이들은 걷고 수다 떨고, 엄마들은 그 모습을 보고, 아주 좋습니다. 학교에 와 있는 아이들에게는 저렇게 엄마가 담 뒤에서 제대로 지켜보고 있는 것보다 좋은 일은 없으니까요. 그래야 제일 야들야들하고 제일 유치한 머저리가 되거든요."

"그래도 아직은 덜 순진합니다." 교사가 시큰둥하게 대꾸했다. "아직 야들야들하고 순한 감자 같지는 않죠. 어머니들이 저렇게 지켜보게 하긴 했는데, 저걸로는 부족해 보입니다. 아직 어린애다운 신선함과 순진함을 갖추지 못했거든요. 아이들이 이 문제에 얼마나 고집불통인지 상상도 못 하실 겁니다. 절대로 안 하려고 하죠."

"교수법이 없기 때문이지요!" 핌코가 준엄하게 말했다. "맙소사! 안 하려 한다고요? 하고 싶게 만들어야지요! 어떻게 순진함을 일깨울 수 있는지 내가 보여드리겠습니다. 장담컨대,

삼십 분 뒤에는 아이들이 두 배는 순진해져 있을 겁니다. 내가 자기들을 지켜보고 자기들이 순진하고 순수하다고 믿고 있다는 걸 가장 순진한 방법으로 이해시키는 거죠. 그러면 당연히 자극을 받아서 자기들이 순진하지 않다는 걸 증명해 보이고 싶어질 테고, 그때 비로소 우리 교육자들이 바라는 대로 정말 순진하고 순수해질 겁니다."

"하지만 그런 식으로 아이들에게 순진함을 주입하는 건 조금 구태의연하고 시대착오적인 교수법이 아닐까요?" 교사가 물었다.

"물론이죠! 시대착오적인 방법이 가장 좋은 방법이랍니다! 모든 교수 방법론 중에 가장 좋죠. 우리가 완전히 비현실적인 분위기에서 교육하면, 사랑스러운 아이들은 그 무엇보다도 삶과 현실을 갈망하게 되고, 그래서 자기 자신의 순진함이 세상 그 무엇보다 고통스럽게 느껴질 겁니다. 아아! 아! 아! 난 이 아이들의 마음속에 순진함을 주입할 겁니다. 이 아이들을 마치 상자 속에 가두듯 그 자비로운 감정 속에 가두어 버릴 겁니다. 두고 보시죠. 다들 얼마나 순진해지는지!"

이어 교사가 내 손을 붙잡고 미처 이해하고 저항할 틈도 없이 나를 아이들 틈으로 데려가는 동안, 핌코는 조금 떨어진 떡갈나무 뒤에 몸을 숨겼다. 나는 아이들과 남았다.

아이들이 왔다 갔다 했다. 일부는 서로 떠밀고 부딪혔고, 다른 아이들은 책 속에 머리를 파묻고 귀를 막은 채 공부를 했다. 또 서로 쳐다보며 흉내 내기도 했고, 다리를 걸어 넘어뜨리기도 했다. 아이들의 흐트러지고 흐릿한 눈길이 나를 훑었지만, 그 누구도 내가 서른 살이라는 사실을 알아차리지 못했다. 나는 이따위 뻔뻔한 익살극은 끝내 버리겠다고 굳은 결심을 하고 아무한테나 다가갔다.

"실례합니다. 보면 알겠지만 난······."

그러자 그 아이가 큰 소리로 말했다.

"이리 와 봐! 새로 납신 급우님이다!"

모두가 나한테 달려들었고, 그중 하나가 큰 소리로 물었다.

"우리 후작 나리께선 어인 신 혹은 인간의 모험을 치르시느라 학교에 이리 늦게 납시셨나이까?"

또 다른 아이가 백치같이 웃으며 찢어지는 듯한 소리로 말했다.

"우리의 고귀하신 급우님께옵서 젊은이에게 붙잡히셨사옵나이까? 나리께오선 조금 무사태평이 아니신지요."

이런 형편없는 말들을 들으며 나는 마치 혀가 잘려 나가기라도 한 것처럼 아무 말도 할 수 없었다. 아이들은 입을 다물수 없다는 듯 계속 떠들어댔다. 끔찍한 단어들이 등장할수록더 신이 나서 편집증적 고집으로 계속 웅얼거렸다. 여인, 동정녀, 처자, 젊은이, 사랑의 감동, 혼례, 비너스, 교수, 계산, 이상(理想), 벌거숭이······ 아이들의 동작은 부자연스러웠고 얼굴은 여드름이 나고 희끄무레했다. 그들이 하는 이야기의 기본적인 주제를 보면, 어린 아이들의 경우 성기(性器)이고, 큰 아이들은 성관계였다. 이 모든 내용이 고어체와 라틴어풍 은어와 합쳐져 구역질 나는 잡탕을 만들어 냈다. 그들은 잘못된시간과 공간 속에 자리 잡고 돌출된 어딘가에 걸려 매달린 것처럼 뒤뚱거렸다. 때로 곁눈질로 담임 선생님을 쳐다보았고, 때로는 담 밖에 있는 어머니들을 쳐다보았다. 모두 흥분해서 서로 궁뎅이로 상대를 붙잡았고, 누군가 지켜보는 것이 부담스러워서 점심도 잘 먹지 못했다.

나는 이 모든 광경의 한가운데에 넋이 빠진 채로 멍하니 서 있었다. 뭐가 뭔지 도무지 알 수 없었고, 이 우스꽝스러운 익살극이 끝나지 않을 것임을 예감했다. 아이들의 신경질적인 흥분은 떡갈나무 뒤에 숨어 자기들을 뚫어져라 살펴보는 낯선 사람을 발견한 순간에 최고조에 이르렀다——아이들은 장학사가 와서 나무 뒤에서 엿보고 있다고 수군거렸다. 장학사야! 장학사야. 몇몇 아이들은 이렇게 말하면서 책을 챙겨 들고 잔뜩 뻐기는 태도로 떡갈나무 옆으로 가서 읽었다. 장학사야! 다른 아이들은 이렇게 말하며 나무에서 멀어졌다. 하지만 멀어지던 아이들도 핌코가 조심스레 숨은 채로 수첩 한 장을 찢어 무언가를 기록하기 시작하자 그 모습에서 눈을 떼지 못했다. 뭔가 적고 있어. 아이들이 여기저기서 수군거렸다. 관찰한 내용을 쓰는 거야. 그때 핌코가 문제의 종이를 아이들 앞으로 어찌나 능숙하게 던졌는지 마치 바람결에 날려 오는 것 같았다. 종이에는 이렇게 쓰여 있었다.

××학교에서 점심 휴식 시간 동안 관찰한 바에 따르면, 젊은 남자아이들은 순진하다! 나는 진정 그렇게 확신한다. 아이들의 차림새, 그들이 주고받는 순진한 대화, 순진하고 귀여운 작은 궁뎅이들이 그것을 증명한다. 193×년 9월 29일 바르샤바,

T. 픔코.

종이에 쓰인 글을 아이들이 읽고 나자 운동장은 마치 벌집을 쑤셔놓은 것 같았다──우리가 순진하다고? 우리, 오늘날의 젊은이들이? 이미 여자를 아는 우리가?

여기저기서 웃는 소리, 키득거리는 소리가 들렸다. 빈정거림이 섞인 웃음은 조심스럽지만 강력했다. 순진한 늙은이 같으니! 순진하기도 해라! 세상에! 어쩌면 저리도 순진할까!──하지만 나는 곧 아이들의 웃음이 너무 길게 이어진다는 사실을 깨달았다. 웃음은 잦아들기는커녕 점점 커지고 단호해졌다. 그러니까 너무 인위적으로 터져 나왔다. 무슨 일이지? 왜 웃음이 끝나지 않는 거야? 나는 잠시 뒤에야 권모술수에 능하고 악마적인 픔코가 아이들에게 어떤 독을 감염시켰는지 알 수 있었다. 삶과 유리된 채 학교 울타리 안에 갇혀 지낸 아이들은 순진했던 것이다. 그렇다. 그들은 전혀 순진하지 않으면서, 정말 순진하면서, 그렇게 순진했다! 절대로 순진하고 싶지 않다는 욕망 속에서 순진했다! 여자를 품에 안고 있어도 순진했다! 다투고 싸움을 벌일 때도 순진했다. 시를 낭송할 때도 순진했다. 당구를 칠 때도 순진했다. 먹을 때도 잘 때도 순진했다. 순진하게 행동할 때도 순진했다. 피를 흘릴 때도, 누군가를 고문하고 범하고 저주할 때조차도, 그러니까 순진함에 빠지지 않기 위해 뭐든지 다 할 때조차도 성스러운 순진함이 아이들을 위협했다!

웃음이 가라앉지 않고 점점 더 커진 것은 그 때문이었다.

거친 반응을 보이지 않으려고 자제하는 아이들도 있었지만, 참지 못한 아이들은 조금씩 점점 더 빠르게 최악의 욕지거리를, 술 취한 마차꾼이 쓸 법한 단어들을 뱉어냈다. 격정적이고 빠르게 저주와 천박한 욕설을 슬그머니 주고받았고, 개중에는 외설스러운 내용을 분필로 벽에 그리는 아이들도 있었다. 가을의 투명한 공기는 처음 이 학교에 도착한 나에게 쏟아졌던 말들보다 백배 더 심한 말들로 채워졌다. 아무래도 모든 것이 꿈 같았다. 꿈을 꾸다 보면 상상하기 어려운 상황에 빠지기도 하지 않는가. 나는 아이들을 말려 보기로 했다. 그래서 흥분한 채로 한 아이에게 물었다.

"왜 그런 말을…… 왜 그런 말을 하는 거지?"

"입 닥쳐, 꼬맹아!" 괴짜 같은 아이가 나를 밀치면서 대답했고, 이어 내 발을 밟으며 덧붙였다. "멋진 말이잖아. 너도 지금 당장 따라 해 봐! 이게 바로 저 머저리한테서 우릴 지켜 낼 유일한 방법이야. 장학사가 나무 뒤에 서서 우릴 얼간이 취급하는 거 안 보여? 너, 이 멍청아. 지금 당장 제일 험한 욕설을 해 대지 않으면 내가 본때를 보여 주겠어. 야! 미즈드랄! 이리 와서 이 신참이 제대로 하는지 지켜봐. 그리고 호페크, 너는 아주 더러운 농담 하나 해 봐! 너희 전부 다 해 봐. 아니면 저자가 우릴 얼간이로 만들고 말 거야."

다른 아이들이 미엔투스라고 부르는 그 부랑아 같은 아이는 이렇게 명령을 내리더니 재빨리 나무 쪽으로 갔고, 핌코나 담장 밖에 서 있는 어머니들이 보지 못하게 나무에 세 글자로 이루어진 단어를 새겼다. 여기저기서 은밀한 만족감으로 가득 찬 키득거리는 웃음소리가 들려왔다. 학생들의 웃음소리를 들으며 담장 밖의 어머니들이 웃기 시작했고, 나무 뒤의 핌코도 같이 웃었다. 그러니까 두 가지 웃음이 동시에 일어났다. 젊은이들은 나이 든 사람들이 걸려들었기 때문에 빈정거리며 웃었고, 나이 든 사람들은 젊은이들의 근심 걱정 없는 즐거운 모습을 보며 호탕하게 웃었다. 이 두 가지 현상이 가을 대기 속 떡갈나무에서 나뭇잎들이 떨어지는 가운데 학교의 일상적 웅성거림에 섞여들며 서로 부딪쳤다. 늙은 수위는 쓰레기를 비질해서 휴지통에 담고 있었고, 풀은 누리끼리했고, 하늘은 파리했다…….

숨어 있는 핌코는 눈 한번 깜빡할 순간에 너무 순진해졌고, 즐거움의 노래를 부르는 아이들도 너무 순진해졌고, 교과서에 고개를 파묻은 비굴한 아첨꾼 아이들도 너무 순진해졌다. 눈앞의 장면 전체가 너무 순진해졌다. 나는 끝내 아무런 항변도 하지 못한 채 맥이 빠졌다. 누구를 구해야 하는지도 알 수 없었다. 나 자신을 구해야 하나? 아니면 나의 급우들을? 그것도 아니면 핌코를? 나는 조심스럽게 나무 쪽으로 다가가서 속삭였다.

"교수님……."

"왜?" 그도 속삭였다.

"교수님, 거기 계시지 마세요. 아이들이 나무 뒤편에 욕을 썼어요. 그것 때문에 웃는 거예요. 그러니 거기 계시면 안 돼요, 교수님."

이런 멍청한 말들을 중얼거리면서 내가 마치 악령을 내쫓

듯 신비스럽게 어리석음을 내쫓고 있는 것 같았고, 그러다가 학교 마당에서 핌코를 향해 몸을 굽힌 채 입에 손을 대고 있는 나 자신의 모습에 덜컥 겁이 났다.

"뭐라고? 뭐라고 썼는데?" 핌코가 나무 뒤쪽에서 몸을 웅크리며 말했다.

그때 자동차 경적소리가 났다.

"욕요! 욕을 써 놨어요. 그만 나와요, 교수님."

"어디다 썼는데?"

"나무에요. 뒤쪽요! 거기서 나와요, 교수님! 이제 끝내요! 그렇게 당하지 말아요! 교수님은 저 아이들 스스로 자기들이 순진하고 순수하다고 믿게 만들려 하지만, 아이들은 세 글자 단어를 썼어요……. 애들을 그만 자극하세요. 그만두시라고요. 여기서 이렇게 말하는 것도 더는 못 하겠어요. 정말 미쳐 버릴 것 같아요. 교수님, 제발 나오세요. 그만둬요! 이제 됐다니까요!"

나는 계속 작은 소리로 말했다. 가을의 감미로움이 서서히 퍼져 나갔고, 나뭇잎이 지고 있었다…….

"뭐라고? 그게 무슨 소리지?" 핌코가 소리를 질렀다. "나더러 우리 아이들의 젊음이 순결하다는 걸 믿지 말라고? 절대 안 돼! 난 삶에도 교수법에도 전문가야!"

핌코가 숨어 있던 자리에서 나왔다. 아이들은 자기들 앞에 나타난 핌코를 보면서 마치 야생 동물의 포효 같은 소리를 내질렀다.

"자, 여러분!" 아이들이 조금 진정되기를 기다려 핌코가 말했다. "여러분이 서로 저속하고 무례한 단어들을 사용한다는 걸 내가 모른다고 생각하지 마십시오. 완벽하게 알아요. 하지만 걱정할 건 없습니다. 여러분이 아무리 지나친 말을 써도 내 믿음은, 여러분의 진짜 모습은 겸손하고 순수하다고 믿는 나의 철석 같은 확신은 바뀌지 않으니까요. 여러분의 소중한 벗인 나는 언제나 여러분이 순수하고 겸손하고 순진하다고 생각할 겁니다. 언제까지나 여러분의 겸손과 순수함과 순진함을 믿는단 말입니다. 여러분은 저속한 말들을 뜻도 모른 채 쓰고 있지요. 그냥 농담하듯 따라 하면서. 여러분 중 누구 하나가 하녀한테 배워 왔을 테죠. 자, 그건 나쁘지 않습니다. 오히려 여러분이 생각하는 것보다 훨씬 더 순수합니다."

핌코가 재채기를 하고 시원하게 코를 풀었고, 이어서 피오르코프스키 교장 선생님한테 내 이야기를 하기 위해 사무실 쪽으로 걸음을 옮겼다. 그동안 담장 밖의 어머니들, 숙모들은 황홀한 기쁨에 젖어 서로 얼싸안으며 같은 말을 되풀이했다—"너무 훌륭한 교육자네요! 정말로 멋진 머저리가 우리 소중한 아이들을 맡았네요!"

하지만 핌코의 말을 들은 아이들은 어리둥절했다. 그들은 그가 아무 말 없이 가 버리는 모습을 지켜보고 있다가, 그의 모습이 사라진 뒤에야 저주를 퍼붓기 시작했다.

"들었어?" 미엔투스의 얼굴이 벌겋게 달아올랐다. "우리가 순진하다네! 순진해? 똥에 개똥에 거지발싸개 같은 소리! 여전히 우리를 순진한 애들 취급하잖아. 순진하다니!—저자는 그 말 빼면 시체야. 순진하다는 말이 저자한테 달라붙어서 꽁 꽁 묶어 쓰러뜨려 버린 거야. 저자를 순진하게 만든 거지. 순진해진 거야."──그때 건장해 보이는 키 큰 아이, 아이들 사이에서 시폰이라는 별명으로 불리는 아이가 갑자기 열광적인 순진함에 사로잡혔는지, 마치 산 위에서 울리는 종소리처럼 투명한 가을 하늘에 울려 퍼지는 목소리로 모두가 들을 수 있게 독백을 펼쳤다.

"순진하다고? 그럼 어때? 장점이잖아! 순진해야지. 왜 안 되는데?"

말이 떨어지자마자 미엔투스가 그를 움켜잡았다.

"뭐라고? 너 지금 순진함을 편드는 거야?"

그러다가 미엔투스는 한 걸음 물러섰다. 문득 모든 게 너무 멍청해 보였기 때문이다. 하지만 시폰은 화를 내며 대들었다.

"그래, 난 순진함을 편들 거야! 넌 왜 안 그러는지 정말 알고 싶은걸! 그렇다고 내가 그렇게 어린애는 아니지만!"

화가 난 미엔투스가 조롱을 퍼붓기 시작했다.

"전부 들었어? 시폰이 순진하다네. 하! 하! 하! 순진한 시폰!"

여기저기서 아이들의 탄성이 터져 나왔다.

"시폰 나리께서 순진하시다네요! 그렇다면 시폰 나리께옵서는 동정녀 낭자를 알지 못하시나이까?"

그렇게 외설스러운 농담들이 이어졌고, 깡패들의 말투가 다시 한번 모든 것을 오염시켰다. 하지만 시폰은 불만이 가득 찬 상태로 버텼다.

"바로 그거야! 난 순진해. 난 사랑 어쩌고 하는 건 몰라. 그렇다고 뭐가 창피한데? 너희 중 누구도 진짜로 더러움이 순수함보다 더 가치 있다고 말하진 못할걸?"

이번에는 시폰이 한 걸음 물러섰다. 상황이 너무 심각해 보였기 때문이다. 무거운 침묵이 흘렀다. 잠시 후 속삭이는 작은 목소리들이 들렸다.

"농담이지, 시폰? 너 정말로…… 그래…… 그러니까 정말로 아직…… 경험이 없는 거야? 그럴 리 없어!"

이제 아이들이 한 걸음 물러섰다. 그때 미엔투스가 다시 끼어들었다.

"얘들아! 정말이야! 저 얼굴 보면 알잖아. 쳇! 쳇!"

미즈드랄이 외쳤다.

"시폰, 말도 안 돼. 우리까지 다 창피하다. 이제 동정을 떼버려!"

시폰: 뭐라고? 내가? 내가 뭣 때문에 그래야 하지?

호페크: 맙소사. 시폰, 생각 좀 해 봐. 이건 너 혼자만의 문제가 아니야. 너 때문에 우리까지 창피해지잖아. 난 앞으로 계집애들 얼굴도 못 쳐다보겠다.

시폰: 계집애들이 아니야. 숙녀들이지.

미엔투스: 숙……? 너희 들었어? 그럼 우리한테도 '청년들'이라고 해야겠네?

시폰: 안 그래도 그러려고 했어. 청년들, 이 말이 뭐가 창피해? 다른 말들보다 뭐가 더 나쁜데? 사랑하는 우리 조국의 품 안에서 어째서 우리가 우리의 숙녀들에 대해 부끄러워해야 하지? 너희한테 정말 묻고 싶어. '청년' '캠프파이어' '의무' '미덕' '보이 스카우트' '숙녀'…… 이런 말들을 왜 그렇게 냉소적으

로 부끄러워하지?——내 생각엔 이 말들이 미엔탈스키의 상상력을 더럽히는 군인들의 상소리보다 우리의 젊은 가슴에 훨씬 더 가까이 있어.

"맞는 말이야!" 몇몇 아이들이 말했다.

"엄마 앞에서 재롱이나 부려" 다른 아이들이 말했다.

순진함의 불길에 휩싸인 시폰이 다시 외쳤다.

"이봐, 나의 친구들! 용기를 내라고! 지금 이 자리에서 맹세하는 건 어때? 앞으론 절대 청년과 보이 스카우트를 부정하지 않겠다고! 우리 조국도 부정하지 않고! 청년들과 숙녀들이 우리 조국의 미래를 구현한다고 믿는다고! 숙녀와 청년 만세! 젊음과 미덕은 내 거야! 젊음의 열기와 믿음이여!"

시폰이 주장한 젊음의 열기에 이끌려 지지자가 된 열두 명 정도가 근엄해져서 광채가 나는 얼굴로 손을 들고 맹세를 했다. 미엔투스가 시폰에게 달려들었고, 시폰이 화를 냈다. 아이들이 달려들어 둘을 떼어 냈다.

"얘들아, 왜 저 보이 스카우트 청년을 발로 차 버리지 않지?" 미엔투스가 외쳤다. "너희의 혈관 속에는 피가 흐르지 않는 거야? 자존심도 없어? 왜 발로 차 버리지 않지? 우리가 구원받을 길은 발길질뿐이야. 남자가 되어 봐! 우리가 여자를 좋아하는 건장하고 자유로운 남자라는 걸 보여 주자고. 말뿐인 청년 따위 개나 주라고 해!"

미엔투스는 미친 듯이 화를 냈다. 나는 그의 이마가 땀으로 범벅이 되고 뺨이 창백해진 모습을 바라보았다. 조금 전까지만 해도 픔코만 가고 나면 어떻게든 정신을 차려 상황을 이해할 수 있으리라 막연한 희망을 품고 있었지만, 바로 내 옆에서 순수함과 순진함이 끊임없이 커지는 광경을 지켜보면서 어떻게 정신을 차릴 수 있었겠는가! 이제 머저리들은 건달과 청년으로 나뉘었다. 세상은 바로 이런 분리를 기반으로 세워지는 것이리라. 나는 한 걸음 물러서야 했다.

푸르스름한 공기 속에서, 그림자와 햇빛이 덮인 마당의 단단해진 흙 위에서, 흥분한 시폰이 소리를 질렀다.

"잠깐. 미엔탈스키가 허세를 부리는군. 관심을 주지 않는 게 좋아. 그냥 없다고 생각하라고. 친구들, 미엔탈스키는 배신자야. 자신의 젊음을 배신했고, 그 어떤 이상도 품지 않았잖아."

"야, 이 한심한 놈! 네가 말하는 이상은 설령 그게 이 세상에서 가장 아름다운 거라 해도 네 꼴과 다르지 않아!" 미엔투스의 흥분은 자신의 말에 휩쓸리면서 점점 더 거세졌다. "너희는 시폰이 말하는 이상이란 게 코가 길고 느끼하면서 불그스레해야 하는 거 모르겠어? 안 느껴지냐고! 멍청이들! 이제 우린 겁이 나서 밖에도 못 나가게 될 거야. 진짜 남자들, 문지기와 농부의 자식들, 우리 또래의 견습공들, 직공들, 농장의 머슴들이 우리를 얼마나 우습게 보겠어? 우릴 아무짝에도 쓸모없는 인간으로 취급할 거야! 청년에 맞서 건달을 지켜야 해! 건달을 지켜야 한다고!"

동요가 심해졌다. 분노로 벌겋게 달아오른 학생들이 서로에게 달려들었고, 시폰은 팔짱을 끼고 서서 움직이지 않았고, 미엔투스는 주먹을 불끈 쥐었다. 담 밖에서 어머니들과 숙모들은 무슨 일인지 알지 못해도 같이 흥분했다. 하지만 대다수의 학생들은 아직 어느 한쪽으로 결정을 내리지 못한 채 빵과 버터를 입에 쑤셔 넣으며 같은 말만 되풀이했다.

"미엔투스 공께선 추잡한 나리이신가? 시포누스 공께선 이상주의자이시고? 자! 싸워! 싸우라고! 까짓것, 붙어 보라고!"

사태에 끼어들지 않기 위해 스포츠에 관한 합리적인 대화를 나누는 학생들도 있었다. 그들은 어느 축구 경기에 관심이 있는 척했지만, 이내 그중 하나가 열정적이고 격렬한 논쟁을 무시하지 못해 귀를 기울이고 말았고, 곰곰 생각해 보다가 결국 얼굴이 벌게졌고, 그렇게 시폰 무리 혹은 미엔투스 무리에 가세했다. 햇볕이 내리쬐는 벤치에 앉아 졸고 있던 교사가 비몽사몽 상태에서 젊음의 순수를 음미하며 중얼거렸다──"아! 귀여운 머저리들!"

모두가 흥분에 휩싸일 때 분위기에 휩쓸리지 않는 한 아이가 있었다. 뜨개질한 스웨터와 플란넬 바지를 입고 왼쪽 손목에 금팔찌를 한 그 아이는 멀찌감치 떨어져서 너무도 평온하게 햇볕을 쬐고 있었다.

"코피르다!" 양쪽 아이들이 모두 그에게 소리를 질렀다. "코피르다! 우리한테 와!"

모두가 그에게 관심을 갖는 것 같았고, 양쪽 모두 그를 자기들 편으로 끌어들이려 했다. 하지만 코피르다는 누구의 말도 듣지 않고 혼자 발을 앞뒤로 흔들어대기만 했다.

"문지기들, 견습공들, 부랑자들이 무슨 생각을 하건 우리가 무슨 상관이람!" 시폰의 친구인 피조가 소리 질렀다. "하나같이 무식한 인간들인데."

"그럼 여고생은?" 미즈드랄이 불안해하며 물었다. "여고생들의 생각도 상관없어? 여고생들은 뭐라고 생각할까?"

여기저기로 탄식이 퍼져 나갔다.

"여고생들은 깨끗한 걸 좋아해."

"아니야, 그렇지 않아. 더러운 걸 좋아해."

"여고생 말이야?" 시폰이 경멸하듯 말을 자르며 끼어들었다. "우리에게 중요한 건 진짜 숙녀들의 생각이야. 진짜 숙녀들은 우리와 같은 생각이라고."

미엔투스가 그의 곁에 다가서서 한풀 꺾인 목소리로 말했다.

"시폰! 그러지 마! 네가 한 말 취소해. 그러면 나도 취소할게. 우리 둘 다 자기가 한 말을 취소하는 거야. 사과…… 그래 사과할 용의도 있어. 네가 한 청년들 얘기를 취소하기만 하면…… 그리고 동정을 떼기만 하면 난 뭐든지 할 수 있어. 청년들을 버려. 나도 건달들을 버릴게. 너 혼자 손해 보는 거 아니잖아!"

필라슈치키에비치(이것이 시폰의 진짜 이름이었다.)는 대답 대신 솔직하고 맑은, 하지만 내적 힘이 담긴 시선을 던지며 상대를 가늠해 보았다. 그렇게 바라보고 나서는 자부심에 찬 말을 할 수밖에 없었다. 그는 한 걸음 물러서며 대답했다.

"난 이상을 위해서라면 목숨도 바칠 수 있어!"

그러자 미엔투스가 주먹을 높이 치켜들고 달려들었다.

"자! 얘들아! 이 청년의 얼굴을 깨부수자! 얼굴을 깨 버리자!"

"청년들이여, 나와 함께하자!" 필라슈치키에비치도 지지 않고 외쳤다. "날 위해 공격을 막아 줘! 나는 동정을 떼지 않았고, 너희들 편이야! 날 위해 싸워!"

이 부름에 몇몇 아이들은 자기 안의 청년이 건달을 무찌르는 것을 느꼈다. 그들은 시폰을 둘러싸고 미엔투스의 지지자들과 맞섰다. 주먹이 오갔다. 시폰은 커다란 돌 위에 올라서서 큰 소리로 자기편을 응원했지만, 그의 편은 미엔투스 편에 조금씩 밀리기 시작했고 결국 후퇴했다. '청년'의 대의가 패한 것이다. 시폰은 재앙을 바라보며 마지막 힘을 다해 유명한 「보이 스카우트의 행진」을 불렀다.

일어서라, 죽은 자들이여, 일어서라! 청년 형제들이여!
일어나 싸워라! 죽어 가고 되살아나는 형제들이여!

노래는 곧 합창이 되어 점점 부풀고 커지고 퍼져 나갔다. 청년들은 움직이지 않았고, 시폰을 따라 멀리 있는 별과 적들의 코로 눈길을 향하면서 노래를 불렀다. 이런 상황에서 이른바 적들은 주먹에 힘을 뺄 수밖에 없었다. 그들은 어떻게 대응해야 할지, 어떻게 공격해야 할지 막막했다. 노래 부르는 아이들은 여전히 하늘의 별을 향해 콧대를 세운 채 점점 더 장엄하고 뜨겁고 열정적인 태도로 노래를 불렀다. 미엔투스 편의 어떤 아이들은 어쩔 줄 모르고 더듬거렸고, 몸을 꼬았고, 쓸데없이 손을 휘저었고, 그러면서 한 명씩 멀어져 갔다. 머뭇거리던 미엔투스도 결국 잔기침을 하고 자리를 떴다.

……악몽을 꾸다 보면, 모든 것이 우리를 짓누르고 잡아당기고 숨 막히게 하는 곳에 가 있을 때가 있다. 젊음의 시절로

돌아가는, 그러니까 우리에게는 너무 낡은, 한물가고 시대착오적인 꿈일 때가 그렇다. 그런 곳으로 돌아간 꿈이 가장 고통스럽다. 우리가 이미 나와 버린 곳, 옛날의 것, 어린 시절의 것, 오래전에 버렸거나 다 해결된 곳, 예를 들어 순진함의 문제 같은 것으로 되돌아가는 것만큼 끔찍한 일은 없다. 과거의 문제는 늙은 여인들한테 줘 버리고 오직 오늘의 문제 속에서만 사는 정상적인 사람들, 어른들은 세 배는 더 행복하다! 이런 선택은 개인에게나 민족에게나 결정적이다. 하지만 합리적인 성인이 눈 깜빡하는 사이에 성숙을 송두리째 잃어버리는 경우도 있다. 너무 젊거나 너무 오래된 주제, 시대의 정신과 역사의 리듬에 반대되는 주제에 맞닥뜨릴 때가 그렇다. 사실 세상을 순진한 어린애처럼 만들기 위해서는 그런 문제들을 주입하는 것이 가장 좋은 방법이다. 그러니 핌코가 더없이 능숙하고 경험 많은 현학자답게 우리를, 나와 내 친구들을 어린애가 되는 가장 효과적인 논리 속으로 밀어 넣었음을 인정해야 한다. 나는 나를 작아지게 하고 가차 없이 격을 떨어뜨리는 꿈속에 놓인 것 같았다.

비둘기들이 가을 햇살을 받으며 날아올라 지붕 위에서 맴돌다가 떡갈나무 잎 속의 둥지로 들어가 사라져 버렸다. 미엔투스는 의기양양한 시폰의 노랫소리가 견딜 수 없어서 미즈드랄, 호페크와 함께 운동장 반대편으로 갔다. 잠시 후, 마침내 마음을 추스른 미엔투스가 다시 말할 수 있게 되었다. 그가 음울한 얼굴로 눈을 내리깔고 불쑥 말했다.

"이제, 어떻게 할까?"

"어떻게 하냐고?" 미즈드랄이 되물었다. "우리가 할 수 있는 건 단 하나야. 가장 상스러운 말들을 골라서 젖 먹던 힘까지 다 짜내 사용하는 거. 세 글자의 상스러운 말이 바로 우리의 유일한 무기지. 건달들의 무기!"

"또 하자고?" 미엔투스가 말했다. "또 해? 지겨워서 구역질이 날 때까지? 그 말들을 영원히 되풀이해? 저놈들이 노래를 부른다고 우리도 그런 노래를 영원히 부르자고?"

미엔투스는 약해졌다. 그는 두 팔을 벌렸고, 몇 걸음 물러서서 주위를 둘러보았다. 지평선에는 가볍고 창백하고 차갑고 냉소적인 하늘이 보였고, 학교 운동장 한가운데 서 있는 떡갈나무는 우리에게 등을 돌린 것 같았다. 교문 가까이에 있던 늙은 수위는 콧수염 속으로 빙그레 웃다가 이내 가 버렸다.

"농장 머슴이……." 미엔투스가 중얼거렸다. "농장 머슴이…… 그래, 우리의 이 지적인 명칭이 소리를 들었다고 생각해 봐……."

미엔투스는 자기 생각이 두려워서 도망치고 싶어졌다. 떠도는 공기 속으로 사라지고 싶었다.

"그만! 그만두자! 청년이고 건달이고 다 싫어! 이제 그만두자!"

친구들이 그를 붙잡았다.

"미엔투스, 왜 그래? 네가 대장이잖아. 네가 없으면 우린 아무것도 못 해."

친구들에게 팔을 꽉 잡힌 미엔투스가 고개를 숙이고 쓸쓸하게 말했다.

"추하잖아."

미즈드랄과 호페크는 당황해서 아무 말도 하지 못했다. 화가 치민 미즈드랄이 철사를 잡더니 담장의 구멍 속으로 거의 반사적으로 쑤셔 넣었고, 어머니 한 명이 눈을 찔렸다. 그는 곧 철사를 던져 버렸고, 눈이 찔린 어머니가 신음했다. 마침내 호페크가 머뭇거리는 목소리로 물었다.

"어떻게 할까, 미엔투스?"

미엔투스는 냉정을 되찾았다.

"할 수 없어. 싸워야 해. 싸워야지! 마지막 숨을 거두는 순간까지 싸우자!"

"브라보!" 아이들이 외쳤다. "이게 바로 우리가 좋아하는 미엔투스지! 이제 우리가 아는 미엔투스로 돌아왔어."

하지만 무리의 대장은 환멸이 담긴 손짓을 했다.

"오! 너희들의 그런 감탄은 정말! 그건 시폰의 노래와 다를 게 없어! 아! 싸워야 하니까, 그래, 싸워야 해. 싸워야……. 그런데 싸울 수가 없잖아! 한번 생각해 봐. 만일 시폰을 때려눕힌다고 해 봐. 그다음엔 어떻게 되겠어? 결국 우리가 그를 순교자로 만드는 셈이야. 그러면 박해당한 그의 불굴의 순진함이 또 우리를 얼마나 짓누르게 될까……. 게다가 우리가 공격하면 저들은 또 영웅주의를 내세울 테고, 끝없이 이어지겠지……. 다 소용없어. 욕설을 퍼붓고 때리고 상스러운 짓을 해도 소용없다고. 오히려 물레방아에 물을 부어 주는 셈이야. 그놈의 '청년'을 도와주는 꼴이라고. 시폰은 분명 다 계산했어! 하지만 다행히도(분노에 휩싸인 이상한 억양이었다.), 다행히도…… 다른 방법이 있지…… 좀 더 효과적인……. 그래, 시폰이 영원히 노래하고 싶어지게 만드는 거야."

"어떻게?" 희망의 불씨를 되살린 친구들이 물었다.

"자, 들어 봐." 미엔투스가 무뚝뚝하게 대답했다. "시폰은 동정을 떼려고 하지 않으니까, 원하지 않아도 그렇게 되게 만드는 거야. 시폰을 잡아서 묶어 놓는 거지. 그래, 귀로 쑤시고 들어갈 수 있어. 묶어 놓고 우리가 강제로 동정을 떼 버리는 거야. 자기 엄마도 알아볼 수 없게 만들자. 돌이킬 수 없을 정도로 타락시켜야 해. 저 천사를 영원히 타락시켜야 한다고. 자! 군말 필요 없어! 가서 끈을 찾아와!"

이 음모를 들으며 나는 숨이 막히고 가슴이 두근거렸다. 그때 핌코가 학교 현관에 나타나, 자기를 따라 피오르코프스키 교장을 만나러 가자고 손짓했다. 비둘기들이 날갯짓을 하며 다시 나타나 담장 위에 앉았고, 담장 뒤에서는 여전히 어머니들이 기다리고 있었다. 긴 복도를 걸어가면서 나는 열에 들떠서 이 상황을 어떻게 설명하고 호소할지 생각했다. 하지만 결국 하지 못했다. 핌코가 지나는 길에 타구가 보일 때마다 침을 뱉으면서 나한테도 자기처럼 하라고 말했기 때문이다. 그래서 결국 나는 생각하지 못했고…… 우리는 침을 뱉으면서 교장실 앞까지 갔다. 거구인 피오르코프스키 교장은 자리에 앉은 채로 침착하고 강하게, 하지만 친절하게 우리를 맞았다. 교장은 서둘러 아버지처럼 다정하게 내 볼을 꼬집으면서 분위기를 부드럽게 만들려 애썼고 내 턱을 잡았다. 나는 저항하는 대신 고개를 숙였고, 그가 내 머리 위로 핌코를 향해 나지막하게 말했다.

"귀여운 얼간이, 우리 귀여운 얼간이! 와 주셔서 고맙습니다, 교수님. 새 학생을 데려와 줘서 정말 고맙습니다. 모두가 사람을 작아지게 만들 줄 안다면 우린 지금보다 두 배는 커질 텐데 말입니다. 얼간이, 얼간이, 얼간이. 믿으실지 모르겠지만, 이렇게 우리의 보살핌을 통해 인위적으로 작아지고 유아기로 돌아간 어른들은 원래 어린애들보다 더 훌륭한 사회 구성원이 된답니다. 얼간이, 얼간이! 학생이 없으면 학교도 없고, 학교가 없으면 삶도 없지요! 저를 잘 기억해 주시기 바랍니다. 우리 학교는 분명 도움을 받을 자격이 있답니다. 우리의 교수법은 비길 데 없이 훌륭한 머저리들을 만들어 내고, 그래서 우리는 교사진을 선택할 때 몸에도 무척 신경을 썼습니다. 한번 보시렵니까?"

"좋죠." 핌코가 대답했다. "몸이 영혼에 영향을 끼친다는 사실은 누구나 알잖습니까."

교장이 교무실로 연결되는 문을 열었다. 두 사람은 조심스레 안을 들여다보았고, 나도 그렇게 했다. 정말로 무서웠다! 큰 방 안의 식탁 주위에 교사들이 앉아 차를 마시며 크루아상을 먹고 있었다. 정말 난생처음 보는 초라한 늙은이들이었다. 대부분은 큰 소리를 내며 차를 들이켰고, 한 사람은 빵을 꼭꼭 씹었고, 또 한 사람은 우물우물 되씹었고, 세 번째 사람은 게걸스럽게 입 안에 밀어 넣었고, 네 번째 사람은 꿀꺽꿀꺽 삼켰고, 다섯 번째 사람은 처량한 대머리였고, 프랑스어 담당 여교사는 손수건 끝으로 눈곱을 닦았다.

"그렇습니다, 교수님." 교장이 매우 자랑스럽게 말했다. "아주 정성 들여 선발한 교사진이랍니다. 하나같이 예외적으로 고약하고 불쾌한 사람들이죠. 보기 좋은 몸을 가진 사람은 한 명도 없습니다. 그저 교육적인 몸들이 있을 뿐이지요. 어쩔 수 없이 젊은 교사를 채용해야 하는 경우에는 적어도 혐오스러운 특징이 하나는 있는지 검토합니다. 예를 들어, 불행하게도 역사 교사는 지금 한창 젊은 나이이고 얼핏 보면 별문제가 없지만, 자세히 보면 사팔뜨기입니다."

"그러네요." 핌코가 친근한 말투로 대답했다. "그래도 프랑스어 교사는 상냥해 보이는군요."

"말을 더듬고, 자주 눈물을 흘린답니다."

"그렇군요! 정말 그러네요. 미처 못 봤습니다. 하지만 혹시 성격이 사근사근하지는 않은가요?"

"전혀 아닙니다! 나만 해도 저 여선생하고 일 분만 얘기하면 최소한 두 번은 하품을 하게 되는걸요."

"잘됐군요. 교사들이 나름 자부심이 있고 경험 많고 잘 가르친다는 사명을 자각하고 있겠죠?"

"바르샤바에서 제일 뛰어난 두뇌들입니다. 저들 중 어느 누구도 개인적인 생각은 하지 않죠. 만일 그런 일이 생기면 내가 나서서 곧바로 그 생각을 혹은 생각하는 사람을 쫓아 버립니다. 그러니까 공격성이라고는 눈곱만큼도 찾아볼 수 없는 멍청이들입니다. 교육 프로그램에 있는 것만 가르치죠. 개인적 생각 같은 건 없고, 있을 수도 없습니다."

"얼간이, 얼간이." 핌코가 말했다. "우리 유조가 제대로 걸렸군요. 성격 좋은 교사가 최악이지요. 자기만의 생각이 있으면 더 그렇고요. 불쾌한 교사들만 학생들에게 바람직한 미성숙 혹은 무능력을, 삶에 대한 무지를 주입할 수 있으니까요. 그렇게 해야 젊은 애들을 우리 같은 올바른 사람들, 그러니까 소명을 타고난 교육자한테 붙잡아 둘 수 있고요. 적절한 인력의 도움을 받아야 이 세계를 다시 유년기로 빠뜨릴 수 있을 겁니다."

"쉿! 쉿!" 피오르코프스키 교장이 핌코의 소매를 잡아당기며 말했다. "물론입니다. 머저리. 하지만 그렇게 크게 말하면 안 됩니다. 큰 소리로 말하지 마세요."

그때 교사 하나가 다른 교사 쪽을 돌아보며 물었다. "어이! 이봐, 동료 씨! 뭐 새로운 거 있나?"——"새로운 거?" 다른 몸이 대꾸했다. "값이 내렸지."——"내렸어?" 첫 번째 몸이 물었다. "올랐다는 뜻이야?"——"올랐다고?" 두 번째 몸이 말했다. "그래도 조금 내렸겠지."——"브리오슈 값은 도대체 내릴 생각을 안 하네!" 첫 번째 몸이 먹다 남은 빵을 주머니에 쑤셔 넣으며 웅얼거렸다.

"우리 학교에서는 언제든 충분히 허약해서 빈혈 상태에 있게 하려고 식이요법을 실행하고 있습니다." 피오르코프스키 교장이 속삭이듯 말했다. "허약해져야만 '사춘기'의 여드름이 피어나니까요."

그때 펜글씨 담당 여교사가 열린 문틈으로 교장이 매우 기품 있는 낯선 사람과 함께 있는 것을 발견하고는 허둥지둥 차를 삼키고 날카로운 목소리로 말했다.

"장학사다!"

그 소리에 모든 몸들이 벌벌 떨면서 일어나 자고새들처럼 서로 부둥켜안았다. 교장은 그들이 더 이상 겁먹지 않도록 조심스레 문을 닫았고, 그러자 핌코가 내 이마에 입을 맞추며 위엄 있게 말했다.

"자! 유조! 이제 수업 받으러 가야지. 곧 수업 시작이라는구나. 그동안 나는 네가 머물 하숙집을 구해 봐야겠다. 수업이 끝나면 다시 와서 너를 집에 데려다주마."

나는 무언가 항변하려고 했다. 하지만 완벽한 현학자가 완벽한 현학자의 학식을 통해 나를 현학자의 세계로 끌어들인 탓에 그러지 못했다. 나는 고개 숙여 인사한 뒤 교실로 들어갔다. 말하지 못한 항변 때문에 마음이 무거웠고, 그 항변이 내 안에서 들끓어대는 바람에 마음이 무거웠다. 교실 역시 난장판으로 들끓고 있었다. 아이들은 이제 조금만 있으면 영원히 한마디도 할 수 없게 되기라도 하는 것처럼 정신없이 소리를 질러댔고 내키는 대로 아무 자리에나 앉았다.

교사가 어떻게 교단 위에 올라갔는지도 알 수 없었다. 교무실에서 빵값이 내렸다는 중요한 생각을 표명했던 바로 그 처량하고 창백한 몸이었다. 그는 자리에 앉아 수첩을 펼쳤고, 조끼의 먼지를 털어 냈고, 팔꿈치 부분을 더럽히지 않기 위해 소매를 걷어 올렸고, 입술을 꽉 다물었고, 내면의 무언가를 억눌렀고, 다리를 꼬았다. 이어서 한숨을 쉬었고, 무언가 말하려 했다. 교실은 점점 더 소란스러워졌다. 책과 공책을 가지런히 꺼내 놓은 시폰 외에는 너나 할 것 없이 모두 떠들어댔다.

교사는 교실을 바라보았고, 소매를 다시 매만졌고, 입술을 깨물었고, 입을 벌렸다가 다시 다물었다. 아이들이 함성 같은 소리를 내질렀다. 교사는 눈썹을 찌푸렸고, 얼굴을 찡그렸고, 소매를 다시 한번 살폈고, 손가락으로 책상을 가볍게 두드렸고, 잠시 몽상에 빠졌다. 이어 시계를 꺼내 교탁 위에 놓았고, 한숨을 쉬었고, 다시 한번 내면의 무언가를 억눌러 삼켰고, 그렇게 하품을 하거나 혹은 흩어진 에너지를 모았다. 그리고 마침내 수첩으로 교탁을 시끄럽게 두드리며 소리쳤다.

"그만! 조용히! 수업 시작합시다."

그러자 시폰과 그의 지지자 몇 명을 제외한 모든 아이들이 급하게 화장실에 가고 싶다고 했다.

병약하고 창백한 얼굴 때문에 '백지장'이라는 별명이 붙은 교사가 씁쓸한 미소를 지었다.

"그만!" 거의 기계적인 외침이었다. "허락을 받으려는 거냐? 또 뭐가 필요하지? 그럼 나는 왜 허락을 받지 못하지? 왜 난 여기 남아 있어야 하냔 말이다. 모두 자리에 있거라. 아무도 내보낼 수 없다. 미엔탈스키와 뵙코프스키는 벌로 방과 후에 남아라. 누구든지 입을 열면 후회하게 될 거다."

그때 일곱 명쯤 되는 아이들이 이런저런 병 때문에 수업 준비를 할 수 없었다는 증명서를 제출했다. 게다가 네 명이 머리가 아팠고, 한 명이 피부에 뭐가 났고, 또 한 명은 오한이 들고 경련이 왔다고 했다.

"그래!" 백지장이 부러운 듯이 말했다. "그런데 말이야. 내 의지와는 상관없는 이유 때문에 내가 수업 준비를 못 했다는 증명서는 왜 못 내지? 왜 나는 경련이 일어날 권리가 없느냐 말이다. 그래, 나도 그런 권리가 필요하다. 어째서 나는 경련이 나면 안 되고, 일요일만 빼고 매일같이 여기에 와 있어야 하지? 지겹구나! 너희가 낸 건 다 가짜 증명서이고, 너희는 다 꾀병이야. 내가 다 안다. 모두 제자리에 있거라!"

하지만 가장 약삭빠르고 가장 수다스러운 학생 세 명이 교단으로 다가와 유대인과 새들에 대한 우스운 이야기를 하기 시작했다. 백지장이 귀를 막으며 신음했다.

"안 돼, 안 돼, 난 아니야. 얘들아, 그만해라. 나를 시험하지 마. 수업해야지! 교장 선생님한테 들키면 어쩌려고 이러니?"

백지장은 소스라치듯 초조한 얼굴로 문 쪽을 쳐다보았고, 두려움 때문에 뺨이 더 창백해졌다.

"장학사한테 들키면 어쩌려고? 자, 얘들아, 경고하는데, 학교에 지금 장학사가 와 있다! 정말이야! 그러니까 조심하거라……. 멍청한 짓을 할 때가 아니란 말이다. 이제 우리는 장학사를 맞이하기 위해 빨리 준비해야 한다. 자…… 음…… 너희 중 수업 주제를 제일 잘 아는 사람이 누구지? 정말이다! 농담이 아니야! 심각하게 얘기해 보자. 뭐라고? 아는 사람이 아무도 없다고? 너희들 아주 내가 망하는 꼴을 보려는 거구나? 자, 자! 아무리 그래도 한 명은 있을 것 아니냐? 자, 용기를 내 보자……. 아! 필라슈치키에비치? 오! 정말 다행이다. 필라슈치키에비치, 네가 훌륭한 학생이라는 건 늘 알고 있었지. 자! 네가 가장 잘 알고 있는 게 뭐냐? 「콘라트 발렌로트」? 아니면 「선조들」? 아니면 낭만주의의 일반적인 특징? 자, 말해 봐라, 필라슈치키에비치."

그러자 청년으로서의 역할에 신념을 가진 시폰이 자리에서 일어나 대답했다.

"죄송합니다, 선생님. 만일 장학사 앞에서 저에게 질문을 하신다면 최선을 다해 대답하겠습니다. 하지만 지금은 제가 가장 잘 아는 것을 말할 수 없습니다. 이 원칙을 배반하는 건 바로 저 자신을 배반하는 게 됩니다."

"시폰! 너 우리가 망하는 걸 보고 싶어? 그냥 말해, 시폰!" 겁이 질린 다른 아이들이 말했다.

"그래, 그래, 필라슈치키에비치……." 백지장이 다정한 목소리로 말했다. "왜 말하지 않니? 지금은 우리밖에 없잖니. 자, 말해 보렴, 필라슈치키에비치. 설마 내가 망하거나 너희가 망하는 걸 바라지는 않겠지? 공개적으로 말하기 싫으면 조그맣게……."

"죄송합니다, 선생님." 시폰이 대답했다. "눈곱만큼도 타협할 수 없습니다. 저는 타협을 모르는 인간이니까요. 저 자신을 부정하거나 배반할 수 없습니다."

시폰이 자리에 앉았다.

"그게, 그게…… 그런 감정들은 명예로운 것이지, 필라슈치키에비치. 그래, 너무 마음에 담아 두지 마라. 그냥 농담이었다. 물론이지, 물론이야. 속임수를 써서는 안 된다. 오늘 진도가 어디지?" 교사가 공책을 뒤적이며 엄한 목소리로 물었다. "아! 스워바츠키의 시가 왜 우리의 내면에 사랑과 정열을 불러일으키는가, 이거였지? 그러니까 얘들아, 오늘 배울 부분을 내가 낭송할 테니 따라 해 보자. 자, 조용!"

학생들이 모두 손으로 머리를 감싼 채 의자 위에 누웠다. 백지장은 적당한 교재를 살짝 펼쳐 보았고, 입술을 꽉 깨물었고, 한숨을 쉬었고, 내면의 무언가를 억눌렀고, 낭송을 시작했다.

"음…… 음…… 그러니까 어째서 스워바츠키가 우리에게 정열과 사랑을 일깨우는가? 「스위스에서」라는 제목이 붙은, 놀랍고 천사의 노래 같은 시를 읽으면서 우리는 어째서 시인과 함께 눈물을 흘리는가? 「왕의 정신」의 영웅적이고 힘찬 시구를 들으면 우리는 어째서 벅찬 홍분에 휩싸이는가? 그리고 어째서 우리는 「발라디나」의 매력과 위험에서 빠져나올 수 없는가? 화음을 이루며 울려 퍼지는 「릴라 베네다」의 호소는 어째서 우리의 마음을 찢어 놓는가? 또 어째서 우리는 언제라도 불행에 빠진 왕을 구하기 위해 달려가고 날아갈 수 있는가? 어째서 그렇지? 여러분, 그것은 바로 스워바츠키가 위대한 시인이기 때문이다! 자, 바우키에비치, 어째서인지 말해 보렴! 내 말을 따라 해 봐, 어째서 그렇지? 사랑, 열정, 눈물, 홍분, 달려가고 날아가기, 다 무엇 때문이지? 왜 그런 거냐, 바우키에비치?"

꼭 핌코의 말을 듣고 있는 것 같았다. 핌코보다 낮은 대우를 받고 시야가 더 넓은 것만 달랐다.

"위대한 시인이니까요!" 바우키에비치가 대답했다. 그러는 동안 다른 아이들은 칼로 의자를 깎아 내거나 종이를 아주 작게 뭉쳐서 잉크병에 던져댔다. 잉크병은 물고기가 떠다니는 연못이 되었고, 아이들은 머리카락을 뽑아 낚시질을 하려고 했지만 종이 뭉치가 딸려 나오지 않아서 실패했다. 그러자 아이들은 머리카락으로 코를 간지럽혔고, 공책에 자기 이름을 쓰기도 했다. 멋을 낸 서명도 있었고, 그냥 이름만 쓰기도 했다. 한 아이는 한 페이지 가득 써 놓았다.

무엇-때문에, 무엇-때문에, 무엇-때문에, 스워-바츠키, 스워-바츠키, 스워-바츠키, 바츠-키, 스워-바츠-키, 바츠-키, 바츠-키, 바츠-키-모-노, 키-모-노, 모-노-프리, 모노-프리, 프리-다미.

아이들의 얼굴이 시들어 갔다. 흥분과 토론과 언쟁은 모두 어디로 갔단 말인가? 시폰마저도 완전태에 이르기 위해 노력하고 개별적으로 훈련해야 한다는 자신의 원칙을 부정하지 않기 위해 진정 젖 먹던 힘까지 정신력을 다 동원해 호소해야 했다. 하지만 제법 잘 해내서 그 힘겨운 노력은 그에게 정신력의 징표로서 행복의 근원이 되었다. 다른 아이들은 손 위에 언덕과 골짜기를 그렸고, 그 위에 대고 러시아풍으로 속삭였다. "들판이여, 나의 들판이여……!" 교사는 한숨을 쉬었고, 무언가를 억눌렀고, 손목시계를 들여다보았고, 다시 말했다.

"위대한 시인이란 말이다! 기억하거라, 중요하다. 우리는 왜 그를 사랑하는가? 위대한 시인이니까! 위대함으로 가득 찬 시인! 무지하고 게으른 너희에게 인내심을 가지고 다시 한번 말해 주마. 머릿속에 잘 새겨 두거라. 자, 한번 더 이야기한다. 위대한 시인이다. 율리우시 스워바츠키, 위대한 시인, 우리는 율리우시 스워바츠키를 사랑하고, 그의 시를 읽으며 열광한다. 위대한 시인이기 때문이다. 집에서 해 올 숙제로 내줄 테니까 이 주제를 공책에 적기 바란다. 어째서 위대한 시인 율리우시 스워바츠키의 시에는 불멸의 아름다움이 담겨 있고, 어째서 그 시는 우리를 열광하게 만드는가?"

수업이 여기까지 진행되었을 때, 학생 하나가 신경질적으로 몸을 꼬면서 신음했다.

"하지만 전 조금도 열광하지 않아요! 전혀 열광하지 않는다고요! 관심 없어요! 스워바츠키의 시는 두 연 이상은 읽을 수가 없고, 그나마도 너무 지겨워요! 세상에! 내가 눈곱만큼도 열광하지 않는데 어떻게 그 시가 날 열광시킬 수 있죠……?"

학생이 휘둥그레한 눈을 하고 마치 심연으로 빠져들듯 자리에 앉았다. 학생의 순진한 고백에 교사는 목이 메었다.

"제발 그렇게 큰 소리로 말하지 마라!" 교사가 속삭였다. "가우키에비치, 너 혼 좀 나야겠구나. 내가 망하는 걸 보고 싶니? 지금 네가 무슨 말을 하고 있는지 알기는 하니?"

"이해가 안 가는데 어떡해요. 내가 열광하지 않는데 어떻게 그 시가 나를 열광시킨다는 건지 도저히 모르겠어요!"

교사: 가우키에비치, 어떻게 열광하지 않을 수 있지? 그 시가 너를 열광하게 만든다고 수없이 설명했잖니?

가우키에비치: 하지만 정말 전 열광하지 않는걸요.

교사: 그건 네가 알아서 할 일이다, 가우키에비치. 아마도 넌 지능이 모자란 모양이다. 다른 사람들은 다 열광하는데 말

이다.

가우키에비치: 절대 그렇지 않아요. 열광하는 사람 아무도 없어요. 어째서 열광한다는 거죠? 학교에서 읽는 우리 말고는 읽은 사람도 없는데! 우리도 억지로 시키니까…….

교사: 그렇게 큰 소리로 말하면 안 된다니까, 제발! 그건 말이다, 그 정도로 교양 있고 학식 높은 사람이 거의 없기 때문에…….

가우키에비치: 교양 있는 사람들도 열광하지 않아요. 아무도, 정말 아무도 열광 안 해요.

교사: 가우키에비치! 난 처자식이 있단 말이다! 아이가 불쌍하지도 않니? 위대한 시가 우리를 열광시키는 건 절대 의심할 수 없는 사실이다, 가우키에비치! 스워바츠키는 위대한 시인이었다. 어쩌면 스워바츠키가 너를 감동시키지 않을 수도 있지만, 가우키에비치, 네 영혼이 바이런, 푸슈킨, 셸리, 괴테에도 흔들린 적 없다고 말하진 못할 테지?

가우키에비치: 아무도 안 그래요. 아무도 그런 시들에 관심 없다고요. 다 지겨워해요. 두세 연 이상 읽을 수 있는 사람도 없을걸요? 맙소사! 전 절대 못 해요…….

교사: 가우키에비치, 그러지 마라! 위대한 시는 위대하고, 또 시이기 때문에 너를 열광시키지 않을 수 없다. 그러니까 그 시는 너를 열광시키는 거다.

가우키에비치: 아니라니까요. 다른 사람들도 마찬가지고요. 맙소사!

교사는 땀을 뻘뻘 흘렸다. 그는 지갑에서 부인과 아이의 사진을 꺼내 들고 가우키에비치를 감동시키려고 애썼지만, 가우키에비치는 같은 말만 되풀이했다——전 안 그래요, 안 그래요. 이 치명적인 '전 안 그래요'가 번져 나가고 점점 커지면서 전염성을 띠기 시작했다. 여기저기서 "우리도 안 그래요."라는 소리가 들려왔고, 곧 모두 안 그렇게 되리라는 위협이 사방에 깔렸다. 교사에게는 끔찍스러운 곤경이었다. 매 순간이 아무도 안 그렇다고 소리칠 기세였고, 일촉즉발의 위기였다. 아이들이 싫다고 소리를 지르고 그 소리가 교장과 장학사의 귀에 들릴 수 있었다. 매 순간 건물이 무너져서 아이들이 깔릴 수도 있었다. 그래도 가우키에비치는 안 그랬다. 정말로 안 그랬다. 계속 안 그랬다.

불쌍한 백지장은 자기도 안 그렇게 되리라는 느낌이 들었다.

"필라슈치키에비치!" 교사가 큰 소리로 시혼을 불렀다. "지금 당장 시구를 하나 제대로 골라서 가우키에비치와 나에게, 모두에게 그 아름다움을 보여 주렴! 어서, 페리쿨룸 인 모라 (Periculum in mora)[6]! 모두 조심하거라. 누구든지 입을 열기만 하면 모두에게 벌을 줄 테니까. 우리는 열광할 수 있어야 한다. 그럴 수 있어야 해. 그렇지 않으면 내 아이한테 재앙이란 말이다."

필라슈치키에비치가 일어서서 시 한 구절을 낭송하기 시작했다.

그는 시를 낭송했다. 모두에게 갑작스레 찾아온 열광 불능

---

6) 지체하면 위험하다.

에 시폰만은 빠지지 않았던 것이다. 그는 여전히 열광할 수 있었고, 자신의 불능으로부터 능력을 끌어낼 수 있었다. 그는 시를 낭송했다. 감동적으로, 적절한 억양으로, 영성(靈性)을 담아 낭송했다. 더구나 아름답게 낭송했고, 시의 아름다움과 시인의 위대함, 그 예술의 위엄까지 더해져 더 커진 낭송의 아름다움은 서서히 모든 아름다움과 모든 위대함의 상징으로 변모했다. 더구나 낭송은 신비스럽고 격정적이었다. 시폰은 힘차게, 영감에 취해서 낭송했다. 시인의 노래를 그런 노래가 낭송되어야 하는 대로 낭송했다. 오! 얼마나 아름다운지! 얼마나 위대한지! 진정 천재적이고 멋진 시인이로구나! 파리, 벽, 손가락, 잉크, 천장, 액자, 창문…… 열광 불능의 위험이 쫓겨났고, 아이는 구원되었으며, 아내 역시 구원되었다. 이제 모두 같은 생각이었고, 모두 열광할 수 있었다. 하지만 모두가 이제 그만 멈추기를 바랐다. 그런데 옆에 있던 한 아이가 내 손에 잉크를 묻히고 있었다. 이미 자기 손을 다 더럽힌 뒤에, 신발을 벗어 자기 발을 더럽히기는 힘드니까 내 손을 더럽혔다. 남의 손은 끔찍하다. 내 손과 닮았기 때문에 더욱 그렇다. 이제 어떤 결론을 내려야 할까? 아무것도 없다. 다리는 어떻게 하지? 그냥 흔들까? 그런 뒤엔?

십오 분쯤 지나자 바로 그 가우키에비치가 지겹다고, 자기가 작아지고 있다고, 이제 고백하고 이해하고 받아들인다고, 사과한다고, 할 수 있다고 신음하며 말했다.

"어떠냐, 가우키에비치? 위대한 천재들에 대한 존경심을 불어넣는 데는 학교만 한 곳이 없지?"

하지만 시 낭송을 듣고 있던 아이들은 이상한 현상에 사로잡혔다. 양편의 차이도 사라졌다. 시폰 편의 아이들도 미엔투스 편의 아이들도 마법사, 시인, 백지장, 아이의 무게에 짓눌리고 정신이 멍해져서 등이 굽었다. 벽들에도 검은색 잉크가 고인 의자들에도 아무것도 없고, 구별하게 해 주는 차이도 없었다. 창문 너머로 벽 끄트머리가 보였는데, 벽돌 하나가 튀어나와 있고 그 위에 '날아갔다.'라고 글자가 새겨져 있었다. 이제 교사의 몸에 신경 쓰든가 아니면 자기 자신의 몸에 신경 쓰든가, 두 가지밖에 할 수 있는 일이 없었다. 아이들은 결국 백지장의 머리에 머리카락이 몇 개인지 세어 보고 그의 구두끈이 얼마나 복잡한지 분석하는 데 몰두했다. 그러지 않는 아이들은 자기 머리칼을 세어 보거나 자기 목을 틀어 보았다. 미즈드랄은 가만히 못 있고 계속 움직였고, 호페크는 위아래의 이를 부딪쳤고, 미엔투스는 고통스러워서 몸 둘 바를 몰랐다. 몽상에 빠지는 아이들이 있었고, 이전의 나쁜 버릇 그대로 혼자 중얼거리는 아이들이 있었다. 자기 옷의 단추를 뜯어내고 옷을 찢는 아이들도 있었다. 반사적 행동과 이상야릇한 행동이 범벅된 황량한 정글이 교실 가득 피어났다. 오직 시폰만이, 다른 모두가 비참해지는 만큼, 혼자 사악하게 번창 중이었다. 그는 궁핍에서도 부(富)를 끌어낼 수 있는 내적 메커니즘을 지니고 있었다. 교사는 아내와 아이를 생각하며 쉬지 않고 떠들어댔다.

"우리의 위대한 메시아, 메시아, 메시아 선지자들, 애국심, 폴란드, 민족들을 지키시는 그리스도, 횃불, 검, 제단, 깃발, 수

난, 속죄, 영웅, 상징."

단어들이 귀로 들어와 정신을 찢어 놓았고, 얼굴이 점점 일
그러지면서 축성받은 전형과의 연결이 끊어졌다. 구겨지고 짓
눌리고 깎여 나간 얼굴들은 당장이라도 다른 형태를 받아들
일 채비가 되어 보였다. 어떤 형태로든 바뀔 수 있을 것 같았
다. 상상력 훈련에 이보다 좋은 게 어디 있을까! 현실 또한 깎
이고 짓눌리고 구겨지고 찢겨서 서서히 꿈의 세계로 변해 갔
다. 아! 나는 꿈을 꾸련다!

백지장: 선지자다! 우리의 앞날을 말해 줄 선지자! 여러분,
자, 전체를 한 번만 다시 읽어 봅시다. 우린 지금 열광하고 있
습니다. 그가 위대한 시인이기 때문이죠. 우리는 그를 경배합
니다. 그가 위대한 선지자이기 때문이죠! 빼놓을 수 없는 말
입니다! 자! 침키에비치, 따라 하거라!

침키에비치가 따라 했다──선지자다!

도망쳐야 했다. 핌코, 백지장, 선지자들, 학교, 급우, 오늘 새
벽부터 시작된 이 모든 모험이 내 머릿속에서 마치 복권 추
첨 원판처럼 빙글빙글 돌다가 '도망치기'에서 멈춰 선 것 같았
다. 하지만 어디로? 어떻게? 정확히 알 수는 없었지만, 도처에
서 솟아나는 이 환영들의 압력에 쓰러지지 않으려면 도망가
야 한다는 것만은 느낄 수 있었다. 하지만 나는 도망가기는커
녕 신발 속의 발가락을 꼼지락거렸고, 그 움직임 때문에 도망
가고 싶다는 욕망이 완전히 사라졌다. 발가락을 움직이면서
어떻게 도망친단 말인가. 도망…… 도망…… 백지장을 피해,
허구를 피하고 권태를 피해 도망친다. 하지만 내 머릿속에는

백지장이 나한테 밀어 넣은 선지자가 여전히 남아 있고, 나는 발가락을 아래쪽으로 움직였다. 나는 도망갈 결심을 하지 못했다. 그 불능은 가우키에비치의 열광 불능보다 더 분명했다.

　이론상으로는 더할 나위 없이 간단했다. 학교에서 나가고, 다시 돌아오지 않으면 그만이다. 핌코가 경찰에 신고해서 나를 찾지는 않을 것이다. 얼간이 교수법의 총수가 그렇게까지 손을 뻗을 리는 없다. 그러니까 내가 원하기만 하면 가능한 일이었다. 하지만 나는 원하지 못했다. 도망가기 위해서는 도망가려는 의지가 필요한데, 발가락을 움직이고 혐오감으로 얼굴이 일그러지고 바뀌는 상황에 어디서 그런 의지를 얻겠는가? 비로소 나는 아무도 이 학교에서 도망가지 못하는 이유를 깨달았다. 얼굴들, 태도들, 도망 가능성을 학교가 없애 버린 것이다. 모두가 자기 자신의 찡그린 얼굴의 포로였고, 모두가 도망갈 수 있지만 그러지 않은 것은 그러기 마땅한 상태가 아니기 때문이었다. 도망가는 것은 학교를 떠난다는 뜻일 뿐 아니라 자기 자신과 멀어진다는 뜻이었다. 자기와 멀어지기, 핌코 때문에 내가 돌아와 버린 어린 시절의 풋내기와 멀어지기, 풋내기를 버려두기, 이전처럼 어른으로 돌아가기. 하지만 지금의 자기 자신으로부터 어떻게 도망칠 수 있을까? 받침점을, 저항의 기반을 어디서 얻는단 말인가? 우리의 형태가 우리 속으로 파고들고, 밖으로부터 그리고 안으로부터 우리 안에 독(毒)을 퍼뜨린다. 한순간이라도 현실이 원래의 권리를 되찾을 수 있다면, 내가 처한 이 믿기 힘든 상황이 너무도 기괴하고 너무도 분명해서 보는 사람마다 소리를 지를 터였다.

"아니, 도대체 어른이 여기서 뭘 하고 있죠?"

하지만 모든 것이 너무도 이상했기 때문에 나 한 사람의 상황은 그 안에 묻히고 말았다. 오! 일그러지지 않은, 내 얼굴의 찡그린 주름살을 알아볼 수 있는 얼굴을 하나만이라도 볼 수 있었으면! 하지만 아무리 둘러봐도 일그러진 얼굴, 짓눌린 얼굴, 뒤집힌 얼굴들뿐이었고, 일그러진 거울 같은 그 얼굴들에 내 얼굴이 비쳤고, 그 거울 속 얼굴들이 나를 붙잡았다. 꿈인가 생시인가?

바로 그때, 그을린 얼굴에 플란넬 바지를 입은 코피르다, 아까 마당에서 '여고생'이라는 말이 나올 때 우월감이 담긴 미소를 지었던 아이가 나타났다. 그는 미엔투스와 시폰의 논쟁에 관심이 없고 백지장한테도 관심이 없었다. 그저 나른하게, 매우 정상적인 자세로 앉아 있었다. 양손을 주머니에 넣은 채 분명하고 민첩하고 가볍고 능숙하고 보기 좋게, 조금 경쾌한 모습으로 다리를 꼬고 앉아, 마치 다리가 그를 학교에서 멀리 데려가 주기라도 할 것처럼 계속 한쪽 다리를 내려다보고 있었다. 꿈일까 생시일까?——이런 일이 가능한가? 나는 생각했다. 정말로 코피르다는 진정한 소년이 된 걸까? '건달'도 아니고 '청년'도 아닌 정상적인 소년이? 아마도 저 아이 덕분에 불능이 사라지리라…….

3장

움켜쥐기, 그리고 반죽하기 이후

교사는 점점 더 자주 손목시계를 들여다보았고, 아이들도 시계를 꺼내 바라보았다. 마침내 구원의 종이 울렸다. 백지장은 읽던 문장을 중간에 버려두고 사라졌고, 교사의 말을 듣던 아이들이 깨어나 끔찍스러운 함성을 내질렀다. 오직 시폰만이 침착하게 집중해서 깊은 생각에 빠져 있었다. 하지만 백지장이 나가자마자 수업 시간 동안 선지자들의 단조로움에 묻혀 있던 순진함의 문제에 다시 불이 붙었다. 공식적인 잡담에서 벗어난 아이들은 곧 '건달'과 '청년'의 이야기로 다시 빠져들었고, 현실은 조금씩 몽상의 세계로 변해 갔다. 아! 나는 꿈을 꾸련다! 시폰은 논쟁에 직접 끼어들지 않고 떨어져 앉아 있었다. 피조가 시폰의 지지자들을 이끌었고, 그 상대인 미엔투스는 호페크가 보좌했다. 무거워진 분위기 속에서 다시 분노와

격분이 피어나기 시작했고, 언쟁이 퍼져 나갔으며, 서로 사상가들의 이름을 뱉어 냈다. 이론들이 마치 투석기의 돌멩이들처럼 날아가 상대편을 공격했고, 철학들이 흥분으로 꼭지가 돈 머리들 위에서 대결을 펼쳤다. 좀 더 멀리, 해방되고 해방하려는 한 떼의 여인들이 첫 경험의 열광에 휩싸여, 보수 언론의 반(反)민중 계몽주의에 맞서 돌격 나팔을 불었다. "맞서자! 볼셰비즘이여! 파시즘이여! 가톨릭 젊은이들이여! 참전 용사들이여! 진정한 폴란드여! 젊은 근위대여! 의용군이여! 명예와 조국이여! 용기를 내자!" 오가는 말은 점점 더 복잡해졌다. 각각의 정당이 사람들의 머릿속에 다른 유형의 소년을 채워 넣는 것 같았고, 이론가마다 사람들의 머릿속에, 이미 영화와 신문, 대중 소설로 가득 차 있는 그 머릿속에 자기의 취향과 이상을 밀어 넣는 것 같았다.

이렇게 청년, 건달, 소비에트 공산당 청년 당원, 스포츠맨, 젊은이, 부랑아, 탐미주의자, 추론가, 회의주의자 등…… 모든 표본들이 전장(戰場)에 나와 힘을 겨루면서 신음과 경탄 너머로 격분에 휩싸여 서로 침을 뱉어댔다——"정말 순진한 자로군!" "아니, 순진한 건 너지!" 사실 이상들은 하나같이 극도로 편협하고 사소하며 미숙하고 공허했다. 학생들은 논쟁의 열기에 휩싸여 그 이상(理想)들을 꺼냈고, 어설프게 꺼낸 그 이상들이 곧바로 두려워져도 다시 되돌릴 수는 없었기에 투석기처럼 뒤로 물러서기만 했다. 삶과 현실과의 접촉을 완전히 잃어버린, 온갖 사조와 당파와 경향에 짓눌린, 교수 방법론에 따라 다루어진, 허위로 둘러싸인 그들이 표현하고자 한 것은 바로 허위였다! 멍청함이 밴 학생들의 감정은 허위였고, 그들의 서정은 끔찍했고, 감상주의는 참기 힘들었고, 해학과 농담은 미숙했고, 열정은 과시적이었고, 약점은 혐오스러웠다. 세상은 늘 그런 식으로 돌아갔다. 인위적으로 다뤄진 아이들이 어떻게 인위적이지 않을 수 있겠는가? 인위적인 아이들이 어떻게 수치심 없이 말할 수 있겠는가? 무겁게 가라앉은 공기 속에서 학생들의 불능이 피어올랐고, 현실은 다시 이상의 세계로 변모했다. 오직 코피르다만이 말려들지 않았다. 손톱 가는 칼을 이미 던져 버린 그는 하릴없이 다리를 흔들고 있었다.

그사이 미엔투스와 미즈드랄은 조금 떨어진 곳에서 알 수 없는 짧은 끈을 만지작거리고 있었다. 미즈드랄은 이미 멜빵도 벗었다. 내 등에 식은땀이 흘렀다. 만일 미엔투스가 귀를 통해 시폰의 동정을 떼게 하려는 계획을 실천한다면 현실은…… 현실은…… 악몽이 될 터이고, 어떻게든 도망치는 것이 불가능해질 때까지 점점 더 부조리해질 것이다. 무슨 일이 있어도 막아야 했다. 하지만 나 혼자 모두에 맞설 수 있을까? 더구나 내 발가락이 신발 안에서 꼼지락대고 있는데? 안 돼, 안 된다, 난 할 수 없다. 아! 형태를 간직한 얼굴을 하나만이라도 볼 수 있다면! 나는 코피르다에게 다가갔다. 플란넬 바지를 입은 그는 창문 앞에 서서 휘파람을 불면서 운동장을 바라보고 있었다. 적어도 그만은 어떤 이상도 내세우지 않는 것 같았다. 하지만 어떻게 시작하지?

"아이들이 시폰을 범하려고 해." 난 그냥 이렇게 말했다. "못하게 막아야 해. 미엔투스가 시폰을 범하면 학교 분위기를 수

습할 수 없을 거야."

나는 코피르다가 뭐라고 대답할지, 뭘 하려 할지, 어떤 목소리로 대답할지 초초하게 기다렸다. 하지만 그는 대답 없이 두 발을 모아 창문을 뛰어넘어 다시 운동장으로 가 버렸다. 그리고 그곳에서 계속 휘파람을 불었다.

나는 망연자실했다. 뭐야? 가 버렸어? 왜 내 말에 대답도 안 하고 창문을 뛰어넘었지? 이상하군. 왜 저렇게 급하게 도망가는 거야? 왜 저렇게 부리나케 도망가? 나는 목에 흐르는 땀을 닦았다. 꿈인가? 생시인가? 생각에 빠져 있을 때가 아니었다. 가까이에 있다가 내가 코피르다에게 하는 말을 들은 미엔투스가 나한테 덤벼든 것이다.

"넌 왜 끼어들어?" 미엔투스가 고함을 질렀다. "우리 일을 코피르다한테 얘기해도 된다고 누가 그래? 저 애는 이 일에 관심도 없어! 코피르다한테 내 얘기 절대 하지 마!"

나는 한 걸음 물러섰다. 미엔투스가 나에게 욕을 퍼부었고, 나는 웅얼거리며 애원했다.

"미엔투스, 시폰한테 그러지 마!"

내가 미처 말을 끝맺기도 전에 미엔투스가 다시 고함을 쳤다.

"너, 내가 그 자식 어떻게 할 건지 알아? 그리고 너도? 난 말이야, 너희 척…… 척골을…….."

"그러지 마!" 나는 사정했다. "그러지 말라고. 안 그럴 거지? 내 말 잘 들어 봐. 어떻게 될지 생각해 봤어? 생각해 봤느냐고! 시폰을 데려다가 땅에 묶어 놓고 네가 억지로 귀로 동정을 떼게 한다는 거지? 어떨지 생각해 봤어?"

미엔투스는 더욱 험악하게 얼굴을 찡그리며 말했다.

"알겠어. 너도 '훌륭한 청년'이로군. 너도 마찬가지야. 시폰이 너까지 끌어들였어! 내가 잘난 청년인 너의 어디로 할 건지 알아? 척…… 척골이야!"

그러면서 내 경골을 걷어찼다.

나는 뭔가 할 말을 찾았지만, 늘 그렇듯이 생각나는 말이 없었다.

"미엔투스!" 내가 계속 중얼거렸다. "그만둬. 그러지 마…… 시폰은 순진해야 하고 너는 방종해야 해서 그래? 이제 그만둬."

미엔투스가 내 얼굴을 뚫어지게 쳐다보았다.

"넌 도대체 정확히 뭘 원하지?"

"멍청이 짓 좀 관두라고!"

"멍청이 짓을 관두라고?" 그가 꿈꾸는 듯한 눈빛으로 웅얼거렸다. "그래, 멍청이 짓을 관둔다……. 하지만 건달 중에도 멍청하지 않은 애들이 있지. 문지기의 아들들, 견습공들, 농장의 머슴들, 양동이를 들거나 비질하는 자들…… 물론 그들은 시폰과 나를, 우리 농장의 멍청한 짓을 비웃을 테지!"

미엔투스는 고통스러운 몽상에 빠져 천박함과 집요한 저속함을 잠시 버렸다. 그러자 얼굴이 부드러워졌다. 하지만 곧바로 시뻘건 불에 데기라도 한 것처럼 화들짝 정신을 차렸다.

"얼간이! 얼간이!" 그가 악을 썼다. "난 싫어, 사람들이 학생들을 순진하다고 생각하는 걸 절대로 받아들일 수 없어! 나는 시폰의 귀를 범해야 해! 음…… 음…… 음……!"

그가 심하게 일그러진 얼굴로 돌아가 너무 심한 욕설을 토해 내는 바람에 나는 다시 한 걸음 물러날 수밖에 없었다.

"미엔투스……." 나는 겁에 질려 무의식적으로 중얼거렸다. "여기서 나가자! 나가자고!"

"나가?"

그가 솔깃한 듯 욕설을 멈추더니 호기심에 찬 시선을 던졌다. 그는 훨씬 정상적이 되었고, 나는 마지막 구조용 널빤지에 매달리듯 매달렸다.

"떠나자. 떠나자, 미엔투스. 모두 다 버리고 떠나자."

그가 망설였다. 이러지도 저러지도 못하는 그의 얼굴이 허공에 떠다니는 것 같았다. 그는 분명 떠난다는 생각에 마음이 끌리고 있었다. 나는 그가 다시 혐오감을 느끼지 않도록 열정적으로 용기를 북돋아 주었다.

"떠나자, 미엔투스. 자유롭게! 머슴들한테로!"

미엔투스가 품팔이 농군의 삶에 대해 열렬한 향수를 품고 있음을 알게 된 나는 그가 미끼에 걸려들기를 바랐다. 오! 그를 기괴함으로부터 보호하고 얼굴을 찡그리지 않게 할 수만 있다면 무슨 말이든 못 하겠는가! 미엔투스가 눈을 반짝이더니 형제처럼 다정하게 나를 툭 치면서 말했다.

"그래도 될까?" 비밀을 털어놓는 듯한 목소리였다.

그의 웃음은 부드럽고 순수했다. 나도 부드럽게 웃었다.

"떠난다……." 그가 중얼거렸다. "떠난다……. 농장 머슴의 집으로……. 말에게 물을 먹이고 강물에서 멱을 감는 진정한 건달들에게로……."

그때 끔찍한 광경이 눈에 들어왔다. 그의 얼굴이 변해 있었다. 일종의 우울, 일종의 특별한 아름다움이 깃든 얼굴, 그러니까 농장 머슴을 만나고 싶어 하는 어린 학생의 얼굴이 된 것이다. 난폭함 대신 청순한 사랑이 나타났다. 마음을 놓은 그가 가면을 벗자 향수와 서정이 드러났다. 미엔투스는 음악 소리 같은 부드러운 목소리로 말했다.

"아! 아! 농장 머슴들과 함께 호밀빵을 먹고, 안장 없는 말에 올라 들판을 달리면……."

그의 입이 살짝 벌어지면서 조금 씁쓸하고 야릇한 미소가 얼굴에 번졌고, 그의 몸은 더욱 가늘고 유연해졌고, 그의 목과 어깨는 열정적인 호의를 드러냈다. 이제 그는 학교에서 머슴의 자유를 꿈꾸는 소년이 되었다——그러다가 그가 갑자기 조심성 없이 노골적으로 환한 미소를 터뜨렸다. 나는 한 걸음 물러섰다. 이 상황이 너무 싫었다. 나도 환한 미소를 터뜨려야 하나? 그렇게 하지 않으면 미엔투스가 다시 나한테 욕설을 퍼부을까? 하지만 내가 그렇게 하면…… 어쩌면 더 나쁜 결과가 오지 않을까? 그가 나에게 넌지시 보여준 그 은밀한 아름다움은 사실 그의 추함보다 더 기괴스러웠다. 쯧, 쯧, 어쩌자고 머슴을 생각해 냈단 말인가……. 결국 나는 환한 미소를 터뜨리지 않았고, 그냥 입술을 오므려 부드럽게 휘파람을 불었다. 우리는 그렇게, 한 사람은 치아를 다 드러내고 미소 지었고, 다른 한 사람은 휘파람을 불거나 부드럽게 웃었다. 지금까지의 세상은 이미 무너져 내렸고, 이제 치아를 드러내고 웃고 있는, 떠나려고 하는 소년을 중심으로 다시 세상이 세워지려 했다. 바로 그때 우리 옆쪽에서 히죽거리는 소리가 사방으로 퍼져 나갔다! 나는 한 걸음 더 물러났다. 시폰, 피조, 그리고 시폰의 지지자 대여섯 명이 순진한 아이들처럼 옆구리를 붙잡고 빈정대는 너그러움으로 가득 차서 소리를 질러댔다.

"뭐야?" 깜짝 놀란 미엔투스가 소리를 질렀다. 하지만 이미 늦었다.

피조가 웃음을 퍼붓기 시작했다.

"호! 호! 호!"

그리고 시폰이 말했다.

"브라보, 미엔탈스키! 뭘 감추고 있는지 이제 알았어! 현장에서 잡혔어! 우리 미엔투스께서는 농장 머슴을 꿈꾸시는군! 머슴과 함께 들판을 달리고 싶은 거야! 경험 많은 현실주의자, 강건한 현실주의자인 척하며 남들의 이상주의를 공격하더니, 결국 마음속 깊은 곳에선 감상주의자였어! 촌스러운 감상주의자!"

미즈드랄이 더할 나위 없이 상스럽게 소리를 질렀다.

"입 닥쳐! 아가리 닥치라고! 빌어먹을……! 제기랄……."

하지만 너무 늦었다. 아무리 심한 욕을 동원해도 '현행범'을, 그러니까 몽상에 빠지는 분명한 부정행위를 하다가 현장에서 적발된 미엔투스를 구해 낼 도리가 없었다. 미엔투스의 얼굴이 벌겋게 달아올랐고, 시폰은 의기양양하고 비열하게 말했다.

"다른 사람의 이상주의를 공격하면서 정작 자기는 농장 머슴들 앞에서 폼을 잡겠다니! 뭐, 왜 그렇게 순수를 싫어하는

지는 이제 알 것 같군."

미엔투스가 시폰한테 덤벼들 줄 알았는데 가만히 있었다. 미엔투스가 시폰한테 마구 욕을 퍼부을 줄 알았는데 가만히 있었다. 그는 '현행범'으로 적발되었기 때문에 그럴 수 없었다. 미엔투스는 냉정하고 날카로운 예의를 갖추며 뻣뻣해졌다.

"음! 시폰!" 미엔투스가 시간을 벌어 보려고 아무렇지도 않은 듯 말했다. "그러니까 넌 내가 일부러 가식적인 표정을 짓는다는 거지? 그럼 넌 안 그래?"

"나?" 당황한 시폰이 되물었다. "농장 머슴들한테는 안 그러지."

"이상주의자들한테만 그런다는 거야? 그러면 넌 이상주의들한테 그럴 권리가 있고 난 머슴들한테 그럴 권리가 없어? 날 한번 똑바로 쳐다볼래? 그래, 웬만하면 네 얼굴 좀 가까이서 보자."

"뭐 하려고?" 시폰이 손수건을 꺼내며 불안한 목소리로 물었다.

미엔투스가 시폰의 손수건을 빼앗아 바닥에 던져 버렸다.

"뭐 할 거냐고? 네 얼굴을 더는 참아 줄 수가 없어서 그러지. 너의 그 순수하고 고귀한 얼굴은 이제 버려! 아, 어째서 넌 그래도 되지? 이제 포기해. 잔뜩 인상을 쓰게 만들어서 네가 더는…… 더는…… 그런 마음이 안 들게 해 줄 테니까……! 보여 줄게, 두고 봐!"

"나한테 어쩌려는 거지?" 시폰이 물었다.

미엔투스가 열에 들떠 발작하듯이 고함을 내질렀다.

"내가 보여 준다니까! 두고 봐! 자! 우선 나한테 한번 보여 줘 봐. 그러면 나도 너한테 보여 줄게! 잡소리는 집어치워! 시작하자고! 허구한 날 그 청년 얘기만 늘어놓지 말고 이제 너라는 잘난 청년을 직접 보여 줘 봐. 그러면 나도 내 걸 보여 줄게. 누가 물러서는지 한번 보자고! 보여 줘 봐! 거창하게 떠들어대지만 말고, 인상 좀 그만 쓰고, 어쭙잖은 폼만 잡지 말고, 되지도 않게 우아하고 순진한 척 교태 부리지 말고! 집어치워! 집어치우라고! 자! 내가 결투를 신청할게. 누가 더 표정을 잘 짓는지, 누가 더 인상을 잘 쓰는지 한번 붙어 보자. 보면 알겠지. 너라는 그 잘난 '청년'이 어떤 꼴로 쓰러지는지 보여 주겠어! 자! 이제 말은 필요 없어! 보여 줘, 보여 달라고. 그러고 나면 이 몸이, 그래, 내가 너한테 보여 줄 테니까."

정신 나간 생각이었다! 미엔투스는 누가 더 인상을 잘 쓰나 시폰에게 결투를 신청했다. 모두 말없이 마치 미친 사람을 쳐다보듯 미엔투스를 쳐다보았고, 시폰은 빈정거릴 대답거리를 찾았다. 하지만 그의 얼굴에는 거의 악마적인 신랄한 표정이 떠올랐고, 그 표정은 오히려 미엔투스의 제안이 얼마나 끔찍한 것인지 말해 주었다. 표정 짓기! 찡그림! 그것은 무기인 동시에 형벌이었다! 이번 전투는 가차 없는 전투가 되리라. 미엔탈스키가 백주 대낮에 지금까지 아무도 해 본 적 없는 일을 하려는 것을 보면서, 더없이 신중하게, 기껏해야 방문을 닫고 거울을 보면서 시도해 본 게 전부이던 끔찍한 부속품을 만들어내려 하는 것을 보면서 아이들은 겁에 질렸다. 나는 더 이상 피할 수 없는 궁지에 몰린 미엔투스가 마침내 이성을 잃고 모두를 파괴시키려 한다는 걸 깨닫고 한발 물러섰다. 미엔투스는 인상을 써서 시폰과 시폰의 '청년'뿐 아니라 '건달'과 '농장 머슴'까지, 그리고 자기 자신과 나까지 모두를 무너뜨리려는 것이다!

"겁나냐?" 미엔투스가 물었다.

"내가 나의 이상을 부끄러워하느냐고?" 시폰이 되받아쳤지만 약간의 당혹감을 감추지는 못했다. 그의 목소리가 떨렸다. "나더러 겁나냐고?"

"그렇다면 문제 될 게 없군. 자, 시폰! 시간과 장소를 정하자. 오늘 수업 끝난 후에 여기 교실에서 보는 거다. 너도 증인을 골라. 난 미즈드랄과 호페크로 하겠어. 그리고 심판은······ (정녕 악마 같은 목소리였다.) 심판은······ 그래······ 오늘 새로 온 애로 하면 되겠지?"

뭐라고? 나? 나한테 그 일을 맡긴다고? 정녕 꿈이었다. 말도 안 된다! 정말 말도 안 된다! 나는 그 장면을 보고 싶지 않았고, 볼 수도 없었다. 무언가 항변하려 했지만, 모두 겁에 질려 있던 분위기가 이미 흥분으로 바뀌어 다 함께 소리를 질러댔다. "좋아! 찬성이야! 빨리 하자!" 종이 울렸고, 턱수염을 기른 키 작은 사람이 들어와 교탁 앞에 앉았다.

아까 교무실에서 빵값이 오르고 있다고 말한 바로 그 교사, 코에 사마귀가 났고 작은 잿빛 비둘기를 닮은 호감 가는 노인이었다. 죽음과도 같은 침묵 속에서 그가 수첩을 펼쳤다. 이어서 그는 경쾌한 시선으로 학생 명단의 앞부분을 들여다보았고, 그러자 이름이 A로 시작하는 아이들이 떨기 시작했다. 그가 명단 끝쪽을 들여다보자 이번엔 이름이 Z로 시작하는 아이들이 모두 겁에 질렸다. 다들 아는 게 하나도 없었다. 언쟁의 불길에 사로잡혀 있느라 다들 라틴어 문장을 베껴야 한다는 걸 잊고 있었다. 시폰은 이미 집에서 예습을 해 왔기 때문에 교사의 요구대로 뭐든지 할 수 있었지만, 다른 아이들은 그렇지 못했다. 나이 든 교사는 자기가 지금 아이들을 얼마나 두렵게 만들고 있는지는 신경도 쓰지 않은 채로 수첩에 적힌 이름들을 다정한 눈길로 훑어 나갔다. 망설이고, 깊이 생각하고, 혼자 즐거워하다가, 마침내 자신 있게 소리쳤다.

"미들라코프스키!"

하지만 곧 미들라코프스키가 교과 과정에 나오는 카이사르의 글을 번역할 수 없음이 드러났다. 더욱이 그는 '아니미스 오블라티스(animis oblatis)'가 절대 탈격이라는 것도 알지 못했다.

"오! 미들라코프스키!" 상냥한 노교사는 비난이 담긴 진지한 표정으로 말했다. "자네는 '아니미스 오블라티스'가 무슨 뜻인지, 문법적으로 어떤 형태인지 모르는 건가? 도대체 왜 모르지?"

교사는 무척이나 슬퍼하며 0점이라고 적었다. 그러고 나서 마음을 다시 가다듬고 새로운 열정으로 이번에는 'K'로 시작하는 이름 중에서 코페르스키를 골랐다. 호명되는 학생이 무척 기뻐하리라 믿고 신뢰를 가득 담은 시선과 손짓을 함으로써 학생의 경쟁심을 북돋우려 했다. 하지만 코페르스키도 코테츠키도 카푸시친스키도 코베크도, 아무도 '아니미스 오블라티스'를 이해하지 못했다. 모두 적의가 담긴 표정으로 말없이 칠판 앞에 가만히 서 있었을 뿐이다. 노교사는 격렬한 손짓으로 일시적인 실망을 표현했지만, 매번 자기가 선택한 학생이 격식을 갖추어 제대로 대답하기를 기대하면서, 흡사 달에서 내려온 사람처럼 더 깊은 신뢰가 담긴 목소리로 질문을 이어 갔다. 하지만 아무도 대답을 하지 못했다. 수첩에 0점이 열 번도 넘게 적히는 동안 노교사는 어째서 학생들이 자신의 신뢰에 대해 이토록 무기력한 공포를 드러내는지, 왜 그 누구도 자신의 신뢰를 얻으려 하지 않는지 이해하지 못했다. 그는 학생들을 지나치게 믿었다! 그의 믿음은 요지부동이었다. 온갖 방법을 다 써 봐도, 증명서를 제출해도, 변명을 둘러대도, 몸이 아파도 소용없었다. 노교사는 언제나 모든 것을 이해했고 공감을 표했다.

"뭐라고, 봅코프스키? 너의 의지와 상관없는 이유 때문에 예습을 하지 못했다고? 걱정하지 마라. 제일 마지막 문장에 대해 질문하마. 뭐라고? 머리까지 아프다고? 정말 잘됐구나. 바로 여기 '말리스 카피티스(malis capitis)', 그래 두통에 대한 격언이 나오니 말이다. 너한테 딱 들어맞는구나. 뭐라고? 빨리 화장실에 가고 싶다고? 오! 봅코프스키! 왜 그러냐고? 고대인들에게도 이런 일이 있었단다. 카이사르의 군대가 상한 당근을 먹고 한꺼번에 화장실에 가고 싶어 한 일화를 이야기하는 제5권의 유명한 구절을 보여 주마. 군대 전체가 그랬단다! 봅코프스키, 정말로 전원이 다 그랬다니까! 너무도 훌륭한 고전적인 묘사가 여기 있는데 굳이 서툴게 직접 할 필요가 있겠니? 이 작품들이 생명인걸. 여러분, 이 작품들은 생명이다!"

아이들은 시폰과 미엔투스를 이미 잊었다. 논쟁도 중단했다. 모두 더 이상 존재하지 않으려 하고, 사라지려 했다. 학생들은 작아지고, 창백해지고, 지워졌다. 배와 손과 발을 움츠렸다. 더 이상 지루하지 않았고, 지루할 수도 없었다. 모두 겁에 질렸고, 모두 오래된 책들을 먹고 사는 그 유치한 믿음이 공격해 올지 모른다는 고통스러운 근심에 짓눌렸다. 아이들의 얼굴은 그렇게 어두운 그림자가, 허깨비가 되었다. 자기들이 이상한지, '아쿠자티부스 쿰 인피니티보(accusativus cum infinitivo)'가 이상한지, 헛소리만 해대는 노교사의 끔찍스러운 신뢰가 이상한지, 도대체 무엇이 황당하고 허황된 것인지조차 알 수 없었다. 현실은 조금씩 몽상의 세계로 바뀌었다. 아! 꿈을 꾸련다!

노교사는 뽑코프스키에게 낮은 평점을 매기고 문제의 '아니미스 오블라티스'를 끝까지 다 써먹은 뒤에 다른 문제를 생각해 냈다. 타동사 '콜레오(colleo), 콜레아레(colleare), 콜레아비(colleavi), 콜레아툼(colleatum)'의 접속법 미래 수동태 삼인칭 복수형을 맞히는 문제였다. 교사는 이 문제를 생각해 내고는 무척 좋아했다.

"너무 재미있는 문제로구나!" 그는 손을 비비며 감탄했다. "재미있으면서 또 교육적인 문제지. 자! 여러분! 아주 섬세한 문제란다! 너희의 지적 민첩성을 보여 줄 수 있는 좋은 기회가 될 거다. '올레아레(olleare)'에서 '올란두스 심(ollandus sim)'이 나오니까…… 자! 한번 해 보자꾸나!"

아이들은 압도되어 입을 열지 못했다.

"……자! 어서! 어떻게 되지? 콜란(collan)…… 콜란……?"

아무도 입을 열지 않았다. 노교사는 지치지 않고 같은 말을 되풀이했다. "자, 콜란…… 콜란……." 그는 이 수수께끼를 통해 아이들에게 빛을 주고 호기심을 일으키고 용기를 주고 정신을 일깨우고 싶었다. 그는 알려는 욕구, 의기양양한 대답을 제시하려는 욕망을 자극하기 위해 최선을 다했다. 하지만 아무도 움직일 마음이 없음을, 결국 헛수고를 하고 있음을 깨달았다. 표정이 어두워진 노교사가 희미한 목소리로 말했다.

"콜란두스 심(collandus sim) 아니냐!"

여전히 반응이 없었다. 낙심하고 수치심에 휩싸인 노교사가 '콜란두스 심'을 한번 더 말한 뒤 덧붙였다.

"제군들, 어떻게 이걸 모를 수 있지? '콜란두스 심'이 지성을 이루고 판단력을 키우며 성격을 도야하고 전반적인 완성을 도와주고 고대인들과 친해지게 해 준다는 것이 어째서 느껴지지 않는지 모르겠구나. 자! 생각해 보자. '올레아레(olleare)'의 변화가 '올란두스(ollandus)'가 되면, 삼인칭 수동태 미래는 '두스(dus)'로 끝나니까, '콜레아레(colleare)'는 '콜란두스(collandus)'로 변하지 않겠느냐? 두스, 두스……. 오직 예외들만 예외가 된다. 우스, 우스, 우스……. 알겠지? 논리적이지 않은 것은 모두 예외가 되는 이 언어만큼 논리적인 언어는 없다! 우스, 우스, 우스…… 알겠지?" 그는 약간 미심쩍어하면서 결론을 내렸다. "너무도 훌륭한 발전 요인이 아니냐!"

그때 가우키에비치가 신음하기 시작했다.

"엄마야! 세상에! 발전이라고요? 도대체 뭘 발전시키는 거죠? 개선? 아무것도 개선되지 않아요. 가르친다고요? 천만에, 가르치긴 누굴 가르쳐요! 하느님 맙소사. 이런, 이런, 이런! 세상에!"

교사: 뭐라고, 가우키에비치? '우스'가 아무것도 개선하지 않는다고? 네 말은 이 어미가 개선에 조금도 기여하지 않는다는 거냐? 삼인칭 수동태 미래 어미가 우리의 정신을 풍요롭게 하지 않는다고? 도대체 무슨 말이지?

가우키에비치: 그런 어미들은 정신을 풍요롭게 만들지 않아요. 날 개선하지도 않고요. 전혀 안 그래요. 이런! 엄마야, 엄마야!

교사: 뭐라고? 어떻게 우리의 정신을 풍요롭게 만들지 않는다고 말할 수 있지? 가우키에비치 군, 내가 그렇다고 하면 그런 거다! 내가 그렇다고 하면 그런 거야! 내 말을 믿거라! 보통 사람은 이런 탁월한 효과를 분간해 내지 못한다. 그걸 분간하려면 오랜 세월 동안 연구한 아주 뛰어난 사람이어야 하지. 자, 생각해 봐라. 카이사르가 어떻게 보병대를 산 위에 배치했는지 이야기한 73개의 연을 작년에 함께 읽었지? 그 73개 연과 그 글 안에 담긴 어휘가 너에게 고대 세계의 풍요로움을 보여 주지 않았단 말이냐? 가우키에비치, 넌 그 글에서 문체, 명확한 사상, 정확한 표현, 군대 기술을 배우지 못했다는 거냐?

가우키에비치: 전혀요. 아무것도 못 배웠어요! 어떤 종류의 기술이든 하나도 안 배웠다고요. 그저 0점 맞을까 봐 두렵기만 했어요. 오! 난 못 해요! 못 해!

다시 한번 불능이 모두를 위협했다. 노교사는 자기에게도 위협이 다가오고 있음을 깨달았다. 신뢰를 키워 자신에 대한 불신과 불능을 극복하지 못한다면 끝장이었다.

"필라슈치키에비치!" 힘이 빠진 노교사가 필사적으로 외쳤다. "지난 석 달 동안 우리가 배운 내용을 사상의 깊이와 문체의 멋을 보여 주면서 다시 한번 정리해 보아라. 자, 난 믿는다. 신이여! 난 믿는다."

이미 말했듯이 시폰은 모든 것을 할 수 있었다. 그가 자리에서 일어나 입을 열었다. 유창하게, 아무 어려움 없이, 말을 이어 갔다.

이튿날 카이사르는 회의를 소집하고 병사들의 격정과 과욕을 꾸짖었다. 병사들이 자신들이 어디로 가고 무엇을 할지를 스스로 판단하려 했고 또 퇴각 신호가 떨어진 뒤에도 군단 사령관과 보좌관 들의 명령을 따르지 않았기 때문이다. 카이사르는 이 지형의 불리함이 얼마나 중요한지 설명했다. 아바리쿰에서도 있었던 일인데, 대장과 기병대가 없는 적군을 급습하고도 다 잡았던 승리를 놓쳤고, 심지어 바로 그 지형의 불리함 때문에 심각한 타격을 입은 것이다. 카이사르는 구축된 진지, 높은 산, 도시의 성벽을 높이 평가하고 그 무엇에도 굴하지 않는 용기를 지닌 병사들을 놀랍도록 위대한 영혼의 소유자라고 치하했지만, 승리에 대해 그리고 사건들의 해결책에 대해 지휘관보다 더 잘 알고 있다고 판단하는 무모함과 아집은 비난했다. 병사들에게 필요한 것은 용기와 위엄보다는 겸손과 절도일진대!

이어서 카이사르는 진군 중에 퇴각 신호를 보내기로 했고, 열 개 군단 모두가 즉시 전투를 포기하라고 명령했다. 명령은 즉시 수행되었지만, 상당히 넓은 계곡을 사이에 두고 대장 군단과 떨어져 있던 군단들은 퇴각 나팔 소리를 듣지 못했다. 결국 카이사르가 그렇게 명령을 내렸기 때문에, 군단 사령관과 보좌관들이 그들을 저지해야 했다. 하지만 승리에 대한 기대, 우위를 점한 상황에도 불구하고, 용기를 내면 후퇴하지 않고 어렵지 않게 이길 수 있을 유리한 전투를 포기하고 퇴각해야 했던 병사들은 흥분해서 결국 멈추지 않고 성벽과 성문들까지 나아갔다. 도시 곳곳에서 요란한 소리가 났고, 갑작스러운 소리에 놀란 시민들이 적군이 이미 성문에 다 이르렀다는 두려움에 도시 밖으로 뛰쳐나갔다.

"콜란두스 심! 여러분, 콜란두스 심! 너무도 명확하다. 표현도 아주 좋지! 진정 훌륭한 사상이며 깊이가 아니냐! 콜란두스 심! 보석처럼 빛나는 지혜로다. 아! 난 들이마신다, 들이마신다…… 콜란두스 심, 다시 한번, 언제나, 그리고 그 어느 때보다 콜란두스 심, 콜란두스 심!"

휴식 시간을 알리는 종이 울렸다. 학생들이 거친 함성을 질렀고, 깜짝 놀란 노교사는 바로 나가 버렸다.

바로 그 순간 모든 공식적인 잡담이 끝나고 청년과 건달에 대한 사적 잡담이 다시 시작되었다. 격렬한 토론이 불타올랐고, 현실이 서서히 꿈의 세계로 바뀌었다. 아! 난 꿈을 꾸런다!

나는 미엔투스가 일부러 그랬음을 깨달았다. 일부러, 직접 보라고, 볼 수밖에 없게 하려고 나를 심판으로 지목한 것이다! 그는 집요했다. 이 일에 엮여 들어가면서 나도 엮어 넣으려 했다. 그는 내가 머슴을 들먹이며 일시적으로나마 자기를 약하게 만들었다는 사실을 받아들이지 못한 것이다. 내가 정말로 결투 현장에 얼굴을 내밀 수 있을까? 만일 내가 그 바보짓을 받아들인다면 미엔투스는 다시는 정상적인 상태로 돌아갈 수 없고, 나의 도망도 불가능해질 텐데. 안 된다, 안 된다. 뭐든 멋대로 하라지. 하지만 내 앞에서는 안 된다. 내 앞에서는 절대 안 된다. 나는 신발 속에서 신경질적으로 발가락을 움직이면서 미엔투스의 소매를 붙잡고 애걸하는 눈길로 중얼거렸다.

"미엔투스!"

그가 나를 밀쳐 냈다.

"안 돼! 우리 착한 꼬마 청년! 어쩔 수 없어. 네가 심판이야. 한번 정한 건 그만이라고!"

나를 '꼬마 청년'이라고 부르다니! 얼마나 끔찍한 말인가! 미엔투스는 잔인했다. 빠져나갈 길이 없었다. 우리는 내가 가장 두려워하던 것을 향해, 괴상함을 향해, 기괴한 순수를 향해 돌진했다. 지금까지 아무 느낌 없이 "시폰 경이⋯⋯"를 따라 하던 아이들은 추하고 게걸스러운 호기심에 사로잡혀 콧구멍이 벌렁거리고 관자놀이가 후끈거렸다. 이 인상 쓰기 대결은 쓸데없는 잡소리가 아니라 생사가 걸린 진정한 결투가 될 터였다. 학생들은 결투에 나선 두 아이를 둘러싸고 소리 지르기 시작했다.

"시작해! 나가라! 자! 어서!"

코피르다만 혼자 떨어져 있었다. 그는 조용히 기지개를 켜더니 공책을 들고 멀어졌다.

시폰은 알을 품는 암탉처럼 초조하고 신경이 곤두선 모습으로 자기의 청년을 품고 있었다. 어쨌든 조금은 겁을 내고 있고 결투를 그만두고 싶어 하는 것 같았다. 하지만 피조가 자기 친구 시폰에게서 고결한 확신과 위대한 원칙들이 마련해 준 예외적인 기회를 낚아채며 말했다.

"할 수 있어!" 그는 시폰의 사기를 높이기 위해 귀에 대고 속삭였다. "겁내지 마! 너의 원칙들을 생각해! 너로 말하자면 원칙이 있는 사람이잖아. 그 원칙들의 힘으로 너는 원하는 표정을 무엇이든 쉽게 만들 수 있어. 하지만 저 자식은 원칙이 없기 때문에 혼자서 표정을 만들어야 하잖아. 믿을 데가 없는 거지."

피조의 말에 필라슈치키에비치의 얼굴이 조금씩 밝아졌고, 결국 자신감을 완전히 되찾은 것 같았다. 원칙의 힘으로 뭐든지 해낼 수 있게 된 것이다. 지켜보던 미즈드랄과 호페크가 미엔투스를 따로 불러내서는 질 게 뻔한 결투를 지금이라도 그만두라고 만류했다.

"네가 질 거야. 그러면 우리도 지는 거고. 차라리 지금 포기하는 게 나아. 시폰은 너보다 인상을 더 잘 쓴단 말이야. 자, 미엔투스. 기절하는 척하면서 몸이 좋지 않다고 말하면 다 해결될 거야. 그러고 나면 다들 더 탓하지 않고 이해해 줄 거라고."

"그럴 순 없어. 이미 주사위는 던져졌어. 그만해. 그만하라고! 내가 비겁자가 되길 바라는 거야? 쓸데없는 구경꾼들이나 좀 내보내! 짜증 나니까! 증인 두 명하고 심판 말고는 아무도 못 보게 해!"

하지만 이미 미엔투스의 얼굴은 창백했고, 그의 열기 속에는 감출 수 없는 두려움이 섞여 있었다. 그 모습이 냉정하고 자신감 있는 시폰과 너무 대조적이어서 미즈드랄이 중얼거렸다. "조짐이 별로 안 좋은걸······!"

대부분의 아이들이 미엔투스의 패배를 예감하면서 조용히 문을 닫고 나가 버렸다. 다 나가고 문이 닫힌 교실에는 일곱 명밖에 남지 않았다. 필라슈치키에비치와 미엔투스, 미즈드랄, 호페크, 피조, 시폰이 두 번째 증인으로 선택한 구제크라는 아이, 그리고 그 한가운데에 아무 말 없이 있는 심판 역할을 맡은 나. 그때 피조가 조금 창백한 얼굴로, 빈정대는 듯하지만 위협적인 목소리로 종이에 적힌 결투 조건을 읽었다.

대결하는 사람들은 서로 마주 보고 한 명씩 차례로 표정을 짓는다. 필라슈치키에비치가 감동적이고 아름다운 표정을 지을 때마다 그에 맞서 미엔탈스키가 저속하고 반항적인 표정을 지어야 한다. 가능한 한 가장 개인적이고 개별적이고 감동적이고 공격적인 표정들을 끝까지 가차 없이 만들어 내야 한다.

피조가 읽기를 마치자 두 적수는 지정된 자리에 앉았다. 시폰은 볼을 비볐고, 미엔투스는 턱뼈를 움직였다. 미즈드랄이 이를 부딪치며 선언했다.

"시작!"

미즈드랄의 말, 시작하라는 신호와 함께 현실은 경계를 넘어섰고 비현실은 악몽으로 바뀌었다. 있음직하지 않은 사건들이 진짜 꿈이 되었고, 나는 마치 거미줄에 걸린 파리처럼 그 한가운데서 꼼짝 못하고 있었다. 미엔투스와 시폰은 오랜 훈련을 통해 자기 얼굴을 버릴 수 있는 경지에 이른 것 같았다. 화려한 말들 대신 표정으로 공격하는 싸움이었다. 공허하고 헛되고 쓸모없는 표정들은 이제 사라질 수 없었다. 미엔투스와 시폰이 각자 무기의 무기인 얼굴을 두 손 벌려 잡고 있는 것은 놀랍지 않았다. 나는 더듬거리며 그들에게 말했다.

"너희 얼굴을 좀 불쌍히 여겨! 최소한 내 얼굴만이라도! 얼굴은 객체가 아니라 주체야. 주체라고, 주체!"

하지만 시폰은 이미 준비가 끝났다. 그가 첫 번째 표정을 어찌나 세차게 날렸는지 지켜보던 내 얼굴이 추잉검처럼 일그러졌다. 그는 어둠 속에서 빛으로 나온 사람처럼 눈을 찌푸리고 놀란 것처럼 좌우를 두리번거리고 눈알을 굴리고 하늘을 쳐다보다 끔뻑거렸고, 그러다가 천장에 무언가가 보이기라도 하듯 입을 열어 가벼운 외침을 내뱉었고, 그러다가 기쁜 표정을 짓더니 영감에 취한 듯 계속 그렇게 있었고, 그러다가 손을 심장에 갖다 대고 한숨을 내쉬었다.

미엔탈스키는 얼굴 근육을 수축시켰고, 집중했고, 아래쪽으로 찌푸림 반격을 날렸다. 똑같이 흉내 내는 공격으로 시폰을 압박한 것이다. 그는 또 똑같이 눈동자를 굴리다가 하늘을 쳐다보며 눈을 깜박이고 놀란 송아지처럼 입을 벌렸고, 사방으로 두리번거리다가 파리 한 마리가 식도 안으로 들어가자 그대로 삼켜 버렸다.

시폰은 신경 쓰지 않았다. 미엔투스가 자기 앞에서 표정을 짓고 있다는 것 자체를 무시해 버렸다.(그에게는 자기 자신을 위해 행동하는 게 아니라 원칙들을 위해 행동한다는 우월감이 있었다.) 하지만 그가 갑자기 격정에 휩싸여 오열하기 시작했고, 통회(痛悔)와 계시와 감동의 절정에 이르렀다. 미엔투스도 오열했다. 너무 오래 울어대는 바람에 콧물 한 방울이 코끝에 매달렸고, 미엔투스는 그 콧물 방울을 타구에 떨어뜨리기 위해 추하게 흔들어댔다.

더없이 성스러운 감정들에 대한 그런 모독적인 결례를 지켜보다가 시폰의 평정심이 흔들렸다. 그는 참지 못했고, 오열 못지않은 분노에 휩싸여 무모한 미엔투스에게 격노한 시선을 날렸다. 경솔하여라! 그것이 바로 미엔투스가 바라던 것인데! 미엔투스는 높은 곳을 향하던 시폰의 시선을 자기한테 끌어 내리는 데 성공했음을 알아채고 히죽거렸고, 주둥이를 내밀면서 인상을 썼다. 그 모습이 어찌나 혐오스러운지 시폰은 직격탄을 맞고 어린애처럼 울기 시작했다. 미엔투스가 승기를 잡은 것 같았다. 미즈드랄과 호페크가 안도의 한숨을 내쉬었다. 하지만 안심하기엔 일렀다!

자신이 미엔투스의 얼굴을 보고 너무 쉽게 흥분했음을, 신경이 이렇게 곤두서면 자신의 얼굴을 더 이상 뜻대로 할 수 없음을 깨달은 시폰이 고개를 숙였고, 그럴싸한 표정을 되찾았다. 그의 시선은 다시 하늘 높은 곳을 향했다. 그뿐만 아니라 다리를 앞으로 내밀었고, 머리카락 한 가닥이 이마 위에 살짝 흘러내린 채 원칙과 이상을 흔들림 없이 지켜 냈다. 이어서 그가 손을 들었고, 즉흥적으로 손가락을 하늘을 향해 올렸다. 가혹한 공격이었다.

미엔투스도 서둘러 손가락을 내밀고는 거기에 침을 뱉기도 하고 코에 쑤셔 넣고 긁어대기도 했다. 그는 방어를 위해 공격하고 공격을 위해 방어하면서 최선을 다해 손가락을 조롱했다. 하지만 시폰의 불굴의 손가락은 흔들림 없이 하늘을 향했다. 미엔투스가 자기 손가락을 깨물고 잇새에 쑤셔 박고 발뒤꿈치를 긁으면서, 손가락을 더럽히기 위해 인간으로서 할 수 있는 일을 다 해 보았지만 소용없었다. 필라슈치키에비치의 손가락은 흔들림 없는 불굴의 힘으로 하늘을 향했다. 이미 추잡함을 다 써 버린 미엔투스는 여전히 하늘을 향하는 시폰의 손가락 앞에서 난감해졌다. 증인들과 심판은 꼼짝하지 않았다. 미엔투스는 달아올라서 마지막 노력을 했다. 손가락을 타구에 집어넣었다가, 땀이 흐르고 벌게진 혐오스러운 얼굴로 시폰 앞에서 힘껏 흔들었다. 하지만 시폰은 신경 쓰지 않았다. 손을 흔들지 않았을 뿐 아니라, 그의 얼굴은 거센 소나기 뒤의 무지개처럼 환한 빛을 내면서 용감한 보이 스카우트의 색깔들, 순수함과 깨끗함, 순진한 청년의 색깔들을 반사했다.

"승리!" 피조가 외쳤다.

미엔투스의 모습은 끔찍스러웠다. 그는 벽으로 물러서 트림을 하더니 입에 거품을 물고 혈떡였다. 자기 손가락을 잡아서 끌어당기기도 했다. 시폰과 똑같이 가진 작은 조각을 뜯어내고 뽑아 버리고 쫓아내고 없애 버림으로써 자율성을 되찾으려 한 것이다! 하지만 고통을 참고 온 힘을 다해 잡아당겨도 손가락은 뽑히지 않았다. 불능이 재등장한 것이다. 반면 시폰은 여전히 할 수 있었다. 미엔투스를 위해서도 아니고 자기 자신을 위해서도 아니고 자신의 원칙을 위해 행동하는 시폰은 하늘처럼 차분하게 손가락을 하늘로 치켜들고 있었다! 오! 끔찍해라! 한 명은 일그러진 얼굴로 인상을 쓰고, 그 옆에는 또 한 명이 서 있었다. 심판인 나는 여전히 움직이지 않으면서 타인의 찡그린 얼굴과 윤곽선에 중독된 상태로 계속 그들 가운데 서 있었다. 그들의 얼굴을 비춰 내듯 내 얼굴도 일그러지기 시작했다. 두려움, 혐오감, 공포가 내 얼굴에 지울 수 없는 자국을 남겼다. 사실 두 꼭두각시 사이에 서 있는 또 하나의 꼭두각시인 내가 할 수 있는 일이 인상 쓰는 것 외에 또 뭐가 있겠는가? 내 발가락은 비극적으로 그들의 손가락을 따라 했고, 그렇게 인상을 쓰면 끝장임을 알면서도 나는 계속 인상을 썼다. 아마도 나는 영원히 픰코를 벗어날 수 없으리라. 이제 영영 집에 돌아갈 수 없을 것이다. 끔찍해라! 아, 진정 치명적인 침묵이 흘렀다! 그렇다. 온 세상이 온전히 침묵했다. 싸우는 소리조차 없었고, 오로지 말없이 찌푸린 인상들과 몸짓들뿐이었다.

침묵이 미엔투스의 날카로운 외침으로 갑자기 무너졌다.

"잡아, 잡으라고! 저 뻔뻔스러운 놈! 얼굴을 깨부숴 버리자!"

뭐지? 또 무슨 일이지? 아직 안 끝난 건가? 미엔투스는 손가락을 내리고 시폰에게 달려들어 따귀를 때렸고, 미즈드랄과 호페크는 피조와 구제크에게 달려들어 따귀를 때렸다. 교실 안이 시끌벅적해졌다. 아이들이 뱀 떼처럼 얽혀서 뒹구는 동안, 움직이지 않는 심판인 나는 그대로 서 있었다. 일 분도 채 안 돼서 피조와 구제크는 멜빵에 묶인 채 바닥에 나무토막처럼 뻗었다. 미엔투스는 시폰의 가슴에 걸터앉아 의기양양하고 거칠게 외쳤다.

"자, 이 벌레 같은 놈, 순진한 청년 놈아. 나한테 이겼다고 생각했지? 손가락을 공중에 쳐들면 다 끝날 줄 알아? 귀여운 (정말로 이 끔찍한 단어를 사용했다.) 녀석아, 이 미엔투스가 그저 손 놓고 있을 줄 알았어? 그렇게 손가락을 쳐들면 내가 거기 돌돌 말릴 줄 알았냐고. 이제 내가 손가락을 강제로 끌어내려 주마!"

"이거 놔!" 시폰이 울먹이며 말했다.

"놔 달라고? 그래, 놔 드려야지. 그런 뒤에도 지금과 같은 상태일지는 모르지만 말이야. 이제 얘기 좀 해 볼까? 잘 들어! 다행히 아직은 네 속에 뭐든 집어넣을 수 있어. 귀로 말이야! 나는 끝까지 쑤셔 넣을 거야! 자, 그 귀를 이리 대 봐! 조금만 기다려, 이 순진한 놈아. 내가 동정을 떼 줄 테니까!"

미엔투스가 몸을 숙이고 무언가를 속삭이기 시작했다. 그러자 시폰은 얼굴이 하얗게 질리더니, 돼지 멱을 딸 때처럼 꽥꽥거리고 물 밖에 끌려 나온 물고기처럼 파닥거렸다. 미엔투스가 그를 눌렀다. 둘이 바닥에서 함께 뒹굴면서 쫓고 쫓기는 광경이 이어졌다. 미엔투스의 입이 시폰의 한쪽 귀를, 어떤 때는 다른 쪽 귀를 따라갔고, 시폰은 피하려고 고개를 흔들며 안간힘을 다했다——그러다가 더 이상 피할 수 없음을 깨닫고 는 그 치명적인 말들을 듣지 않기 위해 소리를 질러댔다. 너무 슬프고 끔찍하게 소리를 질러서 시폰의 몸이 뻣뻣해졌다. 그는 원초적이고 필사적인 외침 속에서 망가져 갔다. 이상(理想)들의 외침이 처녀림에서 울어대는 물소 소리를 낼 수 있다는 게 믿기지 않았다. 그를 고문하던 미엔투스의 얼굴도 붉어졌다.

"재갈, 재갈! 입에 재갈을 물려! 뭐 하고 있어, 멍청아! 재갈을 물리라고! 네 손수건을 쓰면 되잖아!"

미엔투스는 나한테 소리를 지르고 있었다. 손수건을 재갈 삼아 시폰의 입에 쑤셔 박는 일이 내 차지가 된 것이다. 미즈드랄과 호페크는 각기 시폰 쪽 증인을 한 명씩 붙잡고 올라앉아 있어서 움직일 수 없었다. 아무리 그래도 나는 하고 싶지 않았다. 그럴 수 없었다! 나는 환멸감에 휩싸여, 손도 까딱할 수 없고 한마디도 입 밖으로 꺼낼 수 없는 상태가 되어 그대로 서 있었다. 심판이라니……. 나의 삼십 년은 어디 있는가, 서른 살이던 나는 어디 있는가, 나의 삼십 년은 어디 있는가? 날아가 버렸다. 바로 그때, 밝은색 사슴 가죽 구두를 신고 베이지색 외투를 입고 지팡이를 든 핌코가 교실 문에 나타났다. 그는 계속 그 자리에 서 있었다. 앉아 있을 때와 마찬가지의 열정과 확신을 지니고 계속 서 있었다.

4장

「어른이며 아이인 필리도르」 서문

지금까지 내가 실제로 겪은 일을 이야기하고 있는데, 계속하기에 앞서 잠시 여담으로 다음 장에 「어른이며 아이인 필리도르」라는 제목의 글을 집어넣을 생각이다. 여러분은 핌코가 공격적인 교육 철학을 내세워 나를 어떻게 머저리로 만들었는지를 보았다. 그리고 지적인 젊은이들이 은밀하게 품은 이상주의적인 면, 살아갈 수 없음이라는 불가능성, 절망적인 모순들, 인위(人爲)의 슬픔, 권태의 무게, 허구의 우스꽝스러움, 시대착오적 발상의 괴롭힘, 궁뎅이와 얼굴과 우리 몸의 다른 부분들의 날뜀을 보았다. 또한 여러분은 숭고한 말을 모욕하는 상소리들, 그에 못지않게 하찮은 다른 말들, 교사들이 수업 중에 하는 말을 들었다──그리고 소리 없는 증인이 되어 그 비현실적인 말들이 어떻게 천박하고 괴상한 인상 쓰기로 귀결되었는지도 보았다.

젊음이 갓 피어나는 때의 인간은 그렇게 미사여구와 갖가지 표정으로 물들게 된다. 그렇게 벼리는 과정을 통해 우리의 성숙이 형성된다. 잠시 뒤에 여러분은 또 다른 현실, 또 다른 결투를 보게 될 것이다. 그것은 레이던의 G. L. 필리도르와 콜롬보의 몸센(이 사람은 안티필리도르라는 귀족 칭호를 가졌다.)이라는 두 교수 사이에 벌어지는 목숨을 건 결투이다. 이번에도 말과 신체 부분들을 내세우게 될 것이다. 하지만 작품에 사용되는 이 두 요소 사이에 어떤 밀접한 관계가 있는지 찾으려 하지는 말기를. 또한 누구든 내가 이 글 「어른이며 아이인 필리도르」를 작품 속에 넣은 것에 그저 종이를 채우겠다는, 내 앞에 놓인 백지의 양을 줄이겠다는 의도 말고 다른 의도가 있다고 생각한다면, 그 또한 오산이다.

그래도 감식 전문가들과 분석 전문가들, 구성상의 잘못을 지적하면서 당신들을 머저리로 만드는 전문적인 기술을 가진 핌코 같은 부류의 인간들은 종이를 채우겠다는 욕망은 개인적 동기로 충분하지 않다고, 이전에 따로 쓸 수 있었을 것을 이렇게 한 작품 속에 쑤셔 넣는 것은 합당하지 않다고 나를 비난할 것이다. 나는 그들에게 이렇게 대답하겠다. 보잘것없는 내 생각에 따르면, 이 작품의 미학적 구성에 있어서 말과 신체 부분들은 충분히 잘 연결되어 있다. 또한 나는 논리성과 정확성에 있어서 내 구성이 지극히 논리적이고 정확한 다른 것에 뒤지지 않는다는 것을 증명해 보이려 한다. 여러분이 직접 보기 바란다. 몸의 가장 근본적인 부분이며 지극히 친숙한 궁뎅이는 우리의 기본을 이루며 우리 행동의 출발점이 된다. 나무가 몸통으로부터 가지를 쳐 나가듯이 손가락·손·눈·이·귀 같은 부분들은 궁뎅이로부터 가지를 치고, 어떤 것은 섬세하고 기교적인 변형을 통해 조금씩 달라지기도 한다. 얼굴은(목구멍이라고 불러도 좋다.) 궁뎅이에서부터 꽃을 피운 나무의 꼭대기다. 궁뎅이에서 시작된 순환이 얼굴에서 완성되는 것이다. 그렇게 해서 입에 이른 뒤 다시 몸의 다른 부분들로 내려와 결국 궁뎅이로 되돌아온다. 이것이 바로 「어른이며 아이인 필리도르」의 목적이다.

「어른이며 아이인 필리도르」는 구조적 요소이며 전환점이고 특별한 통로, 혹은 좀 더 정확히 말하자면 피날레이고 바이브레이션, 주름, 혹은 그것을 거치지 않으면 결코 왼쪽 장딴지로 갈 수 없는 가느다란 관이다. 강철처럼 단단한 구성이 아닌가? 더없이 복잡한 조건들까지 만족시킬 만하지 않은가? 여러분은 신체의 여러 부분들 사이의 심오한 관계, 손가락에서 치아로 이르는 다양한 통로들, 특히 뛰어난 몇몇 요소들의 신비스러운 의미, 관절의 방향, 신체 부위들의 총체성, 부분의 부분들을 아직 보지 못했다! 나는 작품을 제대로 채운다는 점에 있어서 이것이 굉장한 구성이라고 장담한다. 이 문제를 다룬 지극히 통찰력 넘치는 연구들로 삼백 권을 채우면서 점점 넓은 자리를 차지하고, 점점 더 높은 자리로 가고, 점점 더 편안한 곳, 원하는 자리에 편안하게 자리 잡을 수 있을 것이다. 그런데 여러분은 호숫가에서, 잉어들이 헤엄치는 소리가 들려오고 낚시꾼이 자리에 앉아 거울 같은 물을 말없이 바라보는 해 질 무렵에 비눗방울 놀이 하는 걸 좋아하는가?

　여러분도 나처럼 반복을 통한 강조 기법을 사용해 보길 권하고 싶다. 몇 가지 단어나 표현, 상황, 부분을 계속 반복함으로써 문체의 통일성 효과를 거의 편집증적인 수준까지 증가시키면서 강조하는 것이다. 무엇이든 신화가 되게 하는 데는 반복, 반복의 사용만큼 손쉬운 방법이 없다! 그런 식으로 부분을 구성하는 것은 또한 철학이 된다. 여기서는 그 철학을 가벼운 연재소설이라는 재기 발랄한 형식으로 소개하려 한다. 나는 여러분의 생각을 알고 싶다. 독자는 부분적인 방식으로 부분들만 받아들이게 될까? 사실 독자는 조각난 아주 작은 부분을 읽고, 그런 뒤에는 다음 것을 읽지 않고 멈추고, 때로는 중간이나 끝에서 시작해 앞으로 돌아가기도 한다. 때로 몇 부분을 읽어 보다가 버려두기도 한다. 재미없어서가 아니라 단지 다른 생각이 떠올랐기 때문이다. 설령 전부를 다 읽는다 해도 독자가 과연 전문가의 가르침 없이 총체적인 관점을, 서로 다른 부분들 간의 조화로운 관계를 이해할 수 있을까? 작가는 전문가가 글을 읽고 구성이 아주 좋다고 독자에게 설명해 줄 때까지 몇 년이고 그 일에 매달려 헐떡이고 땀 흘리면서 자르고 정리하고 삭제하고 다시 붙이기를 되풀이해야 하는 걸까? 더 나아가 개인적 경험의 영역으로 들어가 보자. 작품을 구성하는 모든 부분들이 극적 해결을 위한 단일성으로 정확히 수렴되어야 하는 순간에 전화벨이 울리거나 파리 한 마리가 날아다니는 바람에 독서가 중단될 수도 있지 않은가? 또 만일 책을 읽고 있는데 형제가 방에 들어와 말을 시키면? 작가의 고귀한 작업이 형제 한 명, 파리 한 마리, 혹은 전화 한 통 때문에 망쳐지는 것이다. 제기랄, 빌어먹을 모기들, 어째서 방어할 꼬리도 사라진 종족에게 달려든단 말인가. 한 가지 더 생각해 보자. 당신이 정성 들여 만든 예외적인 유일한 작품은 매해 규칙적으로 출간되는 삼천 종의 다른 작품들, 저마다 유일한 그 글들의 한 부분이 아닌가? 부분들은 가증스럽다! 작은 조각 같은 일부의 독자가 이 작품의 작은 조각인 일부를 그것도 부분적으로 흡수하게 하기 위해 우리가 전체를 구성해야 한단 말인가?

이 문제에 대해 농담을 하지 않기는 쉽지 않다. 저절로 농담이 나온다. 우리는 우리를 조롱하는 것을 똑같이 조롱함으로써 제거할 수 있음을 너무도 잔인하게 오래전부터 배워 왔다. 우리의 실존에서 구체적으로 일어나는 사소한 일들을 정면으로 바라보며 둔감한 폭소를 터뜨리지 않을 진중한 천재가 언젠가 나타날까? 어느 누가 이 자질구레한 실존에 맞서 위대함을 보여 줄 수 있을까? 너는 어떤가, 너무도 재기 발랄하고 너무도 가벼운 나의 문체여!

그리고 (부분이라는 고난의 성배를 마지막 찌꺼기까지 다 마시기 위해) 하나 더 지적해 보자. 우리가 종속된 구성의 기준과 원칙 들은 사회의 일부분에서, 더구나 부수적인 부분에서 나온다. 전 세계적으로 볼 때 지극히 미미한 일부분에 지나지 않는 그들은 전문가와 미학자 들로 이루어진 지극히 한정된 그룹, 겨우 손가락 굵기의 소우주로, 카페 하나면 다 모일 수 있는 인원이다. 하지만 그자들은 외부와 단절된 채 틀어박혀서 점점 더 복잡한 가설들을 만들어 낸다. 더구나 그들의 취향은 진정하지도 않다. 그 사람들은 여러분의 구성을 부분적으로 좋아할 뿐이다. 대부분은 구성에 관한 자기들의 수완을 좋아한다. 그런 감식가들이 재능을 펼쳐 보일 자리를 마련해 주기 위해 진정 예술가가 그토록 많은 노력을 해야 한단 말인가? 쉿! 조용! 신비롭도다! 쉰 살 난 예술가가 예술의 제단 앞에 무릎을 꿇고 걸작과 조화, 정확성, 아름다움, 영혼, 승리에 대해 성찰하며 작품을 창조하고 있다. 창조자의 작품을, 독자에게 전해지는 창조를 심화해 주는 아주 능란한 감식가도 있다──그렇게 더없는 총체적 고통 속에서 만들어진 것은 더없이 부분적인 방식으로 전화벨 소리와 갈비구이 사이에서 받아들여진다. 한쪽에서 작가가 영혼과 마음과 예술과 괴로움과 고통을 주려 하지만, 독자는 다른 쪽에서 그 모든 걸 원하지 않거나 혹은 원한다 해도 기계적으로 지나치면서 다음번 전화벨이 울릴 때까지만 원한다. 삶의 자질구레한 현실들이 우리를 파괴한다. 말하자면 거대한 용에 맞서 싸웠으면서 아파트의 작은 개 앞에서는 설설 기는 사람의 상황이다.

더 나아가 묻겠다.(부분의 쓴 잔을 한 모금 더 마셔 보자.) 여러분 생각에 모든 원칙에 따라 구성된 작품은 전체를 표현하는가? 아니면 한 부분을 표현할 뿐인가? 한번 생각해 보자. 모든 형식은 배제에 근거하여 이루어지지 않는가? 모든 구성은 축소가 아닌가? 한 가지 표현이 현실의 한 부분 외에 다른 것을 반영할 수 있는가? 나머지는 침묵한다. 결국 우리가 형식을 창조하는가 아니면 형식이 우리를 창조하는가? 우리는 구성한다고 생각하지만, 환상일 뿐이다. 우리는 구성하면서 바로 그 구성을 통해 구성된다. 당신이 무엇인가를 쓰면 바로 그것이 뒤이어 오는 부분을 결정한다. 작품은 당신으로부터 태어나지 않는다. 무엇인가를 쓰려 할 때 당신은 결국 전혀 다른 것을 쓰게 된다. 부분들은 전체를 향하는 경향이 있고, 각 부분은 은밀하게 전체를 목표로 하며, 살찌려 하고, 보완점을 찾으려 하고, 자기 모습을 띠고 자기를 닮은 총체를 욕망한다. 수많은 현상이 파도치는 거친 바다에서 우리의 정신은 부분들을 분리해 낸다. 예를 들면 귀 한쪽이나 다리 한쪽을 따로 떼어 낸다. 그렇게 작품을 쓰기 시작하는 첫 부분부터 그 귀 혹은 다리가 우리의 펜 아래로 오고, 우리는 더 이상 그것을 벗어나지 못하고 그저 그 부분에 맞춰 앞으로 나아가게 되며, 바로 그 부분이 다른 요소들을 결정한다. 마치 담장나무 넝쿨이 떡갈나무 주위를 휘감듯이 한 부분 주위를 감아 도는 것이다. 시작이 끝을 부르고 끝이 시작을 부르며, 중간은 그 둘 사이에서 저절로 창조된다. 절대로 전체를 창조할 수 없다는 것이 바로 인간 영혼의 특징이다. 그렇다면 우리에게 태어났지만 우리의 아이를 품은 엄마의 배가 수많은 격정적인 종마(種馬)들을 품기라도 했던 것처럼 우리와 하나도 닮지 않은 부분들에서 시작할 필요가 있는가? 아! 우리가 온 힘을 다해 우리 작품과 닮아야 하는 것은 겉으로 볼 때 그것이 우리의 작품으로 보여야 하기 때문이다. 작품이 우리를 닮으려고 하지 않으니까 우리가 그렇게 할 수밖에 없다.

　그렇다. 내가 알던 어느 작가가 데뷔 초기에 아주 영웅적인 작품을 써냈다. 물론 전적으로 우연이었다. 처음 단어를 쓰기 시작할 때 '영웅주의'로 자판을 눌렀기 때문이다. '회의적' 혹은 '서정적'으로 누를 수도 있었다. 어쨌든 첫 문장이 이미 영웅적으로 울려 퍼졌기 때문에 전체적인 조화를 위해 끝까지 영웅주의를 확장하고 발전시킬 수밖에 없었다. 그렇게 둥글리고 공들이고 완전하게 다듬고 정리하고 시작을 끝에 맞추어서 결국 생명과 심오한 확신이 가득 차 보이는 작품이 나온 것이다. 그렇다면 그의 신념은 어떻게 되었는가? 우리는 우리의 심오한 신념을 버릴 수 있을까? 자기 말에 책임지는 작가가 과연 영웅주의가 우연히 저절로 온 것이고 자기의 신념은 전혀 심오하지 않다고, 그저 외부에서 다가와 매달리고 달라붙고 자기를 움켜잡은 것이라고 말할 수 있을까? 절대 못한다! 이렇게 매달리고 달라붙은 신념 이야기나 우연히 이루어진 창작 이야기 같은 것은 교양 있는 우수한 문체에서는 설자리가 없고, 무책임하고 재기발랄한 연재소설에나 적합하다. 본의 아니게 영웅이 된 자가 부끄러워하면서 그 최초의 부분을 벗어나려 해 봤자 소용없다. 일단 그를 붙잡은 첫 부분이 절대 놓아주지 않기 때문에, 그가 맞추는 수밖에 없다. 그렇게 동화된 작가는 경력이 끝나 갈 무렵에는 정말로 영웅이 된다—그는 자기 자신의 영웅주의의 희생자다. 어른이 되기 전에 알았던 친구들은 그 부분 위에 잘 만들어 세운 전체를 보면 놀랄 테니, 그는 그런 친구들은 벌레 보듯 피하게 된다.

"헤이! 볼레크! 네 발가락 생각나? 왜 풀밭에서 네 발가락 말이야. 네 발가락. 헤이, 볼레크, 볼레크, 기억나? 야, 있잖아,

볼레크, 네 발가락 어쨌어?"

이것이 바로 나로 하여금 분리된 부분들을 기반으로 이 작품을 구성하게끔 한 근본적이고 철학적인 이유다. 즉 모든 작품은 한 작품의 일부분이고 인간은 부분들의 집합이며 인류는 부분들과 조각들의 혼합이다. 만일 누군가 이런 단편적인 개념은 전체의 개념이 될 수 없고 바보짓, 장난, 속임수에 불과하다고 비난한다면, 예술의 엄격한 규범과 법칙 들을 따르지 않고 오히려 조롱하고 있다고 비난한다면, 나는 맞는 말이라고, 바로 그게 나의 의도라고 대답할 것이다. 그리고 망설임 없이 한 가지 고백을 덧붙일 것이다. 여러분, 난 그대들에게서 벗어나고 싶고, 또 도저히 감내할 수 없는 그대들의 예술에서 벗어나고 싶습니다. 난 그대들을 견딜 수 없고, 그대들이 내세우는 개념들, 태도들, 그대들의 그 작은 예술 세계를 견딜 수 없습니다.

여러분, 이 세상에는 우스꽝스럽고 수치스럽고 모욕적이고 퇴폐적인 곳들이 있고, 각각의 장소마다 멍청이 짓의 양이 다릅니다. 예를 들어 얼핏 보면 이발사들의 세계가 구두 수선공의 세계보다 멍청이 짓이 더 많이 일어날 것처럼 보입니다. 하지만 어리석음과 저열함의 기록을 깨뜨리는 것은 예술가들의 세계에서 일어나는 일이죠. 조금이라도 제대로 균형이 잡힌 사람이라면, 그곳에서 펼쳐지는 유치하고 으스대는 꼴불견을 보고는 억장이 무너지고 수치심으로 얼굴을 붉히지 않을 수 없을 겁니다! 오! 영감에 찬 그 노래를 듣고 있는 사람은 아무도 없습니다! 감식가들의 멋진 연설, 음악회와 저녁 시 낭송

모임에서 쏟아지는 열정, 입문 의례와 계시, 토론, 그리고 다함께 '아름다움의 신비'를 기리며 낭송하거나 귀 기울여 듣는 사람들의 표정이라니! 이 영역에서 그대들이 행하고 말하는 모든 것이 우스꽝스러워지는 건 그 무슨 이율배반일까요? 역사 속에서 주어진 한 집단이 이토록 발작적인 멍청함에 이르게 될 때, 우리는 분명하게 결론 내릴 수 있습니다. 그 집단의 생각은 현실에 맞지 않으며 그 집단 안에는 잘못된 개념들만 쑤셔 박혀 있는 겁니다. 여러분의 예술적 개념들은 분명 순진함의 절정입니다. 왜 그리고 어떻게 그것을 손봐야 하는지 알고 싶다면 내 말을 잘 듣기 바랍니다. 내가 바로 이 자리에서 말해 줄 테니, 여러분은 귀 기울여 듣기만 하면 됩니다.

자! 우리 시대를 살면서 펜이나 붓 혹은 클라리넷의 부름을 받은 사람이 가장 원하는 것은 무엇인가? 그건 바로 예술가가 되는 것이다. 그런 사람은 예술을 창조하기를, 진선미(眞善美)의 양식을 얻기를, 그것을 주위 사람들에게 양식으로 제공하기를, 목마른 인류에게 자기의 보물 같은 재능을 바치는 사제 혹은 선지자가 되기를 꿈꾼다. 어쩌면 자기 재능을 어떤 사상이나 국가를 위해 쓰고 싶을 것이다. 진정 숭고한 목표가 아닌가! 놀라운 생각이 아닌가! 그것이 바로 셰익스피어나 쇼팽 같은 예술가들의 역할이다. 하지만 약간 귀찮은 일도 있다. 당신은 아직 쇼팽이나 셰익스피어 같은 예술가가 아니고, 아직 완전히 예술가도 아니고 예술의 위대한 사제도 아니니 말이다. 지금 단계에서는 이분의 일만 셰익스피어이고 사분의 일만 쇼팽이다.(오! 가증스러운 부분들이여!) 따라서 당신은 아무리 잘난 척해도 당신의 씁쓸한 열등감을 드러낼 뿐이다. 그러니까 당신은 당신 몸의 가장 소중하고 섬세한 부분들을 망칠 위험을 무릅쓰고 억지로 기념물의 받침돌 위에 올라서려 하고 있다.

내 말을 믿기를. 스스로를 실현한 위대한 예술가와 수많은 사이비 예술가들, 즉 실현을 꿈꿀 뿐인 이분의 일짜리 예술가 혹은 사분의 일짜리 선지자 사이에는 엄청난 차이가 있다. 온전한 거장의 능력을 가진 예술가에게 적합한 것이라도 여러분에게는 다른 느낌을 준다. 자기의 진리에 맞고 자기한테 적합한 개념들을 창조해야 함에도 여러분은 여러분의 붓에 공작 새 장식을 달려 한다. 그렇게 언제나 습작 작가로, 언제나 미숙하게, 언제나 뒤편에, 노예이자 모방자이자 예술의 하인이며 숭배자로 남는다. 예술의 대기실에 영원히 버려지는 것이다. 여러분이 최선을 다해도 성공하지 못하는 것, 매번 아직 부족하다는 소리를 듣고 다시 새 작품을 가져가는 것, 여러분의 작품을 내세우려고 애쓰는 것, 삼류의 사소한 성공에 집착하고 문학 서클을 조직하고 서로를 칭찬하는 것, 여러분 자신에게나 다른 사람에게나 자신의 무능을 감추기 위해 가면을 보여 주는 것, 이 모든 걸 지켜보기란 진정 괴로운 일이 아닐 수 없다.

여러분이 보기에 스스로 쓰고 만들어 내는 것이 가치 있어 보인다 해도 위로가 될 수 없다. 다시 한번 말하거니와 이 모든 것은 그저 흉내 내기, 빌려 오기일 뿐이고, 이미 무게를 지니고 가치를 갖는다고 믿는 환상을 반영할 뿐이다. 그것은 채

익지 않은 떫은 열매만을 제공하는 거짓 상황이다. 곧 여러분이 속한 무리 속에 적의와 경멸, 심술이 퍼져 갈 것이고, 모두 서로를 경멸하고 자기 자신을 경멸하게 될 것이다. 자동으로 경멸하는 사회가 될 것이고 결국 여러분은 자기 자신을 치명적으로 경멸하게 될 것이다.

사실 별 볼일 없는 작가의 상황이란 게 매번 거절당하기 외에 무엇이 더 있겠는가? 첫 번째 거절은 가차 없이 냉정한 거절이다. 즉 자기 작품을 좋아할 마음이 눈곱만큼도 없는 독자의 거절이다. 두 번째는 보다 모욕적인 거절로, 자기가 표현할 수 없었던 자기 자신의 현실의 거절이다. 세 번째는 진정 발길질하듯 별 볼일 없는 작가에게 한 방 날리는 가장 불명예스러운 거절, 예술의 거절이다. 예술의 품에서 피난처를 얻으려 애쓰는 사람이 정작 예술한테 무능하고 열등한 인간으로 멸시당하는 셈이다. 진정 치욕의 절정이다. 그렇게 결정적인 고립이 시작된다. 별 볼일 없는 작가는 사방에서 조롱당하고, 여기저기서 서로 뒤섞이는 거절들에 짓눌린다. 세 번을, 그것도 매번 가장 수치스러운 방법으로 거절당한 사람에게 무엇을 기대할 수 있겠는가? 그렇게 적응된 사람은 차라리 도망가도록, 그 누구의 눈에도 띄지 않게 숨어 있도록 해야 하지 않을까? 명예를 게걸스레 탐하며 대낮에 활보하는 무능이 건강할 수 있는가? 그 모습을 보면서 어떻게 자연이 딸꾹질하지 않을 수 있겠는가?

그 전에, 이것부터 대답해 주기 바란다. 여러분은 배의 품종 중 '뒤셰스' 배가 '봉크레티앵' 배보다 맛있고 즙이 많다고 생각하는가? 아니면 봉크레티앵 배를 뒤셰스 배보다 더 좋아하는가? 여러분은 베란다의 버드나무 안락의자에 앉아 편안히 그 배를 맛보는 걸 좋아하는가? 수치스럽기도 해라! 여러분! 정말 수치스럽고 또 수치스럽지 않은가! 나는 철학자도 이론가도 아니다. 그저 여러분에 대해 말하고, 여러분의 삶에 대해 생각하고, 여러분의 개인적 상황에 대해 마음 아파할 뿐이다. 우리는 자유로워질 수 없다. 오! 거절의 상처를 아물게 할 수 없다! 거절당한 영혼, 아무도 향기를 맡지 않는 꽃, 사람들이 좋아해 주기를 바랐지만 그렇게 되지 못한 사탕들, 아무도 거들떠보지 않는 여인, 이런 것들은 언제나 나에게 거의 육체적인 고통을 야기한다. 나는 그렇게 실현되지 못한 상태를 감내하기가 힘들다. 시내에서 예술가를 만날 때면 그가 감내한 거절들이 그의 삶에 어떤 영향을 끼쳤는지, 그의 동작, 말, 신앙, 열정, 문장의 쉼표, 모욕, 자부심, 연민, 고통, 이 모든 것이 어떻게 가장 불쾌한 거절의 냄새를 간직하고 있는지 보면서 수치심에 휩싸이고 만다. 그에 대해 연민을 느끼기 때문이 아니라, 내가 그와 함께 존재한다는 사실 때문이다. 그의 헛된 꿈이 그걸 의식하는 누구에게나 그러듯이 나에게 상처를 주기 때문이다. 진심으로 말하겠다. 이제 별 볼일 없는 작가에게 적합한 태도를 만들어 내서 공고히 할 때가 왔다. 그러지 않으면 모두가 괴로움을 겪게 될 것이다. 직업상 형식에 집착하는 사람들, 문체에 민감하고 남들이 어떻게 생각할까에 집착하는 그런 사람들이 멋 부리는 거짓 상황을 아무 반감 없이 받아들인다는 사실이 진정 놀랍지 않은가? 형식과 문체의 관점에서 보자면 가장 불행한 일이 아닌가? 인위적이고 범속한 위치에 있는 사람은 결국 범속한 말밖에 할 수 없지 않은가?

아마도 여러분은 이렇게 물을 것이다. 그렇다면 우리가 어떤 개념을 채택해야 보다 위엄 있는 방법, 우리의 개인적 진실에 어울리는 방법으로 자기 자신을 표현할 수 있단 말인가?

자, 여러분, 어느 날 갑자기 그대들이 위대한 대가로 변할 수는 없다. 하지만 어떻게 보면 여러분을 머저리로 만들고 그토록 많은 근심을 일으키는 그 예술에서 멀어짐으로써 존엄을 지킬 수 있다. 우선 '예술'이라는 말과 '예술가'라는 말을 영원히 거부하라! 그 말들에 빠져들어 단조롭게 되씹어대기를 그쳐라! 사실 따지고 보면 누구나 조금씩은 예술가가 아니겠는가? 인류는 종이나 화폭 위가 아니라 매 순간 매일의 삶에 예술을 창조하지 않는가? 한 아가씨가 머리에 꽃 한 송이를 꽂을 때, 대화 도중 유쾌한 농담이 불쑥 튀어나올 때, 어슴푸레한 땅거미 속을 정처 없이 돌아다닐 때, 이 모든 것이 예술이 아니겠는가? 무엇 때문에 예술가와 나머지 사람들을 그렇게 이상하고 바보 같은 기준으로 나누는 것인가? 자랑스럽게 예술가라고 자처하기보다는 이렇게 말하는 게 더 건전하다. "다른 사람보다 예술을 더 많이 하는 거죠."

그렇게 '작품' 속에 담긴 예술을 숭배하는 것이 무슨 의미가 있는가? 어째서 여러분은 어리석게도 사람들이 '예술 작품'을 그렇게 사랑한다고, 바흐의 푸가를 들으며 황홀경에 빠진다고 생각하는가? 여러분을 단순한 상투성에 가두어 두려는 그 문화적 영역이 얼마나 불순하고 불안정하며 불완전한지 생각해 본 적 있는가? 여러분은 모두 동일한 오류를 범하고 있다. 그러니까 인간과 예술의 관계를 미학적 감동으로 축소하고, 또 우리 모두가 다른 사람과의 연결 없이 오직 각자 자기 마음속(혹은 위장 속)에서 예술과 소통하기라도 한다는 듯이 그 감동의 순전히 개인적인 양상만을 고려한다. 사실 우리 앞에 놓인 감동들은 서로 뒤섞여 있고, 여러 사람들이 섞여서 서로 영향을 주면서 집단적 감동이 만들어진다.

피아니스트가 단상에서 쇼팽을 연주할 때 여러분은 그 음악의 마법이 한 천재 예술가의 천재적인 연주를 통해 청중을 열광시켰다고 말할 것이다. 하지만 어쩌면 진짜로 열광한 관중은 한 명도 없을지 모른다. 쇼팽이 천재라는 걸 알지 못했다면 그 음악을 들으면서 그만큼 열광하지 않았을 것이다. 얼굴이 창백해질 정도로 흥분한 관객이 박수를 치며 앙코르를 외치고 날뛰는 것도 사실은 다른 사람들이 흥분해서 소리를 지르기 때문일 수 있다. 결국 누구나 다른 사람들이 놀라운 희열과 지극한 감동을 느낀다고 생각하기 때문에 그렇게 타인을 모델로 삼아 감동이 더 커지는 것이다. 음악회에서 그 누구도 직접적으로 음악에 빠지지 않는다. 청중은 각자 자기 옆 사람을 모델로 삼고 결국 모두가 음악에 도취한 기쁨을 드러내게 된다. 단언컨대, 한 무리를 이루는 사람들 모두가 서로를 흥분시킨 뒤에 비로소 그런 외적 신호들이 각자의 내부에 감동을 불러일으킨다. 겉으로 드러나는 것에 우리의 감정을 맞추는 것이다.

또한 음악회에 가는 것은 신성한 예술의 제단 앞에 경건한 마음으로 무릎을 꿇는 일종의 종교적 행위이다.(미사에 참석하는 것과 같다.) 이 경우 우리의 경탄은 존경심의 표시이고 제의(祭儀)의 수행이다. 도대체 이 아름다움에서 어디까지가 진정한 아름다움의 몫이고 어디까지가 역사적·사회적 과정의 몫인가? 인류에게는 신화가 필요하다. 그래서 많은 작가들 중 군이 일부를 골라서(하지만 이 선택을 둘러싼 상황을 파고들고 드러내 보일 수 있는 사람은 아무도 없다.) 다른 작가들 위에 올려놓는다. 그러고 나면 사람들은 그 작가들의 작품을 달달 외워가며 배우고, 그 안에 숨어 있는 비밀들을 찾아내서 거기에 맞추어 반응한다. 그만 한 에너지를 다른 예술가를 판별해 내는 데 쓴다면, 분명 다른 누군가가 우리의 호메로스가 될 것이다. 여기서 여러분은 온갖 종류의 요소들, 대부분 미학 외적이고 다 열거하려면 끝이 없을 만큼 많은 요소들이 한 예술가와 그의 작품의 위대성에 기여한다는 사실을 알 수 있을 것이다. 우리와 예술의 은밀한 관계는 이렇게 음침하고 복잡하고 어렵다. 하지만 여러분은 이걸 순진하고 아름다운 한 문장으로 요약할 것이다. "영감이 떠오른 시인이 노래하고, 열광한 청중이 귀를 기울이나니……"

이제 예술을 가지고 노는 것을 멈추고, 예술을 키우고 부풀리는 것을 그만두어야 한다. 전설을 먹고 사느니 차라리 사실들로부터 교훈을 끌어내야 한다. 그래야 현실을 제대로 받아들이고, 또 그럼으로써 믿을 만한 위안을 얻을 수 있다. 그러느라 정신이 빈약해지고 왜소해지지나 않을까 걱정할 필요는 없다. 순진한 환상, 기만적 허구보다는 현실이 더 풍요롭다. 이제 이 새로운 여정에서 어떤 풍요로움이 기다리고 있는지 여러분에게 보여 주겠다.

예술이 형식의 완전성에 기반을 두고 있다는 건 분명한 사실이다. 그런데 여러분은 예술이란 곧 형식적 측면에서 완전한 작품을 창조하는 것이라고 믿는다——바로 이것이 두 번째 중요한 착각이다. 형식의 창조라는 보편적이고 무한한 과정을 시 혹은 교향곡의 창작으로 축소해 버리는 것이다. 정작 우리의 삶에서 형식이 얼마나 엄청난 역할을 하는지는 느껴 볼 수 없고 다른 사람에게 설명할 수도 없다. 심리학조차도 형식에 제 몫의 자리를 부여하지 못했다. 여러분은 계속해서 감정·본능·사상이 우리의 행동을 지배한다고 믿고, 형식이란 피상적으로 덧붙여지는 장식일 뿐이라고 여기게 된다. 남편을 잃은 아내가 그 유해를 따라가며 오열하는 모습을 보면서 여러분은 그 여인이 남편을 잃은 슬픔 때문에 운다고 생각한다. 이름 없는 엔지니어, 변호사, 혹은 의사가 아내와 아이 혹은 친구를 살해하면, 그 사람이 피를 보고 싶은 본능에 사로잡혔다고 평가한다. 그리고 정치가가 멍청한 말을 하면, 저 사람이 말도 안 되는 바보 같은 소리를 하는 걸 보니 멍청이가 분명하다고 결론 내린다. 하지만 현실 속에서 인간은 자기 천성에 맞는 직접적인 방식으로 마음을 표현하지 않는다. 그것은 언제나 한정된 형식을 통해 이루어진다. 그런데 형식, 스타일, 존재 양식은 저절로 생기는 게 아니라 외부로부터 부과된다——그렇기 때문에 동일한 개인이 어떤 때는 지혜롭게, 어떤 때는 멍청하게, 또 어떤 때는 피를 즐기는 야수처럼, 어떤 때는 천사처럼, 어떤 때는 성숙하게, 또 어떤 때는 미성숙하게, 매번 주어진 스타일에 따라 또 타인에게 얼마나 의존적인가에 따라 각기 다르게 외면화되는 것이다. 벌레와 곤충 들이 하루 종일 먹이를 찾듯이, 우리는 온종일 형식을 찾아다닌다. 그리고 스타일과 삶의 유형을 유지하기 위해 다른 사람과 싸운다. 전차를 타고 가든 자동차를 몰고 가든, 재미있게 즐기든 휴식을 취하든 일을 하든, 우리는 언제나 형식을 찾고 그 형식 때문에 괴로워한다. 형식에 몸을 숙이거나, 강제로 범하고 부러뜨리거나, 아니면 그것이 우리를 창조하게끔 몸을 내맡긴다. 아멘.

오! 형식의 힘이여! 나라들도 형식 때문에 죽는다. 형식이 전쟁을 불러오기도 한다. 형식은 우리로부터 나오지 않은 어떤 것을 우리 안에 솟아오르게 만든다. 이것을 모르고는 결코 어리석음, 악, 살인을 설명할 수 없다. 형식이 우리의 가장 파렴치한 행동을 지휘한다. 그리고 우리의 집단생활의 근거를 이룬다. 하지만 여러분에게 형식과 스타일은 순전히 미학적 개념일 뿐이다. 여러분의 스타일은 종이 위에 존재할 뿐이며, 여러분이 써낸 이야기들의 스타일일 뿐이다. 여러분! 여러분이 예술의 제단 위에 무릎을 꿇느라 사람들에게 내밀게 되는 궁뎅이를 누가 갈길 것 같은가? 여러분에게 형식이란 살아 있고 인간적인 것, 실용적인 것, 그러니까 일상적인 것이 아니라, 일종의 호사스러운 표장이다. 여러분은 종이 위에 몸을 숙인 채 여러분 자신을 잊는다. 개인적이고 생생한 스타일을 완성하는 게 아니라, 반대로 추상적인 스타일에 공허하게 매달린다. 예술을 사용하기보다는 예술을 섬긴다. 그렇게 여러분은 순한 양처럼 자신의 변화에 족쇄를 채우고 무기력한 지옥에 빠지고 만다.

　이렇게 지적인 상투어들로 배를 채우기보다는 우리의 삶에서 형식이 차지하는 진정한 중요성을 간과하고 새로운 시선으로 우주를 감싸 안는 사람의 태도는 얼마나 다른가! 그런 사람은 예술가가 되기 위해 펜을 드는 게 아니다. 그가 펜을 드는 것은 예를 들면 자기의 인성을 보다 잘 설명하고 타인에게 이해시키기 위해, 내적 삶을 더 잘 정리하기 위해, 혹은 타인들의 정신이 우리 정신에 엄청난 영향을 끼친다는 사실을 고려해 타인과의 관계를 깊이 있게 만들고 잘 다듬기 위해서다. 혹은 자기가 원하는 세계, 자기에게 꼭 필요한 세계를 스스로 창조하기 위해서다. 물론 그는 자기 작품의 예술적 매력으로 사람들의 마음을 끌기 위해 노력을 아끼지 않지만, 무엇보다 중요한 건 남이 아니라 자기 자신이다. 스스로 우월한 인간이라 생각하고, 무엇이든 가르치고 깨우치고 인도하고 기르고 개선할 수 있다는 생각을 접어야 할 때가 왔다. 도대체 무슨 근거로 여러분이 그렇게 우월하다고 확신하는가? 도대체 어디에 여러분이 우월한 영역에 속한다고 쓰여 있단 말인가? 누가 여러분을 귀족으로 봉했는가? 누가 여러분에게 성숙의 신임장을 주었는가?

　내가 지금 떠올리는 작가는 결코 스스로 성숙하다고 생각해서 글을 쓰지는 않을 것이다. 반대로 그는 자신의 미성숙을 안다. 자신이 형식을 지배하지 못하고, 아무리 올라가도 정상에 이를 수 없으며 스스로를 실현하려 애써도 실현에 이르지 못하리라는 것을 안다. 만일 그가 말도 안 되는 불완전한 작품을 쓰게 된다면 이렇게 말할 것이다.

"훌륭해! 정말 멍청한 걸 썼어! 어쩌겠어, 난 지혜롭고 완전한 작품만 쓰겠다고 계약서에 서명한 적이 없다고! 이렇게 나의 어리석음을 표현했고, 그래서 너무 즐거워! 나한테 쏟아진 비난과 혐오감은 바로 나에게 영향을 미치고 나를 다듬고 나를 그 무엇인가로 다시 창조해. 그렇게 해서 내가 다시 태어나는 거야."

여러분도 알다시피 건전한 철학을 지닌 작가는 내면적으로 너무도 굳건하기 때문에 어리석음이나 미성숙을 전혀 두려워하지 않고, 그것 때문에 망가지지도 않는다. 여러분 같으면 이미 두려움에 짓눌려 내면을 드러내지 못할 상황에서 고개를 들고 앞을 꼿꼿이 바라보면서 거리낄 것이 없다.

그러므로 내가 말한 대로 뜯어고치기만 하면 여러분은 이 문제에 대해 진짜로 안심할 수 있다. 하지만 한 가지 기억할 것이 있다. 바로 그런 식으로 사물을 바라보는 위대한 문학가만이 지금까지 정말 잔인하게 당신을 머저리로 만들어 온 문제—아마도 스타일과 문화에 관해 제기된 문제들을 통틀어 가장 중요하고 가장 끔찍하며 가장 천재적인(이 말을 듣고 뒷걸음치지 말기를.) 문제—에 맞설 수 있다는 것이다. 비유적으로 설명해 보자. 백지 위에 몸을 숙이고 창조에 몰두하는 사려 깊고 성숙하고 존경스러운 예술가의 모습을 상상해 보라. 그런데 그의 등에는 청년, 혹은 어설픈 지식인, 혹은 어떤 숙녀, 혹은 지적으로 대단치 않고 평균을 웃도는 정도의 누군가, 혹

은 그보다 더 젊고 열등하거나 덜 지적인 사람이 올라앉아 있
다. 그 사람, 청년, 숙녀, 혹은 어설픈 지식인, 혹은 슬픈 하급
문화가 만들어 낸 뭔지 알 수 없는 또 다른 산물이 그의 정신
위로 달려들어 잡아당기고 줄어들게 하고 그 큰 발로 주무르
고 있다. 그의 목을 조르고 껴안고, 그를 들이마시고, 자기의
젊음으로 그를 젊어지게 하고, 자기의 미성숙을 전염시키고,
자기 모델에 끼워 맞추고, 자기 수준으로 끌어내리고, 팔로 껴
안는다! 하지만 예술가는 이 불청객과 겨루려 하지 않는다. 오
히려 그를 못 본 척하고——엄청난 판단 착오다!——무지막지
하게 괴롭히는 사람이 아예 없다는 듯이 행동함으로써 그 폭
력을 피할 수 있다고 믿는다. 삼류 갑옷을 걸친 위대한 천재
들, 바로 이것이 문제 아닌가? 사실 성숙하고 우월하고 나이
든 모든 사람들이 진화의 열등한 단계에 멈춰 선 사람들에게
수없이 많은 방식으로 좌지우지되고 있지 않은가? 이러한 종
속 관계는 우리 마음속 깊은 데까지 가 닿기 때문에 우리는
이렇게 말할 수 있게 된다. "제일 늙은 사람은 제일 젊은 사람
에 의해 만들어진다." 글을 쓸 때는 독자에 맞춰야 하지 않는
가? 무언가를 말할 때 우리의 태도는 상대방에 따라 달라지
지 않는가? 우리는 젊음에 비극적으로 반해 있지 않은가? 언
제나 우리보다 열등한 사람들의 호의를 구하고 거기에 맞추
고 그들의 힘 혹은 매력에 복종해야 하지 않는가?——열등하
고 무지한 사람들이 우리에게 행하는 폭력이 너무 크지 않은
가? 거창한 수사학에도 불구하고 지금까지 여러분이 할 수 있
는 것은 그저 모래 속에 머리를 처박은 채 꼼짝 않고 있는 것

뿐이었다. 책으로 먹고사는 여러분의 교육적 지성은 허영으로 부풀려졌을 뿐 이런 상황을 인식조차 하지 못한다. 그래서 계속 겁탈당하면서도 아무 일도 없는 듯이 행동한다. 그렇다. 여러분은 성숙한 인간이기 때문에 성숙한 인간들하고만 사귀고, 여러분의 성숙은 또 다른 성숙들하고만 친해질 수 있다!

　예술과 교육, 혹은 다른 사람의 완성에 대한 관심을 줄이고 그 대신 한탄스러운 자기 자신에 좀 더 신경을 쓴다면, 그토록 잔혹하게 겁탈당하면서 아무렇지도 않을 수는 없을 것이다. 시인이라면 더 이상 다른 시인을 위해 시를 쓰지 않을 것이다. 지금까지 알지 못했던 힘이 밑으로부터 파고들어 자기를 만드는 것을 느끼고 그 힘에 감사하는 마음을 가져야만 벗어날 수 있음을 이해하게 될 것이다. 일상의 삶에서나 예술에서나 자기의 스타일과 태도가 이 내적 힘과의 관계를 명백하게 드러내도록 최선을 다하게 될 것이다. 이제는 스스로를 아버지로만 느끼는 것이 아니라, 아버지면서 동시에 아들로 느끼게 될 것이다. 지혜롭고 예민한 성인으로서만 글을 쓰지 않을 것이다. 오히려 지혜롭지만 언제나 바보가 되며, 예민하지만 끊임없이 폭력을 당하는, 그러니까 영원히 젊어지고 있는 성인으로서 글을 쓸 것이다. 퇴근길에 청년 혹은 어설픈 지식인을 만나도 이전처럼 상대를 보호해 줄 것 같은 표정, 교육적이고 훈육적인 표정을 지으며 어깨를 치는 일은 없을 것이다. 오히려 성스러운 흥분에 사로잡혀 눈물을 흘리고 신음하고 어쩌면 무릎을 꿇을 것이다! 절대로 세련된 분위기 속에서 문을 걸어 잠그면서 미성숙을 피하지 않을 것이다. 진정으로 보편적인 스타일은 바로 진화가 덜 된 인간들을 사랑으로 감싸 안을 수 있는 것임을 이해하게 될 것이다. 이렇게 해서 여러분은 결국 영감과 시정(詩情)으로 가득 찬 형식에 이르게 되고, 여러분 모두가 하나로 뭉쳐 강력한 천재들이 될 것이다.

지극히 개인적인 나의 생각이 여러분에게 무한히 큰 희망을 주지 않는가? 마음껏 경탄해도 좋다! 너무도 멋진 전망이 아닌가! 하지만 이것이 전적으로 창조적이고 결정적인 생각이 되기 위해서는 한 걸음 더 나아가야 한다——무한한 가능성이 담긴 걸음, 다 뒤집어엎어 버리게 될 이 한 걸음은 더없이 대담하고 결정적이다. 내 입은 그저 멀리서 작은 목소리로 언급할 수 있을 뿐이다. 이제 말해 줄 테니 잘 듣기를! 때가 왔도다. 시간이 되었도다. 형식을 극복해라. 형식을 벗어던져라! 여러분에게 경계를 긋는 것들은 더 이상 받아들이지 마라! 예술가인 여러분 스스로를 표현하지 마라. 여러분 자신이 하는 말을 신뢰하지 마라. 여러분의 믿음을 경계하고 여러분의 감정을 믿지 마라. 여러분의 겉모습을 떨쳐내고, 새가 뱀을 무서워하는 것처럼 그 모든 외면화를 두려워해라.

인간은 한정된 존재라는(내 입으로 이 이야기를 해도 되는지는 정말 잘 모르겠다.) 잘못된 가설도 있다. 그에 따르면 인간은 이상이 확고부동하고, 자기의 입장을 단호하게 표명하며, 이념이 확실하고, 취향이 굳건하고, 자기 말과 행동에 책임을 지고, 행동 양식이 영원히 결정되어 있다. 하지만 이런 가설은 뜬구름과 같다. 우리 인간을 이루는 요소는 바로 영원한 미성숙이다. 오늘날 우리가 생각하고 느끼는 것이 우리의 먼 후손에게는 어처구니없는 어리석음이 될 것이다. 그러니 모든 것 속에 들어 있는 어리석음, 미래에 드러나게 될 어리석음의 몫을 인정하는 편이 낫다. 여러분이 너무 일찍 스스로를 한정 짓게 만들어 버리는 것들은 여러분이 생각하는 것과 달리 절대 인간적이지 않다. 머지않아 우리는 가장 중요한 것은 이념·스타일·논제·슬로건·신앙을 위해 죽는 것이 아님을, 그 안에 갇혀서 외부로부터 고립되는 것도 아님을 알게 될 것이다. 오히려 조금 뒤로 물러서서 우리에게 일어나는 모든 일에 대해 거리를 취하는 것이 가장 중요하다.

이제 전환점이다. 나의 예감에 따르면(벌써 사람들에게 말해 줘도 괜찮은지는 잘 모르겠다.), 곧 대전환의 순간이 올 것이다. 땅의 아들은 자기가 심오한 본성과의 조화 속에서 스스로를 표현하는 게 아니라 반대로 사람들에 의해 혹은 상황에 의해 외부로부터 고통스럽게 부과된 인위적 형식 속에서 자기를 표현한다는 사실을 깨닫게 될 것이다. 결국 그토록 숭배하고 영광스러워하던 형식에 대해 두려움을 느끼고 수치심을 느끼게 될 것이다. 우리 또한 우리의 인성이 온전히 우리 것이 아님을 깨닫고 두려움을 느끼기 시작할 것이다. "나는 이렇게 믿는다, 나는 이렇게 생각한다, 나는 바로 이것이다, 나는 바로 이것을 지지한다." 더는 이렇게 외치지 못할 것이다. 오히려 수치스럽게 이런 말을 할 것이다. "내 안에서 무언가가 말하고 행동하고 생각한다." 영감에 취한 시인은 자기 노래를 수치스러워하고, 대장은 떨면서 명령을 내리고, 사제는 제단을 두려워할 것이다. 어머니는 아이에게 원칙만 주입하는 게 아니라 아이가 그 원칙들에 짓눌리지 않도록 그것을 피하는 법도 가르칠 것이다.

멀고도 힘겨운 길이다! 오늘날에는 개인들뿐 아니라 민족들도 정신적 삶을 정비해서 제대로 꾸려 가는 법을 안다. 욕망에 맞춰, 눈앞의 이해관계에 따라 스타일과 신앙과 원칙과 이상과 감정을 만들어 낼 줄 안다. 하지만 스타일 없이는 못 산다. 우리는 질서라는 괴물에 맞서서 어떻게 내적 신성함을 지켜야 하는지 아직 알지 못한다. 인간이 경직된 태도를 버리고 형식 그리고 형식의 부재를 자기 안에 조화시키려면, 또 법칙과 무정부 상태, 성숙과 성스러운 미성숙을 조화시키려면 위대한 발견이 이어져야만 한다. 형식이라는 갑옷을 맨주먹으로 거세게 두드려야 한다. 놀랄 만한 계책, 그리고 진짜로 정직한 사고, 극도로 세련된 지성이 필요하다.

하지만 그런 날이 올 때까지 우선 대답해 보라. 뒤셰스 배보다 봉크레티앵 배가 더 맛있는가? 베란다의 버드나무 안락의자에 앉아 편안하게 배를 먹고 싶은가? 아니면 가벼운 미풍이 불어와 몸의 모든 부분을 시원하게 해 주는 나무 그늘 아래서 먹고 싶은가? 진지하게 묻는다. 난 내가 하는 말에 대해 전적으로 책임을 진다. 물론 나는 여러분의 모든 부분을 예외 없이, 정말 더할 나위 없이 존중한다. 여러분 역시 내가 여러분이 속해 있는 인류의 일원임을, 그리고 다른 한 부분의 일부인 어느 한 부분 중 한 곳에 부분적으로 참여하고 있음을 알지 않는가. 물론 나도 마찬가지다. 그 부분의 한 부분의 한 곳…… 도와줘! 오! 이 저주스럽고 끔찍하고 잔인한 부분들이여! 난 다시 여러분한테 잡히고 말았다. 진정 그 누구도 그대들에게서 빠져나갈 수 없다. 아야, 아야! 어디에 숨어야 하나, 어떻게 해야 하나. 아야! 이제 그만해! 그만! 이제 책의 이 부분은 마치고 빨리 다음 부분으로 넘어가자. 단언컨대 다음 장에는 작은 부분들이 없을 것이다. 그런 부분들은 밖으로 던져 버릴 테니 말이다. 안에는 하나도 남지 않게 하겠다──적어도 부분적으로는.

5장

「어른이며 아이인 필리도르」

종합론자들의 제왕, 모든 시대를 통틀어 가장 유명한 종합론자는 위대한 필리도르 박사임이 분명하다. 그는 안남 남부 출신으로 지금은 레이던 대학교의 종합학 교수이다. 그는 '고등 종합'이라는 비장한 정신에 따라 작업해 왔다. 일반적으로는 무한을 더해서 종합을 이루지만, 필요에 따라 곱하기도 했다. 그는 체격이 상당히 건장하고 턱수염이 덥수룩했으며, 안경 낀 선지자의 모습이었다. 그 정도로 훌륭한 지적 능력은 그 역(逆)의 출현을 초래하지 않을 수 없었으니, 이는 뉴턴이 말하는 작용과 반작용 법칙이기도 하다. 그렇게 필리도르 박사 못지않게 탁월한 분석론자가 콜롬보에서 태어나서 콜롬비아 대학교에서 박사 학위를 딴 후 고등분석학 교수가 되고 이내 과학자 경력의 최정상에 이르렀다. 그는 짧은 수염에 깡마른 체격으로, 안경 쓴 회의주의자의 모습이었다. 걸출한 학자 필리도르를 공격하고 무너뜨리는 것이 그의 유일한 임무였다.

그는 모든 것을 분해했고, 그의 전공은 한 인간을 여러 구성 부분으로 분해하는 것이었다. 그는 부분들을 쭉 열거하는 방법을 썼고, 때로는 손가락으로 튕기기도 했다. 예를 들어 그 분석론자가 코를 건드리면 그 코에서 자율적인 존재가 깨어났고, 그러면 그 코는 마음대로 사방으로 움직이며 자기 주인을 질겁하게 만들었다. 분석론자는 전차를 타고 가다가 심심해지면 이 방법을 써먹기도 했다. 그는 오묘한 소명에 이끌려 필리도르를 쫓아다녔다. 그러던 중 스페인의 한 작은 도시에서 안티필리도르라는 귀족 칭호를 받게 되었고 무척이나 자랑스러워했다. 그즈음 필리도르는 누군가 자기를 쫓아다닌다는 걸 알게 되었고, 당연히 그 또한 상대를 쫓아다니기로 했다. 결국 한동안 두 학자가 서로를 쫓아다녔다. 하지만 둘 중 어느 누구도 성공하지 못했다. 둘 다 자존심 때문에 자기가 남을 쫓아다닌다는 것도 남이 자기를 쫓아다닌다는 것도 인정하지 못했기 때문이다. 필리도르가 브레멘에 가면 안티필리도르는 헤이그를 떠나 브레멘으로 향했다. 바로 같은 순간에 필리도르 역시 같은 목적으로 브레멘을 떠나 헤이그행 급행열차에 오른다는 사실은 알고 싶지 않았고 알 수도 없었다.

최악의 열차 충돌 사고에 비길 만한 재앙이라고 할 수 있을, 이 광분한 두 학자의 만남은 바르샤바에 있는 브리스톨 호텔의 멋진 식당에서 우연히 이루어졌다. 필리도르 교수가 아내 곁에서 안내지를 넘기며 쓸 만한 정보를 찾고 있을 때,

막 기차에서 내린 안티필리도르가 식당에 나타난 것이다. 안티필리도르의 분석 여행에는 동반자가 있었다. 그는 메시나 출신의 플로라 젠테와 팔짱을 끼고 숨이 차서 헐떡거렸다. 그 광경을 보면서 테오필 포클레프스키 박사, 테오도르 로클레프스키 박사 그리고 나는 즉시 상황의 심각성을 깨닫고 보고서를 작성하기로 했다.

안티필리도르는 탁자로 다가와, 자리에서 일어나려는 필리도르 교수를 말없이 뜯어보았다. 두 사람은 각자 정신의 힘으로 이기려고 애썼다. 분석론자는 냉정하게 밑에서부터 공격했고, 종합론자는 단호한 위엄이 가득 찬 시선으로 위에서 내려다보는 것으로 답했다. 이 눈싸움만으로는 결정적인 결과를 얻을 수 없게 되자, 지적 적수인 두 사람은 말로 싸우기 시작했다.

"마카로니들!" 분석의 대가가 외쳤다.

"마카로니!" 종합론자가 대꾸했다.

"마카로니들, 마카로니들! 밀가루와 달걀과 물의 결합!" 안티필리도르가 소리 질렀다.

"마카로니! 그러니까 우월한 본질, 그 자체로서의 마카로니!" 필리도르가 곧바로 되받아쳤다.

종합론자의 눈이 반짝거리고 수염이 떨렸다. 어느 모로 보나 그가 이긴 것이다. 고등분석학 교수는 무력한 분노에 휩싸인 채 몇 걸음 물러났다. 하지만 이내 끔찍한 계획을 생각해 냈다. 필리도르 앞에서 말라깽이가 되고 기운이 다 빠져 버린 안티필리도르가 저명한 노교수 필리도르가 제일 사랑하는 아내를 공격하기 시작한 것이다. 우리가 기록한 내용에 따르면, 이 사건은 다음과 같이 진행되었다.

1. 풍만하고 뚱뚱하며 제법 근엄한 필리도르 여사는 평온하게 앉아 있다. 말없이 생각에 빠져 있다.

2. 안티필리도르 교수가 심리학적 목표로 무장하고 필리도르 여사의 맞은편에 앉더니, 입고 있는 옷을 벗겨 낼 듯한 시선으로 상대를 관찰하기 시작한다. 필리도르 여사는 추위와 수치심으로 전율한다. 필리도르 박사가 여행용 담요를 덮어 주며 말없이 그녀를 보호한다. 그런 뒤에 무례한 상대방을 엄청난 경멸이 담긴 시선으로 공격한다. 하지만 약간 초조해하는 기미가 보인다.

3. 안티필리도르가 냉소적인 웃음을 지으며 작은 목소리로 "귀! 귀!"라고 말한다. 그러자 아주 저속하게 필리도르 여사의 귀가 드러난다. 필리도르가 아내에게 모자를 눌러써서 귀를 가리라고 말하지만 별 효과가 없다. 안티필리도르는 혼잣말하듯 "콧구멍 두 개."라고 중얼거리고, 그러자 존경스러운 부인의 코에도 문제의 콧구멍이 있다는 사실이 분석적이고도 파렴치하게 드러난다.

4. 레이던의 학자가 경찰을 부르겠다고 위협한다. 승리의 저울은 분명 콜롬보 쪽으로 기울었다. 분석의 대가는 냉정하게 선언한다. "손가락, 손의 손가락, 다섯 손가락!" 그 순간 모두의 눈에 갑자기 충격적이고 끔찍한 사실이 드러나면서, 고귀한 필리도르 여사는 불행하게도 돌이킬 수 없는 타격을 받게 된다.

그녀의 손에도 손가락이 있었기 때문이다. 한 손에 다섯 개씩, 그러니까 전부 열 개의 손가락이다. 완전히 망가져 버린 필리도르 여사는 얼마 남지 않은 힘을 총동원해 장갑을 끼려 해 보지만, 그때 도저히 믿을 수 없는 상황이 벌어진다. 콜롬보의 학자가 서둘러 그녀의 소변을 분석하고는 의기양양하게 외친 것이다. "H_2OC_4, TPS, 소량의 백혈구와 알부민!" 모두 벌떡 일어선다. 안티필리도르는 야비한 웃음을 터뜨리는 애인을 데리고 식당을 나선다. 필리도르 교수는 아래 서명한 사람들의 도움을 받아 아내를 병원으로 옮겼다.

서명 : 전임 강사 테오필 포클레프스키.
테오도르 로클레프스키.
안토니 시비스타크.

이튿날 로클레프스키, 포클레프스키, 나, 이렇게 셋이서 아내의 병상을 지키는 필리도르 교수를 찾아갔다. 필리도르 여사는 체계적으로 분해되고 있었다. 안티필리도르의 분석 톱니바퀴에 물려 버린 그녀는 내적 응집력을 조금씩 잃어 갔다. 이따금 나지막하게 신음하기도 했다. "나-다리, 나-귀, 다리, 귀, 손가락, 머리, 다리……." 마치 자율적인 삶을 꾸려 가기 시작한 육체의 부분들을 포기하는 것 같았다. 그녀의 인격은 죽어 가고 있었다. 응급으로 그녀를 구할 방법을 찾기 위해 함께 머리를 짜내 보았지만, 성공하지 못했다. 전임 강사 로파트킨도 모스크바에서 비행기를 타고 7시 40분에 도착하여 회의에

합류했다. 종합적이고 과학적인 방법이 필요하다는 건 두말할 필요도 없었지만, 그 방법을 찾아낼 수가 없었다. 필리도르는 자기가 가진 모든 지적 능력을 집중했고, 우리는 한 걸음 뒤로 물러섰다. 필리도르가 입을 열었다.

"따귀를 날리는 거요, 따귀를! 아주 세게! 뺨, 신체의 모든 부분 중에서 오직 뺨만이 내 아내의 명예를 회복해 줄 수 있고, 초월적으로 흩어진 요소들을 종합할 수 있소! 자! 서두릅시다!"

하지만 세계적으로 알려진 그 분석론자를 시내에서 찾아내는 일은 쉽지 않았다. 저녁이 되어서야 우아한 술집에서 그를 만날 수 있었다. 겉으로는 취한 것 같지 않았지만, 사실 그는 술에 취해 몇 병째 연거푸 비우고 있었다. 그런데 마실수록 더욱 멀쩡해 보였다. 역시 분석적인 그의 애인도 마찬가지였다. 어떻게 보면 두 사람은 알코올에 취한 게 아니라 취하지 않는 맑은 상태에 취해 있었다. 우리가 들어오는 것을 보더니 웨이터들이 얼굴이 시체처럼 창백해지면서 계산대 뒤로 숨었다. 문제의 커플은 더없이 흐릿하고 명석한 연회에 빠져 말이 없었다. 우리가 세운 계획은 필리도르 교수가 우선 오른손으로 상대의 왼쪽 뺨을 치는 척하다가 왼손으로 오른쪽 뺨을 치는 것이었고, 그러고 나면 곧바로 우리가(바르샤바 대학교의 전임 강사인 포클레프스키 박사, 로클레프스키 박사, 나 그리고 시간 강사인 로파트킨) 보고서를 작성하기로 했다. 아주 단순한 계획이었다. 해야 할 일도 복잡할 것도 없었다. 하지만 필리도르 교수는 오른손을 들었다가 그대로 내렸다. 그 모습을 지켜보던 우리는 너무 놀라서 우두커니 서 있었다. 안티필리도르에게는 뺨이 없었다! 뺨이 사라졌어, 내가 말했다. 작은 장미 두 송이에 작은 모형 비둘기 두 마리뿐이야!

악마처럼 사악하게 예민한 안티필리도르가 필리도르의 계획을 예측해서 앞지른 것이다. 취하지 않은 바쿠스가 이미 뺨에 장미꽃 두 송이를 문신으로 그려 놓았고 광대뼈에 비둘기 그림을 붙여 놓았다. 이 간교한 계책의 힘으로 그의 뺨이, 이어서 따귀가 이미 모든 의미를, 특히 초월적 의미를 잃어버렸다. 장미꽃과 비둘기를 갈기는 것은 진정한 따귀가 될 수 없다. 종이 위의 그림을 때리는 셈이다. 우리는 필리도르에게 나중에 후회할 위험이 있는 행동을 하지 말라고 단호하게 충고했다. 아내가 아프다고 해서 세계적으로 존경받는 대가이며 교육자인 그가 그림을 때려서 웃음거리가 될 수는 없는 일이었다.

"개 같은 인간!" 노교수의 얼굴이 붉으락푸르락했다. "비겁한 인간, 비겁자, 개만도 못해!"

그러자 분석론자가 그 끔찍스러운 분석적 거만함을 드러내며 대답했다. "무더기! 넌 무더기야! 그래, 나도 무더기지. 그저 무더기들이 모인 결집체일 뿐이야. 원하면 내 배를 차도 좋아. 그래 봤자 내 배를 차는 게 아니지, 그저 배 하나를 차는 것뿐이야. 내 뺨에 따귀를 날리려고 했지? 그래, 내 뺨을 공격할 수는 있겠지. 하지만 날 공격할 순 없어! 난 안 된다고! 난 없거든. 난 존재하지 않아!"

"그래, 네 뺨을 공격하겠어. 꼭 그러고 말겠어."

"지금으로선 그림이 그려져 있지!" 안티필리도르가 웃으면서 말했다.

옆에 앉아 있는 플로라 젠테도 흡족해했다. 우주적인 분석의 제왕은 음탕한 눈빛으로 애인에게 윙크를 하고 혼자 술집을 나섰다. 플로라는 그대로 있었다. 그녀는 등받이 없는 높은 의자에 앉아 흐릿한 눈빛으로 우리를 바라보았다. 철저하게 분석적인 앵무새 혹은 암송아지였다. 이어서 8시 40분에 필리도르 교수와 두 박사, 전임 강사 로파트킨 그리고 내가 다시 회의를 개최했다. 로파트킨이 그 내용을 기록했다. 다음은 그 기록에서 발췌한 것이다.

법학 박사 세 명: 상황을 고려해 보건대, 우리가 이 분쟁을 명예롭게 해결할 가능성은 없어 보입니다. 그러니 교수님께선 이 모욕을 무시하시는 게 나을 것 같습니다. 자기가 내뱉은 모욕을 명예롭게 회복할 능력을 갖추지 못한 자에게서 온 것이니 말입니다.

필리도르 교수: 내 아내가 죽어 가고 있는데 모르는 척하란 말입니까?

시간 강사 로파트킨: 어차피 부인은 고칠 수 없습니다.

필리도르 교수: 아니오, 그렇게 말하지 마시오. 아! 따귀만이 유일한 약인데 뺨이 없으니…… 뺨이 없으니 따귀를 때릴 수가 없지 않은가. 방법이 없어. 성스러운 종합이 불가능해! 명예도 없고, 하느님도 없어. 아! 뺨만 있으면 따귀를 때릴 수 있는데! 그러면 하느님도 존재할 텐데! 명예도! 종합도!

나: 교수님의 논리에는 오류가 있는 것 같습니다. 뺨은 있거나 없거나 둘 중 하나니까요.

필리도르 교수: 여러분, 나한테도 두 뺨이 있다는 걸 잊지 마시오. 저자는 뺨이 없어졌지만 나는 여전히 뺨이 있단 말입니다. 우리에게는 무기가 있습니다. 바로 내 두 뺨이 멀쩡하다는 겁니다. 내 생각을 잘 이해해 봐요. 그러니까 난 저자의 따귀를 때릴 수 없습니다. 하지만 저자는 내 따귀를 때릴 수 있습니다. 저자가 때리나 내가 때리나 마찬가지죠. 둘 다 따귀이니 우리는 종합을 되찾게 될 겁니다.

"그러면…… 교수님. 어떻게 저 사람이 당신 따귀를 때리게 할 수 있죠? 교수님, 어떻게 해야 저 사람이 당신 따귀를 때리게 할 수 있나요? 어떻게 해야 저 사람이 당신 따귀를 때리게 할 수 있습니까, 교수님?"

"여러분." 생각에 빠진 천재적인 사상가가 대답했다. "그에게도 뺨이 있고 나에게도 뺨이 있습니다. 문제의 핵심은 유추 원칙이고, 그래서 난 논리적이기보다는 유추적으로 행동하려 합니다. 몇 가지 자연법칙을 관장하는 유추가 훨씬 더 확실하죠. 저자가 분석의 왕이라면, 난 종합의 왕입니다. 그에게 뺨이 있다면, 나에게도 뺨이 있고요. 나에게 아내가 있으면, 그에게는 애인이 있어요. 저자가 내 아내를 분석했으니 이제 난 그의 애인을 종합할 겁니다. 그자는 내 따귀를 때리려 하지 않겠지만 이 방법을 써서 끌어내야지요. 하게 만들 겁니다. 내가 그자의 따귀를 때릴 수 없으면, 그자가 내 따귀를 때리게 만들 겁니다."

필리도르는 계속해서 플로라 젠테에게 손짓을 했다. 우리는 아무 말도 할 수 없었다. 그녀는 몸의 모든 부분을 움직이면서 다가왔다. 한쪽 눈은 나를 향해, 다른 눈은 필리도르 교수를 향해 흘겼고, 잇몸을 드러내며 로파트킨에게 미소를 지었고, 상체를 로클레프스키 쪽으로 내밀었고, 그러면서 포클레프스키 쪽으로 엉덩이를 흔들었다. 그 모습이 너무나 인상적이어서 로파트킨이 작은 목소리로 말했다.

"정말 분리된 저 쉰 개의 조각에 고등 종합을 실시하실 건가요? 어떻게 영혼도 없이 돈이나 벌자고 저렇게 요소들이 결합되어 있는데 거기에 종합력 'P'를 가하죠?"

이 세계적인 종합론자의 특성은 어떤 상황에서도 희망을 잃지 않는 것이었다. 그는 여자에게 자기 테이블에 앉으라고 권하고는 친자노[7] 포도주 한 잔을 권했다. 그런 다음 그녀를 테스트하기 위해 우선 종합적으로 선언했다.

"심장, 심장."

그녀도 거의 같은 식으로 대답했지만, 그녀가 말한 건 몸의 부분들 중 심장과 같은 글자로 시작하는 다른 부위의 이름이었다.

"나! 나!" 종합론자가 상대의 내면에 꺼진 채 남아 있는 자아를 일깨우기 위해 심문하는 듯한 위엄 있는 태도로 말했다. "나!"

---

7) 이탈리아의 포도주 브랜드.

"당신요? 좋아요. 5즈워티[8]예요."

"단일성!" 필리도르가 소리쳤다. "고등 단일성! 모두 같이!"

"그러죠, 뭐!" 그녀가 무심하게 대꾸했다. "나야 뭐, 젊었건 늙었건 마찬가지니까요."

우리는 겁에 질려서 이 분석적인 매춘부를 가만히 바라보았다. 그녀는 이미 안티필리도르의 원칙에 따라 완벽하게 훈련된 것이다. 어쩌면 어릴 때부터 교육했을 것이다.

하지만 종합학의 창시자는 물러서지 않았다. 격렬한 노력과 대치가 이어졌다. 그는 상대에게 신비적인 시의 첫 두 연을 읽어 주었고, 그녀는 그 대가로 10즈워티를 요구했다. 그는 고등한 사랑, 즉 사람을 결합시키고 조화시키는 사랑에 대해 그녀와 한참 동안 영감에 이끌린 대화를 나누었고, 그녀는 그 대가로 11즈워티를 요구했다. 그는 사랑을 통한 갱생이라는 주제에 관한 여성 작가의 두꺼운 소설 두 편을 요약해 주었고, 그 대가로 그녀는 단 한 푼도 깎아 주지 않고 150즈워티를 청구했다. 이어서 종합론자가 그녀의 내부에 존엄성을 일깨우려고 하자 더도 덜도 아닌 52즈워티를 요구했다.

"색다른 욕망은 비싸답니다, 호색한 손님." 그녀가 설명했다. "가격 조정은 절대 안 돼요."

부엉이처럼 동그란 필리도르의 눈이 여기저기를 바라보았고, 여자가 특별한 반응을 보이지 않은 채 가격은 계속 올라갔다. 안티필리도르는 시내에서 이 필사적인 시도를 비웃고

---

8) 폴란드의 화폐 단위.

있었다.

탁월한 연구자 필리도르 교수는 로파트킨과 세 법학 박사를 소집해 회의를 열고 실패를 보고했다.

"다 합해서 수백 즈워티가 들었지만 종합의 가능성을 전혀 발견하지 못했습니다. 예를 들어 '인류'처럼 단일화하는 개체들을 시도해 보았지만 소용이 없었죠. 그 여자는 그걸 돈으로 바꾸어 버렸습니다. 돈을 받고 거슬러 주기도 했고요. 42즈워티로 산정된 인류는 더 이상 단일성을 나타낼 수 없습니다. 어찌해야 할지 모르겠군요. 저기 내 아내는 돌이킬 수 없을 정도로 내적 응집력을 상실하고 있는데 말입니다. 다리가 혼자 방을 돌아다니고, 잠이 들면(물론 내 아내의 다리가 잠드는 게 아니라 내 아내가 잠들죠.) 손으로 다리를 잡고 있어야 합니다. 하지만 손도 말을 듣지 않아요. 무정부 상태입니다. 완전 제멋대로란 말입니다!"

포클레프스키 박사: 안티필리도르가 당신이 변태라는 소문을 퍼뜨리고 있습니다.

전임 강사 로파트킨: 그 여자를 돈으로 정복할 수는 없을까요? 모든 걸 다 돈으로 바꾸어 버리니, 돈의 힘으로 그녀를 가질 수 있을 겁니다. 물론 제 생각에 대해 확신은 없습니다. 하지만 본성상…… 예를 들어 제 환자 중 하나가 병적인 수줍음증에 걸렸는데, 도무지 받아들이려 하지 않아서 대담함으로는 치료할 수 없었습니다. 오히려 일정량의 수줍음을 주입하니 더 이상 버티지 못하고 대담해질 수밖에 없었고, 결국 말할 수 없을 정도로 대범해졌답니다. 가장 좋은 방법은 주제의

핵심으로 들어가는 겁니다. 소매를 걷어붙이고 저 여자를 돈으로 종합해 보죠. 문제는 구체적으로 어떻게…….

필리도르 교수: 돈이라…… 돈이라……. 하지만 돈은 결국 숫자이고 합계일 뿐이지요. 단일성과는 관계가 없습니다. 더 이상 나눌 수 없는 것은 그로시[9]뿐인데, 그로시는 주의를 끌지 못하지요. 다만…… 다만…… 여러분, 우리가 엄청난 금액을 제공해서 저 여자가 그 자리에서 굳어 버리게 하면 어떨까요? 말 그대로 굳어 버리는 겁니다. 그래요, 그대로 굳어 버리게 합시다!

우리는 아무 말도 하지 않았고, 필리도르는 턱수염을 날리며 벌떡 일어났다. 그는 천재들이 칠 년에 한 번 겪는다는 조급증에 빠졌다. 종합론자는 건물 두 채와 교외의 별장을 처분해 85만 즈워티를 마련했고, 그것을 모두 1즈워티짜리로 바꾸었다. 포클레프스키는 그 모습에 경악했다. 필리도르는 이 지방의 평범한 박사로서는 결코 이해할 수 없는 천재였던 것이다. 포클레프스키는 이해할 수 없었고, 따라서 이해하지 않았다. 하지만 철학자 필리도르는 자기가 하는 일에 대해 확신에 차 있었고, 빈정거리며 안티필리도르 박사를 초청했다. 안티필리도르 역시 빈정거리며 초청에 응했고, 그날 9시 30분에 결정적 체험이 펼쳐지게 될 레스토랑 '알카자르'에 도착했다. 두 학자는 서로 손을 내밀지 않았다. 분석의 제왕은 메마르고 심술궂은 미소를 지어 보였다.

---

9) 폴란드 화폐 단위로, 100그로시는 1즈워티에 해당한다.

"자! 자! 편하게 말해 보시죠. 당신 아내가 분해가 잘 안 되는 만큼 내 애인도 합체가 잘 안 될 겁니다. 난 조금도 불안하지 않아요."

이렇게 말하면서 그 역시 가벼운 조증(躁症) 상태에 빠져들었다.

옆에서는 포클레프스키 박사가 펜을 들었고 로파트킨이 종이를 잡았다.

필리도르 박사는 우선 탁자 위에 1즈워티짜리 지폐를 한 장, 정말 딱 한 장 놓았다. 플로라 젠테는 아무 반응도 보이지 않았다. 박사가 1즈워티 지폐를 또 한 장 놓았다. 아무 반응도 없었다. 세 번째로 또 한 장을 놓았다. 역시 아무 반응이 없었다. 네 번째로 놓았을 때 드디어 그녀가 이렇게 말했다.

"오! 4즈워티!"

다섯 번째로 지폐를 놓자 플로라 젠테는 하품을 했고, 여섯 번째로 놓을 때는 전혀 동요하는 기색 없이 이렇게 물었다.

"자, 영감님. 다시 별난 욕망의 세계로 가 볼까요?"

아흔일곱 번째가 되어서야 플로라 젠테가 처음으로 놀라움의 증상을 보이기 시작했다. 115번째가 되자 그때까지 포클레프스키 박사와 전임 강사와 나를 번갈아 쳐다보던 그녀의 시선이 조금씩 조금씩 돈에 집중되기 시작했다.

10만 번째가 되자 필리도르는 숨을 헐떡거렸고, 안티필리도르도 초조해하기 시작했다. 지금까지 여러 곳으로 분산되어 있던 여자는 어느 정도 집중되었다. 돈더미의 광경에 황홀해진 그녀는 계속해서 쌓여 가면서 그냥 더미 이상의 무언가가 되어 버린 돈을 바라보았다. 그녀는 돈을 세어 보려고 했지만, 그것은 불가능했다. 총액은 이제 더 이상 총액이 아니라 그보다 고등한, 생각할 수 없고 산정할 수 없는 어떤 것이었다. 하늘의 별들 사이의 거리만큼이나 엄청난 돈에 플로라 젠테는 소리 없이 헐떡거렸다. 분석론자가 도와주려고 달려들었지만 두 명의 박사가 온 힘을 다해 그를 저지했다. 안티필리도르는 여자에게 총액을 100단위 혹은 500단위로 나누라고 속삭였다. 하지만 총액은 나누어지지 않았다. 종합학의 위대한 수호자가 의기양양하게 마지막 1즈워티를 돈더미 꼭대기에 얹었다. 돈더미라기보다는 거대한 퇴적물 혹은 산이었다. 더 이상 나눌 수 없는 최후의 단위로 만들어진 시나이산이 완성되었을 때, 마침내 신이 나타나 여인을 사로잡았다. 그녀는 자리에서 벌떡 일어나 종합적 증상들, 그러니까 울음·한숨·미소·몽상을 모두 보여 주었다. 그녀가 입을 열어 말했다.

"나예요, 나! 우월한 본질!"

필리도르가 승리의 함성을 질렀다. 아연실색한 안티필리도르가 소리를 지르며 박사들을 뿌리쳤고, 자기 경쟁자에게 따귀를 날렸다.

벼락같은 이 일격은 분석의 심장에서 끄집어낸 종합의 섬광과도 같았다. 암흑이 사라지고 환하게 밝아졌다. 감격에 휩싸인 로파트킨과 세 명의 박사가 명예의 복수를 한 필리도르에게 축하 인사를 건넸다. 그의 원수인 분석론자 안티필리도르는 벽 아래 엎드려 울부짖으며 고통으로 몸을 비틀었다. 하지만 명예가 걸린 이 일은 그 어떤 울부짖음으로도 멈출 수 없었다. 지금까지는 별로 명예롭지 않았던 일이 드디어 진짜로 명예로워졌다.

레이던의 필리도르 교수는 로파트킨과 나를 증인으로 택했다. 안티필리도르라는 별명이 붙은 P. T. 몸센 교수는 두 전임 강사를 증인으로 삼았다. 필리도르의 증인들은 명예롭게 안티필리도르의 증인들에 맞섰으며, 안티필리도르의 증인들 역시 명예롭게 필리도르의 증인들에 맞섰다. 그리고 이 명예의 약속에 참석한 모두에게 종합이 진행되었다. 콜롬보 출신의 분석론자는 마치 뜨거운 석탄 위에 올라선 것처럼 몸을 비비 꼬았다. 레이던 출신의 종합론자는 말없이 미소를 지으며 긴 수염을 만지작거렸다. 시립 병원에서는 필리도르 여사가 흩어진 자기 부분들을 다시 모으기 시작했다. 들릴락 말락 한 목소리로 우유를 마시고 싶다고 말했고, 의사들도 희망을 되찾았다. 명예가 구름 속에서 나와 인간들에게 온화한 미소를 지어 보였다. 최후의 결투는 다음 화요일 아침 7시로 정해졌다.

포클레프스키 박사는 펜을, 로파트킨은 권총을, 로클레프스키는 종이를, 나는 외투를 들고 있기로 했다. 지칠 줄 모르는 종합의 선구자는 일말의 의심도 없었다. 나는 결투 전날 밤 그가 한 말을 아직도 기억한다.

"자, 자. 어쩌면 그자와 마찬가지로 나도 죽게 될지도 모릅니다. 결투에서 누가 지든 내 영혼은 영원히 승리할 겁니다. 죽음 자체가 문제가 아니라 죽음의 본질이 문제이고, 죽음의 본질은 결국 종합적이 될 수밖에 없으니까요. 만일 그자가 죽는다면 그 죽음 자체가 종합에 경의를 표하게 될 겁니다. 그가 나를 죽인다면 역시 종합적 양식에 따라서일 거고요. 결국 나는 무덤 속에서도 승리하게 되는 거지요."

그는 열광했고, 영광스러운 순간을 더욱 기리기 위해 두 여인, 자기 아내와 플로라를 관객으로 초대했다. 하지만 나는 뭔가 불길한 예감이 들었다. 불안한데…… 뭐가 걸리는 거지? 알 수 없었다. 밤새도록 잠을 이루지 못하고 골똘하게 생각했지만 알 수 없었다. 결투 현장에 와서야 알 것 같았다. 마치 그림 속에 나오는 것처럼 맑고 건조한 아침이었다. 두 적수는 서로 마주 보았다. 필리도르가 안티필리도르에게 인사했고, 안티필리도르도 필리도르에게 인사했다. 그제야 나는 지난밤 내가 무엇을 걱정했는지 깨달았다. 대칭이 이루어진 것이다. 양쪽이 똑같은 대칭이고, 그것은 물론 장점이지만 동시에 약점이었다.

사실 필리도르가 움직일 때마다 안티필리도르는 그에 상응하는 움직임을 보여야 했다. 주도권은 필리도르에게 있었다. 필리도르가 인사하면 안티필리도르도 인사해야 했다. 필리도르가 총을 쏘면 안티필리도르 역시 총을 쏴야 했다. 결국 모든 것이 싸움에 나선 두 사람을 연결하는 축, 상황의 축 주위를 맴돌았다. 하지만 만일 상대방이 게임을 무너뜨리면 어떻게 될 것인가? 도망쳐 버린다면? 사악한 수를 생각해 내서 대칭과 유사성이라는 철칙을 어긴다면? 그렇다. 안티필리도르의 머릿속에는 뭔가 어처구니없는 생각이나 속임수가 들어 있을 수 있다. 내가 이런 걱정들과 싸우고 있을 때, 필리도르 교수가 손을 들더니 적수의 심장을 정확히 겨누기 위해 동심원을 그런 뒤 방아쇠를 당겼다. 그는 방아쇠를 당겼고, 맞히지 못했다.

정말로 맞히지 못했다. 그러자 이번에는 분석론자가 손을 들어 적의 심장을 겨누었다. 우리는 이미 승리의 함성을 터뜨릴 준비를 하고 있었다. 이제 분명한 건, 한 사람이 상대의 심장을 겨누었으면, 상대 역시 대칭을 이루며 그렇게 해야만 한다는 것이었다. 다른 방도는 없어 보였다. 이 상황에서 빠져나갈 수 있는 다른 지적인 묘책은 없었다. 그래도 분석론자는 그렇게 하지 않으려고 초인적인 노력을 했다. 나지막하게 신음했고, 울부짖었고, 눈에 띄지 않게 뒤로 물러섰고, 권총의 총구를 어긋나게 해서 옆쪽 가까이 플로라 젠테와 함께 서 있던 필리도르 부인의 손가락에 총을 쏘았다. 정말 놀라운 일격이었다. 손가락이 땅에 떨어졌다. 아연실색한 필리도르 여사는 손을 입에 가져갔다. 그 자리에 증인으로 참석한 우리는 더 이상 침착할 수 없었고 결국 경탄의 소리를 내지르고 말았다.

그때 끔찍한 일이 일어났다. 종합학 교수가 더 이상 참지 못한 것이다. 정확성과 제어력, 대칭에 매료되고 우리의 경탄에 자극을 받은 그 역시 중심축에서 멀어져 플로라 젠테의 손가락을 향해 방아쇠를 당겼다. 짧고 건조한, 목구멍에서부터 나오는 그의 웃음이 이어졌다. 플로라 젠테 역시 손을 입으로 가져갔다. 우리는 경탄의 함성을 질렀다.

그러자 분석론자가 다시 방아쇠를 당겨, 손을 입에 대고 있는 필리도르 여사의 또 다른 손가락을 날려 버렸다. 우리는 경탄의 함성을 질렀고, 사분의 일 초 후에 종합론자도 똑같이 방아쇠를 당겼다. 70미터 거리에서 한 치의 오차도 없이 정확하게 발사된 그의 총알은 필리도르 여사의 손가락과 정확히 같은 플로라 젠테의 손가락을 날려 버렸다. 플로라 젠테는 손을 입으로 가져갔고, 우리는 경탄의 함성을 질렀다. 이렇게 계속되었다. 그들은 쉬지 않고, 난폭하고 집요하게, 완전무결한 솜씨로 방아쇠를 당겼다. 손가락·귀·코·이가 추풍낙엽처럼 떨어졌고, 증인으로 참석한 우리는 그들이 격렬하게 방아쇠를 당기는 광경 앞에서 미처 감탄할 시간도 없었다. 결국 두 여자의 신체 말단 부분들과 자연적 돌출부들이 모두 떨어져 나갔다. 뻣뻣하게 쓰러진 두 여자가 죽지 않은 것은 단지 그럴 시간이 없었기 때문이다. 그리고 자신들이 이토록 놀라운 솜씨가 발휘되는 대상이라는 사실에 어느 정도 기쁨을 느끼는 것 같기도 했다. 마침내 총알이 다 떨어졌다. 콜롬보의 대가가 쏜 최후의 한 발은 필리도르 여사의 오른쪽 폐 제일 윗부분을 관통했고, 레이던의 대가가 쏜 최후의 한 발은 플로라 젠테의 오른쪽 폐 제일 윗부분을 관통했다. 우리는 감탄의 함성을 터뜨렸고, 다시 침묵이 흘렀다. 두 여자의 몸통이 숨을 거두었고, 그대로 쓰러졌다. 방아쇠를 당긴 두 사람은 서로를 가만히 바라보았다.

그 후엔? 두 사람이 서로를 바라보았다. 무엇을 해야 할지 알 수 없었다. 정확히 무얼 해야 하지? 총알은 다 떨어졌다. 더구나 시신은 이미 땅바닥에 누워 있었다. 사실 아무것도 할 게 없었다. 오전 10시였다. 분석이 이기기는 했지만, 그 결과는 무엇인가? 아무것도 없다. 종합 역시 이겼다고 할 수 있지만, 역시 결과는 없다. 필리도르는 돌멩이를 주워 참새에게 던졌다. 하지만 돌멩이는 빗나갔고, 참새는 날아가 버렸다. 태양이 내리쬐기 시작했다. 안티필리도르는 흙 한 줌을 나무 기둥 쪽으로 던져서 맞혔다. 그다음엔 필리도르가 암탉을 겨냥해서 맞혔다. 암탉은 덤불 속으로 숨었다. 두 학자는 서 있던 곳을 벗어나 각자의 자리로 돌아갔다.

안티필리도르는 우치에서, 필리도르는 바버에서 그날 저녁을 보냈다. 안티필리도르는 까마귀를 사냥하기 위해 건초 더미 아래에 매복 중이었고, 필리도르는 거리의 가스등을 보고는 쉰 발자국 떨어진 곳에서 겨냥해 맞히려고 했다.

그들은 이렇게 자기들이 사용할 수 있는 것을 사용해 방아쇠를 당길 수 있는 곳에 방아쇠를 당기면서 세상 어딘가를 쏘다녔다. 그들은 노래를 흥얼거렸고, 특히 유리창을 깨뜨리는 것이 재미있었다. 또 발코니에서 지나가는 사람의 모자에 침을 뱉는 것도 즐거웠다. 마차를 탄 거물들을 맞힐 수만 있다면 기가 막히게 멋질 텐데! 필리도르는 성냥 상자를 불꽃 위에 던지면서 촛불을 끌 수 있을 정도로 전문가가 되었다. 그들은 또한 기병총을 가지고 개구리를 쫓고 활을 들고 참새를 쫓았다. 또 때로는 다리 위에서 종잇조각이나 풀잎을 던지며 놀았다. 마침내 그들은 빨간 공을 사서 굴리면서, 마치 보이지 않는 총알이 박힌 것처럼 공이 빵 터질 때까지 ─ 와! 와! ─ 어디로든 따라다니는 데서 최상의 관능을 발견했다.

과학계의 누군가가 영광스러웠던 과거와 지적 전투, 분석, 종합에 대해, 영영 사라져 버린 그들의 영광에 대해 말을 꺼내면 두 사람은 꿈꾸는 듯한 목소리로 이렇게 대답했다.

"그래요, 그래. 그 결투 생각납니다. 빵빵 날렸지요! 뿜뿜!"

"하지만 교수님! 교수님! 마치 어린애처럼 말씀하시는군요!"

언젠가 내가 이렇게 말했고, 포클레프스키도 나를 따라 했다.(포클레프스키는 그사이 결혼하고 크루차 거리에 살림을 차렸다.)

어린애로 돌아간 노인이 대답했다.

"뭐든 뒤집어 보면 다 어린애랍니다."

6장

유혹, 그리고 젊음을 향해 끌려가기 이후

시폰이 미엔투스에게 가한 끔찍스러운 심리적·물리적 겁탈이 가장 극적인 순간에 이르렀을 때, 문이 열리면서 '데우스 엑스 마키나(Deus ex machina)[10]' 핌코가 여전히 과오를 모르는 굳건한 모습으로 교실에 들어섰다.

"여러분, 공놀이를 하고 있군요. 아주 좋아요!" 핌코가 외쳤지만, 우리는 공놀이를 하고 있지 않았고 심지어 단 한 번도 공을 가져 본 적이 없었다. "공놀이를 하는군요. 한쪽에서 친절하게 공을 던지면 다른 쪽에서 친절하게 받고, 정말 친절해요!"

그러다가 내 창백한 얼굴이 붉어지는 것을 본 핌코가 이렇게 말했다.

---

10) 기계 장치를 타고 내려온 신(인위적인 해결책).

"오! 혈색이 불그스레하네! 학교가 좋은가 보구나, 유조. 공놀이도 좋고. 자! 므워드지아코프 부인의 집으로 안내해 주마. 전화로 다 얘기해 놓았다. 넌 그 집에서 하숙을 하게 될 거다. 네 나이에 시내에 혼자 머물 수는 없으니 오늘부터 므워드지아코프 부인 집에서 지내거라."

나를 데려가는 내내 픔코는 건축가이며 엔지니어인 므워드지아코프 씨와 역시 엔지니어인 므워드지아코프 부인을 들먹이며 나를 격려했다.

"모더니즘을 열렬히 사랑하고 자연스러움을 사랑하고 새로운 경향들을 지지하는, 그러니까 나하고는 원칙이 다른 현대적 가정이다. 넌 약간 부자연스럽게 꾸미는 태도가 있고 계속 어른인 척하잖니. 므워드지아코프 가족이 그런 짜증스러운 습관을 고쳐 줄 거다. 자연스러움을 가르쳐 줄 거란 말이다. 아, 하나 잊었구나. 그 집에 고등학교에 다니는 딸이 있단다. 주트카 양이라고……." 픔코는 내 손을 잡은 손에 힘을 주었고, 코안경 너머로 나를 교육적으로 흘겨보며 나지막하게 말했다. "여고생이지. 역시 현대적이고……. 흠, 함께 지내기 좋은 상대는 아니야……. 심각한 위험 요소들이 있으니까……. 그래도 현대적인 여고생만큼 널 젊음으로 끌어갈 수 있는 건 없다. 분명 그 여고생이 네가 젊음을 숭배하도록 해 줄 거다."

전차가 철로 위로 미끄러졌다. 눈에 들어오는 건물들의 창문턱에는 꽃병이 놓여 있었다. 높은 층의 창문에서 어떤 남자가 픔코를 겨냥해 자두 씨를 던졌다. 하지만 빗나갔다.

무슨 말이야? 뭐라고? 여고생? 픔코의 속셈을 알 것 같았다. 그 여고생의 힘을 빌려 나를 영원히 청년기 속에 가둬 두려는 것이다. 그러니까 내가 일단 그 여고생을 사랑하게 되면 성인이 되고 싶은 욕망을 잃어버릴 거라고 계산한 것이다. 학교뿐만 아니라 집에서도 도망갈 출구가 사라지다니! 잠시도 지체할 수 없었다. 나는 핌코의 손가락을 깨물어 버리고 도망치기 시작했다. 겁에 질리고 당황해서 얼굴을 일그러뜨린 나는 길모퉁이에서 다가오는 여자 어른 쪽으로 달려갔다. 핌코와 그 끔찍한 여고생을 피해 떠날 수만 있다면 무엇이든 할 수 있었다. 하지만 어른을 어려지게 만들 수 있는 핌코가 번개처럼 빠른 동작으로 성큼성큼 달려와 내 목을 낚아챘다.

"여고생에게!" 그가 소리 질렀다.(학교에서라면 "학교로!"라고 했을 것이다.) "여고생에게, 젊음으로, 므워드지아코프네 집으로!"

핌코는 나를 삯마차에 밀어 넣었고, 마차는 사람과 자동차, 새들의 노래로 가득 찬 거리를 지나 여고생을 향해 달려갔다.

"자, 자! 뭘 보는 거냐? 네 뒤엔 아무것도 없어. 네 옆에도 나밖에 없고."

이어서 핌코는 내 손을 꽉 쥐고 혓바닥으로 입술을 적시면서 중얼거렸다.

"여고생에게로, 현대적인 여고생에게로! 여고생은 이 아이가 젊음을 사랑하게 해 줄 거야! 므워드지아코프 가족은 이 아이가 어려지게 해 줄 거야! 이 아이에게 완전한 작은 궁뎅이를 달아 줄 거야!"

그가 "궁-궁-궁-궁뎅이."라고 소리쳤고, 말이 빨리 달리기 시작했다. 마부는 경멸에 가득 차서 우리를 등지고 앉은 채로 몸을 웅크렸다. 핌코는 여전히 절대적으로 위엄 있는 자세로 앉아 있었다.

드디어 지식인들이 모여 사는 동네의 별 볼일 없는 주택 앞에 도착했다. 핌코는 조금 머뭇거리는 것 같았다. 조금 약해지면서——기적이다!——그 절대성을 조금 상실한 것이다.

"유조!" 핌코가 머뭇거리고 고개를 끄덕이면서 작은 소리로 말했다. "난 너를 위해 엄청난 희생을 하는 거다. 오직 너의 젊음을 위해 희생하는 거란 말이다. 난 너의 젊음을 위해 현대적인 여고생을 만나는 거다. 아! 귀여운 여고생, 현대적인 여고생!"

그러면서 핌코가 나를 껴안았다. 마치 겁에 질려 내가 자기를 동정해 주길 바라는 것 같았고, 그와 동시에 영원히 작별을 고하는 것 같았다. 하지만 그는 곧바로 무척이나 흥분해서 지팡이로 바닥을 두드리며 가장 뛰어난 사상과 경구 들, 의견과 개념 들을 낭독하고 인용하고 낭송하고 표현하기 시작했다. 그러니까 가장 고전적인 현학자, 하지만 병들고 존재 자체가 위협받는 현학자의 모습이었다. 그는 내가 알지 못하는 이름, 자기의 친구였던 대단치 않은 문학가들의 이름을 들먹였다. 낮은 목소리로 그들이 자기에 대해 내린 아부성 평가들을 되뇌면서 동시에 그들에 대한 아부성 평가를 늘어놓았다. 그는 벽에 연필로 'T. 핌코'라고 세 번 썼다. 새로운 안타이오스[11]

---

11) 그리스 신화에 나오는 거인. 발을 디딘 땅에서 힘을 얻는데, 헤라클레스는 그를 들어 올려 발이 땅에 닿지 않도록 해서 물리쳤다.

는 자기 자신의 서명에서 힘을 얻었던 것이다. 나는 놀라서 핌코의 얼굴을 뚫어지게 쳐다보았다. 무슨 일이 일어나고 있지? 저 사람은 정말로 현대적인 여고생을 두려워하나? 그런 척하는 건가? 핌코처럼 강력한 현학자가 그런 두려움을 느낀다는 게 말이 되나? 어느새 하녀가 문을 열어 주었고 우리는 집 안으로 들어갔다. 핌코는 평소대로 우월감이 담긴 표정으로, 하지만 거의 겸손하게 들어갔고, 나는 백지장처럼 하얗고 의기소침하고 안절부절못하는 얼굴로 들어갔다. 핌코가 지팡이로 바닥을 두드리며 물었다. "주인 내외 계십니까?" 다른 문이 열리면서 현대적인 여고생이 나타났다.

그녀는 열여섯 살이었고, 스웨터와 치마를 입었고, 고무로 된 스포츠화를 신었다. 몸이 날렵해 보였고, 자세가 자유분방했으며, 피부가 매끈하고, 날씬하고, 유연하고, 불손했다! 그녀를 보자마자 내 가슴과 얼굴이 두근거리기 시작했다. 나는 첫눈에 그녀가 매우 괴짜임을, 어쩌면 핌코보다 더하고 그 부류로는 절대적인 인물, 시폰과 전혀 다른 인물임을 알아보았다. 그런데 여고생의 모습에서 자꾸 누군가가 떠올랐다. 누구지? 아! 코피르다! 여러분은 코피르다를 기억하는가? 그녀는 코피르다와 비슷했다. 게다가 코피르다보다 강했다. 코피르다와 유사한 유형이지만 조금 더 압축된 형태로, 고등학생의 특성이 완벽한 여고생이었으며, 또 현대성에 있어서는 현대적인 것 이상이었다. 나이도 젊지만 현대성 때문에 젊은, 즉 이중으로 젊은, 젊음이 곱해진 젊음이었다. 자기 자신보다 강한 현상을 마주친 사람들이 그렇듯이 나는 두려움에 사로잡혔다. 게다가 여고생과 핌코의 관계에서 겁을 먹는 쪽이 여고생이 아니라 현학자임을 알아차리면서 내 두려움은 더 커졌다. 현학자는 약간 수줍어하며 그녀에게 인사를 했다.

"손에 키스를 하겠습니다, 아가씨!" 핌코가 유쾌하고 우아해 보이려고 애쓰며 말했다. "강가에 안 나가세요? 비슬라 강에? 어머님은 안 계신가 보죠? 수영장 물은 어땠나요? 차가웠어요? 그게 건강에 더 좋죠. 옛날에 난 언제나 차가운 물에서 수영을 했답니다."

도대체 무슨 일인가? 그의 목소리에 스포츠를 말하면서 젊음에 아부하는 노년, 자기를 낮추는 노년의 억양이 나타났다. 나는 한 걸음 물러섰다. 여고생은 핌코의 말에 아무런 대답도 하지 않고 그냥 바라보기만 했다. 그녀는 오른손에 들고 있던 드라이버로 잇새를 쑤시면서 왼손을 아주 무례하게 내밀었다. 핌코에게는 아무런 관심도 없는 것 같았다! 핌코는 그녀가 내민 왼손을 앞에 두고 어쩔 줄 몰라 했다. 그러다가 결국 두 손을 내밀어 여고생의 왼손을 감쌌다. 나는 고개 숙여 인사했다. 여고생이 드라이버를 입에서 꺼내면서 말했다.

"엄마는 안 계신데요. 하지만 곧 오실 거예요. 들어오세요……."

여고생은 우리를 현대적인 거실로 안내했고, 우리가 의자에 앉는 동안 창문 곁에 서서 지켜보았다.

"어머니께선 위원회에 가신 모양이죠?" 핌코가 그녀와 대화를 나누려고 애쓰며 말했다.

"난 몰라요." 현대적인 여고생이 대답했다.

벽은 밝은 청색으로 칠해져 있고 커튼은 크림색이었다. 선반 위에 라디오가 있고, 단정하고 깨끗하고 윤이 나고 단순한 작은 현대적 가구들과 붙박이 벽장 두 개, 작은 테이블 하나가 있었다. 여고생은 마치 방에 자기 혼자뿐인 것처럼 창문 옆에서 햇볕에 탄 피부의 물집을 벗겨 냈다. 그녀에게는 우리의 존재가 아무 상관이 없었다. 그녀는 핌코에 대해 전혀 신경 쓰지 않았다. 시간이 지났다. 의자에 앉은 핌코는 아무도 거들떠보지 않는 손님이 되었고, 다리를 꼬았고, 두 손을 깍지 꼈고, 엄지손가락을 돌렸다. 대화를 이어 가려고 애쓰면서 몸을 움직이고 여러 번 잔기침을 하고 제대로 기침도 해 보았지만, 현대적 여고생은 우리를 뒤로한 채 창문을 바라보며 계속 물집만 뜯었다. 결국 핌코는 말없이 침묵을 지켰지만, 소리 없는 그 자세는 완성되지 못하고 불완전해 보였다. 나는 눈을 비볐다. 도대체 무슨 일인가? 분명 무슨 일이 일어났다. 하지만 그게 뭐란 말인가? 위엄 있게 앉아 있는 핌코의 자세가 불완전하다고? 현학자가 거절당했다고? 뭔가 부족한 거 맞지? 그 불완전한 상태는 보완될 필요가 있었다. 여러분은 하나가 사라지고 다른 것은 아직 나타나지 않은, 그래서 머리가 텅 빈 괴로운 순간을 보낸 적이 있는가? 그 순간 갑자기 현학자의 늙음이 모습을 드러냈다. 그때까지 나는 그가 오십 대를 넘어섰다는 걸 알아차리지 못했다. 마치 이 절대적인 현학자가 영원하고 시간을 초월한 인간이기라도 한 듯이, 한 번도 그런 생각을 해 본 적이 없었다. 그는 늙은이인가, 교수인가? 하지만 꼭 둘 중 하나를 선택해야 하나? 동시에 둘 다일 수는 없는가?

아니다. 지금 중요한 것은 그게 아니라, 나를 둘러싸고 어떤 음모가 진행되고 있는가 하는 것이다.(다 같이 짜고 무슨 짓을 벌이고 있는 게 분명했다.) 맙소사, 핌코는 도대체 왜 저러고 앉아 있는가. 무엇 때문에 여기까지 와서 여고생과 함께 내 옆에 앉아 있는가. 핌코가 앉아 있는 모습은 보기가 무척 괴로웠다. 내가 그와 똑같은 시간에 앉아 있다는 사실 때문에 더 그랬다. 내가 일어나기만 했어도 덜 괴로웠을 것이다. 하지만 나는 일어날 수가 없었다. 사실 꼭 일어나야 할 이유도 없었다. 아니다. 문제는 그게 아니다. 하지만 난 도대체 왜 이 여고생이 있는 곳에 같이 앉아 있는가. 핌코는 또 왜 어린 여고생이 있는 곳에 같이 앉아 있는가. 제발 자비를! 하지만 이건 자비의 문제가 아니다. 핌코는 왜 여고생이 있는 곳에 앉아 있는가. 어째서 그의 늙음은 고등학생의 기운이 존재하지 않는 정상적인 늙음이 아닌가. 여고생과 함께하는 늙음은 도대체 무엇을 의미하는가. 고등학교의 늙음은 무엇을 의미하는가.

너무도 끔찍한 상황이었지만 나는 도망칠 수가 없었다. 고등학교의 늙음, 젊은 늙음이라는 끔찍한 미완성의 말들이 내 머릿속을 맴돌았다. 그 순간 갑자기 노랫소리가 울려 퍼졌다. 나는 내 귀를 의심했다. 핌코가 여고생 앞에서 노래를 부르기 시작했다! 나는 망연자실했다. 핌코는 노래를 제대로 부르지 않고 그냥 웅얼거렸다. 주트카 양의 무심한 태도에 모욕당한 핌코는 노래를 불렀지만, 그 노래를 통해 결국 그가 얼마나 요령이 없고 제대로 배우지 못했는지가 강조될 뿐이었다. 하지만 어쨌든 핌코가 노래를 하지 않았는가! 여고생이 늙은 핌코로 하여금 노래할 수밖에 없게 만든 것 아닌가! 위협적이고 강한 천하무적 핌코가 정말로 맞나? 정녕 핌코가 버림받고 이렇게 의자에 앉아 여고생을 위해 노래를 부를 수밖에 없단 말인가!

나는 몸의 기운이 다 빠져 버린 느낌이 들었다. 아침부터 너무도 많은 시련을 겪었고, 혼이 나에게 찾아든 뒤로 지금까지 근육이 단 한 번도 풀어지지 않았다. 밤 기차를 타고 한잠도 자지 못했을 때처럼 뺨이 후끈거렸다. 이제 기차가 멈추려는 것 같았다. 핌코가 노래를 했다. 여고생이 아무런 관심도 주지 않는 힘없는 늙은이한테 내가 그토록 복종했다는 사실에 수치심이 밀려왔다. 나도 모르게 내 얼굴이 원래의 모습을 되찾았고, 의자에 앉은 채로 더 편해졌으며, 얼마 후 마음의 균형을 완전히 회복했다. 날아가 버린 나의 삼십 년 역시 ─ 기적적으로! ─ 되찾았다. 나는 이것저것 따지지 않고 조용히 여고생의 집에서 나가기로 했다. 하지만 핌코가 내 손을 잡았다. 그는 완전히 변해서 늙고 흐물거렸다. 불행하고 미숙한 모습이 불쌍하게 느껴질 정도였다.

"유조!" 핌코가 내 귀에 대고 말했다. "전후 세대에 속하는, 스포츠와 재즈의 시대에 속하는 이 현대적인 여고생을 따라 하지 마라! 오! 새로운 풍습은 얼마나 야만적인지! 문화가 전락했구나! 나이 든 사람들에 대한 공경이 없다니! 이런 분위기가 너한테 좋을 게 없을 것 같아서 걱정이구나. 이 정신 나간 여고생의 나쁜 영향에 굴복하지 않겠다고 약속하렴." 흥분한 핌코가 덧붙였다. "너희들은 비슷하지. 공통점이 있어. 난 알고 있다. 알고 있단 말이다. 사실 너도 마찬가지 아니냐. 너도 현대적인 소년이야. 너를 현대적인 소녀의 집으로 데려오지 말아야 했다."

나는 미치광이를 보는 눈길로 픰코를 쳐다보았다. 뭐라고? 서른 살 먹은 내가 현대적인 여고생과 비슷하다고? 픰코가 너무 멍청해 보였다. 하지만 그는 계속해서 나에게 주의를 주었다.

"새로운 시대다! 너희, 젊은이들, 너희들은 새로운 세대란 말이다! 너희는 나이 든 사람들을 경멸하지. 너희끼리는 금방 친해져서 서로 터놓고 이름을 부르면서 말이다. 공경심이 없고 과거를 무시하지. 춤, 카약, 아메리카, 지나가는 순간, '카르페 디엠(carpe diem)[12],' 아, 정말 젊은이들이란!"

그러더니 픰코는 갑자기 우리는 현대적인 젊은이들이며 모든 것이 우리의 것이라는 둥, 소위 내 젊음이라는 것과 현대성을 마구 치켜세우기 시작했다. 주트카 양은 여전히 아무런 관심도 보이지 않으면서, 등 뒤에서 일어나는 일에 상관없이, 계속 물집을 뜯었다.

나는 드디어 픰코의 속셈을 간파했다. 내가 여고생을 사랑하게 만들려는 것이다. 나를 므워드지아코프네 집으로 데려와 여고생의 손에 인계함으로써 내가 도망치지 못하게 하려고 이 모든 걸 준비한 것이다. 내가 시폰이나 미엔투스처럼 젊음의 이상을 받아들이기만 하면 영원히 벗어나지 못하리라 확신했

---

12) 오늘을 즐겨라.

기에 내 안에 이상 하나를 접목하려 한 것이다. 사실 핌코에게는 내가 청년기에서 벗어나지 않는 것이 중요할 뿐, 어떤 종류의 청년이 되는가는 조금도 중요하지 않았다. 사랑에 빠지게 만든 뒤 그는 떠나 버릴 테고, 그런 뒤에는 내가 작아지는 것을 지켜볼 틈이 없을 만큼 많은 일을 할 것이다. 그래서 이런 모순이 발생했다. 얼핏 보면 핌코가 자신의 우월성에 최대한 집착하는 것 같았지만, 그는 나를 여고생에게 끌어가야 한다는 한 가지 목적 때문에 굴욕적인 역할을 받아들여 젊은 아가씨들이라는 새로운 세대에 경악하는 구닥다리 노인네가 된 것이다. 그렇게 늙은 영감, 혹은 늙은 삼촌의 태도를 보임으로써 나와 여고생을 자기에 맞서는 한편으로 엮고, 자기 나이와 늙은 관습을 드러냄으로써 나에게 청년과 현대성의 열정을 불어넣으려고 한 것이다.

하지만 핌코에게는 이에 못지않게 중요한 목적이 하나 더 있었다. 내가 사랑에 빠지는 것만으로는 충분하지 않았다. 더 나아가 내가 가능한 한 최대로 미성숙하게 그녀에게 집착해야 했다. 그러니까 내가 정상적인 사랑이 아니라, 전쟁 전에 태어난 노인과 전후에 태어난 여고생의 결합이 만드는 늙고-젊고 현실순응적이고-현대적인 끔찍한 싸구려 시정에 매료되어야 했다. 그러면 핌코는 간접적으로 나의 열정에 동참하려는 것이다. 물론 멋진 이미지가 넘치는 시였지만, 너무도 멍청했다. 이 노인의 서툰 아첨을 들으면서 나는 비로소 그에게서 완전히 벗어나는 느낌이었다. 핌코는 바보인가? 아니다. 내가 바보였다. 나는 오직 바보 같은 시들만이 진정으로 우리의 마음을 끈다는 것을 알지 못했다!

또한 무(無)로부터 이상야릇하고 가증스러운 글, 끔찍한 시가 나왔다. 저기 창가에 서 있는 현대적인 여고생은 무심하다. 여기 의자에 앉아 있는 늙은 교수는 전후의 야만스러운 풍습을 개탄하며 신음한다. 그리고 나는 그 가운데서 젊음-늙음의 시에 쫓긴다. 오, 맙소사, 나의 삼십 년은? 여기서 나가자! 최대한 빨리 나가자! 하지만 원래의 우주는 이미 무너져서 새로운 기반 위에 다시 만들어진 것 같았다. 나의 삼십 년은 희미해졌고 다시 비현실적이 되었다. 내 마음은 창가의 현대적인 여고생에게 점점 더 끌려갔다. 망할 픰코는 쉬지 않고 떠들었다.

"다리, 다리…….(그는 나를 현대성 쪽으로 밀어 넣었다.) 난 여러분을 알아요. 여러분이 즐기는 스포츠와 미국화된 새 세대의 풍습도 알죠. 여러분은 손보다 다리를 더 좋아하잖아요. 여러분한테는 다리가 제일 중요해요. 다리, 장딴지가 중요하죠. 스포츠! 장딴지! (그는 거리낌 없이 나에게 아첨을 했다.) 장딴지, 장딴지, 장딴지!"

학교에서 휴식 시간에 학생들에게 순진함의 문제를 시사하는 방식으로 학생들의 미성숙을 백배로 키우고 흥분하게 만들었듯이, 픰코는 나에게 현대적인 장딴지를 시사했다. 나의 장딴지와 새로운 세대의 장딴지를 연계하는 그의 말을 듣자 기분이 좋아졌다. 나는 이미 마음속으로 늙어 버린 장딴지들을 바라보는 젊음의 잔혹함을 느꼈다! 그렇게 내 장딴지와 여고생의 장딴지가 한편이 되었고, 더 나아가 장딴지들 사이에 일종의 은밀하고 관능적인 합의가 이루어졌으며, 또한 다리의 충성심, 젊은 장딴지의 무례함, 다리의 시정, 젊음의 자부심, 장딴지의 신비가 있었다. 장딴지는 진정 악랄한 몸의 부분이다! 분명 이 모든 것은 여고생의 등 뒤에서 일어났다. 그녀는 아무것도 모른 채 여전히 균형 잡힌 장딴지를 세우고 서서 물집을 뜯고 있었다.

그 순간 예기치 않게 문이 열리지만 않았다면, 어쩌면 나는 장딴지에서 벗어나 가 버릴 수 있었을지도 모른다. 하지만 새로운 인물이 나타났다. 낯선 새 인물의 등장과 함께 나는 힘을 모두 잃었다. 바로 므워드지아코프 부인이었다. 그녀는 상당히 뚱뚱하지만 지성적이었고, 사회 문제들에 관심이 많았고, 합리적이고 신중하게 말했고, 신생아 보호와 수도 내 어린이 구걸 행위 방지를 위한 위원회의 위원이었다. 오스트리아-헝가리 제국 시절을 겪은 고명하고 다정한 노교수 핌코는 마치 아무 일도 없었던 것처럼 벌떡 일어섰다.

"아! 안녕하십니까, 부인! 언제나 바쁘고 활동적이시군요. 위원회 회의에 다녀오시는 모양이죠? 부인께서 맡아 주시겠다고 한 유조를 데려왔습니다. 이 아이가 바로 유조입니다. 이 큰 아이 말입니다. 자, 유조, 부인께 인사드려라."

어떻게 된 일인가? 핌코의 어조가 다시 너그럽고 보호하는 듯한 어조로 바뀌었다. 젊은 나더러 이 늙은 여자 앞에서 고개를 숙이라고? 고개 숙여 경의를 표하라고? 그래야 했다. 므워드지아코프 부인이 작지만 통통한 손을 내게 내밀었고, 잠시 얼굴에 놀라움이 스치더니, 열세 살과 서른 살을 오가는 내 얼굴을 훑어보았다.

"이 아인 몇 살이죠?"

그녀가 핌코에게만 따로 물었고, 핌코가 선한 표정으로 대답했다.

"열일곱입니다, 부인. 열입곱이지요. 4월에 열일곱 살이 되었는데, 원래 자기 나이보다 더 들어 보일 겁니다. 어른인 척하기도 하고요. 하지만 아주 착한 아이입니다. 아주 착해요!"

"아! 일부러 저러는 거군요." 므워드지아코프 부인이 말했다.

나는 화를 내고 싶었지만 의자에 주저앉은 채로 꼼짝도 하지 못했다. 핌코의 암시가 어처구니없을 만큼 멍청했기 때문에 다른 설명이 전혀 불가능했다. 핌코가 므워드지아코프 부인을 창문가로, 그러니까 여고생이 있는 곳으로 데려간 뒤 둘이서 가끔 나를 힐긋거리며 비밀스러운 대화를 나누는 동안, 나는 순교자처럼 고통스러웠다. 고전적인 현학자는 부주의한 척하면서 일부러 목소리를 높이기도 했다. 아! 이런 고역이라니! 그는 조금 전까지 자기에 맞서도록 나와 여고생을 엮은 것처럼, 이번에는 나와 한편이 되어 므워드지아코프 부인을 상대하려 했다. 나를 어른처럼 굴면서 만사에 흥미를 잃은 아이로 소개한 것으로는 성에 차지 않았는지, 나의 애정에 관해, 나의 정신과 감정이 얼마나 훌륭한지에 관해 감동적으로 떠벌리기 시작했다.(약간 으스대는 면이 있기는 하지만 얼마 가지 않을 겁니다.) 핌코가 노인의 다정함이 담긴 구닥다리 현학자의 늙수그레한 목소리로 말하니, 결국 나는 늙수그레해지고 반(反)현대적인 사람이 되어 버렸다! 이 악랄한 상황은 전부 핌코가 만든 것이다! 나는 그렇게 의자에 앉아 아무 소리도 들리지 않는 척해야 했다. 저기 창문 앞에 선 여고생은 듣고 있을까? 저기 구석에서는 핌코가 고개를 끄덕이고 잔기침을 하면서 진보주의자인 여성 엔지니어의 취향과 성향에 대해 입에 발린 말을 해대며 나를 동정하고 있었다. 만난 지 얼마 되지 않은 사람과의 그런 종류의 관계를 이해하는 사람, 그로부터 나오는 모든 위험과 함정, 배신의 위험을 이해하는 사람이라면, 내가 왜 핌코와 므워드지아코프 부인 앞에서 그토록 무력했는지 이해할 수 있을 것이다. 온갖 협잡을 동원해 나를 므워드지아코프네 집으로 끌어들인 핌코는 일부러 목소리를 높여 그 협잡을 내 귀에 들리도록 늘어놓았다. 그는 간계를 써서 나를 므워드지아코프네 집에 들여보냈고, 므워드지아코프네 사람들을 내 마음속에 들어오게 했다!

므워드지아코프 부인은 동정심과 초조함이 섞인 눈길로 나를 바라보았다. 핌코가 감상적인 헛소리를 늘어놓는 바람에 마음이 흔들린 게 분명했다. 더욱이 오늘날의 도전적인 여성 엔지니어들은 사회봉사나 해방을 열렬히 지지하고, 그래서 어린아이들한테서 인위적인 태도가 보이는 것을, 혹은 자연스러움이 없는 것을 몹시 싫어한다. 특히 어린아이들이 어른인 척하는 걸 싫어한다. 진보주의자이고 모든 시선을 미래를 향해 돌리고 무엇보다도 젊음을 경배하는 여성 엔지니어들에게는 어린 소년이 잘난 체하면서 젊은 날을 망치는 것만큼 보기에 화나는 일이 없다. 그냥 그것을 좋아하지 않는 게 아니라, 좋아하지 않기를 좋아한다. 그런 태도가 자기들이 진보주의자

라는 감정을 굳건하게 만들어 주기 때문이다──결국 여성 엔
지니어들은 그것을 좋아하지 않는다는 사실을 언제라도 드러
낼 준비가 되어 있다. 우리의 여성 엔지니어한테도 두 번 말할
필요가 없었다. 피둥피둥 살진 므워드지아코프 부인은 현대주
의와 노년의 대조 없이도 무엇이든 기반으로 삼아 나와의 관
계를 만들어 내고도 남을 만한 사람이었다. 모든 것은 최초의
일치에 달려 있다. 우리는 바로 그것을 선택할 뿐, 나머지는 모
두 그 결과이다. 핌코는 늙은 교육자의 화살을 현대주의의 시
위에 메겨 잡아당겼고, 므워드지아코프 부인은 곧바로 순응
했다.

"아, 싫은데!" 므워드지아코프 부인이 시큰둥하게 말했다.
"싫어요! 스포츠도 즐기지 않는 무감각한 애늙은이라니요! 인
위적인 건 참을 수가 없단 말이에요. 아, 교수님. 저기 우리 딸
주트카하고 얼마나 다른지 보세요. 저 앤 진지하고 자유롭고
자연스럽잖아요. 정말 교수님의 시대착오적인 교수법의 결과
로군요." 이 말을 듣는 순간 그때까지 내 마음속에 남아 있던,
아마도 저항하면 효과가 있으리라는 한 가닥 믿음마저 무너졌
다. 이제 그녀의 눈에 나는 더는 어른일 수 없었다. 므워드지
아코프 부인은 자기 자신을 낡은 원칙에 따라 길러진 애늙은
이 같은 내 모습과 비교함으로써 스스로를 사랑하고 자기 딸
을 사랑했다. 어떤 어머니가 여러분과의 비교를 통해 자기 딸
을 사랑하게 된다면 그야말로 끝장이다. 당신은 딸에게 필요
한 존재가 되어 버리기 때문이다. 물론 나는 반박할 수도 있었
다. 왜 하지 못했을까? 언제라도 자리에서 일어나 장애물들을

지나서 저들에게 힘껏 설명할 수 있었다. 나는 열일곱 살이 아니라고, 서른 살이라고⋯⋯. 하지만 그러지 못했다. 그러고 싶지 않았다. 난 그저 내가 구닥다리 소년이 아니라는 것을 증명하고 싶었다! 내가 바라는 건 바로 그것이었다! 핌코가 떠벌리는 말을 듣고 여고생이 나를 제대로 판단하지 못할지도 모른다는 생각이 들자 화가 치밀어 올랐다. 그러느라 정작 서른 살이라는 나이는 묻혀 버렸다. 나는 너무도 화가 나고 고통스러웠고 울화가 치밀었다! 소파에 앉은 나는 핌코가 일부러 거짓말을 하고 있다고 소리치지 못했다. 그래서 일어섰고, 다리를 뻗었고, 자유롭고 대담하고 현대적인 공기를 마시면서 핌코의 말은 다 거짓이라고, 나는 핌코가 말한 대로가 아니라고, 다르다고 외치려 했다. 장딴지, 장딴지, 장딴지! 나는 몸을 앞으로 약간 굽혔고, 생기 있는 눈빛을 하고 자연스러운 모습으로 앉았다. 나의 온몸이 핌코의 음해를 부정하고 있었다. 여고생이 돌아보기만 한다면 금방 알아차릴 것이다. 하지만 그때 므워드지아코프 부인이 핌코에게 속삭였다.

"정말 병적으로 부자연스러운 태도로군요. 저 애 좀 봐요. 계속 태도를 꾸미고 있어요."

나는 움직일 수가 없었다. 지금 자세를 바꾸면 내가 그들의 이야기를 다 듣고 있다는 뜻이고, 태도를 꾸미는 게 될 것이다. 하기야 내가 무슨 행동을 하더라도 어차피 태도를 꾸민게 될 것이다. 그때 여고생이 창문에서 돌아서며 나를 힐끗 바라보았다. 이런 상태, 즉 자연스러움을 꾸미는 상황에서 벗어날 수 없는 상태로 앉아 있는 나를 본 것이다. 그녀의 얼굴에 혐오감이 스쳐 갔다. 그럴수록 나는 더욱 도망갈 수 없었다. 그녀의 얼굴에 나에 대한 적개심, 회초리처럼 날카로운 젊은 적개심이 노골적으로 드러났다. 므워드지아코프 부인이 대화를 멈추고 딸에게 '친구로서' 물었다.

"주트카, 뭘 보는 거니?"

여고생은 눈을 돌리지 않고 인상을 쓰면서 정직하게(그녀는 정직해졌다. 이제 그녀는 정직하고 개방적이고 진지했다.) 대답했다.

"쟤가 지금까지 어머니와 교수님이 하는 이야기를 다 들었어요."

오! 가혹하기는! 나는 아니라고 항변하고 싶었지만 그럴 수 없었다. 므워드지아코프 부인은 딸이 무례하게 내뱉는 젊은 말에 기쁨을 느끼며 핌코에게 나지막하게 말했다.

"저만 한 여자애들은 정직과 자연스러움에 대해 아주 민감하지요. 일종의 정열이라고 할 수 있어요. 새로운 세대란! 세계 대전 이후 생겨난 도덕이지요. 우리와 우리 아이들, 우리 모두 세계대전에서 태어났답니다."

여성 엔지니어는 즐거워했다. 그러면서 다시 한번 말했다.

"새로운 세대란!"

"따님의 작고 예쁜 눈에 그늘이 졌군요!" 노교수가 환심을 사려는 투로 말했다.

"우리 딸의 눈은 '작고 예쁜 눈'이 아니에요. 그냥 눈이죠. 우리 모두와 똑같은 눈 말이에요. 주트카, 눈 좀 가만히 두거라."

그래도 여고생은 눈길 속의 불을 꺼 버렸고, 초조하게 어깨를 들썩였다. 그 순간 핌코는 대경실색하며 므워드지아코프 부인에게만 들리게 말했다.

"이래도 되나요? 우리 시대에는 젊은이들이 어깨를 들썩이지 못했지요. 하물며 어머니 앞에서!"

기분이 좋아진 므워드지아코프 부인이 한술 더 떴다.

"시대가 그런걸요, 교수님. 시대가 그래요! 교수님은 지금 세대를 모르시는 겁니다. 풍습에 일대 혁명이 일어났죠. 폭풍이 몰아치고, 땅이 흔들리고, 우리는 바로 그 한가운데 있어요. 시대가 그렇다니까요! 모든 것을 다시 건설해야 해요. 우리나라에서도 오래된 곳은 모두 무너뜨리고 현대적인 것들만 남겨 두어야 한다고요. 크라쿠프를 파괴해야 해요!"

"크라쿠프를!" 픰코가 신음하듯 말했다.

약간 경멸하는 듯한 태도로 어른들의 논쟁을 듣고 있던 여고생이 때를 노려 옆에 있던 나에게 발길질을 했다. 깡패들이 하는 것처럼 몸의 자세도 표정도 변하지 않으면서 아주 거칠게, 순식간에, 심술궂게 차 버렸다. 그런 다음 다시 발을 모았고, 두 어른의 말에 아무런 관심 없이 태연해졌다. 어머니가 딸의 곁에 다가가려 할수록 딸은 더 젊기 때문에 자존심이 더 강하기라도 한 듯 더욱 피했다.

"따님이 이 애를 발로 찼어요!" 픰코가 소리쳤다. "발로 찼다고요! 보셨어요? 우리가 조용히 이야기하는 동안에 발로 찼어요. 제어할 줄 모르는 전후 세대는 이렇게 난폭하고 염치없고 뻔뻔스럽군요. 발로 차다니!"

"주트카! 발 가만히 둬라!" 므워드지아코프 부인이 말했고, 이어서 미소를 지으며 픰코에게 말했다. "교수님, 너무 놀라지 마세요. 별일 아니에요. 유조는 아무렇지도 않을 겁니다. 이마를 차인 것도 아닌데요, 뭘. 전 간호사로 일할 때 참호 속에서 군인들한테 이마를 걷어차인 적도 있답니다."

므워드지아코프 부인이 담배에 불을 붙였다.

핌코가 입을 열었다.

"우리가 젊었을 땐 젊은 여자들이……. 노르비트라면 이 일에 대해 뭐라고 말했을까요?"

"노르비트가 누군데요?" 여고생이 물었다.

새로운 세대의 스포티한 무지와 이 시대다운 놀라움이 담긴 어투, 그러니까 감정이 전혀 없고 별다른 호기심을 드러내지도 않는 어투, 오히려 교양 없는 스포츠맨십을 뽐내는 듯한 어투였다. 핌코가 두 손으로 머리를 감싸 쥐며 말했다.

"시인 노르비트의 이름을 들어 본 적이 없단 말인가요?"

므워드지아코프 부인이 미소를 지었다.

"시대가 그렇다니까요, 교수님!"

분위기가 아주 유쾌해졌다. 여고생은 핌코를 위해 노르비트를 몰랐고, 핌코는 노르비트를 통해 여고생에 대해 경악했다. 어머니는 이 시대를 향해 미소 지어 보였다. 나 혼자만 소외되었다. 말을 할 수도 없고, 왜 역할이 이렇게 뒤집혀 버렸는지 이해할 수도 없었다. 장딴지가 나보다 훨씬 추한 저 영감도 날 상대하려고 현대적인 여자와 한편이 되었는데……. 나는 그들이 함께 연주하는 선율을 대위법으로 따라가는 선율이었다. 오! 끔찍스러운 핌코! 걷어차인 뒤 아무 말도 하지 않고 있는 내가 기분이 많이 상하고 심술이 나 보였을 것이다. 핌코가 상냥하게 말했다.

"아무 말도 하지 않는구나, 유조. 그렇게 벙어리처럼 있으면 안 되는데……. 주트카 양한테 화가 난 거냐?"

스포티하고 빈정거리는 여고생이 끼어들어 큰 소리로 말했다.

"짜증 났잖아요!"

그러자 여성 엔지니어가 단호하게 말했다.

"주트카! 사과해라! 네가 화나게 만들었잖니. 저분도 내 딸에 대해 화를 풀면 좋겠네요. 그렇게 민감하게 반응할 필요는 없답니다. 물론 주트카가 사과할 겁니다. 그렇지만 당신이 태도를 조금 꾸미는 건 사실이에요. 좀 더 자연스럽고 생동감이 있으면 좋겠어요. 우리 주트카와 나를 봐요. 걱정하지 마세요, 교수님. 우리가 저 결점을 없애도록 할게요. 우리가 가르치죠."

"전 그 점에서 이 아이가 부인 댁에 머무르는 것이 도움이 되리라 확신합니다. 자, 유조, 마음 단단히 먹어라."

그들의 한마디 한마디가 상황을 정돈하고 분명하게 만들었고, 단호하게, 아마도 돌이킬 수 없는 결정을 내렸다. 이어서 그들은 지체 없이 재정적인 문제들을 처리했다. 핌코가 내 이마에 입을 맞추며 말했다.

"잘 있어라, 얘야. 유조, 잘 있어라. 행동거지에 조심하고, 울면 안 된다. 울지 마라. 일요일마다 보러 오마. 학교에서도 계속 지켜보겠다. 자, 그럼 이만 가 보겠습니다, 부인. 안녕히 계십시오. 주트카 양…… 음…… 유조를 잘 대해 주십시오."

핌코는 가 버렸다. 그가 계단을 내려가는 동안 큼큼거리며 잔기침하는 소리가 들려왔다. 큼, 큼, 큼, 음, 음, 큼, 큼! 헴! 헴! 헴! 나는 항변하고 설명하고 싶었다. 하지만 므워드지아코프 부인은 나를 거실 가까이에 있는 현대적이고 별로 호감 가지 않는 조그만 골방으로 데려갔다. 딸의 방 같았다.

"이 방을 써요." 그녀가 말했다. "욕실은 옆에 있어요. 저녁 은 7시에 먹을 겁니다. 짐은 가져다 놨고요."

그녀는 내가 고맙다는 인사를 할 틈도 없이 신생아 보호와 수도 내 어린이 구걸 행위 방지를 위한 위원회에 가 버렸다. 나는 혼자 남았다. 의자에 앉았다. 침묵. 머릿속이 윙윙거렸다. 나는 지금 새로운 상황에, 새로운 집에 있다. 아침부터 지금까 지 많은 사람들을 만난 뒤 이제 다시 혼자가 되었다. 물론 아 주 가까운 곳에, 거실에 여고생이 몸을 돌리며 움직이고 있었 다. 그러니까 진짜 고독은 아니었다. 여고생과 함께하는 고독 이었다.

7장

사랑

다시 한번 나는 항변하고 설명하고 싶었다. 행동해야 했다. 사람들이 무작정 나를 집어넣은 이 상황이 계속되도록 구경만 하고 있을 수는 없었다. 늦어서 이 상황이 굳어져 버리면 어쩐단 말인가. 나는 잔뜩 긴장해서 의자에 앉아 있었다. 핌코의 명을 받고 하녀가 가져다 놓은 내 물건들도 풀지 않고 버텼다.

지금이다. 지금이 바로 사태를 바로잡고 설명하고 해명할 수 있는 유일한 기회다. 핌코는 없고, 부인도 나갔고, 여고생 혼자 있다. 시간을 허비하지 말자. 시간이 갈수록 더욱 무겁고 단단해질 테니 지금 당장 가서 설명하자. 실제의 내가 어떤 사람인지 보여 주자. 내일은 너무 늦다. 보여 주어야 한다, 보여 주어야…….'

나는 정말 너무도 격렬하고 게걸스럽게 보여 주고 싶었다. 그렇다. 하지만 무엇을 보여 준단 말인가? 서른 살이 된 어른을? 안 된다. 절대 그럴 순 없다! 그때 나는 도망치고 싶은 마음도 내가 서른 살임을 알릴 마음도 없었다. 나의 세계는 이미 무너졌고, 오로지 현대적인 여고생의 세계만 남아 있었다. 스포츠, 용기, 활기, 장딴지, 다리, 춤, 열광, 카누――이것이 나의 현실을 떠받치는 새로운 기둥이었다! 나는 여고생에게 현대적인 인간으로 보이고 싶었다. 영혼, 시폰, 미엔투스, 핌코, 대결…… 지금까지 일어난 모든 일은 주변부로 밀려났고, 내 머릿속은 오직 여고생이 나를 어떻게 생각할까 하는 것뿐이었다. 나를 잘난 체하는 구닥다리라고 평한 핌코의 말을 믿고 있을까? 즉시 그녀에게 달려가, 그러니까 이 방에서 나가 현대적이고 자연스러운 그녀에게 가서, 핌코가 나에 대해 한 말은 모두 중상모략이며 사실은 나도 그녀와 같다고, 나이도 같고 시대도 같다고, 장딴지가 비슷하다고 알려야만 했다.

여고생에게 가야지……. 그런데 무슨 핑계를 대고? 상황을 어떻게 설명하지? 그녀는 나를 마음대로 할 수 있었지만, 나는 그녀를 잘 몰랐다. 더구나 여고생은 내가 알지 못하는 세계에 속했다. 현실적 존재의 측면에서 볼 때 그녀에게 접근하기란 몹시 어려운 일이었다. 자질구레하고 사소한 것을 이용하는 수밖에 없었다. 기껏해야 문을 두드리고 저녁을 몇 시에 먹느냐고 물어보기? 그녀가 아까 나를 발로 걷어찬 것도 그다지 도움이 되지 못했다. 얼굴은 참여하지 않고 다리가 혼자서 저지른 분리된 일이었고, 나에게 가장 중요한 것은 얼굴이었기 때문이다. 의자에 앉은 나는 우리에 갇힌 짐승 신세였다. 줄에 묶인 채 채찍 든 주인 옆에서 떨고 있는 한 마리 말과 같았다. 나는 신경질적으로 손을 비볐다. 어떤 방법으로 어떤 핑계를 대고 주트카 양과 나 사이의 일을 시작할 수 있을까?

바로 그때 전화벨이 울렸고, 여고생의 발소리가 들렸다.

나는 자리에서 일어나 조심스레 거실 문을 조금 열고 두리번거렸다. 아무도 없다. 아파트는 비어 있었다. 어느새 저녁에 접어들었다——여고생은 전화에 대고 친구와 7시에 빵집에서 만날 약속을 했다. 그녀와 폴로, 베이비가 만난다.(그들은 알아듣기 어려운 자기들만의 어휘를, 별명을 사용했다.)

"올 거지? 좋아. 오케이, 알았어. 안 돼, 좋아. 다리가 아파, 삐었거든. 사진, 웃겨. 와, 나도 갈게. 와, 좋지."

현대적인 여고생이 전화에 대고 다른 현대적인 여고생에게 속삭이는 말들이 내 마음속 깊이 감동을 일으켰다. 자기들만의 언어! 자기들끼리 사용하는 현대적인 언어! 그 순간 여고생이 입으로 친구와 대화하는 상황, 눈은 마음대로 쓸 수 있지만 몸은 전화기 옆에서 움직이지 못하는 상황이 차라리 그녀에게 다가가기 더 편하겠다는 생각이 들었다. 아무 설명 없이 나타날 수 있지 않은가. 이것저것 군말 없이 나타나는 것이다……

나는 서둘러 넥타이와 목깃을 매만졌고, 단정하고 곧은 가르마가 중요하다는 걸 알았기에 머리를 가다듬어 가르마가 잘 보이게 했다. 이유는 모르겠지만 나의 가르마는 현대적이었다. 주방 가까운 곳을 지나면서 나는 테이블 위에 있는 이쑤시개를 집어 들었다. 그리고 마침내 내가 등장했다.(전화기는 현관 쪽에 있었다.) 나는 아무 관심 없다는 듯한 태도로 문턱으로 가서 문설주에 기대섰다. 말을 대신해 이쑤시개를 물어뜯는 것으로 나라는 사람을 송두리째 드러냈다. 이쑤시개를 입에 물고 서 있는 것, 몸이 마비될 것처럼 뻣뻣한데도 편안한 척하는 것, 더할 나위 없이 수동적인 상황에서 공격적으로 보이는 것이 쉬운 일은 아니었다.

주트카 양은 친구와 계속 이야기했다.

"아니야, 그래, 확실하지 않아. 세상에, 가, 가지 마. 사진, 웃겨. 미안, 잠시만."

그녀가 수화기를 내려놓고 나에게 물었다.

"전화 쓸 거예요?"

여고생은 아까 발로 찬 게 내가 아닌 다른 사람이었던 것처럼 냉정하면서도 사교적인 말투로 물었다. 나는 대답 대신 고개를 저었다. 그냥 당신과 함께 있고 싶어서 온 거라고, 나는 당신이 전화하는 동안 문턱에 서 있을 권리가 있다고, 당신처럼 나 역시 젊고 현대적이라고, 우리 사이엔 설명이 필요 없다고, 난 아무 격식 없이 당신을 만날 수 있다고 말하고 싶었다. 사실 상당히 큰 위험이 따르는 일이었다. 만일 그녀가 설명을 요구한다면 나로서는 할 말이 없었고, 끔찍스러울 정도로 인위적인 상황이기도 했다. 결국 나는 그대로 자리를 뜰 수밖에 없을 것이다. 하지만 만일 그녀가 받아들여 준다면, 말없이 날 인정해 준다면, 모든 것이 내가 꿈꾸던 더없이 대담한 꿈 이상으로 자연스러워질 것이다. 나는 그녀와 함께 진정으로 현대적이 될 것이다. 그때 미엔투스가 처음에는 웃다가 나중에는 인상을 쓰게 되면서 보여 준 찡그린 얼굴이 떠올랐다. 나는 초조해하며 마음속으로 되뇌었다. '미엔투스, 미엔투스.' 사실 여자를 상대하는 게 더 쉽다. 육체적 차이가 오히려 더 많은 가능성을 만들어 내기 때문이다.

하지만 주트카 양은 수화기를 귀에 대고 나를 쳐다보지도 않으면서 이야기을 이어 갔다.(시간이 무겁게 느껴지기 시작했다.) 그리고 마침내 이렇게 말했다.

"알았어, 좋아. 극장에서 봐. 안녕!"

그녀는 수화기를 내려놓았다. 그런 뒤에 일어서서 자기 방으로 갔다. 나는 입에 꽂혀 있던 이쑤시개를 꺼낸 뒤 내 방으로 갔다. 옷장 옆에는 사람이 앉기 위한 것이 아니라 그냥 낮에 물건을 올려놓는 데 쓰이는 작은 의자가 하나 있었다. 나는 그 의자에 뻣뻣하게 앉아서 신경질적으로 두 손을 비벼댔다. 그녀는 나를 피했고, 비웃으려고도 하지 않았다. 좋다. 그렇다고 해도 이미 시작했으니 이대로 멈출 수는 없었다. 므워드지아코프 부인이 없는 동안에 문제를 매듭지어야 했다. 다시 한번 해 봐. 조금 전 그런 모습을 보였으니, 이제 그녀는 진짜로 네가 잘난 체한다고 생각하지 않겠어? 너의 그 꾸미는 태도는 점점 더 분명해지고 있어. 무엇 때문에 그렇게 구석에 앉아 있지? 왜 손을 비비는 거야? 그렇게 작은 의자에 앉아서 손을 비비는 건 현대성과 반대라고. 유행에 뒤떨어진 거야!

나는 벽 너머에서 일어나는 일에 귀 기울이면서 마음을 가라앉혔다. 여고생은 그 나이의 다른 여자아이들과 마찬가지로 방 안에서 이리저리 돌아다녔다. 아마도 그러면서 나에 대해 품은 생각을 더욱 굳히고 있을 터였다. 그러니까 여고생에게 나는 태도를 꾸미는 사람이었다. 이렇게 거부당하고 또 바로 옆에서 그녀가 자기 식대로 나를 판단하는데도 손 놓고 앉아 있을 수밖에 없다니, 너무도 끔찍했다. 하지만 어떻게 그녀를 사로잡지? 어떻게 관심을 끌지? 어떻게? 핑곗거리가 없었고, 설령 있다 해도 이렇게 내밀한 문제를 두고 사용할 수는 없었다.

희미한 빛과 고독이 점차 무거워졌다. 물론 가짜 고독이었다. 혼자 있기는 하지만 고립된 게 아니라 오히려 벽 너머에 있는 다른 사람과 고통스러운 지적 관계를 갖는 고독이었기 때문이다. 어쨌든 내가 손을 비벼대고 손가락에 쥐가 나고 또 다른 징후들을 보이면서 제자리가 아닌 듯 어색함을 느낀다는 점에서는 고독이라고 말할 수 있을 그런 것이었다. 석양이 점점 짙어졌고, 가짜 고독 속에서 내 감각이 둔해지고 눈앞이 흐려졌다. 깨어 있는 상태에서 끌려 나온 내가 밤의 어둠 속으로 빠져드는 것이 느껴졌다. 밤은 얼마나 자주 우리의 낮에 불쑥 끼어드는지! 방 안의 작은 의자에 혼자 앉은 나는 그야말로 모든 의미를 빼앗겼다. 계속 손 놓고 있을 수는 없었다. 한낮에 누군가와 함께라면 그다지 위험하지 않은 것이 파트너가 없으면 참기 힘들어진다. 고독은 우리를 밖으로 밀어내는 법이다. 결국 한참 동안 형벌 같은 시간을 보낸 뒤 나는 다시 문을 열고 문턱에 섰다. 박쥐처럼 앞을 보지 못하는 상태로, 그렇게 고독 밖으로 나갔다. 그때까지도 어떻게 여고생의 관심을 끌 수 있을지 막막했다. 그녀는 자기 밖으로 아무런 관심을 두지 않고 마음을 걸어 잠그고 있었다. 인간이라는 이 분명하고 정확한 경계, 냉혹한 분리선, 형식!

여고생은 몸을 앞으로 숙이고 등받이 없는 작은 의자에 다리를 얹은 채 작은 샤무아 가죽으로 구두를 닦고 있었다. 지극히 고전적인 장면이었다. 그러니까 그녀는 구두에 광을 낸다기보다는 다리와 장딴지를 통해 은밀하게 자신의 유형을 완성함으로써 현대적인 스타일을 유지하려는 것이다. 그 모습을 보면서 내 마음속에 용기가 솟았다. 다리를 드러낸 자세를 들킨 여고생은 더 친절하고 덜 형식적이 되지 않겠는가. 나는 그녀 쪽으로 다가가 한두 걸음 곁에, 아주 가까이에 멈춰 섰다. 그녀를 보지는 않으면서 말없이 나를 보여 준 것이다. 지금도 기억난다. 나는 그녀 곁 한두 걸음 거리에, 그녀의 영역이 시작되는 마지막 경계까지 가서 멈춰 섰다. 가능한 한 가까이 다가갈 수 있도록 나의 모든 감각을 곤두세웠고, 그녀가 놀라지 않도록 가만히 기다렸다. 이쑤시개도 없었고 특별한 자세를 취하지도 않았다. 그녀가 나를 받아들이든 거부하든, 나는 전적으로 수동적이고 중립적인 자세를 지키려고 노력했다.

여고생은 의자에 얹었던 다리를 내려놓으면서 몸을 일으켜 세웠다.

"뭐…… 필요한 게 있나요?" 그녀는 머뭇거리면서, 흔히 모르는 사람이 지나치게 가까이 접근할 때 하게 되듯이 간접적으로 물었다. 그녀가 몸을 세우자 우리 사이의 긴장은 더 팽팽해졌다. 나는 그녀가 이 자리를 벗어나고 싶어 하지만 너무 가까이 있는 나 때문에 그러지 못한다는 것을 느꼈다.

내가 뭐 필요한 게 있었나?

"아니요." 나는 작은 목소리로 대답했다.

그녀가 손을 밑으로 내렸다. 그리고 아래쪽부터 나를 자세히 훑어보았다. 그녀는 방어적인 태도를 취하지 않은 채로 아무렇지도 않은 듯 물었다.

"일부러 그런 모습으로 있는 건가요?"

"아니요." 나는 힘을 주면서 웅얼거렸다. "아니요."

내 옆에는 작은 탁자가, 조금 멀리에는 난방기가 있었다. 탁자 위에 놓인 솔과 작은 칼이 보였다. 석양은 더욱 짙어지고, 낮과 밤을 연결하는 희미한 빛이 여고생의 영역의 경계를, 엄격한 구획선을 조금 흐려 놓았다. 석양이 만든 베일 뒤에는 진지한 내가 있었다. 여고생을 위해 준비가 된 상태, 무엇이든 할 준비가 된 상태로 나는 더없이 진지했다.

나는 꾸미지 않은 그대로였다. 내가 꾸미지 않고 있다는 것을 그녀가 받아들인다면, 조금 전 나의 인위적인 태도는 핌코 앞에서 꾸며 낸 것이었다는 뜻이 된다. 어째서 나는 여자는 자기를 받아들여 달라고 요구하는 남자를 거부하지 못한다고 생각한 걸까? 어째서 희미한 빛 속에서라면 나를 괜찮은 남자로 여기고 싶다는 유혹에 넘어갈 거라고, 그녀가 나를 쓸 만한 사람, 괜찮은 사람으로 간주하겠다고 마음먹지 않을 이유가 없다고 생각했을까? 어쩌면 그녀는 신경이 곤두서고 집요하고 꾸밈 많은 구닥다리보다는 미국인 친구가 자기 집에 묵기를 바라지 않을까? 그래도 나만 준비된다면 그녀는 이 희미한 빛 속에서 나를 위해 자기의 멜로디를 연주해 주지 않을까? 해 봐, 나를 위해 해 보라고. 카페에서, 해변에서, 댄스파티에서 누구나 흥얼거리는 그 멜로디를 들려줘! 테니스 스커트를 입은 국제적인 젊음의 그 순수한 멜로디를! 어때?

그때 여고생이 인기척을 느끼고 깜짝 놀랐다. 그녀는 아주 활달하게 몸을 움직여 탁자 가장자리를 손으로 받치며 걸터앉았다. 석양의 희미한 빛 속에서 그녀의 얼굴이 분명하게 드러났다. 불안하면서도 즐거워하는 표정이었다. 마치 놀려고 준비하고 앉은 것 같았다. 미국 여자들은 이런 모습으로 나룻배 가장자리에 걸터앉는다. 그녀가 앉았다는 사실 하나만으로 나는 열에 들뜬 듯 흥분했다. 적어도 이 상황을 연장하겠다는 암묵적 동의가 아닌가…… 금방 일어설 것 같지는 않았다. 편안한 자세로 앉아 있으니…… 나는 두근거리는 마음으로, 여고생이 지금 자기가 가진 매력들 중 몇 가지를 발휘하고 있다는 걸 알아차렸다. 그녀는 고개를 살짝 숙이고 초조한 듯 발을 움직이면서 입으로는 뿌루퉁한 표정을 지어 보였다. 그러면서도 현대적인 큰 눈은 조심스레 식당으로 향하고 있었다. 하녀가 있는지 보기 위해서였다. 사실 잘 아는 사이도 아닌 나와 여고생이 이상한 자세로 있는 것을 보게 되면 하녀가 무슨 생각을 하겠는가. 우리가 잘난 체한다고 생각할까? 아니면 지나치게 자연스럽다고?

여자애들은 이런 위험을 즐긴다. 어둠을 좋아하는 여자애들, 자기들이 뭘 할 줄 아는지 보여 주기 위해 어둠을 필요로 하는 여자애들. 나는 내가 만들어 낸 꾸밈이 가지는 난폭한 자연스러움을 통해 그녀를 정복한 기분이 들었다. 양손을 재 킷 주머니에 넣었다. 온 신경이 여고생 쪽으로 쏠렸고, 나는 그녀의 자그마한 숨결까지도 살피며 침묵 속에서, 하지만 열 정적으로 온 힘을 다해 그녀와 함께 있었다——괜찮은 애, 그 렇다, 나는 괜찮은 애였다. 이번에는 시간이 내 편이 되어 주었 다. 흘러가는 매 순간이 인위성을 강조하고 동시에 자연스러 움을 강조했다. 나는 우리가 아주 오래전부터 알고 지내던 사 이인 것처럼 여고생이 나에게 불쑥 말을 건네기를 기다렸다. 다리로 말을 건네기를, 다리가 아프다고, 다리를 삐었다고 말 하기를 기다렸다.

'다리가 아파. 삐었거든. 위스키 좀 갖다줘!'

이렇게 말하기 위해 막 그녀의 입이 벌어지려 할 때, 갑자기 의지와는 상관없는 어떤 목소리가 그녀 안에서 전혀 다른 방 식으로 말했다. 그 목소리는 다분히 사교적인 말투로 이렇게 물었다.

"뭐 필요해요?"

나는 한 걸음 뒤로 물러섰다. 그녀는 자기가 한 말에 만족 하는 것 같았다. 하지만 탁자 위에 앉아 다리를 흔드는 현대적 인 여성의 멋과 스타일은 그대로였다. 아니, 오히려 더 멋있어 졌다. 그녀는 얼음처럼 차가운 관심을 보이며 다시 한번 같은 질문을 던졌다.

"뭐 필요해요?"

이렇게 말해도 자기 속내가 가려지지 않는다는 것을, 오히 려 분명함과 객관성을 더해 준다는 것을, 이런 식의 말이 자기 유형에 잘 어울린다는 것을 그녀는 이미 느낀 것이다. 그래서 마치 미친 사람을 구경하듯 나를 쳐다보며 다시 물었다.

"뭐 필요해요?"

나는 그 자리에서 돌아서서 걸음을 옮겼다. 하지만 멀어져 가는 내 뒷모습은 그녀를 더욱 자극했다. 내가 문을 나설 때쯤 이런 소리가 들렸다.

"광대!"

나는 쫓겨나고 밀려났다. 온몸의 힘이 다 빠져서 다시 벽쪽에 놓인 의자에 앉았다.

"끝장이야." 나는 혼자 중얼거렸다. "그녀가 다 망쳤어. 도대체 왜 그런 거지? 뭔가에 발끈했는데……. 나하고 같이 걸어가느니 차라리 나를 밟고 가고 싶은 걸까? 벽에 붙어 있는 작은 의자야, 나랑 인사하자. 어쨌든 가방을 풀어야지. 가방이 저 한가운데에 있구나. 손을 닦을 수건이 없네."

나는 어두컴컴한 방에 초라하게 앉아서 속옷을 서랍 속에 정리했다. 정리해야 했다. 내일은 학교에 가야 했다. 나는 불을 켜지 않았다. 그럴 필요가 없었다. 스스로 너무도 초라하고 불행하게 느껴졌다. 더 이상 움직이지 않아도 된다면, 앉아 있어도 된다면, 더 이상 아무것도 바라지 않아도 된다면, 그대로 좋았다.

하지만 시간이 조금 지나자, 아무리 초라하고 지친 상태라도 다시 움직여야 한다는 생각이 들었다. 쉬면 안 되나? 즉시, 곧바로, 세 번째로 여고생의 방으로 가서 내 광대 짓을 펼쳐야 했다. 지금까지 보여 준 모든 것이 일부러 광대 짓을 한 것이며 그녀가 나를 조롱한 게 아니라 내가 그녀를 조롱한 것임을 깨우쳐 줘야 했다. 프랑수아 1세의 말처럼, 난 명예 빼고 모든 것을 잃었다.[13] 그래서 나는, 너무도 비참하고 피곤했지만, 자리에서 일어나 다시 한번 나타나 보기로 했다. 준비는 상당히 길었다. 마침내 나는 문을 살짝 열고 머리를 내밀었다. 밝은 불빛 때문에 앞이 보이지 않았다. 여고생이 방에 불을 켜 놓은 것이다. 나는 눈을 감았다. 그녀가 짜증스러운 목소리로 지적했다.

"들어오기 전에 노크를 해요."

나는 눈을 감은 채로 살짝 열린 문 틈새로 들이민 고개를 끄덕이며 대꾸했다.

"미천한 하인은 분부대로 합지요."

나는 문을 연 뒤, 활기차고 재치 있게 안으로 들어갔다— 오! 불행한 사람의 활기라니! 난 여고생을 화나게 할 작정이었다. 오래전부터 전해 오는 경구에 의하면 분노는 아름다움을 해치는 법 아닌가. 그녀가 화가 나면, 광대의 가면을 쓰고 침착을 잃지 않은 내가 유리한 입장에 서게 되리라 생각했다.

"당신은 가정 교육이 엉망이군요!" 그녀가 외쳤다.

현대적인 입에서 저런 말이 나오다니. 맞는 말이었기에 나는 더욱 놀랐다. 전후 세대의 고삐 풀린 여고생들한테도 제대로 교육을 받았다는 게 최종적인 판단 기준이 된단 말인가!

---

13) 이탈리아 지배를 둘러싸고 신성 로마 제국과 전쟁을 벌인 프랑스 왕 프랑수아 1세가 파비아 전투에서 대패한 뒤 어머니에게 쓴 편지의 한 구절이다.

현대적인 사람들은 제대로 된 교육과 잘못된 교육 사이를 오가며 능란하게 줄타기를 한다. 내가 너무 무례했다는 생각이 들었지만, 물러서기에는 너무 늦었다. 나는 세상이 그대로 존재하는 것은 아마도 언제나 물러서기에는 너무 늦기 때문이라고 생각했다. 그래서 그냥 고개를 숙이며 대답했다.

"당신의 미천한 하인이 발아래 엎드립니다."

여고생은 벌떡 일어나 문 쪽으로 갔다. 운명이로구나! 만일 이만큼 무례하게 군 나를 버려두고 가 버린다면 다 끝이다! 나는 달려가 길을 막아섰다. 그녀가 멈춰 섰다.

"왜 이래요?"

그녀는 불안에 휩싸였다.

나는 이미 시작된 운동의 힘에 끌려가는 처지였기에, 되돌아갈 수 없었기에, 그녀를 따라가기 시작했다. 정신 나간 놈, 광대, 폼 잡는 놈, 원숭이, 비정상적인 학생, 아둔하게 거만을 떨며 일부러 빈정거리는 놈으로서 그녀를 따라갔다 ─ 여고생은 탁자 뒤로 물러섰다. 나는 원숭이처럼 잽싸게 따라갔고, 손가락으로 방향을 가리키면서 술 취한 사람처럼, 난폭하고 천박한 촌뜨기처럼, 부랑아처럼 여고생 쪽으로 미끄러져 갔다 ─ 그녀는 벽 쪽으로 가고 나는 그 뒤를 따라갔다. 빌어먹을! 마치 꿈속처럼, 악몽처럼, 그렇게 부풀어 오른 눈으로 따라가는 내 눈에 미치광이 앞에서도 사라지지 않는 그녀의 아름다움이 보였다. 나는 사람이라고 할 수 없을 정도로 끔찍한 몰골이었지만, 벽 옆에 선 그녀는 영화 속 여인처럼 아름다웠다. 호리호리하고 얼굴이 창백한 그녀는 몸을 숙이고 팔은 살짝 굽

혀 늘어뜨린 채로 숨 가빠 했고, 나한테 쫓기기라도 한 듯 벽으로 밀려났다. 그녀는 눈이 휘둥그레진 채 놀라울 정도로 조용했다. 몸은 위험 앞에서 긴장한 탓에 뻣뻣하게 굳었다. 하지만 아름다웠다. 현대적이고 시적이고 예술적이었다. 두려움이 여고생의 모습을 추하게 만들기는커녕 오히려 더 아름답게 만들었다! 다시 한번 시간이 지났다. 나는 그녀에게 다가갔다. 이제 어쩔 수 없이 새로운 결심이 필요했다. 이제 됐다, 나는 그녀의 작은 얼굴을 잡아야 했다. 나는 사랑에 빠졌다, 사랑에! 바로 그때 현관 쪽에서 비명이 들렸다. 미엔투스가 하녀를 공격한 것이다. 벨 소리도 들리지 않았는데? 그는 날 만나러 이 아파트에 처음 찾아왔고, 하녀와 단둘이 마주 선 순간 그녀를 범하고 싶어진 것이다.

미엔투스는 시폰과의 결투 이후 얼굴에서 그 끔찍한 표정을 없애지 못했고, 결국 그 상태에 묶여서 끔찍스러운 일밖에 할 수 없었다. 그는 하녀를 보자마자 더할 나위 없이 천박하고 난폭해졌다. 하녀는 비명을 질렀다. 미엔투스는 하녀의 배를 발로 걷어찬 뒤 반쯤 남은 보드카 병을 손에 들고 들어왔다.

"아! 여기 있었군!" 그가 큰 소리로 말했다. "안녕, 유조! 널 보러 왔어. 보드카하고 구운 소시지를 가져왔지. 저런, 저런! 낯짝이 왜 그 꼬라지야! 하기야 상관없지. 내 얼굴도 마찬가지니까."

낯짝을 낯짝에 대고 비벼대자
인생이란 그런 거야, 인생이란 그런 거야

낯짝을 들이밀어, 낯짝으로 인상 한번 써 봐

가서 브랜디나 마시고 취해 버리든지!

"너를 이 꼴로 만들어 버린 시폰은 도대체 어떤 놈이야? 벽 아래 서 있는 저 암소는? 아! 경탄스럽군!"

"나는 사랑하고 있어, 미엔투스. 사랑한다고……."

"그런데 낯짝이 왜 그 모양이야?" 미엔투스가 주정뱅이의 지혜로 대답했다. "네 손은? 유조! 사랑하는 여인이 네 낯짝을 끝내주게 손봐 놨는걸……. 꼴좋다……. 하기야 상관없지, 상관없어. 내 얼굴도 마찬가지니까. 네 손! 이리 와, 이리 오라고. 그렇게 애쓴다고 무슨 뾰족한 수가 생겨? 잘난 네 방으로 안내해 봐. 내가 가져온 전채 요리에 어울릴 만한 빵도 좀 가져오고. 그대의 슬픔을 흠뻑 적실 좋은 술을 한 병 가져왔답니다……. 신경 쓸 거 없어! 자, 이리 오게, 형제여. 마시고, 토론하고, 한판 붙자고. 그러고 나면 좋아질 거야. 난 오늘만 세 병째인걸. 이걸 마시고 나면 너나 나나 좀 나아질 거야. 아 참, 경의를 표합니다, 아가씨. 안녕, 안녕히 가십시오. 경의를! 자! 자!"

나는 다시 현대적인 여고생 쪽으로 돌아섰다. 그녀에게 말하고 설명하고 싶었다. 단 한 번만, 나를 구원해 줄 한마디를 하고 싶었다. 하지만 그런 종류의 말은 존재하지 않았다. 미엔투스가 내 팔을 잡아당겼다. 우리는 비틀거리면서 내 방으로 들어갔다. 우리는 알코올이 아니라 낯짝들에 취했다. 나는 울음을 터뜨리며 여고생에 대해 하나도 빠뜨리지 않고 전부 다

이야기했다. 미엔투스는 마치 자식을 보살피는 아버지처럼 다정하게 내 말을 듣더니 혼자 흥얼거리기 시작했다.

그들은 우리 낯짝을
원망한다네
낯짝 들이밀고 한판 붙자!

"자, 마셔, 마시라고. 왜 안 마시는 거야! 자, 들이켜! 병목을 잡아. 주둥이를 잡으라고!"

미엔투스는 여전히 공포스럽고 천박하며 난폭한 얼굴로 기름종이에 싼 소시지를 허겁지겁 움켜쥐더니 구강 속에 쑤셔 넣었다.

"미엔투스! 나 여길 벗어나고 싶어!" 나는 큰 소리로 외쳤다. "저 여자한테서 벗어나고 싶단 말이야!"

"그 낯짝에서 벗어나야지! 제길!"

"여고생한테서 벗어날 거야! 미엔투스! 난 서른 살이 넘었어! 서른 살!"

미엔투스는 깜짝 놀라 나를 쳐다보았다. 아마도 지나치게 진지한 나의 슬픔 때문에 놀란 듯했다. 하지만 그는 이내 웃음을 터뜨렸다.

"됐어! 농담 그만해! 서른 살이라고? 맛이 갔군. 제정신이 아니야. 돌았다고.(이어서 그는 여기에 차마 옮길 수 없는 다른 표현들을 사용했다.) 서른 살! 그런데 너 그거 알아?(그는 병째로 술을 벌컥거렸고, 침을 뱉었다.) 네가 좋아하는 저 여자 말이야,

어디선가 본 것 같아. 코피르다가 따라다니던 여자야."

"누가 따라다녔다고?"

"코피르다. 우리 반에 있는 애 말이야. 코피르다가 완전 홀딱 반했지. 그 녀석도 현대적이니까……. 그래서 말이야! 만일 저 여자가 정말로 현대적이라면 넌 안 돼, 알아? 현대적인 여자는 현대적인 남자들하고만 어울리거든. 자, 자, 이미 네가 저 낯짝하고 사랑에 빠졌다면, 쉽게 빠져나오진 못할 거야. 시폰을 상대하는 것보다 더 힘들지. 그래, 어쩔 수 없어. 누구나 각자 하나씩 이상을 꼬리처럼 달고 다니게 되지. 자, 마셔, 한잔 들이켜라고. 네가 보기에 난, 이 나는 자유로운 것 같아? 얼굴이 이렇게 걸레짝처럼 되어 버렸는데, 여전히 머슴은 날 놓아주지 않아."

"하지만 넌 시폰을 범했잖아?"

"그럼 뭐 해? 그래, 시폰을 범했지만 낯짝은 그대로인걸. 자, 이 낯짝을 봐. 난 그 머슴과, 넌 저 여고생과 아주 잘 어울리는 짝이야. 자, 보드카나 털어 넣어! 아! 머슴!" 그는 갑자기 가련한 목소리가 되었다. "아, 유조, 지금 그 머슴을 찾으러 갈 수만 있다면 얼마나 좋을까! 들판으로, 숲으로 달려갈 수 있다면!"

하지만 머슴은 나와 아무 상관이 없었다. 나에게는 오직 여고생뿐! 나는 코피르다를 향한 질투심에 사로잡혔다. 그 코피르다가 여고생을 따라다녔다니! 하지만 한편으로 생각하면, 여고생과 '함께했다'가 아니라 '따라다녔다'는 걸 보면, 결국 서로 알지 못한다는 뜻이 아닐까? 나는 차마 묻지 못했다. 우리는 각자 자기 낯짝을 한 채, 각자 자기 생각에 빠져, 같이 술을 마시며, 그렇게 앉아 있었다. 미엔투스가 아주 힘들게 일어나며 나지막하게 말했다.

"이제 가야 해. 할망구가 올 테니까. 난 부엌으로 나갈게. 나가면서 하녀도 한번 더 봐야지. 하녀도 그런대로 괜찮던데……. 물론 머슴만은 못하지만, 어쨌든 민중이니까. 어쩌면 하녀한테도 머슴 동생이 있겠지. 아! 머슴이여……."

그가 나갔고, 나는 여고생과 남았다. 달빛에 젖은 먼지들이 여기저기 물결치며 은빛으로 떠다녔다.

8장

과일 조림

다음 날 아침 나는 다시 학교에 갔다. 시퐁, 미엔투스, 호페크, 미즈드랄, 가우키에비치, '부정법 대격', 백지장, 선지자 시인들, 모두의 불능, 지겹다, 지겹다, 지겹다! 계속 반복된다! 선지자 중의 선지자인 교사는 여전히 그 선지자의 예언으로 우리를 피곤하게 만든다. 교사는 먹고살아야 하고, 아이들은 모두 기진맥진하고 의기소침하고 발가락이 구두 속에서 팽이처럼 돌아간다. 저기 있는 콩깍지가 깐 콩깍지냐 안 깐 콩깍지냐……. 선지자의 콩깍지가 깐 콩깍지냐 안 깐 콩깍지냐……. 지겹다, 지겨워! 여전히 권태가 짓누르고, 권태의 무게, 선지자의 무게, 교사의 무게에 짓눌려 현실은 서서히 몽상의 세계로 변모한다. 아! 꿈을 꾸런다! 어떤 게 현실이고 어떤 게 비현실인지, 진실은 어디 있고 환상은 어디 있는지 알 수 없다. 느껴지는 것과 느껴지지 않는 것, 자연스러움과 인위적 꾸밈을 알 수 없다. 그래야 하는 것이 실제로 그런 것에 뒤섞이고, 모든 범주는 다른 범주가 깎아내리고 정당화를 벗겨 냈다. 오! 위대한 비현실의 학교여!

나 역시 다섯 시간 내내 나의 이상을 꿈꾼다. 내 낯짝은 그야말로 풍선처럼 부풀어서 거침없이 커져 간다. 이 허구와 비현실의 세계에서는 그 어떤 것도 내 낯짝을 정상적인 상태로 돌려놓지 못한다. 이제 나에게도 이상이 있다. 바로 현대적인 여고생이다. 나는 사랑에 빠졌다. 여고생을 연모하느라 슬프고 몽상에 빠졌다. 사랑하는 여인을 얻기 위해 노력했지만 헛일이고 그녀를 조롱하려는 노력마저도 실패한 후, 나는 깊은 슬픔에 빠졌다. 모든 게 헛일이었다.

단조로운 날들이 지겹게 이어졌다. 나는 사로잡힌 포로였다. 똑같은 날들이 지나갔다. 매일 아침 학교에 갔고, 므워드지아코프네 집에 돌아와 밥을 먹었다. 더는 도망칠 마음도 내 처지를 알리거나 항변할 마음도 없었다. 학생인 게 오히려 좋았다. 자율적인 어른이기보다는 학생으로 있어야 여고생과 더 가까워질 수 있었다. 아! 사라진 나의 서른 살도 거의 다 잊었다! 교사들은 나에게 호의적으로 대했고, 피오르코프스키 교장은 내 엉덩이를 툭툭 건드렸다. 이데올로기 토론을 할 때면 나도 얼굴을 붉히며 소리를 질러댔다. "현대주의! 현대적인 소년만이 중요해! 현대적인 여고생뿐이라니까!" 코피르다는 비웃음이 가득한 표정으로 여전히 멀찌감치 서서 끼어들지 않았다. 여러분은 학교에서 유일하게 현대적인 학생 코피르다를 기억할 것이다. 나는 코피르다와 친해지려 애썼다. 그와 여고생이 어떤 관계인지 비밀을 알아내고 싶었기 때문이다. 하지만 코피르다는 다른 학생들보다 더 심하게 나를 멸시하며 피했다. 자기와 현대성을 공유하는 여고생이 나를 거부했음을 이미 알고 있는 것 같았다. 학생들은 자신들의 젊음과 범주가 다른 젊음을 단호하게 비판했다. 더러움에 푹 빠진 아이들은 청결함을 싫어했고, 현대적인 아이들은 전통적인 것을 싫어했고, 이하 등등, 이하 등등…….

또 뭐가 있지? 시폰이 죽었다. 미엔투스가 귀를 통해 시폰을 범한 후에 시폰은 회복하지 못했다. 그때 주입된 해로운 요소들을 떨치지 못했다. 강제로 들어야 했던, 동정을 떼 버리는 말들을 잊으려고 발버둥 쳤지만 소용없었고, 결국 더럽혀진 자기 자신에 대한 혐오감, 은밀한 환멸에 휩싸이고 말았다. 시폰은 점점 더 창백해졌고, 트림을 해댔고, 침을 흘렸고, 목이 메어 숨을 쉬기 힘들었고, 기침을 하면서 헐떡거렸다. 더 이상 견딜 수 없었고, 마침내 살 가치가 없다는 생각이 들었다. 결국 어느 날 오후 그는 외투걸이에 목을 매달았다. 이 사건은 큰 반향을 일으켜 신문에 소식이 실리기도 했다. 하지만 그것이 미엔투스에게 별 도움이 되지는 못했다. 시폰이 죽었다고 해서 그의 낯짝이 회복되는 것은 아니었다. 시폰의 죽음은 그와 상관없는 일이었다. 미엔투스의 얼굴에는 시폰과 대결할 때 만든 표정이 그대로 달라붙어 버렸다. 표정을 없애는 것은 생각처럼 쉬운 일이 아니다. 표정 때문에 바뀐 얼굴이 저절로 정상으로 돌아오지는 않기 때문이다. 얼굴에는 탄성(彈性)이 없다! 결국 미엔투스는 친구인 호페크와 미즈드랄마저도 어떻게든 피하려고 애쓸 정도로 혐오스러운 얼굴을 가질 수밖에 없었다. 그런데 당연히 미엔투스는 이상해질수록 더욱 머슴을 연모했다. 하지만 당연하게도, 그런 연모가 깊어질수록 그의 낯짝은 더욱 이상해졌다. 불행은 우리 둘을 가깝게 만들었다. 그는 머슴을 연모했고 나는 현대적인 여고생을 연모했다. 우리의 시간은 한숨 속에서 더없이 느리게 흘러갔다. 하지만 우리 둘의 얼굴이 여드름으로 뒤덮이기라도 한 것처럼, 현실은 여전히 다가갈 수 없는 곳에 있었다.

미엔투스는 므워드지아코프의 하녀를 가져 버릴 거라고 말했다. 지난번 저녁에 얼큰하게 취한 상태로 부엌 옆을 지나다가 하녀의 입술을 훔쳤지만, 그것으로는 만족할 수 없었다.

"그건 아니야, 아니라니까. 그냥 여자애 입술이나 훔치라고?" 미엔투스가 말했다. "그래, 물론 그 여자는 시골에서 빈털터리로 왔고, 내가 들은 바로는 동생이 머슴이야! 하지만 말이야, 제길, 빌어먹을.(그는 차마 여기에 옮겨 적을 수 없는 말들을 계속 사용했다.) 누나랑 동생은 다르잖아. 하녀는 머슴이 아니니까. 난 므워드지아코프 여사께서 위원회에 가고 없는 저녁에 하녀를 보러 가곤 해. 수다를 떨고, 할 수 있는 건 뭐든지 다 하지. 심지어 민중의 언어로 농담 따먹기도 해. 하지만 그 여자는 여전히 나를 자기 가족으로 대하지 않아."

하녀는 둘째, 머슴은 첫째, 미엔투스의 세계는 그렇게 정리되었다. 나의 세계는 학교에서 므워드지아코프네 집으로 송두리째 옮겨 왔다.

므워드지아코프 부인은 어머니들이 갖는 혜안으로 내가 자기 딸을 좋아한다는 사실을 알아차렸다. 핌코가 처음부터 교묘하게 부추겨 흥분시켜 놓은 므워드지아코프 부인이 그 사실을 알고 나서 더 흥분했음은 굳이 덧붙일 필요가 없다. 므워드지아코프 부인의 눈에 나처럼 폼을 잡는 구닥다리 소년, 여고생의 현대적 속성들 앞에서 흥분을 감추지 못하는 아이는 딸의 매력을, 간접적으로는 그녀 자신의 매력을 더욱 잘 맛보게 해 주는 일종의 혀 같은 존재였다. 그렇게 나는 뚱뚱한 여인의 혀가 되었다. 내가 구닥다리이고 진지하지 못하고 태를 부릴수록 므워드지아코프 모녀는 현대성을, 솔직함과 자연스러움을 더욱더 음미했다. 결국 현대적 현실과 구닥다리 현실이라는 두 현실이 서로를 자극하고 열광시켰고, 여러 자극을 통해 서로 도발하면서 동시에 커졌고, 단편적이고 모호한 영역으로 퍼져 나갔고, 그렇게 점점 더 풋내기이고 미완성인 상태로 치달았다. 마침내 므워드지아코프 부인은 내 앞에서 거드름을 피우고 스스로를 칭송하기에 이르렀고, 그녀에게 젊음의 대용품 역할을 하는 현대성을 늘어놓기 시작했다. 식사 시간이나 휴식 시간이면 그녀는 풍습의 자유에 관해, 시대에 관해, 혁명이 뒤집어 놓은 변화에 관해, 전후 세대에 관해 쉬지 않고 말했다. 나이는 내가 젊지만 시대로 따지면 자기가 더 젊다는 것 때문에 좋아했다. 그녀는 젊은 아가씨로 변했고, 나를 애늙은이로 변화시켰다.

"우리 영감님, 요즘 어떠신가요? 고리타분하신 썩은 달걀 영감께선 잘 지내고 계신가요?" 므워드지아코프 부인이 나에게 묻곤 했다.

그녀는 지적이고 현대적인 여성 엔지니어의 세련미로 나에게 들러붙어 자기의 능동적인 주도력과 인생 체험들을 내뱉었다. 전쟁 때 간호병으로 일하는 동안 참호에서 걷어차인 일도 떠벌렸다. 또한 자기의 열정과 지평을, 적극적이고 대담한 여성 진보주의자로서 받아들인 자유주의를 쏟아 냈다. 그와 동시에 자기의 현대적 습관들도 이야기했다. 자기는 매일 목욕을 한다고, 옛날에는 여자들이 몰래 숨어서 사무실에 가야 했지만 자기는 경쾌한 걸음걸이로 간다고도 했다.

이상한, 정말로 이상한 일들이었다! 핌코는 가끔 나를 보러 왔다. 늙은 교사는 내 작은 궁뎅이를 보며 즐겁게 중얼거렸다. "어디 내놓아도 좋을 궁뎅이로군!" 그는 구닥다리 교육자의 태도를 극단까지 몰고 가고 현대적인 여고생 때문에 경악하는 체하면서 므워드지아코프 부인을 최대한 사로잡았다. 하지만 다른 상황에서는, 예를 들어 피오르코프스키 교장 선생과 함께 있을 때는 그렇게 늙수그레하지 않았고, 고리타분한 원칙들을 무조건 받아들이지도 않았다. 핌코는 므워드지아코프 모녀 때문에 전통주의적 태도를 갖게 된 걸까? 아니면 반대로 그가 므워드지아코프 모녀의 현대주의를 촉발하는 걸까? 어쩌면 두 현상이 대칭을 이루면서 서로를 강화했을 수 있다. 므워드지아코프 모녀가 전쟁 이후 쪽으로 쏠려 날뛰었기 때문에 엄격한 현학자인 핌코가 전쟁 이전 '부류'에 빠져든 건지, 역으로 핌코가 일부러 구태의연한 영감의 가련하고 미숙한 태도를 취함으로써 므워드지아코프 모녀를 날뛰게 만든 건지, 나는 지금도 잘 모르겠다. 어느 쪽이 다른 쪽에 영향을 끼쳤을까? 현대적인 여고생이 조상 할아버지를 만들어 냈을까, 반대로 조상 할아버지가 현대적인 여고생을 만들어냈을까? 무의미한 질문이다. 아무런 의미가 없다. 하지만 서로 다른 두 사람의 장딴지 사이에서 세계들이 송두리째 결정(結晶)되는 걸 보고 있자면 참으로 야릇했다!

어쨌든 한쪽은 원칙에 따라 행동하는 낡은 이념의 교육자로, 다른 한쪽은 고삐 풀린 청춘의 아가씨로, 양쪽 모두 거리낄 게 없었다. 핌코가 찾아와서 머무는 시간이 조금씩 길어졌다. 그는 나한테 쏟는 관심이 줄어드는 대신 오로지 현대적인 여고생에게만 신경을 썼다. 이 말을 해도 되는지 모르겠지만, 그래서 난 핌코를 질투하기 시작했다. 핌코와 여고생이 서로 부족한 것을 채워 주며 조화를 이루고 작은 교향악을 이루어 둘이 함께 젊고 늙은 충격적인 시를 짓는 것을 보면서 나는 너무 괴로웠다. 장딴지가 나보다 천배는 부실한 찌꺼기 같은 인간이 현대적인 여고생한테 나보다 더 잘 어울린다는 사실 때문에 수치스러웠다. 무엇보다 핌코는 늘 노르비트를 내세웠다. 그는 여고생이 시인에 대해 무지하다는 것을 인정할 수 없었고, 그래서 고귀한 감정에 상처를 받았다. 그러거나 말거나 여고생은 자기는 장대높이뛰기를 더 좋아한다고 말했다. 그러면 핌코는 더욱 분개했고, 그러면 여고생은 웃음을 터뜨렸다. 그가 계속 주장하면 그녀는 거부했고, 그가 애원하면 그녀는 높이뛰기를 하러 갔다. 늘 그런 식이었다! 현학자가 얼마나 교묘하고 능숙하게 단 한순간도 현학자로서의 태도나 학자연한 원칙을 파기하지 않으면서 대조와 반대 명제의 힘으로만 여고생과의 관계를 즐기는지 진정 놀라울 정도였다. 현학자로서 핌코라는 인간 자체가 주트카 안의 여고생을 자극했고, 여고생으로서 주트카라는 인간 자체가 핌코 안의 현학자를 자극했다. 나는 질투가 나서 견딜 수가 없었다. 물론 나도 반대 명제를 통해 그녀를 흥분시켰다. 하지만 그녀가 나를 흥분시켰을 때, 맙소사, 나는 그녀 곁에서 구닥다리가 되고 싶지 않았다. 그녀와 똑같이 현대적이 되고 싶었다!

아아! 난 너무도 고통스러웠다. 끔찍하게 고통스러웠다. 나는 결코 그녀로부터 벗어날 수 없었다. 벗어나려는 모든 노력이 실패했다. 머릿속으로 실컷 그녀를 조롱해 보아도 헛일이었다. 등 돌리고 있는 사람을 조롱해 봐야 무슨 소용이 있겠는가? 그런 식의 조롱 안에는 상대의 환심을 얻고 싶은 극적인 욕구가 숨어 있기 때문에 경의를 표하는 것과 다를 바가 없었다. 내가 그녀를 조롱한다면 그것은 조롱의 깃털로 나를 장식하기 위해서였고, 그녀가 나를 거부하기 때문이었다. 그 공격은 결국 나에게로 되돌아왔고, 내 낯짝은 더 추해지고 혐오스러워졌다. 그나마도 여고생 앞에서는 시도조차 해 볼 수 없었다. 해 봤자 그녀는 어깨를 들썩이고 말았을 것이다. 누구나 그러듯이, 젊은 여자들 역시 거절당한 사람의 조롱은 조금도 겁내지 않을 것이다.

며칠 전 여고생의 방에서 내가 보여 준 광대 짓이 가져온 유일한 효과로, 그녀는 그날 이후 경계 태세를 갖추고 나를 모르는 척했다. 그녀는 현대적인 여고생만이 할 수 있는 방식으로 나를 무시했다. 내가 그녀의 현대적 특성들을 사랑한다는 것을 알고 나를 무시했다. 너무도 잔인하게, 자신의 그런 특성들을 강조했다. 내가 절대 자기에 대해 영향력을 갖지 못하도록 교태는 부리지 않았다. 여고생은 열정적이고 대담하고 뻔뻔하고 분명하고 유연하고 스포티하고 장딴지가 튼튼했다. 현대성의 힘이 경쾌하고 민첩하게 그녀를 몰고 갔다. 모든 것은 오로지 그녀 자신만을 위한 것이었다. 아! 식사할 때 여고생은 미성숙 속에서 얼마나 성숙했는지! 그녀는 자신감에 차있고 무심하고 냉정했다. 하지만 나는 그녀를 위해, 그녀를 위해, 그녀를 위해 앉아 있었다. 다른 것은 아무것도 할 수 없었다. 나는 그녀 안에 있었고, 그녀는 자기 안에 나를, 나와 나의 빈정거림을 함유했다. 여고생의 취향은 나에게 결정적인 가치를 지녔고, 그녀의 마음에 들어야만 내 마음에 들 수 있었다. 아무런 대책도 없이 현대적인 여고생 안에 갇혀 지내는 것이 얼마나 괴로운지! 그녀는 내 눈앞에서 단 한 번도 현대적 스타일을 벗어나지 않았고, 나는 자유를 선택해 도망갈 수 있는 틈을 단 한 번도 보지 못했다.

그것이 바로 나를 사로잡은 여고생의 매력이었다. 성숙과 젊음의 위력, 자신감에 가득 찬 스타일! 우리가 학교에서 어색한 몸짓과 미숙한 행동을 하고 얼굴에 여드름이 피어나고 가슴속에 이상이 싹트고 있을 때, 여고생은 완벽한 '겉모습'을 지녔다. 현대적인 여고생에게 젊음은 과도기가 아니었다. 젊음은 인간의 일생 중 유일하게 진정한 시기를 의미했다. 주트카는 성숙을 경멸했다. 아니, 더 정확히는 미성숙 속에서 성숙을 보았다. 여고생은 턱수염이든 콧수염이든 좋아하지 않았고, 유모도 어머니도 좋아하지 않았다. 그것이 바로 그녀가 사람을 끄는 자기력(磁氣力)의 원천이었다. 여고생의 젊음은 그 자체로 이상이기 때문에 따로 이상이 필요하지 않았다. 젊음의 이상주의 때문에 고통받는 내가 그런 이상적인 젊음을 탐하는 것은 놀라운 일이 아니었다. 하지만 그녀는 나를 원하지 않았다! 나를 볼 때마다 인상을 썼다. 내 낯짝은 날이 갈수록 더욱 끔찍해졌다!

아! 그녀는 진정 나의 육신에 너무도 큰 고통을 가했다! 다른 사람이 만들어 낸 낯짝을 가지고 살아가는 것보다 더 잔혹한 일이 어디 있으랴! 낯짝을 만들어 낸 사람은 상대가 추해질수록 자기는 더욱 아름다워지기에, 언제라도 상대를 우스꽝스러운 인간, 광대, 기괴한 인간으로 만들 수 있었다! 모두 내 말을 믿어 주길. 상대의 궁뎅이를 멋대로 만드는 것도 낯짝을 만드는 일에 비하면 대단한 일이 아니다!

벼랑 끝에 몰린 나는 결국 여고생을 육체적으로 파괴할 계획을 짜기 시작했다. 발랄한 얼굴을 추하게 일그러뜨릴까? 코를 망가뜨릴까? 아예 잘라 버릴까? 하지만 미엔투스와 시폰의 예를 보면 육체적 폭력은 그다지 영향력이 없었다. 영혼은 코와 달랐다. 오직 영적인 승리를 통해서만 자유로워질 수 있다. 하지만 나의 영혼은 이미 여고생 속에 갇혔다. 나는 그녀 안에 들어 있었다. 그렇다면 무엇을 할 수 있을까? 자기 것은 모두 다른 한 사람 속에 들어 있고 그 사람 말고는 기댈 곳도 접촉할 곳도 없을 때, 송두리째 상대의 스타일에 지배되고 있을 때, 그런 상황에서 혼자 힘으로 그 사람으로부터 빠져나올 수 있을까? 불가능한 일이다. 절대 불가능하다. 누군가 제삼자가 나서서 최소한 손가락이라도 내 쪽으로 뻗으며 도와주지 않으면 절대 할 수 없는 일이다. 하지만 누가 나를 돕겠는가? 미엔투스? 그는 한집에 살지 않는다. 그냥 이 집 부엌을 (아무도 모르게) 드나들 뿐이다. 그리고 나와 여고생의 관계를 직접 보지는 못한다. 므워드지아코프 부부? 핌코? 모두 여고생 편이다. 하녀? 발언권도 없고, 돈 버는 것 외에는 아무 관심이 없다.

결국 나의 낯짝은 더욱더 끔찍해져서 그야말로 흉한 몰골이 되어 갔다. 그럴수록 므워드지아코프 부부와 그 딸의 현대적 스타일은 더욱 굳어졌고, 그만큼 내 낯짝은 더 끔찍해졌다. 오! 스타일이여! 독재의 도구여! 저주스럽구나! 하지만 두 여자의 계산은 실패로 돌아갔다. 므워드지아코프 씨 덕분에(그렇다, 바로 그 사람 덕분이었다!) 우연히 스타일의 족쇄가 약해지면서 내가 아주 조금 힘을 되찾게 된 것이다. 나는 온 힘을 다해 공격했다. 대담하게! 대담하게! 현대적인 여고생의 스타일과 아름다움을 규탄하라!

신기하게도 정말로 나는 므워드지아코프 씨의 도움으로 자유를 얻었다. 그가 없었다면 영원히 붙잡혀 있었을 것이다. 물론 그 사람이 원한 건 아니었지만, 어쨌든 그 덕분에 상황이 뒤집혔다. 그러니까 어느 순간부터 내가 여고생 안에 갇히는 게 아니라 여고생이 내 안에 갇히게 된 것이다. 그렇다. 므워드지아코프 씨가 자기 딸을 내 안에 밀어 넣었다. 죽을 때까지

그에게 감사하리라.

　그 모든 일이 어떻게 시작되었는지 지금도 눈에 선하다. 나는 점심을 먹으려고 학교에서 집으로 돌아왔다. 므워드지아코프네 가족은 이미 식탁에 앉아 있었다. 하녀가 감자 수프를 가져왔다. 여고생도 식탁에 앉아 있다. 완벽하게 앉아 있다. 그녀는 고무 운동화를 신은 채 볼셰비키처럼 저항할 수 없는 육체적 교양을 과시했다. 그리고 수프는 별로 먹지 않고, 찬물을 들이켠 뒤 빵을 한 조각 먹었다. 여고생 같은 유형의 사람들에게는 수프가 해로운 음식인지, 그녀는 걸쭉한 죽에 물을 탄 것 같은 미적지근하고 일상적인 수프를 먹지 않았다. 가능한 한 오랫동안, 적어도 고기가 나올 때까지 계속 배고픈 상태로 있고 싶은 것 같았다. 배부른 현대적 아가씨보다는 굶주린 현대적 아가씨가 더 품위 있지 않은가. 므워드지아코프 부인 역시 수프는 거의 먹지 않았고, 학교에서 별일 없었는지도 묻지 않았다. 왜 안 물어보냐고? 그녀는 보통 어머니들이 좋아하는 그런 질문을 좋아하지 않았다. 그리고 우리가 흔히 말하는 어머니라는 인물을 좋아하지 않았다. 그녀는 어머니들을 좋아하지 않았다. 언니들을 좋아했다.

　"자, 비첸테고. 여기 소금." 므워드지아코프 부인이 남편에게 소금 통을 건네면서 웨스의 소설을 즐겨 읽는 진지하고 충실한 동반자의 말투로 말했다. 그리고 시간과 공간이 불분명한 눈빛으로, 수치스러운 사회적 재앙에 맞서 싸우는 인도주의적 반항의 어조를 담아 다시 덧붙였다.

　"사형 제도는 미신이야."

엔지니어이고 유럽인인 므워드지아코프 씨, 파리에서 교육을 받고 서유럽의 장르를 들여온 의식 있는 도시 계획가이자 눈에 띄는 담비 가죽 신발을 신고 셔츠 깃을 우아하게 벌리고 바다거북 껍질로 만든 안경을 낀 신사, 평화주의를 선입견 없이 열렬히 수호하고 합리적인 생산 조직을 지지하며 과학과 관련된 일화들과 저속한 농담을 즐기는 인물이 소금을 받아 들며 말했다.

"고마워, 요안나."

그는 폴리테크니크[14] 출신의 억양이 섞인, 의식 있는 평화주의자의 목소리로 덧붙였다.

"브라질에선 소금을 드럼통째로 물에 버리는데 우리나라에선 1그램에 6그로시를 내야 하다니, 정치가들이란! 우린 엔지니어들이잖아. 세계의 재편. 국제 연맹."

더 나은 미래와 초현대적 건물을 꿈꾸는, 폴란드의 미래의 역사적 조건에 애착을 지닌 므워드지아코프 부인이 깊은 한숨을 내쉰 뒤 지혜롭게 말했다.

"오늘 하교할 때 너랑 같이 온 애 누구니? 물론 말하기 싫으면 안 해도 돼. 난 너한테 완전한 자유를 주고 싶으니까."

여고생은 심드렁하게 빵 한 조각을 삼켰다.

"몰라."

"모르다니?" 어머니가 즐겁게 되물었다.

"오는 길에 걔가 다가와서 말을 건 거야."

---

14) 프랑스의 명문 이공계 학교.

"그 애가 다가왔다고?" 아버지가 물었다.

다분히 기계적인 물음이었지만 한순간 사태를 심각하게 만들기에 충분한, 그러니까 구태의연한 아버지들의 불만으로 보일 수 있는 말이었다. 결국 므워드지아코프 부인이 끼어들었다.

"그게 뭐 어때요?" 그녀가 조금 어색할 정도로 경쾌한 어조로 외쳤다. "그 애가 다가와서 말을 붙였다고? 멋진 일이로구나. 정말 먼저 다가온 거 맞니, 주트카? 그 애와 약속도 했고? 그래. 혹시 일주일 내내 그 애하고 카약 타러 가고 싶니? 아니면 외박하고 주말여행을 떠나고 싶니? 그러면 그렇게 하려무나." 어머니는 상냥하게 계속 말했다. "떠날 때 돈을 하나도 안 가져가고 그 애더러 다 내라고 하고 싶니? 아니면 그 애한테 필요한 것까지 네가 다 내고 싶니? 그렇다면 내가 돈을 줄 수 있다." 이어서 므워드지아코프 부인이 잔뜩 긴장한 상태로 대담하게 물었다. "돈이 없어도 둘이 알아서 잘할 수 있지?"

어머니는 조금 흥분했다. 하지만 여고생은 딸의 일에 지나치게 끼어들어 즐거워하는 어머니로부터 아주 능숙하게 벗어났다.

"됐어, 엄마. 괜찮아!" 엄마를 떨쳐 낸 여고생은 동그랗게 다져 놓은, 너무 물렁거리고 어떤 점에선 지나치게 평범한 고깃덩어리를 더 먹지 않았다.

현대적인 여고생은 부모에 대해 아주 용의주도했기 때문에 절대 혼나는 일이 없었다. 하지만 이번에는 므워드지아코프 씨가 아내의 말을 이어받았다. 이미 므워드지아코프 부인의 말을 통해 길에서 모르는 애가 자기 딸에게 접근한 일에 대해 그다지 좋게 보지 않는다는 걸 암시했으니, 이제 직접 나서서 진가를 보여 줘야겠다고 생각한 것이다. 결국 부부가 번갈아 같은 논지를 전개하게 되었다.

므워드지아코프 씨가 아주 큰 소리로 말했다.

"그래, 물론 나쁠 건 없지! 주트카, 사생아를 낳아도 좋다면 마음대로 해라. 뭐 나쁠 거 있겠니? 처녀성을 칭송하던 시대는 지나갔다! 우리 같은 사람들은, 그래, 엔지니어들은, 그러니까 새로운 사회 현실을 건축하는 사람들은 더 이상 처녀성을 숭배하지 않지. 그건 과거에서 풀려나지 못한 자들이나 하는 짓이니까!"

므워드지아코프 씨는 물을 한 잔 들이켰고, 자신이 조금 흥분했음을 깨닫고 잠시 침묵을 지켰다. 그러자 이번엔 므워드지아코프 부인이 말을 받아서 일반적인 용어로, 간접적인 방법으로 딸에게 사생아를 가지도록 종용했다. 그녀는 자기가 지지하는 자유주의를 나열했고, 미국의 사회 상황을 설명했으며, 린지[15]의 글을 인용했고, 현대 젊은이들이 누리는 자유를 역설했다. 모두 부부가 즐겨 이야기하는 화제였다. 둘 중 하나가 조금 흥분했다고 생각하며 자제하면, 다른 하나가 고삐를 잡고 다시 달려 나갔다. 이상한 일이었다. 이미 보았듯이, 두 사람 모두 어머니들도 아이들도 좋아하지 않았기에 더욱 그랬다. 사실 그들은 어머니보다는 여고생을, 그냥 아이보다

15) 20세기 초 미국의 시인 베이첼 린지.

는 사생아를 생각했다. 특히 므워드지아코프 부인은 딸이 사생아를 출산함으로써 자기를 시대의 전위(前衛)에 세워 주길 바랐다. 그녀는 그즈음의 소설에 등장하는 것처럼 아기가 덤불 속에서, 젊은이들끼리 운동하러 나간 자리에서 우연하고 가볍고 쉽고 분명하게 잉태되기를 바랐다. 사실 사생아에 대해 이야기하고 여고생에게 사생아를 가지라고 부추기는 것만으로도 므워드지아코프 부부는 자기들의 환상이 부분적으로 충족되는 기쁨을 누렸다. 내가 주트카에 대해 아무 힘이 없다는 것을 알았기에 그들은 더욱 대담하게 그 생각을 즐겼을 것이다. 사실 그즈음 나는 덤불 속의 열일곱 살짜리 여고생의 매력에 저항할 힘이 없었다.

하지만 그들은 나에게 질투심을 느낄 힘조차 남지 않았음을 간파하지 못했다. 이 주 전부터 그들은 나의 낯짝을 끔찍하게 바꾸어 놓았고, 나는 질투마저 할 수 없는 처지가 되었다. 므워드지아코프 부인이 말하는 남자애가 코피르다일 거라고 생각하긴 했지만, 그래서? 무슨 상관이람? 나에게는 번뇌, 슬픔, 비참함, 슬픔, 체념뿐이었다. 그 어느 것도 선명하고 활기찬 색채로, 짙은 청색 혹은 녹색으로 그려지지 않았다. 모든 것이 하찮게 느껴졌다. 아기? 그래 봐야 아기지, 뭐! 이렇게 생각하면서 나는 출산, 젖병, 병치레, 피부병, 더러움, 양육비를 떠올렸다. 더구나 아기의 온기와 젖이 여고생을 조만간 몸이 무겁고 미적지근하고 뚱뚱한 어머니로 바꿔 버리지 않겠는가. 그래서 나는 가련하게, 여고생에게 몸을 숙이며 혼잣말처럼 내뱉었다.

"아줌마……."

너무도 불쌍하고 가녀리고 겸손하게, 그들의 순수하고 신선하고 분명하며 젊은 세계관이 알지 못하는 모성의 열기를 담아 말했다. 왜 그렇게 말했을까? 왜 그렇게……. 여고생은 또래의 다른 아가씨들이 모두 그렇듯이 무엇보다도 아름다움을 주된 목적으로 삼는 탐미주의자였다. 그런데 내가 감성적이고 미지근한, 조금 친근한 '아줌마'라는 말을 그녀에게 적용함으로써 끔찍스러울 정도로 추하고 지저분한 무언가를 만들어 낸 것이다. 여고생이 폭발할 게 뻔했다. 물론이다, 나는 그녀가 나를 피하게 되고 추함은 다시 내 몫이 되리라는 사실을 알았다. 내가 그녀에게 맞서 어떤 시도를 하든, 마치 바람에 대고 침을 뱉은 것처럼 추함은 결국 나에게 돌아오는 것이 바로 우리의 관계였다.

그런데 바로 그때 므워드지아코프 씨가 미친 듯이 웃기 시작했다!

그는 웃음보가 터져 버린 사람처럼 웃었다. 혼자서, 목청을 짜내며 정신없이 웃었다. 자기도 부끄러운지 냅킨으로 얼굴을 가리면서 눈까지 충혈되도록 계속 웃어댔다. 기침도 했다. 자기도 모르게, 주체하지 못한 채로, 저절로, 마구 소리 내서 웃었다. 나는 어리둥절했다. 무엇이 저 사람의 신경을 저토록 간질이는 걸까? '아줌마'라는 말? 젊은 여고생 딸과 내가 말한 아줌마의 대조가 그를 즐겁게 했을까? 다른 것이, 아마도 음담패설이 연상되었을 것이다. 아니면 애원하듯 슬픈 내 목소리가 그를 우글거리는 인간애 쪽으로 끌어간 걸까? 아무래도 엔지니어들의 공통적인 특성으로 만담가들의 농담을 아주 좋아하는 그가 나의 새로운 창안 때문에 그중 한 가지를 희미하게 떠올린 것 같았다. 더구나 막 사생아 이야기를 한 터라 그는 더 많이 웃어댔다. 안경이 코에서 흘러내렸다.

"비첸테고." 므워드지아코프 부인이 남편을 불렀다.

나는 그를 더욱더 자극했다.

"아줌마, 아줌마……."

"아, 미안해!" 므워드지아코프 씨가 계속 웃어대며 말했다. "미안…… 미아안…… 어쩔 수가 없어. 미안해……."

여고생은 여전히 접시 위로 고개를 숙이고 있었다. 나는 내가 한 말이 아버지의 웃음이라는 통로를 거쳐 딸에게 타격을 입히고 있음을 분명하게 간파했다. 내가 그녀에게 타격을 입힌 것이다. 드디어 타격이 성공했다. 그렇다. 착각이 아니었다. 므워드지아코프 씨의 웃음이 상황을 반전시켰고, 나에게 여고생으로부터 벗어날 길을 열어 주었다. 마침내 여고생에게 타격을 가했다! 나는 가만히 앉아 있었다.

사태를 파악한 부모가 딸을 구하러 나섰다.

"비첸테고, 뭐 하는 거야?" 므워드지아코프 부인이 언짢은 목소리로 말했다. "저 애늙은이가 한 말이 뭐가 재미있다고 그렇게 웃어? 그저 잘난 체하는 거잖아."

마침내 므워드지아코프 씨가 웃음을 멈추었다.

"무슨 소리야? 내가 그것 때문에 웃었겠어? 전혀 아니야. 그말은 제대로 듣지도 않았어. 그냥 다른 게 생각나서……."

부모의 노력은 오히려 여고생을 수렁에 더 깊이 빠뜨렸다.

나 역시 무슨 일이 벌어지고 있는지 알 수 없었지만, 어쨌든 다시 한번, 여전히 졸린 듯한 가련한 어조로 말했다. "아줌마, 아줌마." 그러자 내 말이 또 한번 반복되면서 새로운 힘을 얻었는지, 므워드지아코프 씨가 다시 목이 메어 짧은 웃음을 터뜨렸다. 그리고 그 짧은 웃음이 다시 므워드지아코프 씨를 신나게 만들었는지, 그는 갑자기 냅킨으로 입을 가리면서 진짜로 웃음을 터뜨려 버렸다.

"댁이 만든 일이니까 알아서 해요!" 므워드지아코프 부인이 화를 내며 나에게 외쳤다.

하지만 어머니의 분노는 딸을 수렁에 더 깊이 밀어 넣었다. 마침내 여고생이 어깨를 들썩이며 입을 열었다.

"내버려 둬, 엄마." 겉으로는 담담하게 말했지만, 그녀는 수렁에 더 깊이 빠졌다.

그러니까 신기하게도 우리의 관계가 완전히 뒤집혔다. 여고생은 내가 한마디 할 때마다 수렁에 점점 더 깊이 빠졌다. 나는 꽤 즐거웠다. 여고생에 대해 내가 힘을 되찾은 것이다. 하지만 그래 봤자 나에게는 그리 중요한 일이 아니었다. 만일 그때 내가 단 한순간만이라도 내 안의 슬픔과 고뇌, 비참함을 승리의 어조로 바꾸어 버렸다면 그 힘은 사라지고 말았을 것이다. 나의 낯선 힘은 바로 인정하고 체념하는 불능에서 왔기 때문이다. 결국 내 가련한 상태를 더 확실히 하기 위해, 어차피 나한테는 다 마찬가지임을 보여 주기 위해, 나 스스로 자격 없는 못된 인간이라고 느끼고 있음을 보여 주기 위해, 나는 과일 조림을 휘젓기 시작했다. 나는 그 안에 음식 부스러기, 먹고 남은 것, 찌꺼기, 빵 조각을 집어넣고 작은 숟가락으로 저어 섞었다. 내 낯짝은 여전히 가관이었다. 어쩌랴, 그러든가 말든가! 아! 제길! 무슨 상관이람! 소금과 후추를 치고 이쑤시개 두 개를 과일 조림 안에 집어넣으면서 나는 무기력하게 생각했다. 무슨 상관이람. 내가 다 먹으면 되지. 중요한 건 먹을 게 있다는 거야. 뭐든 상관없어……. 마치 도랑 속에 누운 채로 하늘을 나는 새들을 쳐다보는 기분이 들었다. 잡탕으로 섞어서 젓는 일이 마음을 따뜻하게 하고 위로를 주었다.

"지금 뭘 하는 거죠? 뭐 하느냐고요? 이봐요, 젊은 양반, 왜 그렇게 과일 조림에 다 집어넣고 섞어 먹는 거죠?" 므워드지아코프 부인이 절제되었지만 신경질적인 목소리로 물었다.

나는 과일 조림을 바라보던 눈을 들어 멍한 눈길로 그녀를 쳐다보면서 들척지근하게 말했다.

"그냥 하는 겁니다. 그냥……."

그런 다음 뜨겁지도 차지도 않은 잡탕죽을 삼키기 시작했다. 눈앞에서 벌어지는 일이 므워드지아코프 가족에게 어떤 느낌을 주었는지는 잘 모르겠다. 나로서는 그들이 조금 전처럼 강한 충격을 받는 걸 원하지 않았다. 므워드지아코프 씨가 세 번째로 기계적인 웃음을 터뜨렸다──선술집, 교외의 풍경, 엉덩이 이야기를 떠올리게 하는 웃음이었다. 여고생은 접시 위로 고개를 숙인 채 말없이, 정확한 태도로, 절도 있게, 심지어 영웅적인 태도로 과일 조림을 먹었다. 므워드지아코프 부인은 얼굴이 창백해지면서 마치 최면에 걸린 듯 눈을 크게 떴고, 분명히 겁에 질린 얼굴로 나를 쳐다보았다. 그녀는 나를 두려워했다!

"일부러 저러는 거야!." 므워드지아코프 부인이 중얼거렸다. "일부러 저러는 거야. 이봐요, 그만 좀 먹어요. 난 싫어요. 주트카, 비첸테고, 주트카, 비첸테고, 주트카, 주트카, 비첸테고! 그만해! 좀 못 하게 해 봐! 세상에!"

나는 계속 먹었다. 먹지 않을 이유가 없었다. 무엇이든, 심지어 눌려 죽은 쥐 새끼라도 그대로 먹었을 것이다. 그래, 미엔투스, 난 이러고 있어. 괜찮아, 잘하고 있어……. 저 사람들은 마음대로 하라지. 아가리에 뭐든 쑤셔 넣으면 되는 거야. 마음대로 하라고 해…….

"주트카!" 므워드지아코프 부인이 날카롭게 외쳤다.

자기 딸을 연모한다는 사람이 이렇게 분별없이 아무거나 먹어대는 것을 어머니는 더 이상 볼 수 없었던 것이다. 그때 과일 조림을 다 먹은 여고생이 자리에서 일어나 밖으로 나갔다. 므워드지아코프 부인도 따라나섰다. 므워드지아코프 씨는 터져 나오는 발작적인 웃음을 입에 손수건을 대고 간신히 막으면서 나갔다. 식사를 다 마치고 나가는 걸까? 도망치는 걸까? 나는 안다. 도망치는 거다! 나는 서둘러 따라갔다. 승리다! 전진, 진격, 공격, 나가자, 덮치자, 잡아라, 죽여라, 깨물어라, 목을 비틀어라, 놓아주지 마라! 그들은 두려운 걸까? 겁을 주자! 도망갔을까? 따라가자! ——하지만 자, 살살…… 살살……. 게걸스러운 비렁뱅이가 의기양양한 승리자로 바뀌는 건 안 된다. 승리를 가져다준 건 바로 비렁뱅이니까! 저 사람들은 내가 아까 과일 조림으로 한 것처럼 여고생을 정신적으로 조종할까 봐 겁을 먹었다. 아! 마침내 여고생의 스타일을 공격하는 법을 알아냈다! 드디어 나는 정신적으로, 뇌를 통해 그녀에게 무엇이든 쑤셔 넣을 수 있다. 거침없이 휘젓고 부수고 섞어 버릴 수 있다. 하지만 침착하자, 침착하자…….

므워드지아코프 씨의 불법적인 웃음 덕분에 내가 저항력을 되찾았다는 사실을 누가 믿겠는가? 내 생각과 행동은 이제 공격의 발톱을 되찾았다. 그렇다, 아직 게임은 끝나지 않았다! 이제 어떤 길을 선택해야 할지 알 수 있다. 과일 조림이 다 설명해 주었다. 과일 조림에 이것저것 다 넣고 마구 휘저어 죽사발로 만든 것처럼, 낯설고 이질적인 요소들을 여고생에게 쑤셔 넣고 닥치는 대로 뒤섞으면 그녀의 현대성이 무너질 수 있다. 자, 쉿, 쉿! 보인다! 현대적 스타일에 맞서 전진하자. 현대적인 여고생의 아름다움에 맞서 진격하자! 하지만 살살, 살살…….

9장

정탐, 그리고 현대성 속으로 빠져들기 이후

　조용히 방으로 돌아온 나는 침대 겸용 소파에 드러누웠다. 계획을 짜야 했다. 나의 순례가 실패에 실패를 거듭하면서 나를 지옥 바닥으로 끌고 갈지 모른다는 생각이 들자 몸이 떨리고 진땀이 났다. '고상한 취향'에 속하는 것은 이미 그 표현 자체('고상한'이라는 수식어)에서 알 수 있듯이 결코 진짜로 끔찍할 수 없다. 원래 구역질 나게 혐오스러운 것만 싫어지는 법이다. 나는 산문과 시에 등장하는 낭만적이고 고전적이고 아름다운 살인, 강간, 퀭하니 파인 두 눈이 부러웠다. 셰익스피어의 살인은 전혀 끔찍하지 않다. 그보다는 버터 바른 잼이 더 끔찍하다. 아니, 난 싫다. 나는 운(韻)을 맞춘, 입속의 굴을 삼키듯 넙죽 목으로 넘어가는 당신의 고통에는 관심 없다. 그러니 사탕처럼 달콤한 당신의 수치심, 캐러멜 크림 같은 공포,

209

케이크 같은 비참함, 사탕 과자 같은 고통, 막대 사탕 같은 절망을 나한테 떠벌리지 마시길! 가장 힘겨운 이 사회의 상처, 예를 들어 아이 넷을 부양해야 하는 노동자 가족의 굶주림을 대담한 손가락으로 긁어대는 숙녀가 왜 사람들이 모인 자리에서 귀를 후빌 때는 그 손가락을 쓰지 않는지 아는가? 그 일이 훨씬 더 끔찍하기 때문이다. 굶주림, 전쟁에 빼앗긴 수백만 명의 목숨, 이런 것은 삼킬 수 있다. 심지어 아주 맛있게 삼킬 수 있다. 하지만 이 세상에는 먹을 수 없는 맛없는 화합물들이 있다. 인체는 잡다하고 혐오스러운, 그렇다, 토할 것 같은 악마적인 화합물들을 삼킬 수 없다. 우리의 가장 기본적인 의무는 바로 취향에 맞춰야 한다는 것이다. 무엇보다 취향에 맞춰야 한다. 아내와 아이들이 죽더라도, 가슴이 찢어지도록 아프더라도, 그 모든 것이 고상하게, 지극히 고상하게 일어나는 것이 중요하다! 그러므로 여고생의 마법에서 벗어나기 위해 나는 성숙의 이름으로 맛있는 것을 거부해야 했고, 입천장에 맞서 혁명을 일으켜 더 이상 아무것도 삼킬 수 없게 되어야 했다!

나는 점심 식탁에서 거둔 성공의 환상에 젖지 않았다. 그것은 완전한 승리가 아니었다. 여고생보다는 그 부모에게 거둔 승리였기 때문이다. 정작 여고생은 별 피해 없이 빠져나가서, 여전히 다가갈 수 없는 곳에 멀찌감치 서 있었다. 어떻게 하면 멀리서 여고생의 현대적 스타일을 오염시킬 수 있을까? 어떻게 하면 여고생을 진짜로 나의 궤도 속으로 끌어들일 수 있을까? 이제 심리적 거리에 물리적 거리까지 더해졌다. 식사 때가 아니면 그녀는 내 얼굴을 볼 시간도 없다. 어떻게 해야 그녀를 오염시킬 수 있을까? 먼 곳에서, 그러니까 내가 그녀 곁에 있지 않을 때, 그녀 혼자 있을 때 어떻게 정신적으로 파고들 수 있을까? 어쩌면(이건 그냥 확신 없는 생각이었다.) 숨어서 몰래 엿보고 엿들으면 되지 않을까? 나에게는 식은 죽 먹기 같은 일이었다. 어차피 처음 인사를 나눈 그날 이후 므워드지아코프 가족은 늘 나를 엿보고 엿듣는 사람 취급하는 중이었다.

열쇠 구멍으로 들여다보다 보면 어쩌면 여고생을 향한 내 관심을 돌려놓을 만한 것 하나쯤 찾게 되지 않을까? 그녀가 혼자 있을 때는 방 안에 아름다움 외에 다른 무언가가 작동하지 않을까?(나는 이렇게 기대하며 무기력하게 생각했다.) 하지만 한 가지 위험이 따랐다. 자신의 매력에 흠뻑 젖고 스타일의 규율에 복종하는 여고생들 중에는 사람들이 보는 앞에서뿐 아니라 내밀한 상황에서도 분별 있게 처신하는 경우가 있다. 만일 여고생이 그렇다면 나는 추함 대신 오히려 아름다움을 보게 될 테고, 아름다움을 내밀한 상황에서 볼 경우 더 치명적일 수밖에 없다. 나는 이미 즉흥적으로 여고생의 방에 들어갔다가 그녀가 너무도 우아한 자세를 취하면서 걸레로 구두를 닦는 모습을 보았다. 하지만 다른 한편으로는, 그녀를 몰래 엿본다는 사실 자체가 그녀를 오염시키고 그녀 안으로 파고드는 데 기여할지도 몰랐다. 우리가 야비하게 아름다움을 엿볼 때는 시선의 일부가 그 아름다움에 달라붙어 버리기 때문이다.

나는 열에 들뜬 듯한 상태로 고민하다가 간신히 몸을 일으켜 열쇠 구멍을 향해 다가갔고, 눈을 그 구멍에 대기 전에 창문을 힐끗 쳐다보았다. 서늘하고 아름다운 가을날이었다. 가을빛으로 눈부신 거리에서 미엔투스가 하인들의 출입문 쪽으로 슬그머니 지나갔다. 하녀를 만나러 가는 것이다. 옆 빌라의 지붕 위에서 비둘기들이 맑은 하늘로 날아올라 다시 무리를 이루었고, 멀리서 자동차 경적이 울렸다. 인도 위에서는 유모가 아기랑 놀고 있고, 창유리들은 석양빛에 젖었다. 집 앞에는 거지가 서 있었다. 교회 앞 광장에 모이는 노인들 중 하나로, 땅딸막하고 머리가 덥수룩하며 수염을 기른 늙고 가련한 거지였다. 그를 보는 순간 어떤 생각이 나의 뇌리를 스쳤다. 나는 무겁고 졸린 듯한 발걸음으로 밖으로 나가 광장에 서 있는 나무의 가지 하나를 꺾었다.

"자, 받아요. 50그로시예요. 이 나뭇가지를 입에 물고 밤까지 서 있으면 오늘 저녁에 1즈워티를 더 줄게요."

수염이 덥수룩한 거지는 나뭇가지를 받아 들고 주둥이에 집어넣었다. 나는 나에게 지원군을 만들어 주는 돈을 축복하면서 아파트로 돌아왔다. 여고생은 그 또래 여자아이들이 으레 그러듯이 집 안을 이리저리 돌아다녔다. 서랍 속에 뭔지 모를 것들을 정리했고, 공책을 꺼내 책상 위에 놓았다. 나는 그녀의 옆얼굴, 공책 위로 몸을 숙인 전형적인 여고생의 얼굴을 보았다.

나는 4시에서 6시까지, 쉬지 않고, 슬픈 마음으로 그녀를 엿보았다.(그동안 거지는 계속 입에 가지를 물고 있었다.) 여고생이 점심 식탁에서의 패배를 증명할 만한 신경질적인 반사적 행동을 하지는 않을까 기대했지만, 전혀 아니었다. 하다못해 그녀는 입술을 깨물지도 눈썹을 찌푸리지도 않았다. 그렇다. 단 하나도 없었다. 그야말로 아무것도 변하지 않았다. 여고생의 속성이 눈곱만큼도 흔들리지 않았다. 오히려 그녀는 더 차갑고 단단하고 냉정하고 다가갈 수 없는 여고생이 되었다. 사람들과 함께 있을 때나 혼자 있을 때나 행동이 달라지지 않는 사람을 망치는 게 과연 가능할까? 심지어 나는 점심 식탁에서 정말로 무슨 일이 있기는 했는지마저 헷갈렸다. 6시쯤 되었을 때 갑자기 문이 열리면서 엔지니어의 아내가 나타났다.

"공부하니?" 딸을 보고 안심한 어머니의 말투였다. "공부하는 거야?"

"독일어 공부해요." 여고생이 대답했고, 어머니는 깊은 숨을 내쉬었다.

"공부하는구나? 좋지. 계속하렴, 계속해."

마음이 진정된 어머니는 딸을 껴안았다. 그녀 역시 주트카한테 무슨 심각한 일이 일어났으리라 생각한 걸까? 여고생은 마지못해 고개를 들었다. 어머니는 무언가 말을 하려고 입을 열다가 이내 입을 다물었다. 의혹에 찬 시선으로 주위를 둘러보기만 했다.

"공부해라." 어머니가 신경질적으로 말했다. "공부해야 해. 공부해야지. 활동적이고 활력이 있어야지. 오늘 저녁엔 댄스파티에 가서 춤추고 오지 그러니? 댄스파티에 가렴. 댄스파티에 가. 많이 늦게 돌아와도 괜찮아. 그러고 나면 잠도 잘 올 테니까……."

"괜찮아요. 허비할 시간이 없어요." 여고생이 단호하게 말했다.

어머니는 마음속으로 경탄하면서 딸을 바라보았다. 여고생으로서의 속성을 흔들림 없이 간직한 모습을 보면서 그녀는 딸이 점심 식탁에서 있었던 일에 조금도 영향받지 않았음을 확인하고 마음을 놓았다. 하지만 나는 여고생의 폭력적인 매정함에 목이 조여드는 것 같았다. 자기 자신에 대해서도 저렇게 매정하다니! 사실 사랑하는 사람이 우리를 매정하게 대하는 것도 고통스러운 일이지만, 우리가 없을 때마저도 그렇다는 것, 다시 말해 모든 가능성에 대비해 언제나 매정하게 굳어 있다는 사실은 더 고통스러운 일이다.

므워드지아코프 부인이 나가자 여고생은 다시 공책 위로 고개를 숙였고, 정말로 주위에 아랑곳하지 않고 지독히도 낯선 모습으로 다시 '공부'를 시작했다. 혼자 있는 동안에도 여고생이 저렇게 젊은이로서의 본성을 드러낸다면, 여고생을 엿보는 나와 여고생 사이에 모종의 관계가 형성되지 못한다면, 오로지 실패뿐이었다. 내 존재를 통해 그녀를 오염시키기는커녕 그녀의 존재가 나를 빨아들이는 것이다. 내가 그녀의 목을 쥔 게 아니라 그 반대였다. 내가 엿보고 있음을 그녀가 확실히 알게 하려고 나는 일부러 꿀꺽 소리 나게 침을 삼켰다. 그녀는 소스라치게 놀랐지만 고개를 돌리지는 않았고(내가 침 삼키는 소리를 들었다는 증거다.) 작은 머리를 어깨 속에 파묻었다. 드디어 그녀가 낚인 것이다. 그 순간부터 여고생의 옆모습은 그녀 자신만을 위해 존재할 수 없었고, 그와 동시에 여고생의 옆

모습에 담겨 있던 시정이 단 한순간에, 너무도 확실하게 사라졌다. 내가 숨어서 옆모습을 엿보고 있는 여고생은 이제 아무말 없이 온 힘을 다해 나와 맞서 싸워야 했다. 그녀는 눈썹 한번 꿈쩍하지 않고 버텼다. 계속 종이 위로 펜을 움직였고, 자기를 훔쳐보는 사람이 아무도 없다는 듯이 행동했다.

하지만 몇 분이 지나자 여고생은 내가 자기를 바라보는 열쇠 구멍이 거슬리기 시작했다. 그러나 자기는 아무 상관이 없고 전혀 신경 쓰지 않는다는 것을 보다 확실하게 보여 주기 위해 소리 내며 코를 쿵쿵거렸다. 쿵쿵거리는 추하고 저속한 소리가 마치 이렇게 말하는 것 같았다. 실컷 쳐다봐. 난 상관없어. 난 그냥 쿵쿵거릴 거야. 여자아이들은 흔히 그런 식으로 최대의 경멸을 표현한다. 하지만 그것이 바로 내가 기다리던 일이었다. 쿵쿵거림은 그녀의 가장 큰 전략적 오류였다. 나도 곧바로 문 뒤에서 쿵쿵거리기 시작했다. 내가 쿵쿵거리는 소리는 분명하게, 하지만 너무 크게 들렸다. 마치 나도 여고생한테 옮아서 참을 수가 없게 된 것 같았다. 그러자 여고생은 겁에 질려 코의 대화를 더 이상 감내하지 못했고, 결국 소리를 멈추었다. 하지만 한번 동원된 그녀의 코는 여전히 긴장한 상태였다. 잠시 버티는 것 같았지만, 이내 손수건을 꺼내 코를 풀어야 했다. 그런 뒤에 띄엄띄엄 신경질적으로 살짝 쿵쿵거렸고, 그에 화답하듯 나도 문 뒤에서 같은 소리를 냈다. 이렇게 쉽게 그녀의 코를 정복했다는 사실이 너무 기뻤다. 여고생의 코는 여고생의 다리보다 훨씬 덜 현대적이었으며, 공략하기 쉬웠다. 코를 강조해 드러내고 굴복시킴으로써, 나는 아주 많이 전진했다. 신경의 감기를 주입할 수만 있다면……. 현대성이 감기에 걸리도록 만들 수만 있다면!

그녀는 그렇게 한참을 쿵쿵거리고 나서 일어섰다. 하지만 열쇠 구멍을 헝겊으로 막을 수는 없었다. 그랬다가는 신경에 거슬려서 코를 쿵쿵거리게 만든 이유가 드러날 테니 말이다. 쉿! 그냥 슬프게, 가련하게, 함께 쿵쿵거리자! 우리의 희망은 감춘 채로 그냥 쿵쿵거리자! 하지만 나는 여고생의 주도력과 민첩성을 과소평가했다. 그녀가 갑자기 한쪽 귀에서 다른 쪽 귀로 손을 크게 움직이면서 팔꿈치 아래의 팔을 모두 움직이는 큰 동작으로 코를 문지르기 시작했다. 대담하고 스포티하고 활력 넘치고 유쾌한 그 동작은 코를 쿵쿵거리는 여고생을 나름대로 멋있어 보이게 했고, 결국 상황이 다시 그녀에게 유리해졌다. 여고생이 내 목을 움켜쥔 셈이 되었고, 나는 후다닥 열쇠 구멍에서 비켜섰다. 거의 몸을 날리다시피 해 방으로 돌아왔을 때 갑자기 므워드지아코프 부인이 들어왔다.

"뭐 하는 거죠?" 그녀가 방 한가운데에 약간 이상한 자세로 서 있는 나를 수상쩍은 눈으로 쳐다보며 물었다. "왜 그러고 있어요? 그렇게 서서……. 왜 공부를 하지 않지요? 운동이라도 하든지…… 뭐라도 하지 않고?" 므워드지아코프 부인은 잔뜩 화가 난 목소리였다.

어머니는 딸을 걱정한 것이다. 그녀는 방 한가운데에 서 있는 나의 이상한 태도 속에 자기 딸을 노리는 음침한 계략이 있음을 눈치챘다. 나는 단서를 제공할 만한 동작은 일절 하지 않으면서 어색하고 초연하게, 마치 발에 족쇄를 차서 움직이지 못하는 사람처럼 그대로 서서 므워드지아코프 부인이 돌아서기를 기다렸다. 그녀가 돌아설 때, 집 앞의 거지가 눈에 들어왔다.

"저 사람은…… 저 사람은 뭐 하는 거죠? 왜 입에다 나뭇가지를 물고 있지? 입에……."

"누구요?"

"저 거지 말이에요. 도대체 왜 저러고 있죠?"

"글쎄요. 그냥 입에 물고 있나 보죠!"

"아까 저 사람하고 이야기했잖아요. 내 방 창문에서 봤어요."

"맞아요. 그랬어요."

므워드지아코프 부인의 시선이 내 얼굴을 향했다. 그녀는 좌우로 오가는 시계추처럼 흔들렸다. 분명 저 나뭇가지에 무언가 은밀하고 적대적이며 딸에게 해로운 의미가 담겨 있음을 간파한 것이다. 하지만 내가 어떤 지적 결합을 꾀하고 있는지는 알지 못했고, 거지가 입에 문 나뭇가지가 나에게는 현대성의 상징이라는 것 역시 알아채지 못했다. 내가 저 거지에게 나뭇가지를 입에 물고 있으라고 시켰으리라 짐작하면서도 너무 허무맹랑한 생각 같아서 차마 입 밖에 내지 못했다. 나한테 뭔가 위험한 꿍꿍이가 있다는 생각을 떨치지 못한 그녀는 의혹의 눈길로 내 속을 살폈다. 만세! 대담하게, 대담하게! 전진! 돌격! 므워드지아코프 부인이 드디어 내 멋진 공격에 걸려들었다! 내 기발한 생각에 당했다! 쉿, 쉿! 나는 열쇠 구멍으로 달려갔다. 처음의 가련하고 절망적인 태도를 유지하기가 점점 더 어려워졌다. 전투가 치열해지면서 의기소침한 체념 상태

대신 원숭이 같은 간교가 나타났다.

여고생은 보이지 않았다. 벽 뒤에서 나와 어머니의 말소리를 듣고는 내가 더 이상 자기를 훔쳐보고 있지 않다는 걸 알고 마침내 덫에서 빠져나간 것이다. 여고생은 시내로 외출했다. 거리에서 입에 나뭇가지를 물고 있는 수염 덥수룩한 거지를 보면서 그녀는 그가 누구를 위해 그러고 있는지 눈치챘을까? 거지의 구강 속에 들어앉은 쓸쓸하고 쓰라린 나뭇가지는 설령 여고생이 그 의미를 파악하지 못한다 해도 그녀의 현대적 세계관과 너무도 배치되는 현상이었기에 그녀를 약하게 만들 수밖에 없었다. 밤이 되었다. 가로등이 켜지고 도시가 보랏빛에 잠겼다. 관리인의 어린 아들이 먹을거리를 사 들고 돌아왔다. 맑고 투명한 대기 속에서 나뭇잎이 떨어졌다. 건물들 위로 비행기 한 대가 붕붕거리며 날아갔다. 므워드지아코프 부인이 나가느라 입구의 문이 삐걱거렸다. 초조하고 흥분된, 불길한 예감에 사로잡힌 그녀는 세속적이고 사교적인 성숙의 요소들을 닥치는 대로 긁어 오기 위해 위원회 회합에 간 것이다.

의장: 자, 여러분. 오늘의 의제는 버려진 아이들의 문제입니다.

므워드지아코프 부인: 자금을 확보해야 합니다.

밤이 짙어져 갔고, 창문 아래에는 여전히 녹색 가지를 입에 문 거지가 서 있었다. 부조화. 나는 아파트에 혼자 있었다. 텅 빈 아파트 안에 셜록 홈스 식 탐정소설의 분위기가 희미하게 퍼져 나갔다. 나는 그토록 행복스럽게 시작한 행동을 이어 가려면 어떻게 해야 할지 궁리하며 희미한 빛 속에서 서성거렸다. 그러다가 므워드지아코프 부인과 여고생이 다 나간 틈을 타서 집 안을 뒤져 보기로 했다. 두 여자가 남긴 후광 속에서 어쩌면 내가 그녀들한테 이를 수 있지 않겠는가.

부부의 침실은 작고 밝고 깨끗하고 단정했다. 비누 냄새, 그리고 타월 천으로 된 욕실 가운 냄새가 났다. 손톱 다듬는 칼과 온수기와 새 잠옷 냄새가 깃든 교양 있고 현대적이며 정성들인 온기가 느껴졌다. 나는 잠시 방 가운데 서서 공기 냄새를 맡고 요소들을 분석하며 찾아 나섰다. 어디서 몰취미를 끌어낸다? 어떻게 타락시킨다? 꼬투리 잡을 만한 게 보이지 않았다. 구식 침실에 비해 청결, 질서, 빛, 근검, 겸손, 화장용 향수마저 더 좋았다. 그런데 웬일인지 교양 있는 현대인의 실내복, 잠옷, 스펀지, 면도 크림, 슬리퍼, 비시 광천수로 만든 드롭스, 부인의 체조 기구, 현대적 창문에 달린 크림색 커튼 등 모든 것이 자꾸만 불쾌한 현실을 반영하는 것처럼 느껴졌다. 표준화된 무엇이 있어서 그런가? 허풍선이 같은 무언가가 있나? 부르주아적인 어떤 것? 아니다. 아니다. 그게 아니다. 아니면 뭐지? 이 몰취미는 도대체 어디서 비롯된 거지? 문제의 몰취미를 낚아채서 손에 넣을 수 있게 해 줄 말이나 몸짓, 행동을 찾아낼 수 없었다. 그때 침대 옆 작은 탁자 위에 놓인 책 한 권이 눈에 들어왔다. 채플린의 회고록이었는데, H. G. 웰스가 채플린 앞에서 어떻게 마음껏 춤을 추었는지 이야기하는 대목이 펼쳐져 있었다. "그러자 웰스는 알 수 없는 환상적인 춤을 너무도 멋지게 추었다."

바로 이 영국 작가의 고독한 춤이 몰취미를 낚는 바늘이 되어 주었다. 이제 설명된다! 이 방은 바로 '채플린 앞에서 혼자 춤추는 웰스'에 부합한다. 그렇게 춤을 추던 웰스는 누구인가? 유토피아를 꿈꾸던 자다. 기쁨을 드러낼 권리가 있다고, 행복과 조화를 추구할 권리가 있다고 힘주어 주장하던 현대적인 노친네…… 그는 수천 년 후에 태어날 세계를 그리며 춤을 추었고, 새로운 시대의 선지자로서 혼자 춤을 추었다. 자신에게는 권리가 있다고 믿으면서…… 이론의 옹호자로서 춤을 추었다. 그렇다면 이 침실은 무엇인가? 유토피아다. 여기 어디에 잠든 남자가 내는 소리, 코 고는 소리가 발붙일 자리가 있는가? 남자의 아내의 비만이 발붙일 자리가 있는가? 므워드지아코프 씨의 수염은? 그는 물론 수염을 깎았다. 잠재적으로 존재하는 수염 말이다. 엔지니어 므워드지아코프 씨에게는 수염이 있었고, 그 수염은 매일 아침 면도 크림과 함께 세면대 속으로 사라졌다. 이 방 자체도 '면도'되어 있었다. 옛날 인류의 침실은 바람에 살랑거리는 숲이었다. 하지만 이제 목욕용 타월들 사이에 놓인 이 밝은 방에서 어떻게 숲이 살랑거리는 소리, 숲의 신비와 어둠을 찾겠는가? 참으로 범속하고 편협한 청결이 아닌가? 이 밝은 파랑 색조는 땅과 인간의 색과 전혀 어울리지 않는다! 이곳의 주인인 엔지니어 부부는 채플린 앞의 웰스만큼이나 추하다!

하지만 나의 이런 생각들은 나 역시 혼자 춤추기 시작한 뒤에야 형체를 띠고 행동으로 변모하면서 주위의 모든 것을 조롱하고 몰취미를 짜냈다. 나는 춤을 추었다. 침묵과 고독 속에서 파트너 없이 혼자 추는 춤은 점차 광기를 띠어 갔다. 덜컥 겁이 났다. 나는 므워드지아코프 부부의 수건, 잠옷, 면도 크림, 침대, 그리고 다른 도구들 앞에서 춤을 춘 뒤 허겁지겁 방을 빠져나와 문을 닫았다. 내 춤으로 방의 현대적 내부를 다 정돈했다! 이제, 이제 여고생의 방으로 가자. 그 방도 나의 춤으로 망쳐 버리자!

하지만 주트카 므워드지아코프의 방, 아니, 더 정확히 말하면 그녀가 잠자고 공부하는 곳, 다시 말해 이 집의 현관은 추하게 만들기가 훨씬 어려웠다. 무엇보다도 여고생이 자기만의 공간을 갖지 않고 그냥 현관 구석에서 잠을 잔다는 사실 자체가 매력적이고 마음을 사로잡는 힘을 지녔기 때문이다. 그곳에는 우리 시대 특유의 일시적이라는 특성이, 여고생의 유목민적 취향이 담겨 있었다. 그리고 '카르페 디엠' 유의 분위기가 자동차처럼 빠르고 편안한 현대적 젊음의 속성에 신비롭게 결합되어 있었다. 그녀는 명랑한 머리(그냥 머리라고 하면 안 된다. 이제 여고생들은, 눈은 그냥 눈이지만 머리는 '명랑한 머리'를 가지게 되었다.)가 베개에 닿자마자 잠들 거고, 그런 모습은 현대적 삶의 리듬과 밀도를 생각하게 했다. 어떻게 보면 여고생은 혼자 개인적으로 잠을 자는 게 아니라 남들이 다 보는 데서 잠을 자는 셈으로, 그러니까 밤에도 사생활이 없었다. 그러한 내밀성의 가혹한 부재가 광대한 시야를 열고 자기만의 공간을 다 없애면서 그녀를 유럽, 아메리카, 히틀러, 무솔리니, 스탈린, 강제 노동 수용소, 깃발, 호텔, 기차역에 결합시켰다. 침대 겸용 소파에 정리된 침구는 부수적 역할을 수행하는, 잠에 딸린 부속품일 뿐이었다. 화장대도 없었다. 여고생은 벽에 걸린 큰 거울 앞에서 단장을 했다. 손거울도 없었다. 소파 옆, 학교에서 쓰는 것과 같은 작은 검은색 탁자에는 책과 공책 들이 놓여 있고, 공책 위에는 손톱 가는 칼이 있었다. 창문 난간에는 칼 하나와 싸구려 만년필, 사과, 시험 안내문, 프레드 아스테어와 진저 로저스[16]의 사진, 그리고 아편이 든 담배 한 갑, 칫솔, 테니스화가 있고, 테니스화 속에는 그냥 아무렇게나 던져 놓은 패랭이꽃 한 송이가 있었다. 그게 다였다. 너무도 검소했다!──너무도 강했다!

나는 말없이 패랭이꽃에 대해 생각했다. 여고생에게 경탄을 보내지 않을 수 없었다. 얼마나 능숙한 솜씨인가! 테니스화 속에 꽃을 던져 놓다니, 일석이조가 아닌가! 사랑에 스포츠를 곁들이고 스포츠에 사랑을 곁들이다니! 여고생은 그냥 아무 신발이 아니라 땀에 흠뻑 젖은 테니스화 속에 꽃을 놓았다. 운동으로 흘린 땀만이 꽃에 해롭지 않다는 사실을 안 것이다. 운동의 땀과 꽃을 결부시킴으로써 그녀는 자신의 땀 전체에 무언가 스포티한 것, 피어난 것이 결부되게 하면서 땀에 대한 공감을 강요했다. 아! 영악하기도 해라! 늙다리 여자애들, 순진하고 진부한 여자애들이 화분에 진달래꽃을 키우는 동안, 여고생은 샌들 속에, 테니스 신발 속에 꽃을 던져 놓았다! 더구나──가증스럽기도 해라!──분명 깊이 생각하지도 않고 무작정 던져 놓았을 것이다!

나는 이 요소를 어떻게 처리할지 궁리했다. 꽃을 쓰레기통

---

16) 미국의 뮤지컬 영화 배우들이다.

에 던져 버릴까? 수염이 덥수룩한 거지의 아가리 속에 쑤셔 넣을까? 하지만 그런 기계적이고 인위적인 작업으로는 기껏해야 어려움을 피할 뿐이다. 그렇다. 원래 놓여 있던 자리에 그대로 둔 채 꽃을 망쳐야 했다. 물리적 힘이 아니라 정신적 힘을 써야 했다. 나뭇가지를 입에 문 거지는 마치 털이 난 식물처럼 꼼짝 않고 창문 아래에 굳건하고 충직하게 서 있었고, 창유리 위에서 파리 한 마리가 붕붕거렸다. 부엌에선 미엔투스가 하녀를 붙잡고 머슴 이야기로 괴롭히는 단조로운 말소리가 들려왔다. 멀리서는 전차가 커브 길을 도느라 끼긱거렸다. 다양한 긴장 한가운데서 나는 아리송한 미소를 지었다. 파리는 더욱 시끄럽게 붕붕거렸다. 나는 파리를 잡아서 날개와 다리를 떼어 내 작은 공처럼 만들었다. 괴롭고 고통스럽고 겁에 질린 파리는 완전히 둥글지는 않지만 비극적이고 형이상학적인 공이 되었다. 나는 그것을 꽃 위에 얹어서 조심스레 테니스화 속에 놓았다. 이런 상황에서 내 이마에 맺히는 땀은 테니스화에 밴 땀보다 강력했다. 그렇게 나는 현대적인 여고생을 공격할 지옥을 풀어놓았다! 맹목적이고 노골적인 수난을 통해 파리는 테니스화를, 꽃을, 담배를, 여고생의 소지품 전부를 깎아내렸다. 나는 그 장소와 내 안에서 일어나는 일에 귀 기울이며, 분위기를 탐색하며 미친 사람처럼 사악한 미소를 지었다. 그때 나는 꼭 어린아이들만 고양이를 물에 빠뜨리고 새를 잡아서 괴롭히는 건 아니라는 생각을 했다. 어른들도 그런 짓을 한다. 그것도 단지 여고생들 앞에서 더 이상 어린 소년이 아니기 위해 한다. 여고생을, 어떤 여고생이든 간에 여고생을 제압

하기 위해서! 트로츠키도 그러지 않았는가? 토르케마다[17]도 그러지 않았는가? 토르케마다한테 여고생 역할을 한 사람이 누구지? 쉿, 조용.

나뭇가지를 입에 물고 나무가 된 덥수룩한 남자는 여전히 거리에 서 있었다. 파리는 중국풍 혹은 비잔틴풍이 되어 버린 테니스화 속에서 고통스러워했다. 므워드지아코프 부부의 침실은 내 춤의 흔적으로 가득 찼다. 나는 여고생의 물건들을 더 뒤져 보기로 했다. 우선 속옷을 넣어 두는 벽장을 열었다. 하지만 그 안의 속옷들은 나의 기대를 저버렸다. 그 안에 든 것은 속바지들이었다. 그렇다, 속바지. 하지만 현대적인 속바지였다. 여고생의 평판을 해칠 거리가 전혀 없는 물건이다. 속바지들은 원래의 내밀한 속성을 잃어버린 채 차라리 수영복에 가까웠다. 그래도 나는 칼을 사용해 잠긴 서랍 하나를 더 열었다. 그리고 그 안에서 편지 한 무더기를 찾아냈다. 연애편지였다! 나는 편지에 달려들었고, 덥수룩한 거지와 파리와 춤은 계속 작동했다.

아! 현대적인 여고생의 소굴이여! 서랍 속의 모든 것이여! 그제야 나는 현대적인 여고생들이 열쇠를 쥐고 있는 끔찍한 신비를 헤아릴 수 있었다. 혹시라도 여고생 중 하나가 자기에게 맡겨진 비밀들을 드러내고 싶어지면 어떤 일이 일어날지 상상이 가는가? 하지만 비밀들은 마치 물속으로 가라앉는 돌멩이처럼 현대적인 여고생들 속으로 사라져 버린다. 여고생들

---

17) 15세기 스페인의 사제. 종교 재판소를 설립하여 수많은 사람을 처형했다.

은 너무도 아름답고 너무도 예뻐서 결코 비밀을 말하지 못한다. 자기 아름다움 때문에 거북할 때가 없는 여고생들은 이런 편지를 받지 않는다. 오직 아름다움을 짊어진 사람들만이 인간의 본성 중 몇 가지 요소에 다가갈 수 있다는 건 실로 경이로운 사실이다. 오, 젊은 아가씨의 수치스러운 비밀이 담긴, 아름다움으로 봉해진 그릇이여! 사람들이, 젊은이들과 늙은이들이 바로 그곳으로, 그 성소(聖所)로 와서, 남들에게 알려지는 걸 보느니 차라리 죽는 것이 나은, 조금씩 오랫동안 타 죽는 것이 훨씬 더 나은 그런 것들을 여고생에게 바쳤다. 온갖 시대들이 뒤섞인 20세기가 마치 덤불숲을 나서는 실레노스[18]처럼 모호한 표정으로 등장했다.

우선 학교 남자아이들이 보낸 연애편지들이 있었다. 고대와 중세의 역사가 전해 준 그 어떤 편지보다 더 비통하고 불쾌하고 짜증스럽고 성가시고 시대에 뒤처지고 유치하고 우스꽝스럽고 모욕적인 편지들이었다. 만일 아시리아, 바빌로니아, 그리스, 혹은 중세 폴란드에 사는 그 또래의 사내아이가, 아니, 그냥 지그문트 아우구스트[19]의 아들이 그 편지들을 읽는다면 얼굴을 붉히며 벽에 머리를 박고 싶어질 것이다. 아, 얼마나 뒤죽박죽이던지! 사랑 노래를 찢어발기는 거짓들이라니! 마치 자연이 이 가련한 꼬맹이들을 더없이 경멸하여 그 무리의 번창을 막기 위해 젊은 아가씨 앞에서 말도 제대로 할 수 없게

---

18) 그리스 신화에 디오니소스의 스승이자 향락을 즐기는 노인으로 등장하는 인물.
19) 16세기 폴란드의 왕.

만들어 버린 것 같았다. 그나마 두려움 때문에 감정을 제대로 드러내지 못하는 편지들은 봐줄 만했다. "주트카, 마리시아 그리고 올키엠하고 같이 내일 테니스장에서 만나. 전화해. 헤니에크." 이런 편지들은 해롭지 않았다. 미즈드랄의 편지 두 통, 호페크의 편지 두 통이 있었다. 내용이 저속하고 형식은 보잘것없는 그 편지들은 말도 안 되는 잘난 척을 늘어놓으며 성숙하게 보이려고 애쓴 흔적이 역력했다. 그들은 그 불에 타 버릴 줄 알면서도 불꽃을 향해 부나방처럼 달려들고 있었다.

더 나이 든 학생들의 편지는 어린 학생들보다는 잘 감췄지만 그래도 소심함이 드러났다. 각자 편지를 쓰면서 얼마나 걱정하고 힘들어했는지, 미성숙이나 장딴지로 향하는 가파른 내리막길로 미끄러지지 않으려고 얼마나 바짝 긴장하며 단어마다 신중을 기했는지 그대로 느껴졌다. 여러 감정들, 사회적 명분, 돈, 사교계 소식, 브리지 게임, 경마, 심지어 혁명 이야기도 나오지만 장딴지가 한 번도 언급되지 않은 것은 그 때문이었다. 특히 정략적인 인간들, 그러니까 '대학 생활'을 큰 소리로 떠드는 자들은 프로그램들과 소집문과 선언문을 빠짐없이 보내 주면서도 장딴지만은 놀랄 만큼 능숙하고 신중하게 숨겼다. "주트카 양에게. 우리 프로그램을 읽어 봐 주시기 바랍니다."라고 적혀 있지만, 정작 프로그램 안에는 장딴지 얘기가 실수로 끼어든 것 외에는 한 번도 나오지 않았다. 그러니까 누군가가 '장렬한 이상'이라고 써야 할 것을 실수로 '장딴지의 이상'이라고 썼고, 또 '장 단지' 이야기를 하려다가 '장딴지'라고 잘못 말한 게 전부였다. 이 두 경우를 제외하면, 장딴지는 단

한 번도 등장하지 않았다. '재즈의 시대'에 대해 글을 발표하는 문단의 노파들이 여고생이 파멸의 길에 빠지지 않도록 영적 접촉을 위해 보내온 더없이 음란한 편지들도 마찬가지였다. 그 속에서도 장딴지는 침묵 어린 공모의 대상이었다. 편지 내용을 읽노라면 장딴지와는 전혀 다른 얘기 같았다.

마찬가지로 오늘날 흔히 작은 책으로 나오는 시집들이 대략 삼백 권에서 사백 권 정도 무더기로 서랍 속에 뒹굴고 있었다. 더구나 여고생은 그 책들을 읽지도 않았다. 붙은 채로 제본된 책장을 채 자르지 않은 것들도 있었다. 그 시집들에는 그 책을 읽으라고 강력히 요구하는, 읽도록 강요하는 헌사가 달려 있었다. 헌사들은 절도 있고 단정하고 객관적이고 진지한 어조로, 비문(碑文)에 나오는 것처럼 간결하고 세련된 말투로 이 시집을 읽지 않는 것이 얼마나 추한 일인지 말했고, 읽는 것은 영광스러운 일로 치켜세웠다. 읽지 않는다면 교양 있는 사회로부터 배제될 거라는 헌사도 있었다. 시인의 고독, 시인의 힘겨운 작업, 시인의 임무, 시인의 역할, 시인의 고통, 시인의 대담함, 시인의 소명, 시인의 영혼을 내세우며 읽으라고 청했다.

하지만 실로 이상하게도 그 시들에도 장딴지는 단 한 번도 언급되어 있지 않았다. 그보다 더 이상한 건 시 제목에도 한 번도 나오지 않는다는 사실이었다. 그저 희미한 여명과 피어나는 여명, 새로운 새벽과 신새벽, 전투의 시대, 시대의 전투, 슬픈 시대, 젊은 시대, 세심한 젊음, 치밀한 젊음, 싸우는 젊음, 행진하는 젊음, 일어선 젊음, 젊은이여 안녕, 젊음의 회한, 젊음의 눈, 젊음의 입술, 새로운 봄, 나의 봄, 봄과 나, 봄의 돌풍, 기관 단총의 돌풍, 검, 해안 초소, 안테나, 프로펠러, 나의 입맞춤, 나의 애무, 나의 우울, 나의 눈과 입술, 이런 것뿐이었다.(장딴지에 대한 말은 없었다.) 이 모든 것이 예술적 운율을 갖추기도 하고 그렇지 않기도 한 시적인 문체로, 대담한 은유로, 혹은 조심스레 멜로디를 이루는 동사들로 쓰여 있었다. 하지만 장딴지는 없었다. 거의 없었다. 정상적인 평균치보다 훨씬 모자랐다. 시를 지은 사람들은 예술의 아름다움과 완전성, 작품의 내적 논리, 연상의 절대적 필요성 뒤에, 혹은 계급 의식, 투쟁, 노래하는 미래, 그런 종류의 다른 요소들, 객관적이고 안티-장딴지적인 요소들 뒤에 능숙하고 교묘하게 숨어 있었다. 그렇게 힘들게 만들어지고 정말 아무짝에도 쓸모없는 복잡한 예술을 담은 시들이 사실상 암호 메시지라는 사실은 분명하고 자명했다. 비쩍 마른 피라미 몽상가들이 이런 오리무중의 수수께끼 같은 시를 쓰게 된 데는 무언가 확실한 이유가 있다는 것 역시 분명하고 자명했다. 한참 동안 골똘히 생각하고 나서야 나는 시 한 편을 이해 가능한 언어로 옮길 수 있었다.

시

지평선이 유리병처럼 터진다
구름 아래로 녹색의 반점이 부풀어 오른다
나는 소나무 그늘로 돌아온다—
거기서

나의 일상의 봄을
한입 가득 들이마신다

내가 옮긴 시

장딴지들, 장딴지들, 장딴지들, 장딴지들
장딴지들, 장딴지들, 장딴지들, 장딴지들
장딴지들, 장딴지들, 장딴지들——
장딴지,
장딴지, 장딴지, 장딴지, 장딴지
장딴지들, 장딴지들, 장딴지들, 장딴지들

　그런데 이제 겨우 시작했을 뿐, 여고생의 진정한 소굴에는 판사, 변호사, 검사, 약사, 상인, 도시와 시골의 명사, 의사 등등…… 나에게 너무도 큰 중압감을 느끼게 했던 명석하고 탁월한 사람들이 속내를 털어놓은 편지들이 한 무더기 있었다! 나는 정신을 차릴 수 없었고, 파리는 여전히 괴로워했다. 그들 또한 허울 좋은 겉모습과 달리 여고생과 관계가 있었단 말인가?——말도 안 돼, 말도 안 돼. 나는 계속 중얼거렸다. 아내와 자식들 몰래 현대적인 2학년 여고생에게 긴 편지를 써 보내야 할 정도로 이들에게 성숙이 무거웠단 말인가? 역시나 이번에도 장딴지 이야기는 없었다. 그들은 자신들이 어떻게 '주트카 양'이 자기들을 이해해 주고 나쁜 쪽으로 받아들이지 않으리라 믿으면서 이런 '생각의 교환'을 수립했는지를 설명하려 애썼다. 그들은 우회적인, 하지만 노예근성이 담긴 표현을 써 가며 현대적인 여고생에게 경의를 표했다. 또한 행간에 자기들을, 물론 아무도 모르게, 조금만 생각해 달라는 간절한 당부가 암시되어 있었다. 그들은 모두 장딴지 얘기는 단 한 번도 하지 않으면서, 최선을 다해 젊고 현대적인 남자의 본성을 강조하고 부각하려고 애썼다.

한 검사의 글을 보자.

물론 나는 법복을 입고 있습니다. 하지만 사실은 심부름하는 급사 소년일 뿐이랍니다. 나는 규율의 노예지요. 사람들이 시키는 일을 합니다. 내 개인적인 생각을 밝힐 권리는 없습니다. 의장은 멋대로 나를 야단치고, 심지어 얼간이 취급한 적도 있답니다.

정치가는 이렇게 단언했다.

나는 선량한 소년입니다. 하지만 정치적이고 역사적인 소년이지요.

예외적으로 관능적이고 서정적인 영혼을 가진 하사관의 글도 있었다.

난 맹목적인 규율을 따라야 합니다. 명령이 주어지면 개인적인 삶은 포기해야 하지요. 난 노예랍니다. 우리 대장은 우리 나이가 몇 살인지도 상관없이 우리를 '내 꼬마들'이라고 부르는걸요. 나의 호적을 믿지 마십시오. 거기 기록된 건 전혀 중요하지 않은 자질구레한 것들뿐이니까요. 아내와 자식은 그 서류에 그냥 부록으로 붙어 있을 뿐입니다. 나는 늙은 기사(騎士)가 아니라, 그냥 군인 한량일 뿐입니다. 충직하고 성실한 소년의 영혼을 가진 한량이죠. 그런데 병영에서는 개가 된답니다. 개!

시골 지주의 글도 있었다.

쫄딱 망해 버렸습니다. 내 아내는 하녀 일자리를 찾아갈 거고, 아이들도 어디론가 가게 될 겁니다. 이제 나는 대지주가 아니라 쫓겨난 소년입니다. 바로 그 사실이 나에게 은밀한 기쁨을 줍니다.

하지만 그 어디에도 '장딴지'라는 말은 없었다. 오히려 자기들의 고백 중 한 글자라도 사람들에게 공개된다면 사회 경력이 끝장난다는, 그러니 제발 조심해 달라는 부탁이 추신으로 붙어 있었다.

꼭 혼자만 봐야 합니다. 아무도 보지 못하게 해요. 아무한테도 말하면 안 됩니다!

정녕 믿을 수 없는 일이었다. 현대적인 여고생이 가진 힘을 온전히 보여 주는 편지들이었다. 대관절 그녀의 힘이 미치지 않는 곳은 어디란 말인가? 이런 깊은 성찰에 빠져들다 보니, 그 영향으로 내 다리가 저절로 움직이기 시작했다. 나는 20세기의 나이 든 소년들, 조직에 편입되고 뒤죽박죽되고 쫓기고 엄하게 다루어지는 이들을 기려 춤이라도 추고 싶었다. 서랍 깊숙한 곳에 핌코의 것이 분명한 글씨가 적힌 행정용 봉투만 없었다면 그랬을 것이다. 핌코의 편지는 건조한 어조였다.

나는 학생이 프로그램상의 과목들에 그토록 경박하고 말도 안 되게 무지한 것을 더는 참을 수 없습니다.

내일 16시 30분에 사무실로 나와서, 내가 노르비트를 소개하고 설명하고 가르칠 수 있도록, 그렇게 해서 학생의 교육상의 결점을 채울 수 있게 하십시오.

지금 내가 교수이자 교육자로서 합법적이고 정당한 방식으로, 공식적이고 문화적인 방식으로 이 소환장을 보내는 것임을 기억하기 바랍니다. 학생이 소환에 불응한다면, 교장 선생님께 편지를 써서 퇴학시키도록 할 것입니다.

나는 이와 같은 교육상의 결함을 결코 용납할 수 없으며, 교사로서 그것을 용납하지 않을 권리를 지니고 있음을 분명히 밝힙니다. 그러니 그대로 따라 주기 바랍니다.

바르샤바 철학 박사이자 명예 박사 핌코

두 사람 사이의 일이 이렇게 심각했나? 핌코가 그녀를 협박한 건가? 이 정도까지? 여고생이 무지(無知)로 치장하자 현학

232

자는 결국 공격의 발톱을 꺼내 든 것이다. 자기 본연의 핌코로서는 여고생과 약속을 잡을 수가 없자, 그는 중고등 교육의 교육자 자격으로 여고생을 소환했다. 여고생의 집에서 부모가 지켜보는 가운데 소꿉장난처럼 하는 것으로는 만족할 수 없었고, 그래서 직무를 내세워 합법적인 방법으로 자기의 노르비트를 여고생 안으로 끌어들이려 했다. 다른 방법이 없었기에, 적어도 노르비트를 통해 여고생의 삶에서 한 가지 역할을 맡고 싶었던 것이다. 어리둥절해진 나는 편지를 손에 쥔 채 뒤죽박죽 놓인 종이들 앞에 서 있었다. 이것은 나에게 유리한 상황일까, 불리한 상황일까? 그때 편지 아래 다른 종이가 보였다. 수첩에서 뜯어낸 종이에 연필로 몇 마디 갈겨쓴 것인데, 코피르다의 글씨가 분명했다! 그렇다. 코피르다. 틀림없다. 코피르다! 나는 흥분을 가라앉히지 못한 채 종이를 들었다. 내용이 매우 간단하고 종이가 구겨졌고 갈겨쓴 글씨로 보아 창문으로 던진 쪽지가 분명했다.

깜빡 잊고 내 주소를 안 가르쳐 줬어.(그다음에 주소가 쓰여 있다.) 너만 좋다면 너랑 나랑은 아주 잘될 거야. 네 생각을 말해 줘. H. K.

코피르다! 여러분은 코피르다를 기억하는가? 아! 그 순간 나는 상황을 전부 이해할 수 있었다. 내 예감이 빗나가지 않은 것이다. 아까 점심을 먹으며 이야기했던, 여고생을 따라온 낯선 남자애는 바로 코피르다였고, 그가 창문 앞을 지나다가

이 편지를 던져 넣은 것이다. 코피르다는 길에서 여고생을 따라왔고, 이제 제안을 하고 있다. 아! 이토록 난폭하고 현대적이라니!

'너만 좋다면 너랑 나랑은 아주 잘될 거야…….' 구체적이고 긍정적이고 분명한 제안이 아닌가……. 코피르다는 지나가던 여고생을 보았고, 이성의 매력이 손짓하는 걸 느꼈으며, 그래서 다가가 말을 걸었고, 이 종이를 던졌다. 필요 없는 격식은 다 버리고, 젊은이들 사이의 새로운 관습에 따라서……. 코피르다. 그가 아직 자기소개를 안 했을 테니 여고생은 코피르다의 이름도 모를 테지…….

나는 속이 상해서 목이 조여드는 것 같았다.

다른 한편에서는 핌코, 늙은이 핌코가 교수의 자격으로, 교양 있고 합법적이고 공식적이고 형식적인 방식으로 여고생을 속박하고 있었다. 넌 노르비트에 관해 내가 원하는 것을 해야만 해. 내가 교사이고 교수니까. 넌 내 노예이고 여고생이니까! 한쪽에서는 형제, 동갑내기 현대가 여고생에 대한 권리를 주장하고, 다른 한쪽에서는 교사, 능력 있는 교육자가 권리를 주장하다니!

다시 한번 목이 조여왔다. 이 두 편지 앞에서 대지주들의 고백과 변호사들의 신음, 오리무중 수수께끼 같은 시들이 과연 무슨 의미가 있겠는가? 이 두 편지는 불행이며 재앙이었다. 실재하는 위험이며 중대한 위험이었다. 여고생이 감정에 의해서가 아니라 관습의 힘으로 핌코와 코피르다한테 넘어갈 위험이 있었다. 유일한 이유로, 한 명은 현대적인 인간으로서 사적으로 권리를 가졌고 다른 한 명은 구식 인간으로서 공적으로 권리를 가졌다.

하지만 그럴수록 나에게 여고생의 매력은 더욱 커져서 도저히 저항할 수 없을 지경에 이르렀다. 나의 춤과 나의 파리는 여고생의 매력으로부터 더는 나를 지켜 줄 수 없게 되었다. 여고생의 매력이 나의 목을 졸랐다. 만일 그녀가 객관적이고 냉정하게, 순전히 육체적으로, 현대적으로, 그렇게 코피르다에게 간다면……. 만일 그녀가 현학자의 명령에 대한 복종으로 핌코에게 간다면……. 여고생이기 때문에 노인 집에 가는 젊은 여자…… 아니면 현대적이기 때문에 젊은이에게 가는 젊은 여자…….

아! 그녀는 여고생과 현대적인 여성의 상을 숭배하고 복종하며 종처럼 섬겼다! 두 남자는 자기들이 여고생에게 무뚝뚝하고 간략하게 말을 건네면 어떤 일이 일어날지 잘 알고 있었다. 그들은 그렇게 해야만 여고생이 자기들 말을 들으리라는 것을 알았다. 핌코는 경험 많은 사람이니 물론 여고생이 자기 협박에 겁을 먹지는 않을 것임을 알았다. 전혀 기대하지 않았다. 하지만 협박 때문에 늙은이한테 넘어가는 것은, 매력적이고 현대적인 언어로 말한다는 한 가지 이유 때문에 젊은이한테 넘어가는 것 못지않게 여고생에게 마음 끌리는 일이었다. 오! 노예처럼 스타일에 얽매인 탓에 스스로를 파괴하다니! 오! 젊은 아가씨가 어찌 이리 유순하단 말인가! 아마도 피할 수 없으리라는 느낌이 왔다. 그렇다면 나는 어떻게 될 것인가? 이 새로운 힘에 맞서 어떻게 싸워야 하는가? 흥미롭게도 두 남자 모두 므워드지아코프 양의 현대적 매력을 파괴했다. 핌코는 스포츠만 알고 시를 모르는 여고생의 무지를 청산하려 했다. 코피르다는 설상가상으로 여고생을 젊은 엄마로 만들 위험이 있었다. 하지만 바로 그런 파괴의 위험이 오히려 여고생의 매력을 백배로 크게 만들 것이다. 도대체 뭣 때문에 내가 그녀의 서랍을 뒤졌단 말인가! 차라리 모르면 행복할 수 있는데! 아무것도 몰랐으면 계획대로 여고생을 향한 공격을 이어가지 않았겠는가! 하지만 이미 알아 버렸다. 그리고 바로 그 사실 때문에 나는 너무도 큰 힘을 잃었다.

열일곱 살 젊은 여자의 이토록 충격적이고 예리하며 비밀스러운 사생활, 여고생의 서랍 속에 든 악마적인 편지들, 시⋯⋯ 이것들을 어떻게 오염시킬 수 있을까? 뭘 가지고 망칠 수 있을까? 파리는 소리도 움직임도 없이 괴로워했다. 수염 덥수룩한 거지는 여전히 입에 가지를 물고 서 있었다. 나는 손에 편지 두 통을 들고 생각했다. 우아함과 아름다움과 매력과 우울의 힘, 피할 수 없고 끔찍한 힘을 어떻게 막을 수 있을까⋯⋯.

마침내 혼란 속에서 묘책이 떠올랐다. 사실 너무도 황당한 계획이었기에 실천할 때까지 나 스스로에게도 너무 비현실적인 것으로 보일 정도였다. 나는 공책 한 장을 뜯었다. 그리고 여고생의 분명하고 힘찬 글씨체를 흉내 내서 연필로 글을 써 나갔다.

　　내일 목요일 밤 12시에 베란다의 창문을 두드려. 문을 열게.
Z.

이 종이를 봉투 속에 넣고 코피르다의 주소를 썼다. 그리고 같은 내용으로 편지를 한 장 더 썼다.

내일 목요일 밤 12시에 베란다의 창문을 두드려. 문을 열게.
Z.

그런 다음 핌코의 주소를 썼다. 내 계획은 이랬다. 교수로서 지적한 자기 편지에 대한 답장으로 이렇게 친근하고 냉소적인 쪽지를 받게 되면 핌코는 분명 이성을 잃을 게 뻔했다. 노친네는 케이오될 것이다. 여고생이 자기와 데이트를 바란다고 생각할 것이다. 나이나 문화 그리고 환경의 차이로 볼 때, 현대적인 여고생의 뻔뻔함, 대담함, 타락은 마치 알코올의 취기처럼 그를 사로잡을 것이다. 그러면 핌코는 더는 공개적이고 합법적으로 교수의 역할에 머물 수 없게 되고, 불법적이고 부정한 방식으로 달려와 창문을 두드리고 말 것이다. 그리고 코피르다와 마주치게 될 것이다.

그러고 나면 무슨 일이 벌어질까? 알 수 없다. 내가 알 수 있는 건 단 하나, 바로 그때 내가 소리를 질러 식구들을 다 깨울 거라는 점이다. 일을 까발리고, 그렇게 해서 코피르다를 이용해 핌코를 웃음거리로 만들고 또 핌코를 이용해 코피르다를 웃음거리로 만들 것이다. 불장난들이 어떻게 되는지, 여고생의 매력은 어떻게 될지 지켜보라.

10장

날뛰는 다리들, 그리고 다시 움켜쥐기

애절한 꿈들로 밤잠을 설치고 이른 새벽에 일어났다. 물론 학교에 가려 한 건 아니었다. 나는 욕실과 부엌 사이 좁은 다용도실로 들어가 벽걸이 천 뒤에 숨었다. 전투를 치러 내려면 이제는 욕실에서 므워드지아코프 부부를 정신적으로 공격하는 수밖에 없었다. 안녕, 얼간이! 안녕, 나의 왕자님! 나는 핌코와 코피르다에 맞선 싸움에서 이기기 위해 그야말로 온 힘을 모으고 정신의 태엽을 팽팽히 감아야 했다. 몸이 떨리고, 땀이 흘렀다. 사느냐 죽느냐 하는 투쟁에서 수단을 선택할 겨를 따윈 없지 않은가. 이런 좋은 기회를 놓칠 수는 없었다――일단 적을 욕실로 몰아넣고, 그런 뒤에 적이 어떤 꼴이 되는지 지켜보는 거다. 자세히 관찰하고 잘 기억해 두자! 옷들이 낙엽처럼 떨어질 때 멋과 우아함과 스타일도 함께 떨어지지 않겠는가. 바로 그때, 사자가 어린양한테 달려들듯이 공격하자. 에너지를 모아 줄 수 있는 것, 적에 대해 우월성을 보장해 주는 것을 소홀히 하지 말 것. 목적은 수단을 정당화한다. 가장 현대적인 방법을 동원해서 싸울 것. 싸우자. 오직 그것만이 중요하다──자고로 세상 이치가 그렇다.

내가 미리 생각해 둔 비밀 장소에 들어가 몸을 숨길 때까지, 이 집 식구들은 아무도 깨어나지 않았다. 여고생이 잠든 곳에서는 아무 소리도 없었다. 하지만 엔지니어 므워드지아코프 씨가 잠든 밝은 청색 침실에서는 시골 공증인이나 교구 관리인처럼 코를 고는 소리가 들렸다.

하녀가 부엌에서 분주하게 움직이기 시작했다. 잠이 덜 깬 목소리들, 잠자리에서 일어나 씻고 아침 의식을 치르는 소리들이 들려왔다. 나의 모든 감각이 야생 동물처럼 날카롭게 곤두섰다. 나는 한창 쿨투어캄프(Kulturkampf)[20] 중인 짐승이었다. 수탉이 울었다. 므워드지아코프 부인이 제일 먼저 등장했다. 그녀는 서둘러 머리를 매만지고는 잿빛 가운을 걸치고 실내화를 신었고, 고개를 들고 침착하게 걸음을 옮겼다. 그 얼굴에는 특별한 지혜, 말하자면 위생 시설의 지혜 같은 것이 배어 있었다. 걷는 동안 생각에 몰두한 것 같기도 했다. 어쨌든 자연스럽고 단순하고 합리적인 아침 위생의 모습이었다. 므워드지아코프 부인은 욕실로 들어가기 전 이마를 치켜들고 화장실에 들렀고, 그 안에 교양 있고 사려 깊고 합리적이고 의식적

---

20) 문화 투쟁. 역사적으로는 19세기 말 독일의 반가톨릭 운동을 지칭한다.

으로 틀어박혀 있었다. 육체의 생리적 작용에 대해 부끄러워할 필요가 없음을 잘 아는 것이다. 심지어 그녀는 화장실에서 나올 때 들어갈 때보다 더 당당한 모습이었다! 그러니까 므워드지아코프 부인은 더 강해지고 밝아지고 인간적인 모습이 되었다. 그녀는 마치 고대 그리스 신전에서 나오듯이 화장실에서 나왔다! 그제야 나는 므워드지아코프 부인이 그리스 신전에 들어가는 기분으로 화장실로 들어갔음을 깨달았다. 바로 그 성소가 현대적인 여성 엔지니어들과 여성 변호사들의 힘의 근원인 것이다! 므워드지아코프 부인은 매일 성소에서 나오면서 진보의 깃발을 높이 들고, 더 개선되고 문화적이 된다! 나를 괴롭히는 데 동원되는 그녀의 지능 역시 그렇게 얻었다. 잠시 뒤 그녀가 욕실로 들어갔다. 수탉이 울었다.

그다음으로 므워드지아코프 씨가 잠옷 바람으로 종종걸음쳤고, 잔기침을 하며 요란스럽게 침을 뱉었다. 그는 늦지 않게 출근하려고 서둘렀다. 시간을 아끼려고 한 손에 신문을 들고 안경은 코에 걸치고 목에 수건을 건 채 손톱 하나로 다른 손톱들에 묻은 지저분한 것들을 긁어냈고, 슬리퍼 끝을 바닥에 소리 나게 퉁기면서 맨발 뒤꿈치로 깡충거렸다. 그는 화장실의 문을 보면서 어제와 마찬가지의 웃음, 엉덩이의 웃음, 뒷마당의 웃음을 지었고, 근면하고 교양 있는 엔지니어로서 사악하고 짓궂고 지극히 영적인 모습으로 들어갔다. 므워드지아코프 씨는 오랫동안 나오지 않았다. 화장실 안에서 담배를 한 대 피우고 아리아도 한 곡 뽑았다. 그런데 잠시 후 나올 때 그는 완전히 풀 죽은 모습, 지적이면서도 천박한 고전적 인물의 모습이었다. 바보스러울 정도로 기괴하고 추하고 뻔뻔하고 추잡한 얼간이 꼴이 되었다. 나는 그에게 덤벼들고 싶은 마음을 간신히 억눌렀다. 이상한 일이 아닌가. 화장실이 그 아내한테 긍정적인 영향을 끼치는 것과 달리, 므워드지아코프 씨한테는, 더구나 직업이 건축가임에도, 파괴적 영향을 끼치는 것 같았다.

"서둘러!" 므워드지아코프 씨가 욕실에서 단장 중인 아내에게 노골적으로 크게 외쳤다. "서둘러, 할망구야! 빅토시[21]가 빨리 출근해야 한다고!"

화장실에 다녀온 효과로, 비첸테고 므워드지아코프 씨가 빅토시로 변했다. 그는 수건을 들고 멀어졌다. 나는 반투명 유리의 줄무늬 사이로 조심스레 욕실 안을 들여다보았다. 이 집의 안주인이 옷을 벗은 채 목욕 가운으로 넓적다리를 닦고 있었다. 어두워진 얼굴, 합리적이고 신중한 얼굴이 마치 하늘에서 송아지를 내려다보며 맴도는 독수리처럼, 기름지고 하얗고 순진한 소 같은 장딴지를 내려다보며 맴돌고 있었다. 진정 너무도 완벽한 대조였다. 위생적이고 지적인 정신으로 자기 다리를, 뚱뚱한 여자의 다리를 내려다보는 므워드지아코프 부인의 모습은 독수리가 음매 하며 우는 송아지를 잡지 못하고 하늘을 배회하는 모습 그대로였다. 잠시 뒤 그녀가 몸을 일으키더니 자세를 잡고 양손을 허리에 얹었고, 이어서 숨을 들이쉬었다 내쉬었다 하면서 상반신을 오른쪽에서 왼쪽으로 돌렸고,

---

21) 비첸테고의 애칭.

이어 숨을 내쉬었다 들이쉬었다 하면서 상반신을 왼쪽에서 오른쪽으로 돌렸다. 한쪽 다리를 높이높이 들어 올리니 조그만 분홍색 발바닥이 보였고, 다른 쪽 다리를 들어 올리니 그쪽 발바닥이 보였다! 그러다 므워드지아코프 부인은 몸을 웅크렸다! 코로 깊이 숨을 들이쉬며 거울 앞에서 이 동작을 열두 번 반복하더니 —하나, 둘, 셋, 넷— 허리 위 가슴을 들썩이며 헉헉거렸고, 문화적이고 지옥처럼 지독한 춤에 빠질 채비를 갖춘 두 다리가 후들거렸다! 앗! 나는 몸을 날려 벽걸이 천 뒤에 숨었다. 여고생이 잰걸음으로 이쪽으로 오고 있었다! 나는 마치 정글에 숨듯 바닥에 몸을 웅크린 채 공격을 준비했다. 심리적 공격, 야만적인 공격, 비인간적으로 야만적인, 진정 너무나도 인간적으로 야만적인 공격…… 지금 놓치면 다시는 얻지 못할 기회였다. 침대에서 막 일어난, 아직 미적지근한, 미처 제대로 씻지도 다듬지도 못한 여고생을 지금 공격한다면 내 안에 자리 잡은 그녀의 아름다움을, 여고생의 범속한 매력을 파괴할 수 있으리라! 코피르다와 핌코가 과연 그녀를 말살의 위기에서 구해 줄 수 있을까?

여고생은 나지막이 휘파람을 불며, 잠옷 바람으로 어깨에 수건을 걸치고, 기이하고 활동적이고 민첩하고 정확한 동작으로 걸었다. 어떻게 벌써 욕실에 와 있지? 내 눈길은 정신없이 그녀를 따라갔다. 지금이다. 여고생이 가장 약해지고 가장 흐트러진 지금이 아니면 다시는 기회가 없다! —하지만 여고생이 어쩌나 빨리 움직이는지 그 어떤 흐트러짐도 달라붙을 틈이 없었다. 그녀가 욕조로 뛰어들어 찬물을 틀자 쏟아져 내리는 물 아래서 웨이브 진 머리가 전율했고, 균형 잡힌 나신이 떨리고 수축하고 힘겨워했다. 아! 내가 그녀의 목을 붙잡은 게 아니라 그녀가 내 목을 움켜쥐고 있었다! 젊은 여자는 아무도 강요하지 않았건만 이 시각, 이른 아침에, 밥도 먹기 전에 찬물을 뒤집어쓰며 온몸에 소름이 돋게 만들고 있다. 그녀는 공복에 젊음을 위한 처방을 시행함으로써 매일매일의 아름다움을 회복했다!

아름다움을 지키려고 노력하는 젊은 여자의 모습을 보는 동안 나도 모르게 탄성이 터져 나왔다. 빠르고 능숙하고 정확한 그녀는 그렇게 밤과 낮 사이에 자리 잡은 힘겨운 과도기를 벗어났다. 마치 나비처럼 날아다녔다. 더구나 자기 몸을 찬물에 내맡김으로써 매번 젊음이 새롭게 태어났다! 그녀는 엄격함이 일정량 함유되면 흐트러짐을 무효화할 수 있다는 사실을 본능적으로 깨달은 것이다. 이렇게 엄격한 규율을 따르는 젊은 여자에게 그 어떤 것으로 해를 끼칠 수 있겠는가? 물을 잠근 여고생은 벗은 몸으로 헐떡이며, 물이 줄줄 흐르는 채로, 그렇게 서 있었다. 그녀는 그렇게 다시 태어났다—아! 여고생이 찬물이 아니라 더운물로 샤워만 했어도, 비누를 쓰기만 했어도…… 그러면 효과가 덜할 텐데……. 오직 찬물만이 그런 처방을 통해 다 잊는 것을, 다시 태어나는 것을 가능하게 해 준다.

나는 수치심에 휩싸여 벽걸이 천 밖으로 나왔다. 계속 엿보고 있어 봤자 헛일이 될 게 뻔하고 오히려 치명적인 불행이 초래될 수 있다고 생각하면서 방까지 간신히 걸음을 옮겼다. 망할, 빌어먹을, 이번에도 틀렸다. 이 교양 있는 지옥의 밑바닥에서 나는 연달아 실패를 겪고 있다. 나는 피가 나도록 손톱을 물어뜯으면서 절대 여기서 포기하지 않겠다고, 남은 힘을 모아 다시 한번 해 보겠다고 맹세했다. 그리고 욕실 벽에 이렇게 썼다. '베니, 비디, 비키(Veni, vidi, vici).[22]' 적어도 이 집 식구들이 내가 자기들을 지켜보았다는 건 알아야 하지 않겠는가! 관찰당하고 있다는 걸 느끼기라도 해야지! 적은 잠들지 않았다. 적은 경계를 늦추지 않았다! 총동원이다! 나는 학교에 갔고, 늘 똑같은 일이 반복되었다. 백지장, 위대한 시인, 미즈드랄, 호페크, 부정법 대격, 가우키에비치, 얼굴들, 궁뎅이들, 낯짝들, 꾸-두 속에서 움직이는 발가락, 그리고 매일매일 반복되는 모두의 불능, 그리고 권태, 권태, 권태! 예상했던 대로 코피르다한테는 내가 보낸 편지의 효과가 전혀 보이지 않았다. 기껏해야 보통 때보다 다리를 조금 높이 들어 올릴 뿐이었다. 그나마 내가 제대로 봤는지도 확실하지 않았다. 친구들은 나를 혐오스러운 눈길로 쳐다보았다. 심지어 미엔투스마저도 내 얼굴을 보면서 이렇게 말했다.

"맙소사, 어쩌다 그 꼬라지가 됐어?"

새로운 시도를 위해 온 힘을 모은 뒤로 내 얼굴은 그야말로 만신창이가 되었고, 이제 어찌해야 할지 나는 난감하기만 했다. 하지만 어쩔 수 없지 않은가. 어차피 상관없다! 밤, 이제 중요한 건 밤이다. 나는 온몸의 전율을 느끼며 밤을 기다렸다.

---

22) 왔노라, 보았노라, 이겼노라.

바로 이 밤이 모든 걸 결정할 것이다. 가장 중요한 밤이 될 것이다. 어쩌면 이 밤에 위기가 폭발할 것이다. 그런데 핌코가 정말 함정에 걸려들까? 콧구멍이 두 개인 그 교활한 현학자가 과연 여고생의 감각적인 편지 한 통으로 자기 형식을 깨고 나올까? 모든 것이 거기에 달려 있다. 제발, 제발 그가 동요하고 이성을 잃게 되기를……. 나는 기도했다. 그러다 갑자기 낯짝과 궁뎅이, 편지, 핌코가 떠올랐고, 또 지금까지 일어난 모든 일이 떠올랐고, 마구 흥분되었고, 불현듯 도망치고 싶었다. 나는 정신 나간 사람처럼 교실 한가운데에서 일어섰다가 다시 앉기를 반복했다. 사실 나는 어디로 가야 나 자신의 낯짝, 나 자신의 궁뎅이로부터 도망칠 수 있는지조차 알지 못했다. 앞으로? 뒤로? 오른쪽으로? 왼쪽으로? 조용히 해, 조용히 하라고. 도망치지 마. 밤이면 다 해결될 거야!

점심 식사 때도 특별한 일은 없었다. 여고생과 여성 엔지니어는 아주 조심스럽게 말을 나누었고, 보통 때와 달리 자신들의 현대성을 떠벌리지도 않았다. 내가 잔뜩 긴장하고 온 힘을 모으고 있다는 걸 느끼고 겁먹은 게 분명했다. 므워드지아코프 부인은 행동이 굳어 보였다. 그녀는 의자에 앉은 채로 누군가한테 몰래 감시당하는 사람처럼 위엄을 지키려 애썼다. 그 모습이 재미있기도 하고, 그녀를 평퍼짐한 아줌마로 보이게 하기도 했다. 기대하지 않은 결과였다. 므워드지아코프 부인이 내가 욕실 벽에 써 놓은 글을 읽은 것이 분명했다. 나는 최대한 뚫어져라 그녀의 얼굴을 쳐다보았다. 그러다가 예리한 시선이, 얼굴을 관통할 정도로 날카로운 시선이 바로 나의 자랑거리라고 가련하고 불쾌한 목소리로 더듬거리며 선언했다. 므워드지아코프 부인은 못 들은 척했지만, 그 남편은 참지 못하고 발작적인 웃음을 터뜨렸다. 그는 기계적인 웃음을 쏟아 냈다. 아닐 수도 있지만, 그는 지난번 사건 이후로 불결함의 경향을 조금 드러냈다. 그는 엄청나게 큰 빵에 버터를 바른 뒤 입에 쑤셔 넣고 소리 내며 씹었다.

식사 후 4시에서 6시까지 여고생을 엿보려고 노력했지만 성공하지 못했다. 단 한순간도 그녀가 내 시야에 들어오지 않았다. 바짝 경계하고 있는 게 분명했다. 그 어머니도 내 행동을 엿보고 있었다. 그녀는 몇 번이나 모호한 핑계를 내세워 내 방에 들어왔다. 심지어 순진하게도 자기가 표를 사 줄 테니 극장에 가지 않겠느냐고 권하기까지 했다. 그들은 점점 더 초조해했다. 머지않아 무언가 닥치리라 느끼는 게 분명했다. 그러니까 적의와 위험의 냄새를 맡았지만, 그 적의와 위험이 어디서 올지, 내가 무엇을 꾸미고 있는지는 정확히 알지 못한 것이다. 그저 무언가가 있다는 낌새를 느끼며 기가 죽었다. 이 불확실한 상태가 그들을 불안하게 만들었다. 그들의 불안은 구체적 기반이 없었다. 이야기를 꺼내 봤자 모호하고 불분명한 곳으로 떨어지고 말 테니 위험에 대해 같이 말하지도 못했다. 므워드지아코프 부인은 구체적 계획 없이 일종의 방어 체계를 구축했다. 잠시 뒤 나는 그녀가 오후 내내 러셀의 글을 읽었음을 알게 되었다. 남편한테는 웰스의 글을 읽게 하고 싶었을 테지만, 정작 므워드지아코프 씨는 잡지 《피가로 바르샤바》와 콩트집을 읽고 싶어 했다. 이따금 남편이 웃음을 터뜨리는 소리가 들렸다. 부부는 평화를 얻지 못했다. 마침내 재정적 리얼리즘의 토양으로 기울어진 므워드지아코프 부인이 돈 계산을 시작했다. 므워드지아코프 씨는 집 안을 어슬렁거렸다. 그는 눈에 띄는 의자마다 모두 앉아 보았고, 가벼운 곡조를 흥얼거렸다. 아무런 기척 없이 방 안에 틀어박혀 있는 나 때문에 너무도 짜증스러웠을 것이다. 바로 그게 내 침묵이 노리는 바였다. 침묵, 침묵, 침묵. 너무도 팽팽한 긴장이 흐르는 침묵이라 때로 파리가 붕붕거리는 소리가 사이렌 소리로 들릴 정도였다. 길게 이어지는 침묵이 여기저기 스며 나오며 흐릿한 얼룩을 만들었다. 8시경에 미엔투스가 공모의 신호를 보내며 부속 건물을 통해 부엌 쪽으로 스치듯 지나갔다.

저녁이 되자 이번엔 므워드지아코프 부인이 이 의자 저 의자로 옮겨 다니기 시작했고, 므워드지아코프 씨는 창고에서 술을 조금씩 따라 몇 번 들이켰다. 므워드지아코프 부부는 자리도 형식도 찾지 못했다. 움직이지 않고 그냥 있을 수가 없었다. 의자에 걸터앉으면 이내 누군가 엉덩이를 꼬집기라도 한 듯 소스라쳐 일어섰고, 일어서서는 누가 등 뒤에서 밀어내기라도 한 듯 여기저기 뛰어다녔다. 현실은 이제 내가 부추긴 자극의 힘으로 침대를 벗어나 넘쳐흐르며 부풀어 올랐다. 소리 없이 신음하고 끓어올랐다. 추함, 몰취미, 불결함이라는 우스꽝스럽고 모호한 요소가 조금씩 더 분명해지면서 부부를 둘러쌌고, 그들이 불안해할수록 모호함은 더 커져 갔다. 저녁 식사 자리에서 므워드지아코프 부인은 의자에 엉덩이를 반만 걸쳐 앉았고, 그녀는 오직 얼굴에, 그러니까 인격의 상부 지대에 온전히 집중되었다. 므워드지아코프 씨는 카디건 차림으로 나타나 턱 아래에 냅킨을 받쳤고, 이미 떼어 먹은 자국이 보이는 엄청나게 큰 빵 조각에 버터를 바르며, 가끔 짧게 웃어 가며 하찮은 농담을 했다. 엿보고 있는 나를 의식하느라 상스러운 어린애로 변한 것이다. 그는 이미 나에게 보여 준 적 있는 모습에 완전히 적응해서, 교태 부리고 미소를 띠고 다정하고 변덕스럽고 괴상한, 별 볼일 없는 엔지니어가 되어 버렸다. 심지어 장난스럽게 윙크하면서 나에게 공모의 신호를 보내기까지 했다. 물론 나는 응하지 않았다. 나는 아무 표정 없이 창백한 얼굴로 꼼짝하지 않았다. 입을 꽉 다문 여고생은 아무렇지도 않아 보였다. 그녀는 진정 젊은이다운 영웅주의를 발휘해, 분명 아무것도 모른다고 맹세할 수 있을 정도로 전부 무시하려 애썼다. 아! 여고생의 영웅주의를 보면서 나는 너무도 초초했다. 그녀가 얼마나 아름다운지 보여 주는 영웅주의가 아닌가! 하지만 밤이 되면 다 끝장날 것이다. 밤이 모든 문제를 단칼에 해결해 줄 것이다. 만일 핌코와 코피르다가 오지 않는다면 분명 현대적인 여고생의 승리이고, 나로서는 이 노예 상태를 벗어날 길이 완전히 없어질 것이다.

드디어 밤이 왔고, 밤과 함께 전투가 시작되었다. 전혀 예측할 수 없는 전투, 정해진 절차도 없는 전투였다. 상대를 혼란하게 하고 변형시키고 우스꽝스럽게 만들고 희화화하고 조화를 깨뜨릴 요소들을 총동원해야 했다. 불현듯 살인자들이 느낄 진한 두려움보다 강한 일종의 역겹고 가련한 공포가 엄습했다. 11시가 조금 지나자 여고생은 잠자리에 들었다. 이미 낮에 가위로 방문에 구멍을 뚫어 놓았기 때문에 나는 방 안을 지금까지는 볼 수 없던 곳까지 다 들여볼 수 있었다. 여고생은 재빨리 옷을 벗고 불을 껐다. 하지만 바로 잠들지 못하고 딱딱한 침대 위에서 계속 뒤척였다. 그러다가 다시 불을 켜더니 테이블에 놓인 영국 탐정소설을 읽어 보려 애썼다. 그러다가 어떤 위험이 다가오고 있는지, 그 위험이 어떤 내용이고 그 형식이 어떤지 파악하려는 듯, 한마디로 지금 주위에서 어떤 음모가 꾸며지고 있는지 이해하려는 듯 주위를 두리번거렸다. 다가오는 위험에 내용도 형식도 없다는 걸 알지 못한 것이다. 내용의 부재, 외양과 규칙의 부재. 형식이 없고 스타일과 의미가 없는 위험이었고, 그래서 여고생의 현대적 형식을 위협했다. 그뿐이었다!

부부 침실에서 웃음소리가 터져 나왔다. 나는 곧 그 방 쪽으로 달려갔다. 므워드지아코프 씨가 팬티 차림으로 명랑하고 즐겁게, 교양 있는 부르주아들을 위한 음담패설을 늘어놓고 있었다.

"그만!" 므워드지아코프 부인이 신경질적으로 손을 비틀면서 말했다. "됐어, 됐다니까! 그만둬!"

"기다려, 기다려 봐. 야스카…… 끝까지 들어 봐!"

"난 야스카가 아니라 요안나야. 제발 그 팬티 좀 벗든지 바지를 입든지 해!"

"팬티!"

"그만!"

"팬티!"

"조용히 하라니까!"

"팬티!"

"그만!"

므워드지아코프 부인이 신경질적으로 불을 껐다.

"불 켜, 엄마."

"내가 왜 엄마야……. 당신 모습 정말 못 봐주겠어. 내가 어쩌자고 당신하고 결혼했을까? 도대체 왜 그러는 거야? 이게 다 무슨 일이냐고! 정신 좀 차려 봐! 우리가 새로운 시대를 향해 나아가고 있다는 걸 당신도 알잖아. 우리는 새로운 시대의 투사들이라고!"

"알아, 괜찮아. 걱정할 필요 없어. 킥킥, 크크……. 난 말이야, 나만의 살아가는 비법이 있거든. 우리 애인은 아주 못생겼지. 하지만 같이 잘 땐 그냥 여자 가슴만 쳐다보면 돼."

"비첸테고! 무슨 소리야? 그게 무슨……."

"빅토시가 그냥 장난하는 거야! 빅토시가 농담을 하는 거라고! 빅토시는 신나게 논다네!"

"비첸테고, 그게 무슨 소리야?(그녀가 돌연 큰 소리로 외쳤다.) 사형! 우린 지금 사형 제도와 싸우고 있다는 걸 잊지 마! 우리 시대! 문화! 진보! 우리의 이상과 우리의 투쟁! 비첸테고! 적어도 그러면 안 돼. 그렇게 천박하고 추잡하고 시시껄렁한……. 도대체 왜 그래? 주트카? 오! 세상에! 뭔가가 있어. 뭔가 위험한 기운이 공기 중을 떠다니고 있어. 뭔지 모르겠지만 아주 위험한 모험이……."

"가벼운 모험이지."

"비첸테고. 뭐든 그렇게 작고 가볍게 바꾸지 마. 그렇게 말하지 말라고."

"빅토시는 '가벼운 모험'을 해 보고 싶어."

"비첸테고!"

부부는 말싸움을 넘어 서로 치고받을 기세였다.

"불 켜!" 므워드지아코프 부인이 헐떡거리며 말했다. "비첸테고! 불 켜라고! 불을 켜! 이것 좀 놓고!"

"조금 기다려 봐." 므워드지아코프 씨도 헐떡였고, 웃으면서 말했다. "내가 때려 줄 테니까 조금만 기다려."

"절대 안 돼! 이거 놔. 내가 물어 버릴 거야!"

"작은 다리 위를 가볍게 때려 주지. 가볍게 갈겨 줄게. 작은 넓적다리를 가볍게 갈겨 준다니까……."

그러더니 므워드지아코프 씨는 갑자기 '내 귀여운 암탉'에서 '내 예쁜 아가'까지, 작고 귀엽게 표현한 은밀한 사랑을 담은 말들을 늘어놓기 시작했다. 나는 경악해서 뒷걸음질 쳤다. 몰취미에 나름대로 친숙해졌음에도 도저히 견딜 수 없었다. 저런 건 정말 참기 힘들다! 모든 걸 작고 귀엽게 나타내는 끔찍한 표현들, 예전에 나의 운명을 바꾸어 놓은 끔찍한 작아짐이 엔지니어 므워드지아코프 씨의 끔찍한 계책을 통해 저들에게도 나타나기 시작했다. 교양 있는 프티부르주아가 날뛰기 시작하면 어떻게 될지 예측하기 어렵다. 때리는 소리가 들렸다. 넓적다리를 갈겼을까? 뺨을 갈겼을까?

여고생이 자는 곳은 불이 꺼진 채 캄캄했다. 잠들었나? 아무 소리도 들리지 않았다. 나는 여고생이 팔을 머리 밑에 괴고 이불을 반쯤 덮은 채 지친 모습으로 잠든 모습을 그려 보았다. 갑자기 신음하는 소리가 들렸다. 잠잘 때 흔히 내는 신음이 아니었다. 여고생이 거칠고 신경질적인 동작으로 돌아누웠다. 몸을 웅크리고 눈을 크게 뜨고 불안에 떨며 이 밤을 탐색하는 것 같았다. 현대적인 여고생은 내가 깜깜한 데서 열쇠 구멍으로 들여다보고 있을 때부터 이미 신경이 곤두섰던 걸까? 고통스러울 정도로? 깊은 밤으로 들어가지 못하고 끌려 나온 그녀의 신음이 야릇하게 아름다웠다. 마치 여고생의 운명이 있지도 않은 헛된 도움의 손길을 찾아다니며 신음하는 것만 같았다.

그녀는 다시 낮은 소리로, 절망적으로 신음했다. 지금 나로 인해 타락의 길에 빠져든 아버지가 어머니를 갈기고 있다는 걸 본능적으로 느낀 걸까? 사방에 쌓여 가는 비열함을 예감한 걸까? 여고생이 손을 비틀며, 자기 안에 숨어 있는 아름다움에까지 파고들려는 듯 피가 나도록 자기 팔목을 이로 물어뜯는 모습을 어둠 속에서 본 것 같았다. 집 안 곳곳을 배회하는 외적 추함이 그녀를 흥분시키고 자기 자신의 매력으로 밀고 간 것이다. 너무도 매력적이지 않은가! 그녀는 진정 매력적이다! 여고생 안에 들어 있는 첫 번째 재산, 그건 바로 젊은 여자다. 두 번째 재산은 여고생이다. 세 번째 재산은 현대성이다. 그런데 이 모든 것이 마치 껍데기 속의 호두알처럼 여고생 안에 들어앉아 있어서, 그녀는 자기를 타락시키려 하는 내 시선을 느끼면서도, 연모하다 퇴짜 맞은 내가 자기의 아름다운 처녀성을 망가뜨리고 오염시키고 파괴하고 정신적으로 망쳐 버리려 한다는 걸 알면서도, 그 보물들에 다가가지는 못했다.

은밀하게 퍼진 추함의 위협으로 넋이 나간 여고생의 모습을 보면서도 나는 별다른 느낌이 없었다. 돌연 여고생이 침대에서 벌떡 몸을 일으켰다. 그녀는 잠옷을 벗고 방 안에서 춤을 추기 시작했다. 자기를 엿보는 내 시선 따위에 더 이상 신경 쓰지 않고, 오히려 나를 전투로 불러들이는 것 같았다. 다리가 가볍고 활기차게 육체를 지탱했고, 손은 허공을 날아다녔다. 그녀는 팔을 들어 머리를 감쌌고, 둥글게 웨이브 진 머리카락을 흔들었다. 바닥에 드러누웠다 다시 일어났고, 그러다가 흐느꼈고, 이어서 웃다가 노래 부르기를 되풀이했다. 그러다가 또 테이블 위로 뛰어올랐고, 테이블에서 소파로 건너뛰었다. 한순간이라도 같은 자리에 머무는 게 두려운 것 같았다. 마치 쥐나 생쥐한테 쫓기고 있는 듯했고, 빨리 움직여서 끔찍한 두려움을 이겨 내려는 것 같았다. 여고생은 어쩔 줄 몰라 했다. 마침내 그녀가 허리띠를 집어 들더니, 젊은이다운 고통, 힘겨운 고통을 얻기 위해 온 힘을 다해 자기 어깨에 내리치기 시작했다. 그 광경에 나는 목이 조여 왔다. 아름다움이 저렇게 여고생에게 악착같이 달라붙어 최악의 사태로 끌고 가서 짓누르고 뒤집어엎고 뒤흔들어 버리다니! 나는 열쇠 구멍 뒤에서 정신을 잃었다. 일그러지고 혐오스러워진 내 낯짝은 반은 황홀경에 빠지고 반은 증오심으로 불타올랐다. 아름다움 때문에 고통스러워하는 여고생은 점점 더 열정적으로 서커스 같은 동작을 이어 갔다. 나는 그녀를 연모하고 증오하면서 온몸의 전율에 몸서리쳤다. 열에 들뜬 내 낯짝은 더욱 딱딱하게 수축했다가 이내 추잉검처럼 늘어났다. 하느님, 맙소사! 아름다움을 향한 사랑은 도대체 우리를 어디로 끌어가는가?

그때였다. 식당에서 자정을 알리는 시계 소리, 그리고 가볍게 창문을 두드리는 소리가 들렸다. 세 번이었다. 나는 그대로 굳어 버렸다. 이제 시작이다. 코피르다. 코피르다. 여고생도 한순간 동작을 멈추었다. 밖에서 여전히 조심스럽게, 하지만 집요하게 다시 창문을 두드렸다. 그녀는 창문 쪽으로 가서 블라인드를 살짝 열고 밖을 살폈다.

"너야?" 베란다 쪽에서 들려온 목소리가 밤의 침묵을 깨뜨렸다.

여고생은 블라인드를 젖혔다. 달빛이 방 안 가득 스며들었다. 잠옷 차림으로 잔뜩 긴장해서 조심스레 서 있는 여고생의 모습이 환한 빛 속에 다시 드러났다.

"뭐야?" 그녀가 말했다.

여고생의 자제력은 실로 놀라웠다! 창문 아래 나타난 코피르다를 보았다면 놀라 나자빠질 일이 아닌가. 만일 전통적인 여고생이었다면 "세상에 말도 안 돼! 도대체 뭐 하는 거죠? 어쩌자고 이 시간에 여기 올 생각을 한 거예요?" 등등 질문을 쏟아 내며 탄성을 연발했을 것이다. 하지만 현대적인 여고생은 자기가 놀라게 되면 이 상황이 망쳐질 것임을, 놀라지 않아야 더 아름다울 수 있음을 본능적으로 느꼈다. 오! 진정 능숙하지 않은가! 여고생은 자신 있는 태도로 상냥하고 친절하게 물었다.

"왜 이러는 거야?" 그녀는 두 손으로 턱을 받치고 젊은이답게 나지막이 물었다.

코피르다가 먼저 말을 놓았기 때문에 여고생도 반말을 쓴 것이다. 아! 저토록 빨리 스타일을 바꾸는 모습이라니, 진정 경이롭구나! 조금 전까지 날듯이 뛰어다니다가 어느새 저렇게 상대와 이야기를 나누다니! 저 여자가 조금 전까지 이리저리 가구 위를 뛰어다녔다는 걸 누가 믿을 수 있겠는가? 코피르다 마저도, 그 역시 현대적인 남자임에도, 여고생의 놀라운 냉정함에 조금 당황하는 것 같았다. 하지만 그는 곧바로 자기 유형에 적응했고, 발랄한 남자아이로서 선언하듯 말했다.

"문 열어!"

"뭐 하려고?"

코피르다가 휘파람을 불며 거칠게 대답했다.

"왜 모르는 척해? 열어!"

그는 흥분해서 목소리가 조금 떨렸지만, 흥분을 억눌러 감췄다. 나는 그가 편지 얘기를 꺼낼까 봐 신경 쓰였다. 하지만 다행히도 현대적인 젊은이들의 관습은 말을 많이 하거나 상대에 대해 놀라는 것을 허용하지 않는다. 그들은 마치 모든 일이 저절로 알아서 진행된다는 듯이 행동한다. 근심 걱정이 없고 거칠고 간결하고 가벼워야 한다. 현대적인 젊은이들은 바로 그런 것으로부터 예전에 전통적인 연인들이 한숨과 호소와 만돌린의 힘으로 끌어내던 시정을 끌어낸다. 코피르다는 가벼운 태도만이 여고생을 소유할 수 있게 해 준다는 것을, 그렇지 않으면 쫓겨난다는 것을 알았다. 그래도 그는 현대적이고 관능적인 감정의 힘을 조금 빌려, 개머루 넝쿨에 얼굴을 바짝 대고 조금 억누른, 다정하고 솔직한 목소리로 말했다.

"너도 원하잖아!"

여고생은 창문을 닫아 버리려 했다. 하지만 바로 그 동작이 정반대로 창문을 열도록 부추기기라도 한 듯 도중에 멈춰 버렸다. 여고생은 입술을 꽉 깨물었고, 아주 잠깐 꼼짝 않고 서서 신중하게, 천천히 사방을 훑어보았다. 여고생의 얼굴에 냉소적인 표정이, 초현대적인 냉소가 어렸다. 그리고 그녀는 바로 자기 자신의 냉소적인 마음에 자극 받고 달빛 아래 드러난 눈과 입에 흥분되어 갑자기 몸을 굽혔다. 여고생은 장난기가 전혀 없는 동작으로 코피르다의 머리카락을 헝클어뜨리며 아주 작은 소리로 말했다.

"들어와."

갑작스러운 변화에도 코피르다는 놀라는 기색이 없었다. 그는 상대에 대해서도 자기 자신에 대해서도 놀랄 권리가 없었다. 아주 작은 의심이 모든 걸 무너뜨릴 수 있기에, 스스로 창조 중인 현실이 정상적이고 일상적인 것이라는 듯 행동해야 했다. 코피르다는 그렇게 했다. 마치 전날 알게 된 여고생의 집에 매일 저녁 이렇게 들락거리기라도 한 것처럼 너무도 능란했다! 그는 창문으로 기어 올라와 여고생의 방바닥으로 뛰어내렸다. 방에 들어와서는 혹시나 해서 히죽 웃었다. 그때 여고생이 코피르다의 머리카락을 잡고 얼굴을 끌어당기고는 자기 입술을 그의 입술에 가져다 댔다!

세상에, 제기랄, 만일 여고생이 처녀면 어떻게 하지? 여고생이 처녀면? 여고생이 처녀인데, 그런데도 창문을 두드리는 아무한테나 저렇게 거리낌 없이 몸을 허락한 거면, 그러면 어쩌지? 제기랄! 제기랄! 이런 생각이 내 목을 조였다. 바람기 있는 여고생이면 상관없다. 하지만 만일 처녀라면 분명 코피르다와의 관계를 통해 야생의 아름다움이 솟아오를 것이다. 저토록 뻔뻔하고 저토록 침착하고 저토록 거칠고 저토록 편안하게 남자의 머리카락을 움켜쥐다니…… 그리고…… 내 목을…… 움켜쥐다니……. 아! 여고생은 내가 열쇠 구멍으로 자기를 엿보고 있음을 알았고, 자기의 아름다움이 승리하도록 그 어떤 상황에서도 물러서지 않은 것이다. 나는 쓰러질 듯 휘청거렸다. 적어도 코피르다가 여고생의 머리카락을 움켜쥐기만 했어도……. 하지만 그 반대였다. 길고 긴 예식을 치르면서 거창하고 화려하게 결혼한 여성들이여, '키스를 빼앗긴' 진부한 여성들이여, 이 현대적인 여고생이 자기 자신과 사랑을 얼마나 능숙하게 다루는지 놀랍지 않은가! 그녀는 코피르다를 밀어 침대에 눕혔다. 나는 다시 한번 쓰러질 듯 휘청거렸다. 일이 이상하게 돌아간다! 열일곱 살 난 여고생이 분명 자기가 가진 아름다움의 가장 큰 힘을 내걸고 있다. 나는 어서 핌코가 나타나기를 기도했다. 핌코가 나를 버린다면 끝장이다. 나는 결코, 영원히 이 여고생의 야생의 매력에서 벗어날 수 없을 것이다. 여고생은 나를 숨 막히게 했고 내 목을 졸랐다. 그토록 자기의 목을 조르고 싶어 한 나를, 자기를 이기고 싶어 한 나를!

활짝 피어난, 젊음을 한껏 발산하는 여고생은 코피르다를 껴안고 그의 도움으로 자기 매력의 절정에 이를 준비를 했다.

그냥 우연히, 아무렇게나, 관능적으로, 사랑도 없이, 자기 자신에 대한 존중도 없이, 오직 여고생의 야생의 시정으로 내 목을 움켜쥐기 위한 일이었다. 결정적인 순간들이 준비되고 있었다. 핌코가 나타나 이 상황을 망쳐 줄까? 아니면 정반대로 여고생의 아름다움과 매력을 더 키워 버릴까? 이런 생각을 하면서 나는 문 뒤에 숨어 내 낯짝을 들이밀 준비를 했다. 그런데 일단 핌코의 신호로 나는 조금 안심할 수 있었다. 어쨌든 코피르다와 여고생은 격정적 흥분을 중단할 수밖에 없었기 때문이다.

"누가 창문을 두드렸어." 코피르다가 속삭였다.

여고생이 벌떡 일어섰다. 그들은 조금 전의 격정적 흥분 상태로 복귀할 수 있을지 생각하면서 밖에서 나는 소리에 귀를 기울였다. 누가 다시 창문을 두드렸다.

"누구죠?" 여고생이 물었다.

그러자 창문 너머에서 열정적이고 헐떡거리는 목소리가 들려왔다.

"주트카!"

여고생은 코피르다한테 비켜서라고 손짓하면서 블라인드를 걷었다. 하지만 여고생이 미처 말을 잇기도 전에 핌코가 무거운 몸을 끌어 올렸다. 혹시 길 가는 사람들의 눈에 띌까 봐 겁이 난 것이다.

"주트카!" 핌코가 열정적으로, 관능적으로 중얼거렸다. "주트카, 우리 귀여운 여고생! 자! 나한테 말을 놓아도 돼. 넌 내 벗이니까. 난 네 거야."

핌코는 내가 쓴 편지를 받고 이성을 잃고 황홀경에 빠진 것이다. 콧구멍이 두 개인 진부한 현학자의 입은 이미 시정으로 일그러졌다.

"자, 나한테 말을 놓으라니까, 주트카. 보는 사람 아무도 없지? 엄마는 어디 계셔?"

어쩌면 위험한 상황이라서 그가 더 황홀해하는 것 같기도 했다.

"어쩌면 그렇게…… 젊고…… 대담하고…… 나이도 사회적 지위도 생각하지 않고…… 어떻게…… 어떻게 나하고…… 그럴 생각을 할 수 있는지 정말 놀랍구나. 내가 그동안 공들인 게 효과가 있었던 거지? 자, 말을 놓아라. 말을 트자. 서로 터놓고 말하자꾸나. 내 어떤 점이 맘에 들었는지 말해 주지 않을래?"

저런, 저런, 저런. 관능에 사로잡힌 교육자라니!

"뭐라고요? 무슨 얘기를 하시는 거예요?" 여고생이 더듬거렸다.

코피르다와의 일은 이제 원점으로 돌아갔다. 끝나 버렸다.

"누가 또 있군!" 어둠 속에서 핌코가 소리를 질렀다.

대답 없이 침묵이 흘렀다. 코피르다는 아무 말도 하지 않았다. 현대적인 여고생은 두 사람 사이에 잠옷 바람으로 서 있었다. 어처구니없는 상황이 닥친 것이다.

바로 그때, 나는 온 힘을 다해 소리를 질렀다.

"도둑이야! 도둑이야!"

핌코는 마치 제자리를 도는 팽이처럼 빙글빙글 돌더니 벽장으로 뛰어 들어갔다. 코피르다 역시 처음엔 창문으로 나가려고 하다가 이내 포기하고 다른 벽장에 숨었다. 나는 셔츠와 바지를 입은 모습으로 방 안으로 뛰어 들어갔다. 걸렸다! 성공이다! 므워드지아코프 부부가, 남편은 여전히 아내를 갈기고 아내는 여전히 맞아 가면서 나를 따라 방으로 들어왔다.

"도둑이라고?" 소유 본능이 다시 깨어난 맨발의 므워드지아코프 씨가 부르주아 같은 저속한 어조로 말했다.

"누가 창문으로 들어왔어요!" 내가 외쳤다.

나는 불을 켰다. 여고생은 이불을 덮고 누워서 자는 척했다.

"왜 그래요?" 여고생은 잠이 덜 깬 듯한 목소리로 물었다. 아무리 거짓말이라지만 너무도 훌륭한 스타일이었다.

"또 무슨 일을 꾸민 거죠?" 잠옷 바람에 머리는 온통 흐트러지고 뺨에는 거무튀튀한 자국들이 남은 므워드지아코프 부인이 표독스러운 눈길로 나를 쳐다보며 말했다.

"꾸민다고요?" 나는 바닥에 떨어져 있는 코피르다의 멜빵을 주워 들며 말했다. "꾸민다고요?"

"멜빵이로군……." 므워드지아코프 씨가 멍청하게 말했다.

"내 거예요." 여고생이 뻔뻔하게 거짓말을 했다.

물론 아무도 속지 않았지만, 이 뻔뻔함은 그런대로 효과가 있었다!

나는 거칠게 벽장을 열었다. 그러자 코피르다의 팔이, 그리고 플란넬 바지 밖으로 빠져나온 두 다리와 스포츠화를 신은 발이 드러났다. 그의 상체는 안에 걸린 드레스들 속에 파묻혀 있었다.

"아…… 주트카!" 므워드지아코프 부인이 말했다.

여고생은 작은 머리를 이불 밑에 숨겨서 다리와 머리카락 조금밖에 보이지 않았다. 정말 너무도 침착하고 능숙한 연기가 아닌가! 만일 다른 사람이었다면 벌써 더듬거리며 변명을 둘러댔을 것이다. 하지만 주트카 양은 다리만 이불 밖으로 내밀었다. 바로 그 다리만 사용했다. 마치 악기를 연주하듯 다리, 동작, 매력, 이런 것들을 연주했다. 부모는 서로를 바라보며 멍하니 서 있었다.

"주트카……." 므워드지아코프 씨가 말했다.

그리고 부부는 미소를 주고받았다. 갈긴 자국, 추함과 천박함의 자국은 이미 사라지고, 야릇한 아름다움이 지배했다. 부모는 즐겁게, 활기차게, 황홀하게, 계속해서 딸의 몸을, 여전히 조금 두려워하고 조금 부자연스럽게 머리를 숨긴 딸의 몸을 바라보며 환한 웃음을 지었다. 코피르다는 과거의 엄격한 원칙을 두려워할 필요가 없음을 깨닫고 벽장 밖으로 나왔다. 상의를 팔에 걸치고 미소를 띤 금발의 코피르다는 이 집 딸과 함께 있다가 발각된 호감 가는 현대적인 청년이었다. 므워드지아코프 부인이 심술궂은 눈길로 나를 흘겨보았다. 여고생의 승리였다. 나는 그 매력에서 벗어날 수 없었다. 여고생을 망쳐 버리려 했는데, 현대적인 청년으로는 현대적인 여고생을 망칠 수 없었다! 므워드지아코프 부인이 내가 아무짝에도 쓸모없는 존재라는 걸 더욱 강하게 느끼게 하려는 듯 다시 물었다.

"여기서 뭐 하는 거죠? 당신이 상관할 일이 아니잖아요."

본래의 스타일, 전적으로 현대적이고 젊은 유형을 선택해서 상황이 어느 정도 안정되기를 기다리며 일부러 두 번째 벽장을 열지 않고 버티던 나는 바로 그때 말없이 두 번째 벽장을 열었다. 그러자 드레스들 사이에 몸을 잔뜩 웅크리고 숨은 핌코가, 구겨진 바지 밖으로 삐져나온 그의 두 다리가 보였다. 도저히 현실처럼 느껴지지 않게, 부조리하게, 꼭 필요하지 않은 곳에서…… 핌코의 다리가 모습을 드러낸 것이다.

너무도 충격적이고 놀라운 광경이었기에 므워드지아코프 부부의 얼굴에서 웃음이 사라졌다. 상황이 마치 옆구리에 칼이 꽂힌 듯 비틀거렸다. 이런 말도 안 되는 일이 어떻게 가능하단 말인가!

"어떻게 된 거야?" 므워드지아코프 부인이 창백해지면서 웅얼거렸다.

드레스 뒤쪽에서 잔기침 소리, 억지로 내는 웃음소리가 조그맣게 들려왔다. 핌코가 벽장에서 나올 준비를 하면서, 어차피 우스운 꼴이 될 테니 아예 웃음을 통해 스스로 우스꽝스러움을 예고하려 한 것이다. 그런데 여자 드레스 사이에서 나온 작은 웃음소리가 음담패설을 연상시켰고, 결국 므워드지아코프 씨가 더 이상 참지 못하고 웃음을 터뜨리고 말았다. 핌코가 벽장에서 나와 고개를 숙였다. 그는 겉으로는 너무 우스꽝스러웠고, 속으로는 너무 괴로웠다. 나는 속으로는 가학적인 복수 충동에 휩싸였고, 겉으로는 웃음을 터뜨렸다. 그 웃음 속에서 나의 복수는 펄럭이는 깃발처럼 마음껏 퍼져 나갔다.

므워드지아코프 부부는 넋이 나가 보였다. 서로 다른 벽장에서 두 남자가 나오다니! 게다가 둘 중 하나는 늙은이라니!

둘이 다 젊기라도 했다면! 아니면 차라리 둘 다 늙은이든가! 하지만 하나는 젊은이, 하나는 늙은이였고, 그 늙은이가 바로 핌코였다. 중심을 잡을 축도 방향을 안내할 길잡이도 없는 상황, 아무 말도 할 수 없는 상황이었다. 므워드지아코프 부부는 반사적으로 딸을 바라보았다. 하지만 이번엔 여고생도 이불 아래에서 꼼짝하지 않았다.

핌코는 잔기침을 하면서, 애원하듯이 웃는 듯 마는 듯하면서, 말도 안 되는 설명을 늘어놓았다. 그는 편지에 대해 더듬더듬 이야기했다. 주트카 양이 자기한테 편지를 보냈다고…… 자기는 그저 노르비트 때문에 만나 보려 했는데…… 주트카 양이 말을 놓았다고…… 자기한테 말을 놓았다고…… 친숙하게 말을 놓았다고…… 자긴 그냥 주트카 양한테…… 말을 하러 온 것뿐이라고……. 그렇다. 지금까지 내가 살아오면서 들은 말 중 가장 굳건하고 동시에 가장 멍청한 말이었다. 지금 이 상황에서 작은 체구의 노친네가 혼자 떠드는 은밀한 말들은 터무니없는 헛소리였다. 천장의 램프가 이 상황을 대낮처럼 환하게 비춰 주었다. 어느 누구도 그의 말을 이해하려 하지 않았고, 결과적으로 아무도 이해하지 못했다. 핌코 역시 자기 말을 이해하려는 사람이 하나도 없다는 걸 알았지만, 다른 방도가 없었다. 현학자의 거드름을 잃어버린 핌코는 완전히 망가졌다. 두 개의 콧구멍을 가진 권위적이고 경험 많은 현학자, 이전에 나를 얼간이로 만들어 버린 그의 모습은 온데간데없고, 이제는 찐득거리는 설명에서 헤어 나오지 못하는 가련한 현학자뿐이었다. 난 득달같이 핌코한테 달려들고 싶었지만, 손만 한 번 움직이고 말았다. 핌코는 알아들을 수도 없는 말들을 더듬거리며 므워드지아코프 씨를 다시 공식적인 길로 밀어넣었다. 사실 내가 자리에 있는 걸 보았을 때 이미 의심했어야 하는 일이었다. 므워드지아코프 씨가 큰 소리로 물었다.

"지금 이 시간에 여기서 뭘 하는 건지 말해 주시기 바랍니다."

이 말은 현학자에게도 영향을 주어, 핌코는 이내 형식을 되찾았다.

"소리 지르지 마시기 바랍니다."

"뭐라고요? 뭐라고? 내 집에서 나한테 훈계하는 겁니까?"

바로 그때, 므워드지아코프 부인이 창문을 바라보며 찢어질 듯한 목소리로 비명을 내질렀다. 수염이 덥수룩한 남자가 나뭇가지를 입에 물고 울타리 너머에서 얼굴을 내민 것이다. 맞다! 난 거지와의 일을 깡그리 잊고 있었다! 그날도 입에 가지를 물고 서 있으라고 주문해 놓고 1즈워티 주는 것을 깜빡 잊었다. 밤이 되도록 끈질기게 기다리던 거지는 창문에 불이 켜지고 우리가 나타나자 자기가 있음을 알리기 위해 돈 밝히는 그 식물성 낯짝을 우리 코밑에 들이민 것이다.

"왜 저래?" 므워드지아코프 부인이 마치 유령이라도 본 듯 외쳤다.

핌코와 므워드지아코프 씨는 입을 열지 못했다. 모두의 관심이 자기에게 집중되자, 거지는 할 말을 찾지 못한 채로 입에 문 나뭇가지를 수염처럼 양손으로 꼬아대다가 이렇게 말했다.

"적선하쇼, 신사 숙녀 여러분."

"뭐라도 빨리 줘." 악을 쓰는 므워드지아코프 부인의 팔이 흔들리고 손가락에 경련이 일었다. 그녀가 다시 신경질적으로 외쳤다. "제발 뭐라도 줘서 보내라고!"

므워드지아코프 씨가 바지 주머니를 뒤졌지만 동전이 없었다. 핌코가 서둘러 지갑을 열었다. 무엇이라도 할 수 있다는 가능성에 매달리면서, 그는 경황이 없는 와중에 므워드지아코프 씨가 자기 돈을 받아 주기를, 그럼으로써 자기를 향한 적의가 줄어들기를 바랐다. 하지만 므워드지아코프 씨는 받지 않았다. 사소한 빚 청산 대결이 창문을 통해 뛰어 들어와 기세를 떨치고 있었다. 나는 여전히 같은 낯짝으로, 언제라도 뛰쳐나갈 준비를 한 상태로 사태를 조심스레 지켜보았다. 하지만 눈앞에서 일어나고 있는 일들과 나 사이에 유리판이 놓여 있고 그 너머로 지켜보는 듯한 느낌이 들었다. 나의 복수는 어디에 있는가? 저 사람들의 방은 뭐 하러 뒤졌는가? 찢어진 현실의 울부짖음, 스타일의 파열, 폐허 위에서 느낀 미칠 듯한 환희는 어디로 갔는가? 나는 눈앞에서 벌어지는 부질없는 코미디가 지겨워지기 시작했고, 그러자 별 관련 없는 생각들이 떠올랐다. 코피르다는 어디서 넥타이를 사지? 므워드지아코프 부인은 고양이를 좋아하나? 저들은 집세를 얼마나 낼까?

그동안 코피르다는 손을 주머니에 넣은 채 움직이지 않았다. 현대적인 소년은 내 쪽으로 다가오지도 않았고, 심지어 알은척도 하지 않았다. 핌코와 같은 부류가 되어 여고생 앞에 섰다는 사실 때문에 참을 수 없을 정도로 화가 난 그는 옷도 제대로 차려입지 않은 급우한테까지 인사하고 싶지는 않았다. 그에게는 핌코와 동류로 취급되는 것도 나와 같은 반 친구라는 것도 다 불쾌한 일이었다. 므워드지아코프 부부와 핌코가 동전을 찾는 사이, 코피르다는 조심스레 문 쪽으로 옮겨 갔다. 내가 막 소리를 지르려는 찰나, 코피르다의 수법을 눈치챈 핌코가 지갑을 주머니에 쑤셔 넣은 뒤 같은 길을 택했다. 하지만 두 사람이 도망가는 것을 눈치챈 므워드지아코프 씨가 마치 쥐를 쫓는 고양이처럼 달려들었다.

"아, 안 될 말씀! 그렇게 가 버리면 안 되지요."

코피르다와 핌코가 걸음을 멈췄다. 코피르다는 이번에도 핌코와 함께라는 것을 참을 수 없어서 멀찌감치 떨어져 섰다. 하지만 핌코는 기계적인 반작용으로 코피르다에게 다가갔다. 결국 두 사람은 하나는 젊고 하나는 늙은 형제처럼 나란히 서 있었다.

"시끄럽게 일 벌이지 마. 시끄럽게 만들지 말라고!" 더는 참을 수 없어진 므워드지아코프 부인이 남편의 팔을 잡으며 말했다.

하지만 바로 그 말이 므워드지아코프 씨로 하여금 일을 벌이게 만들었다. 그는 울부짖듯이 소리 질렀다.

"다시 한번 말해 봐! 그래도 내가 아버지잖아, 안 그래? 다시 한번 묻겠는데, 두 사람은 도대체 어떻게 그리고 무슨 목적으로 이렇게 내 딸의 침실에 있는 겁니까? 도대체 이게 뭘 의미하는 겁니까? 뭘 의미하느냔 말입니다."

그 순간 나와 눈이 마주친 므워드지아코프 씨가 그대로 입을 다물었다. 그의 두 뺨 위에 공포가 깃들었다. 내가 엮어 낸 물레방아, 스캔들이라는 물레방아에 자기가 지금 물을 붓고 있음을 깨달은 것이다. 아, 진작 생각했더라면 입을 다물었겠지만, 말하지 않았겠지만, 이미 말해 버렸으니……. 이제 와서 그만둘 수는 없었기에, 그는 작은 목소리로, 마음속으로는 자기 질문이 무시되기를 기원하며 다시 한번 말할 수밖에 없었다. "도대체 무슨 의미입니까?"

아무도 그 말에 대답할 수 없었으므로 방 안에는 침묵이 흘렀다. 그 자리의 모든 사람과 모든 물건도 얼마만큼 이해되느냐는 다르지만 각기 존재 이유가 있었다. 하지만 총체는 의미가 없었다. 숨 막히는 부조리였다. 그때 이불 밑에서 갑자기 목이 쉰 절망적인 흐느낌이 들려왔다. 아! 정말 너무도 노련하지 않은가! 여고생이 아무것도 걸치지 않은 장딴지를 이불 밖으로 내민 채 흐느꼈다! 흐느낌이 이어질수록 장딴지가 점점 더 분명하게 드러났고, 여고생의 젊은 흐느낌은 핌코와 코피르다와 므워드지아코프 부부를 동일한 하나의 흐름, 악마적 흐름으로 묶어 놓았다. 눈 깜짝할 사이에 사건은 그 우스꽝스럽고 부조리한 특성을 잃고 의미를 되찾았다. 비록 어둡고 검고 극적이고 비극적이긴 했지만, 어쨌든 현대적인 특성을 되찾았다. 코피르다와 핌코, 므워드지아코프 부부는 기분이 나아졌다. 나는 누군가 내 목을 움켜쥔 것처럼 불편했다.

"당신들 때문에 저 애가 타락했잖아요." 므워드지아코프 부인이 중얼거렸다. "울지 마라, 애야. 울지 마……."

"아주 잘하셨군, 교수 양반!" 므워드지아코프 씨가 화난 목소리로 외쳤다. "두고 보시오. 꼭 대가를 치르게 될 거야."

핌코는 긴장이 조금 풀려 보였다. 사실 어찌할지 모르는 채로 혼자 고립된 상황보다 더 나쁜 것은 없었다. 그러니까 두 사람이 여고생을 '타락시킨' 것이다. 상황은 여고생에게 유리해졌다.

"경찰을 불러요. 경찰을 불러야 해요!" 내가 큰 소리로 말했다.

사실 위험이 큰 방법이었다. 전통적으로 경찰과 미성년 여고생이 섞이면 그 전체는 둥그렇고 아름답고 슬픈 모습이 되기 때문이다.(므워드지아코프 부부는 당당하게 고개를 들었다.) 그래도 난 핌코가 겁을 먹게 만들고 싶었다. 역시나 핌코는 얼굴이 창백해지면서 목이 메는 듯 기침을 해댔다.

"경찰!" 여고생의 벗은 다리 앞에 경찰이 온다는 생각에 어머니는 너무도 기뻤다. 경찰이라, 경찰이라…….

"제발 제 말을 믿어 주세요……." 핌코가 더듬거렸다. "제발요. 뭔가 착오가 있습니다. 절 의심하는 건 잘못된……."

이때 내가 큰 소리로 말했다.

"맞아요, 내가 증인이에요. 창문으로 다 봤어요! 교수님은 생리적 욕구를 해결하기 위해 정원에 들어오신 겁니다. 그때 주트카 양이 창문 밖을 내다보았고, 인사를 할 수밖에 없다고 생각한 교수님은 주트카 양이 열어 준 문으로 정상적으로 들어오셨어요!"

경찰 생각만 해도 겁이 나서 죽을 지경이던 핌코는 내 설명이 어처구니없을 정도로 불쾌하고 모욕적이었음에도 비굴하게 매달렸다.

"맞습니다. 그래야 한다고 생각했습니다. 처음엔 정원으로 들어왔어요. 여기가 당신들 집이라는 걸 깜빡 잊었습니다. 그때 우연히 주트카 양이 창밖을 내다보았고, 그래서, 어쩔 수 없이…… 흠, 흠, 이 집을 일부러 찾아온 척했지요. 이해하시겠습니까? 아주 예민한 문제인데…… 오해예요, 오해입니다.”

모두에게 환멸과 혐오감이 솟구쳤다. 여고생은 다리를 감추어 버렸다. 코피르다는 못 들은 척했다. 므워드지아코프 부인은 뒤로 돌아섰다가, 이내 그렇게 뒤돌아서면 몸의 어느 부위가 보이는지 깨닫고 다시 앞으로 돌아섰다. 므워드지아코프 씨가 눈살을 찌푸렸다. 아! 모두가 다시 몸의 그 끔찍한 부분의 지배하에 들어갔다! 저속함이 전속력으로 되돌아오고 있었다. 난 이 흥미진진한 광경을, 그 광경이 어떻게 솟아오르고 또 어떻게 가라앉는지를 관찰했다. 내가 조금 전까지 헤어나지 못한 채 헤매던 바로 그 상태였다. 그렇다, 바로 그거였다. 하지만 지금은 나와 관련 없고, 저 둘을 끌어들일 뿐이다. 이불 밑의 여고생은 죽은 듯이 기척이 없었다. 아버지는 무언가가 간질이기라도 하는 것처럼 꼬꼬댁거렸다. 핌코가 ‘오해’라고 주장할 때 바르샤바에 있는 ‘오해’라는 이름의 술집이 생각난 것 같았다. 므워드지아코프 씨는 웃음, 별 볼일 없는 엔지니어의 전형적인 웃음, 음울하고 기계적인 엉덩이의 웃음을 터뜨렸다. 웃음이 폭발하듯 터져 나왔다. 그러다가 핌코한테 화가 치밀었고, 또 웃고 있는 자신에게 신경질이 나서 갑자기 달려가 핌코의 주둥이에 손을 날렸다. 작고 거만한, 별 볼일 없는 엔지니어다운 동작이었다. 므워드지아코프 씨는 그렇게 핌코를 갈기고 나서, 그대로 손을 들어 올린 채 꼼짝하지 않고, 숨마저 멈추고 그대로 서 있었다. 그가 심각해졌다. 굳어 갔다. 나는 방으로 돌아가 웃옷과 신발을 찾았고, 눈으로는 여전히 므워드지아코프 부인을 지켜보면서 조용히 옷을 입었다.

벼락같은 따귀를 맞을 때 픔코한테서 꾸르륵거리는 소리가 났다. 픔코는 자기를 원래의 부류로 돌아가게 해 준 따귀를 마음속으로 고마워하며 받아들였을 것이다.

"해명해 보시죠." 픔코가 눈에 띄게 안심하는 표정을 하며 차가운 어조로 말했다.

픔코는 므워드지아코프 씨에게 인사를 하고, 므워드지아코프 씨는 픔코에게 인사를 했다. 픔코는 상대가 인사하는 틈을 타 재빨리 문 쪽으로 다가갔다. 코피르다도 서둘러 인사를 했다. 이 자리를 빠져나가고 싶어서 픔코를 따라 한 것이다. 하지만 므워드지아코프 씨가 소스라쳤다. 뭐야? 지금 이 노친네하고 일을 처리하는 중인데, 결국 결투까지 하려는데, 젊은 불한당 같은 놈이 아무 일도 없었다는 듯이 가 버리겠다고? 저놈도 아가리를 한 대 갈겨야 해! 므워드지아코프 씨는 손을 치켜들고 상대에게 달려들었다. 하지만 마지막 순간에 이런 풋내기, 어린애, 꼬마의 얼굴을 때릴 수는 없다는 생각이 드는 바람에 손이 아주 야릇하게 빗나갔고, 결국 때리는 대신 (그래도 이미 날린 손을 멈출 수는 없었기에) 그냥 **움켜쥐어** 버렸다. 므워드지아코프 씨의 손이 코피르다의 턱을 잡은 것이다. 그렇게 일반적 규칙과는 반대되는 방식으로 턱을 붙잡은 코피르다는 따귀를 맞은 것보다 더 화가 났다. 약 십오 분 정도 이어진 말도 안 되는 상황이 끝나자, 이런 옳지 않고 그릇된 일을 당했다는 사실이 그의 내면에 가장 원초적인 본능을 풀어놓았다. 그의 머릿속에 무슨 생각이 떠올랐는지는 나도 잘 모르겠다. 어쩌면 므워드지아코프 씨가 의도적으로 자기 턱을 잡았다고, 그렇다면 똑같이 갚아 주어야 한다고 생각했을지도 모르겠다. 어쨌든 그런 비슷한 생각이 코피르다를 사로잡았고, 그는 '일탈의 규칙'이라 이름 붙일 수 있는 법칙의 영향으로 몸을 굽히고 므워드지아코프 씨의 무릎을 움켜쥐었다. 그 바람에 므워드지아코프 씨가 넘어졌고, 코피르다는 그의 왼쪽 옆구리를 깨물었다. 그러니까 이로 움켜쥐고 매달렸다. 그러다가 고개를 든 코피르다는 여전히 므워드지아코프 씨의 옆구리를 물면서 멍한 눈길로 방 안을 돌아보았다.

넥타이를 매고 웃옷을 매만지던 나는 호기심에 동작을 멈추었다. 난생처음 보는 광경이 눈앞에 펼쳐지고 있었다. 여성 엔지니어가 남편을 돕기 위해 달려들어 코피르다의 발을 붙잡고 힘껏 잡아당기면서 세 사람이 뒤엉켜 무너져 내린 것이다. 게다가 한 발 떨어져 있던 핌코가 돌연 너무도 놀라운, 정말 믿기 어려운 행동을 시작했다. 현학자가 마침내 스스로를 의심하기 시작한 건가? 항복했나? 다른 사람들이 바닥에 뒹굴 때 혼자 서 있을 만큼 굳건하지 못했나? 바닥에 누워 있는 것이 서 있는 것보다 나쁘지 않다고 생각했나? 어쨌든 그는 아무도 시키지 않았음에도 돌연 한구석에 드러눕더니, 손발을 공중으로 들어 올려 그 어떤 공격도 방어할 수 없는 자세를 취했다. 나는 넥타이를 마저 맸다. 여고생이 이불을 걷어 젖히고 울면서 침대에서 뛰쳐나왔다. 그러고는 권투 경기의 심판처럼, 한데 뒤엉켜 있는 므워드지아코프 부부와 코피르다 주위를 껑충거리며 애원했다. 그 모습을 보면서도 나는 아무렇지도 않았다.

"엄마! 아빠!" 여고생이 애원하듯 불렀다.

난투극에 넋이 나간 므워드지아코프 씨는 어딘가 잡을 곳을 찾다가 딸의 발목 위를 움켜쥐었고, 그 바람에 여고생도 넘어졌다. 결국 네 사람이 함께 뒹굴었다. 하지만, 모종의 수치심이 모두의 입을 막아 버렸기에, 난투극은 아무 소리도 나지 않는 조용한 교회 안에서처럼 침묵 속에 이어졌다. 한순간 나는 어머니가 딸을 무는 것을, 코피르다가 어머니를 잡아당기는 것을, 아버지가 코피르다를 밀어뜨리는 것을 보았고, 므워드지아코프 양의 장딴지가 어머니의 머리 위에 얹혀 있는 모습도 얼핏 보았다.

그동안 구석에 있던 픔코는 이 난투극에 점점 더 마음이 끌리는 것 같았다. 여전히 바닥에 누운 채로 그의 팔다리가 마치 위에서 자석이 끌어당기기라도 하는 것처럼 공중으로 뻗었고, 눈에 띄게 움직이지는 않으면서, 뒤엉킨 사람들 방향으로 조금씩 흔들렸다. 이 혼란이 유일한 해결책이었기에, 픔코는 일어설 수가 없었다. 일어설 이유가 없었다. 하지만 계속 바닥에 드러누워 있을 수도 없었다. 더 이상 버틸 수 없어진 찰나에, 이 집 식구들과 코피르다가 한데 뒤엉켜 옆에서 요동을 치기 시작한 것이다. 픔코는 므워드지아코프 씨의 가슴을, 간이 있는 부위를 움켜쥐면서 소용돌이 속으로 섞여 들었다. 나는 작은 가방에 최소한으로 필요한 물건을 모두 챙기고 모자를 썼다. 지겹다. 현대적인 여고생이여, 안녕. 핌코여, 안녕. 아니, 더는 존재하지 않는 사람을 다시 만날 리는 없으니까, 영원히 안녕……!

홀가분해진 나는 마침내 그곳을 벗어났다. 조심스레, 아주 조심스레 구두의 먼지를 털었고, 등 뒤에 아무것도 남기지 않고 멀어져 갔다. 아니다. 멀어져 갔다 혹은 떠났다, 라기보다는 그냥 갔다. 고전적인 현학자 핌코가 정말로 날 얼간이로 만든 적이 있었나? 내가 정말 학생으로 학교를 다녔나? 현대적인 남자로 현대적인 여자와 함께 있었나? 침실에서 춤을 추고, 파리의 날개를 떼어 내고, 욕실 안을 훔쳐보고, 이하 등등……. 내가 그 모든 걸 정말 했나? 정말로 궁뎅이, 낯짝, 장딴지, 이하 등등……을 다 겪었나? 그렇다, 이제 아무것도 없다. 젊은이도 늙은이도, 현대적인 인간도 구닥다리도, 학생도 소년도, 성숙한 사람도 풋내기도…… 아무도 없다. 나는 아무것도 아니고, 더 이상 아무것도 아니다……. 그냥 똑바로 걸어서 여기를 벗어나자. 이곳에서 멀어져 똑바로 가자. 추억까지도 다 버리자. 아! 다 상관없어지면 행복하리라! 다 잊으면 행복하리라! 당신 안에서 모든 게 죽어 버렸고 새로 태어날 시간은 아직 없다면! 오! 죽음을 위해, 자기 안의 모든 것이 죽어 버렸고 이제 자기가 더 이상 존재하지 않는다는 걸, 자기 안에 아무도 없고 아무 소리도 없다는 걸, 그 무엇도 섞이지 않았고 들어 있지 않다는 걸 느끼기 위해 살 가치가 있다. 그곳에서 멀어질 때, 내가 그냥 가 버리는 게 아니라 오히려 내가 나를 데려가는 느낌이 들었다. 내 옆, 아니, 내 안, 아니, 내 주위에 나와 비슷하고 나와 같은 누군가가 가고 있었다. 나의 성질을 띠었고, 나와 함께 갔다. 우리 사이엔 사랑도 증오도 욕망도 환멸도 추함도 아름다움도 웃음도 신체의 일부도 없었다. 그 어떤 감정도 기제(機制)도 없었다. 아무것도, 아무것도, 정말 아무것도 없었다……. 백분의 일 초 동안 그랬다. 하지만 내가 어둠 속에서 더듬거리며 부엌 옆을 지날 때, 하녀의 다락방에서 날 부르는 소리가 들렸다.

"유조! 야, 유조!"

미엔투스가 하녀 위에 앉아 있다가 서둘러 신발을 신었다.

"나야. 가는 거야? 기다려. 같이 가."

이 속삭임이 내 옆구리를 강타했다. 나는 벼락을 맞은 듯 꼼짝하지 못했다. 어둠 속에서 미엔투스의 낯짝은 잘 보이지 않았지만, 목소리의 상태에 비추어 끔찍스러운 몰골일 게 뻔했다. 하녀의 무거운 숨소리가 들렸다.

"쉿, 조용히 해!" 그가 하녀한테서 내려오며 말했다. "이쪽이야, 이쪽. 바구니 조심해."

우리는 거리로 나왔다. 작은 집들, 나무들, 울타리들이 질서정연하게 줄지어 서 있었다. 지표면 가까이에서 투명하던 공기가 조금 높이 올라가면 처연한 수증기로 응축되었다. 아스팔트. 공허. 이슬. 침묵. 미엔투스는 내 옆에서 웃옷 단추를 채웠다. 나는 그를 보지 않으려 애썼다. 우리가 떠나온 집의 창문에선 희미한 전등 빛이 새어 나왔고, 열린 창문을 통해 여전히 아수라장의 혼란이 흘러나왔다. 냉기가 몸속으로 파고

들었다. 불면의 냉기, 철도의 냉기……. 몸이 떨리고 이가 부딪치기 시작했다. 이미 브워드지아코프네 집에서 난 시끌벅적한 소리를 다 들은 미엔투스가 물었다.

"무슨 일 있었어? 담화 발표라도 한 거야?"

나는 대답하지 않았다. 내가 챙겨 온 가방을 본 미엔투스가 다시 물었다.

"떠나는 거야?"

나는 고개를 끄덕거렸다. 그가 날 붙잡을 것임을, 분명 잡을 것임을 알았다. 우리 둘 다 외톨이였으니, 아무 이유 없이 그를 떠날 수는 없었다. 그가 가까이 다가와 내 손을 잡았다.

"떠나는 거야? 좋아. 나도 떠날래. 같이 가. 이미 하녀를 범했지만, 이건 아니야. 이건 아니라고……. 머슴! 우리 시골로 떠나자. 어때? 거기 가면 머슴들이 있어! 들판으로! 함께 가자. 알았지?"

미엔투스는 열정적으로 되뇌었다.

"머슴, 유조. 머슴, 머슴!"

나는 미엔투스를 쳐다보지 않았고, 고개를 세우고 뻣뻣하게 서 있었다.

"미엔투스, 도대체 네 머슴이 나랑 무슨 상관이지?"

하지만 내가 떠나니까 그는 나와 함께 떠났다. 나는 그와 함께 떠났고…… 우리는 함께 떠났다.

11장

「어른이며 아이인 필리베르」서문

　다시 서문이다……. 서문을 쓸 수밖에 없고, 서문 없인 안 되고, 서문이 필요하다. 「어른이며 아이인 필리도르」가 있으니 대칭의 법칙에 의해 그 짝으로 「어른이며 아이인 필리베르」가 와야 하고, 「어른이며 아이인 필리도르」에 서문이 달려 있으니 「어른이며 아이인 필리베르」에도 서문이 필요하다. 나는 내 의지와 상관없이 대칭과 유사의 법칙이라는 철칙에서 벗어날 수 없다. 아무리 벗어나고 싶어도 그럴 수 없다. 그럴 수 없다. 하지만 이제 정말 멈춰야 하는, 중단해야 하는 때가 왔다. 단 한순간만이라도 지금까지의 무위도식에서 벗어나야 한다. 그리하여 수없이 싹이 돋아나고 씨앗이 싹트고 잎이 나오는 사물들을 심오한 성찰과 함께 검토해야 한다. 그래야 세상이 내가 미쳤다고, 치유 불가능한 상태라고 주저리주저리 떠들지 않을 것 아닌가. 이 열등한 혹은 뒤처진 길, 처참한 길, 온전히 인간의 길이라고 할 수 없는 길로 계속 나아가기 전에, 나는 설명하고 근거를 제시하고 바탕을 마련하고 합리적으로 구성하고 정돈해야 한다. 그리하여 이 책의 모든 개념들의 근원점이 될 주요 개념 하나를 끌어내고, 여기에서 다루고 개진한 모든 고통의 근원을 보여 주어야 한다. 그러려면 고통의 위계를 설정하고, 개념의 위계를 설정하며, 분석적이고 종합적이고 철학적인 방식으로 작품을 설명해야 한다. 그래야 독자들이 머리가 어디고 다리가 어딘지, 코와 발뒤꿈치가 어딘지 알 수 있고, 내가 스스로의 목표조차 자각하지 못한다고 비난하지 않을 수 있고, 나는 위대한 작가들처럼 흔들림 없이 전진하는 대신 내 발꿈치를 우스꽝스럽게 움켜쥘 수 있게 된다.

자, 그렇다면 가장 중심이 되는 고통, 가장 근본적인 고통은 무엇일까? 이 책에 나오는 고통들의 모체는 무엇일까? 모든 고통들의 조상이여, 그대는 어디 있는가? 자세히 살펴보고 관찰하고 이해할수록 나는 분명하게 깨닫는다. 간단히 말해서 그것은 형식이 나쁜 고통, 그러니까 '겉'이 나쁜 고통이다. 다시 말하면 격식을 갖추어 요약한 표현의 고통, 찡그림의 고통, 표정의 고통, 낯짝의 고통이다. 그렇다. 바로 그것이 다른 모든 괴로움과 광기, 고뇌가 조화롭게 흘러나오는 근원이자 기원이며 출발점이다. 하지만 어쩌면 가장 기본이 되는 본질적인 고통은 바로 다른 사람이 우리에게 강요하는 한계에서 오는 고통이라고 말해야 하지 않을까? 타인의 상상력이 우리를 한정된 공간 안에 쑤셔 박고, 바로 그 좁은 공간에서 우리 가슴이

답답해지고 숨이 막히는 게 아닐까? 아니, 어쩌면 이 책의 기본은 이런 것들일 수도 있다. 풋내기 같은 유치함, 그리고 씨앗과 잎과 싹의 중대하고 치명적인 고통들.

혹은 발전의 고통 그리고 발전을 저해하는 장애물의 고통.

혹은 어쩌면 진정한 형식을 이루지 못한다는 고통.

혹은 타인에 의해 우리의 자아가 형성되는 것을 보는 고통.

육체적이고 정신적인 폭력의 고통.

인간관계의 긴장이 만들어 내는 전기 고문.

심리적 일탈이라는 설명할 수 없는 간접적 고통.

휘어지고 뒤틀린 심리적 실패의 주변적 아픔.

배반의 지속적인 고통, 허위의 고통.

자동 반응들의 자동적 고문.

유사의 대칭적 고통과 대칭의 유사적 고통.

종합의 분석적 고통과 분석의 종합적 고통.

그리고 아마도 몸의 부분들의 고통, 사지(四肢)의 위계 혼란으로 인한 고통.

순진한 유치함의 괴로움.

궁뎅이의, 교육학의, 스콜라 철학의, 학교생활의 괴로움.

달랠 길 없는 순수와 순진함의 괴로움.

현실로부터 멀어지는 괴로움.

공상과 망상, 꿈, 허구, 멍청한 생각의 괴로움.

우월한 이상주의의 괴로움.

저급하고 모호하고 은밀한 이상주의의 괴로움.

허접한 몽상들의 괴로움.

혹은 어쩌면 보잘것없음의 고통, 작아지기의 고통.

선택해 달라고 나서는 고통.

애청하는 고통.

요구하는 고통.

능력을 넘어서서 노력하고 긴장하는, 그래서 본인은 물론 모두를 불능에 빠뜨리는 고문을 유발하는 고통.

오만의 아픔.

모욕의 괴로움.

위대한 시와 별 볼일 없는 시의 고통.

혹은 심리적으로 막다른 골목의 모호한 고문.

간계와 속임수, 금지된 방법들의 간접적인 고통.

혹은 일반적인 나이와 특수한 나이의 고문.

구닥다리가 되어 버린 것의 고통.

현대적인 것의 고통.

새로운 사회 계층의 출현으로 생겨난 괴로움.

어설픈 지식인들의 고통.

지식인 아닌 사람들의 고통.

지식인들의 고통.

그리고 아마도 별 볼일 없는 지식인들이 보여 주는 건방짐의 고통.

멍청한 짓의 고뇌.

지혜의 고뇌.

추함의 고뇌.

아름다움, 매력, 우아함의 고뇌.

혹은 어쩌면 치명적 논리와 일관된 멍청함의 고뇌.

되풀이의 아픔.

모방의 절망.

권태와 무한 반복의 지겨운 고문.

혹은 아마도 우울증의 우울한 고통.

설명할 수 없음의 설명할 수 없는 고문.

승화되지 않은 통증.

손가락의 통증.

손톱의 통증.

귀의 통증.

치아의 통증.

관계의 고문, 종속의 고문, 상호 침투의 고문, 모든 고통과 모든 부분들 사이의 상호 의존의 고문, 또한 16세기 어느 프랑스 작가의 말대로 여자와 어린아이 들을 빼고라도 15만 6324와 2분의 1의 다른 고통들.

이 중 어떤 고통을 가장 근본적이고 근원적인 고통으로 삼을 것인가? 어떤 부분을 전체로 삼을 것인가? 어떤 것의 스타일을 모방할 것인가? 이 고통들과 부분들 중에서 무엇을 선택할 것인가? 빌어먹을 부분들, 난 그대들로부터 벗어날 수 없구나! 오! 부분들과 고통들이 얼마나 많은지! 그렇다면 기원은, 근원은 어디인가? 형이상학적 고통, 물리적 고통, 사회학적 고통, 심리학적 고통 중에서 어느 것을 밑바탕으로 삼아야 하는가? 하지만 난 해야만 한다. 안 하면 다들 내가 삶의 목표도 없는 인간이라고, 제자리를 맴돌고 있다고 생각할 테니 안

할 수가 없다. 할 수밖에 없다. 이런 조건에서라면 한 작품이 밑바탕으로 삼은 고통을 밝힘으로써 작품의 기원을 규정하고 설명하기보다는, 차라리 작품이 어떤 것에 관련해 만들어졌는 지 밝히는 것이 합리적이다. 그러니까 작품이 창조되는 양상 은 이렇다.

교육자들과 학생들과 관련해.

멍청하게 따지고 드는 사람들에 대한 반작용으로.

심오하고 고양된 존재들과 관계해.

현재의 국민 문학을 이끌어 가는 인물들을 향해 그리고 비 평에서 가장 인정받고 지위가 굳건하고 가장 완성된 대표자 들을 향해.

여고생들에 관해.

성숙한 사람들과 사교계 사람들과 관계해.

섬세한 사람들, 세련된 사람들, 자아도취적인 사람들, 심미 적인 사람들, 멋진 사람들, 능력 있는 사람들에 맞춰.

산전수전 다 겪은 사람들을 염두에 두고.

문화계의 잘난 여자들에 묶여서.

정직한 부르주아들과 관련해.

시골 지주들을 향해.

시야가 지극히 편협하고 별 볼일 없는 시골 의사들, 엔지니 어들, 말단 공무원들을 고려해.

시야가 넓은 고위 공무원들, 거물급 의사들, 변호사들을 고 려해.

귀족의 핏줄을 이어받은 사람들과 관련해, 또 어쩌면 평범한 사람을 위해.

하지만 실제 인물과 알고 지내는 고통에서 작품이 태어날 수도 있다. 예를 들어 징그럽게 꼴 보기 싫은 X씨, 보기만 하면 토할 것 같은 Z씨, 볼 때마다 피곤하고 죽도록 지긋지긋한 N씨. 그렇다. 알고 지낸다는 것 자체가 지독한 고문인 사람들! 어쩌면 그들을 경멸하고 있음을 보여 주고 그들을 화나게 하고 자극하고 분노하게 함으로써 그들에게서 벗어나겠다는 나의 욕망이 이 작품의 기원이자 유일한 목적일 수도 있다. 그렇다면 그건 실용적이고 특수하고 사적이며 개인적인 이유다.

하지만 또 다른 이유에서 생겨날 수도 있다.

위대한 명작들을 모방하는 데서?

정상적인 작품을 창조할 수 없어서?

나의 몽상으로부터?

콤플렉스에서?

어쩌면 유년기의 추억으로부터?

그렇게 시작하니까 저절로 써졌나?

공포에 대한 강박증에서 왔나?

혹은 강박적인 공격성에서?

어쩌면 큰 실수에서?

꼬집혀서?

하나의 부분으로부터?

미립자 하나로부터?

손가락 하나로부터?

역시 정립하고 규정하는 작업이 필요하다. 소설인지 일기인지 패러디인지 팸플릿인지 상상적 주제들의 변주인지 연구 논문인지를 결정해야 한다——농담, 아이러니, 혹은 더 심오한 의미, 풍자, 야유, 독설, 멍청이 짓, 순수한 난센스, 그저 농담, 이 중 어떤 것이 가장 우세한지 정해야 한다. 물론 멋부리기, 작위적인 꾸밈, 속임수, 장난, 재치 부족, 감정의 쇠퇴, 상상력의 위축, 질서에 대한 공격 혹은 이성 파괴를 위해서가 아니라면 말이다——이 모든 가능성과 규정, 고통, 부분들을 합쳐 보면 실로 막대하다. 엄청나다. 거의 무한정하다. 그래서 이 말들에 가장 큰 무게를 부여하고 더없이 조심스레 검토한 후에, 우리는 결국 아무것도 모르겠다고 말할 수밖에 없다, 쩍쩍, 쩍쩍……. 그러므로 더 깊게, 더 잘 이해하고 싶은 사람들은 다음 장 「어른이며 아이인 필리베르」를 읽어 보기 바란다. 그 이야기의 신비스러운 상징 안에 이 고통스러운 질문들에 대한 답이 숨어 있다. 엄격하게 구성되어 있으며 앞의 「어른이며 아이인 필리도르」와 유사 관계에 있는 「어른이며 아이인 필리베르」의 특수한 혼합 속에 이 작품의 진정한 의미, 은밀한 의미가 숨어 있다. 일단 작품의 진정한 의미가 드러나게 되면, 분리된 부분들이 아무렇게나 흩어져 있는 이 단조로운 뒤죽박죽 속으로 더 멀리 밀고 나갈 수 있으리라.

12장

「어른이며 아이인 필리베르」

18세기 말 파리의 한 농부에게 아이가 있었다. 그 아이한 테 또 아이가 있었고, 또 그 아이한테 아이가 있었으며, 또 그 아이한테 아이가 있었다. 제일 나중의 이 아이가 테니스 세계 챔피언이 되어 라싱 클럽[23]의 메인 코트에서 시합을 하고 있 었다. 아주 긴장된 분위기였고, 우레와 같은 박수가 터져 나 왔다. 하지만(삶이란 진정 너무도 놀라운 일들을 야기한다!) 측면 관중석에 앉아 있던 한 알제리 보병 대령이 두 선수가 코트에 서 쉬지 않고 열정적으로 랠리를 이어 가는 것이 너무도 부러 워진 나머지 자기도 그만 한 능력이 있다고 알리고 싶어서

---

23) Racing Club. 파리의 종합 스포츠 클럽으로, 축구와 테니스를 비롯해 90여 가지의 생활 체육 활동을 할 수 있다.

6000명의 관중 앞, 특히 약혼녀 앞에서 권총을 꺼내 들었다. 그리고 방아쇠를 당겨 공중을 날고 있는 공을 맞혔다. 공이 터져 버리자 순식간에 목표를 잃은 두 선수는 한동안 허공에 대고 라켓을 휘둘렀다. 그러다가 공도 없이 경기하는 게 말도 안 되는 일이라는 걸 깨닫고는 서로 주먹질로 공격하기 시작했다. 우레와 같은 박수가 터져 나왔다.

그쯤에서 일이 끝날 수도 있었다. 하지만 상황 하나가 덧붙었으니, 그건 바로 흥분 상태의 대령이 코트 건너편 관중석에 앉아 있는 관객들을 미처 생각하지 못했거나, 설령 생각했다 해도 조심하지 않았다는 것이다.(오, 언제나 조심스러워야 한다!) 왜 그랬는지는 알 수 없지만, 여하튼 대령은 총탄이 공에 구멍을 낸 뒤 그 안에 그대로 남아 있을 거라고 생각했다. 하지만 총탄은 공을 뚫고 계속 날아가 어느 부유한 선주의 목에 꽂혔다. 그의 동맥에서 피가 솟구쳤고, 선주의 아내는 달려가서 대령의 무기를 빼앗고 싶었지만 군중 틈에 갇힌 터라 그럴 수 없었다. 그러자 분노를 해소할 다른 방법이 없기도 하고 또 무의식 깊숙한 곳에서 지극히 여성적인 논리로, 그러니까 여자이기 때문에 그래도 된다고 믿었기에, 자기 오른편에 앉은 사람에게 따귀를 날리는 것으로 마무리하기로 했다. 하지만 곧 그것이 틀린 생각임이 드러났다.(오! 무언가 계산할 때는 하나도 빠짐없이 다 검토해 보아야 한다!) 문제의 옆 사람이 뇌전증 환자였기 때문이다. 그는 불시에 따귀를 맞고 너무 당황한 나머지 발작을 일으켰고, 마치 간헐천이 솟아오르듯 폭발해서 온몸을 떨며 경련을 일으켰다. 불행한 여인은 그렇게 피 흘리는 남자와 입에 거품을 문 남자 사이에 놓이고 말았다. 우레와 같은 박수가 터져 나왔다.

그때 여자 옆에 앉아 있던 한 남자가 실성한 듯 갑자기 자리를 박차고 일어나 아랫줄에 앉은 여자의 머리 위로 뛰어내렸고, 그 충격을 견딘 여자는 뛰어내린 남자를 등에 업고서 코트로 달려 나갔다. 우레와 같은 박수가 터져 나왔다. 그쯤에서 끝날 수도 있었지만, 또 다른 상황이 추가되었다.(오! 모든 것을 다 예견해야 한다!) 툴루즈에서 온 키 작은 남자가 가까이 있었는데, 오래전부터 경기를 관람할 때마다 앞쪽에 앉은 사람의 머리 위로 뛰어내리기를 꿈꾸고 또 그 충동을 억누르기 위해 온 힘을 쏟곤 했던 그 퇴직한 몽상가는 여자가 보여준 시범에 감동을 받아서, 원래 다들 그렇게 하는 건 줄 알고, 수도 파리에서는 다 해야 하는 줄 알고 아래쪽에 앉아 있던, 탕헤르에서 배를 타고 온 여성 말단 직원의 머리 위로 뛰어내렸고, 여자는 자기한테 얹힌 무게를 감당하고 가장 자연스러운 태도를 지니려 애쓰며 코트로 달려 나갔다.

그러자 경기장에 모인 사람들 중 가장 교양 있는 축에 속하는 관객들이 박수를 치기 시작했다. 경기를 보러 온 대사관 대표부나 많은 외국 사절 앞에서 추문이 퍼지는 걸 막으려는 의도였다. 그런데 그 뜻이 잘못 전달되었다. 관중 중 가장 교양 없는 사람들이 이 박수 소리가 눈앞의 광경을 찬양하는 거라고 해석했고…… 자기들도 여자들 위에 올라탄 것이다. 외국인들의 놀라움은 점점 커져 갔다. 이런 상황에서 가장 교양 있는 사람들이 어떻게 할 수 있었겠는가? 결국 그들도 똑같이 여자들 위에 올라탔다.

다시 한번 정말 그쯤에서 일이 마무리될 수도 있었을 테지만, 아내와 처가 식구들을 데리고 칸막이 좌석에 앉아 있던 필리베르 후작이 불현듯 자기가 젠틀맨이 된 듯한 느낌에 휩싸여 코트 한가운데로 내려섰다. 밝은색 여름옷을 입고 있던, 창백하지만 단호한 얼굴의 그는 관중석을 향해 자기 아내인 후작 부인에게 무례를 범할 자가 있느냐고, 만일 있다면 그게 누구냐고 차가운 목소리로 외치면서 '필리프 헤르트 드 필리베르'라는 이름이 박힌 명함을 뿌렸다.(오! 진정 신중해야 한다! 인생이란 얼마나 힘겨운가! 인생은 수시로 우리의 신뢰를 저버리기에 예측하기가 너무 어렵다!) 죽음과도 같은 침묵이 깔렸다.

잠시 뒤 서른여섯 명의 남자가 우아하고 힘차고 손목이 가는 여자들에 올라타 균형을 잡으면서 필리베르 후작 부인을 향해 다가왔다. 더도 덜도 아닌 서른여섯 명이 후작 부인에게 무례를 범하기로 결심했고, 또 그 부인의 남편이 스스로 젠틀맨이라고 하니까 자기들도 젠틀맨이라고 느끼기로 한 것이다. 후작 부인은 겁에 질려 그 자리에서 아이를 낳았고, 갓 태어난 아기의 가녀린 울음소리가 제자리를 걷는 여자들의 나막신에 깔린 후작 앞에 울려 퍼졌다. 후작은 전혀 예기치 못한 상황에서 아이를 갖게 된 것이다. 어른이자 고독한 젠틀맨이던 그에게 아이가 덧씌워졌고, 그렇게 아이를 갖추게 되었다. 후작은 창피해서 집으로 돌아갔다. 우레와 같은 박수가 터졌다.

13장

머슴 혹은 다시 붙잡히기

미엔투스와 나, 우리는 머슴을 찾아 나섰다. 길모퉁이를 돌아서자 므워드지아코프 가족이 여전히 소동을 벌이고 있는 집이 시야에서 사라졌고, 필트로베이 거리가 마치 반짝거리는 리본처럼 우리 눈앞에 펼쳐졌다. 해는 이미 하늘에 올라 노르스름한 공처럼 떠 있었다. 우리는 가게 겸 간이식당에서 아침을 먹었다. 어느새 8시, 도시가 잠에서 깨어나고, 나는 작은 여행 가방을, 미엔투스는 굵은 몽둥이를 들고 그렇게 여정을 이어 갔다. 나무에 앉은 새들이 지저귀었다. 나가자! 앞으로! 미엔투스는 희망에 들떠 경쾌한 발걸음을 옮기고, 그 희망이 미엔투스의 포로인 나에게까지 전해졌다.

"변두리로, 변두리로!" 미엔투스가 되풀이해 말했다. "거기가면 멋진 머슴이 있을 거야. 틀림없이 만날 수 있어!"

아침은 머슴을 고운 빛깔로 그려 내는 시간이다. 이 도시를 지나 머슴을 찾아 나서는 일은 신나고 즐겁다. 나는 이제 어떻게 될까? 사람들이 날 어떻게 할까? 어떤 험난한 길이 날 기다리고 있을까? 아무것도 모른다. 그냥 내 주인 미엔투스를 따라 경쾌한 걸음을 옮길 뿐이다. 피곤도 슬픔도 느껴지지 않는다. 즐거우니까! 이 동네에선 드물게 눈에 띄는 큰 대문들에는 문지기들과 그 가족들이 들끓는다. 미엔투스는 그들을 한 명씩 자세히 관찰하지만, 어쩌랴, 문지기와 머슴은 완전히 다른 것을! 문지기는 진짜 농부도 못 되는, 항아리 속에 들어앉은 농부일 뿐이다. 여기저기 문지기들이 눈에 띄었지만 그 누구도 미엔투스의 마음에 들지 않았다. 문지기란 새장 속에 들어앉은 머슴, 계단 옆 구석에 들어앉은 머슴이기 때문일까?

"여긴 바람이 불지 않아……." 미엔투스가 선언하듯 말했다. "저 출입문으로 통풍되는 게 전부잖아. 난 기껏 저런 공기나 누리는 머슴들은 참을 수 없어. 자고로 머슴이란 거친 바람을 맞으며 돌아다녀야지."

거리에서 우리는 삐걱거리는 유아차에 갓난아기들을 태우고 산책시키는 하녀들 혹은 유모들을 앞질러 걷는다. 그 여자들은 주인마님이 입던 낡은 옷을 입고 높은 굽이 비틀린 구두를 신은 채 교태 흐르는 눈길로 윙크도 한다. 입에는 금니 두 개, 낡은 옷 속에는 다른 사람의 아기, 머릿속에는 삼류 소설이 들어 있다. 우리는 하루의 일감을 향해 가방을 들고 허겁지겁 달려가는 사무실 책임자와 공무원 들도 앞지른다. 그들의 가방은 모두 관료적이고 슬라브적인 합성 판지로 만들었고, 와이셔츠의 단추와 커프스 단추도 그렇다. 그들은 아내들의 남편이며 하녀들의 주인으로, 자기 자아를 시곗줄 안에 넣은 채로 시계에 묶여 버린 것 같다. 그들의 머리 위로 거대한 하늘이 펼쳐진다. 이어서 우리는 지극히 바르샤바적인 작은 외투를 걸친 부인들 여럿을 앞질러 간다. 마른 몸에 활기찬 부인들도 있고, 느리고 온화한 부인들도 있다. 하나같이 모자를 깊이 눌러썼고, 누가 누군지 알 수 없을 정도로 다 비슷하다. 미엔투스는 그들을 제대로 바라볼 엄두가 나지 않고, 나는 끔찍하게 지겨워서 하품을 하기 시작한다.

"교외로 가자." 미엔투스가 외쳤다. "거기 가면 머슴이 있을 거야. 여기서 찾아 봤자 소용없어. 여긴 쓸모없는 자들뿐이야. 아류들, 교양 있는 계층에 빌붙은 마소 같은 인간들, 승마용 말과 다름없는 하녀와 남편을 가진 변호사의 아내들. 제길, 재수 없어. 빌어먹을, 개 같고 소 같고 나귀 같아! 저 작자들이 얼마나 유식한지 ── 그리고 얼마나 멍청한지 ── 한번 봐! 얼마나 세련되었는지 그리고 얼마나 천박한지 보라고! 얼간이, 정말 얼간이처럼 추잡해!"

바벨스키 거리가 끝나는 곳에 대규모 단지로 지어진, 그 웅장한 모습이 굶주리고 쇠약해진 수많은 납세자들의 아침 식탁에서 화제가 되곤 하던 공공건물들이 있었다. 그 건물들을 보는 순간 학교가 떠올라서 우리는 서둘러 걸음을 옮겼다. 대학 기숙사가 있는 나루토비치 광장에서는 잠이 제대로 안 깨고 면도도 안 하고 바지 밑단의 올이 풀린 채로 수업을 들으러 뛰어가는 혹은 전차를 기다리는 학생들을 보았다. 하나같이 책에 코를 처박은 채로 삶은 계란을 먹으며 껍데기를 주머니에 쑤셔 넣고 대도시의 먼지를 들이마시고 있었다.

"정말 추해. 모두 머슴이었던 자들이지. 모두가 농부의 아들인데 지식인이 되겠다고 악착같이 공부하는 꼴이라니! 빌어먹을 전직 머슴들! 가증스럽기 그지없어! 그래, 여전히 손가락으로 코를 풀어대면서 텍스트를 연구한다고 설치겠지! 농부가 책에서 지식을 얻다니! 농부가 변호사가 되고 의사가 되겠다니! 자, 저기, 라틴어 격변화를 외우느라 대가리가 부풀어 오른 꼴 좀 봐! 저 넓적한 발의 꼬락서니 좀 보라고! 정말 끔찍하잖아! 수도원 기숙사에 들어간다는 것도 끔찍하지! 아, 쟤들 중에서 멋지고 좋은 머슴을 얼마든지 찾을 수 있을 텐데……. 하지만 이제 다 끝났어. 더는 없어. 다 모습이 달라졌고, 다른 모습으로 변장했어! 자, 교외로 가 보자. 교외엔 바람이 더 많이 불고, 공기가 더 많을 거야."

우리는 먼지에 절고 시끄럽고 더럽고 악취 나는 그로즈카 거리로 접어든다. 이제 큰 건물은 찾아보기 힘들고, 사방에 작은 건물들뿐이다. 유대인 행상의 전 재산인 채소, 채소 껍질, 우유, 양배추, 밀, 건초, 고철 그리고 쓰레기들을 가득 실은 밀기 힘들 만큼 초라한 짐수레들이 귀청을 찢을 듯이 요란하게 부딪치는 소리, 쨍그랑거리는 소리, 시끄러운 소리를 내며 오간다. 유대인 한 명 혹은 농부 한 명이 수레를 하나씩 끌고 다닌다. 도시 농부와 시골 유대인 중 어느 쪽이 나을까? 우리는 계속해서 열등한 지역으로, 완성되지 못하고 불완전한 변두리 쪽으로, 이가 썩고 귀에는 솜을 꽂고 손가락은 헝겊으로 치감고 머리엔 포마드를 바르고 연방 딸꾹질을 하고 얼굴엔 여드름이 나고 배추 냄새와 곰팡내를 풍기는 사람들이 우글거리는 곳으로 더 깊이 들어간다. 말리느라 창문에 널어 놓은 기저귀들이 보인다. 라디오가 쉴 없이 떠들어대며 계몽 캠페인을 쏟아 낸다. 수많은 핌코들이 순진한 척 꾸며 낸 목소리로, 열정적으로, 때로는 투박하고 즐거운 목소리로 잡상인들의 정신을 교육한다. 시민의 권리를 알려 주고, 코시치우슈코[24]를 사랑하라고 가르친다. 구멍가게 상인들은 싸구려 신문에서 고상한 사람들과 그 반려자들의 인생 이야기에 신나게 귀 기울이고, 전날 저녁에 본 마를레네 디트리히[25]를 등을 긁어 가며 회상한다. 계몽 캠페인이 깃발처럼 펄럭이며 나부끼고, 이런저런 단체에서 나온 많은 사람들이 흥분해서, 상황에 맞춰 일부러 단순한 표정으로, 군중에게 사회적 의식과 견해를 가르치고 설교하고 지도하고 개발하고 일깨운다. 한 곳에서는 전차 운전기사 여성 조합원들이 둘러서서 춤을 추고, 미소 띤 얼굴로 노래 부르고, 이 임무를 위해 선택된 특별히 유쾌한 지식인의 지시를 받으며 살아가는 기쁨을 창조한다. 다른 곳에선 마부들이 찬가를 합창하며 야릇한 순진함을 만들어 낸다. 또 다른 곳에서는 농장에서 나온 소녀들이 석양 속에서 자기들이 가진 아름다움을 발견하는 법을 배운다. 또한 이론가, 선동가들이 열댓 명씩 무리 지어, 상황에 맞도록 단순화하고 가장

---

24) 18세기 말 러시아에 맞서 싸운 폴란드의 애국 투사.
25) 독일의 여성 영화배우·가수.

미천한 사람들의 수준에 맞도록 수정한 관념들과 이론들과 주장들과 개념들을 전파하려고 애쓰고 날뛴다.

"낮짝! 낮짝 같으니!" 미엔투스가 특유의 천박함을 드러내며 말한다. "학교하고 똑같아. 분명 저자들은 병들어 갉아 먹히고 비참함에 짓눌려 있어. 아, 먹히고 짓눌리기 위해 태어난 천한 인간들이라니! 도대체 왜 저 지랄들이야? 저 인간들은 분명 저 꼴을 위해 태어난 거야. 그렇지 않고선 저렇게까지 끔찍하고 추잡할 수는 없지. 어째서 이 모든 게 농부, 그래, 손도 제대로 못 씻는 농부가 아니라 저자들한테서 나오는 거지? 누가 저 정직한 프롤레타리아들을 추잡함을 만드는 인간들로 바꿔 놨느냐고! 저렇게 냄새 풍기고 인상 쓰는 법을 도대체 누가 가르쳤을까? 정말 가증스럽고 한탄스럽네. 여기선 머슴을 찾을 수 없어. 더 멀리, 조금 더 멀리 가 보자. 바람은 언제 불어올까?"

바람의 기미조차 없다. 모든 것이 가라앉아서 맴돌고, 사람들은 늪 속의 물고기처럼 인간적인 것 속을 헤엄친다. 역한 냄새가 하늘로 올라가고, 머슴은 여전히 찾을 수 없다. 외로운 여자 재단사들은 야위어 가고, 어린 이발사들은 조잡한 매력을 내뿜으며 살이 찌고, 대단치 않은 장인들은 뱃속이 꾸르륵거리고, 장딴지가 짧막하고 두툼한 하녀들은 일자리를 찾지 못한 채 음탕하게 굴고 절뚝거리고 거드름을 피우고, 트림하는 약사의 아내는 세탁부 앞에서 거만하게 가슴을 젖히고, 그녀의 세탁부는 굽 높은 신발 위에서 거만하게 가슴을 편다. 모두 신을 신고 있지만 맨발이고, 다리는 진짜 사람 다리가 아니고, 모자 속에 든 것도 진짜 머리가 아니고, 남성용과 여성용 싸구려 패물로 장식된 가슴도 진짜로 투박한 시골의 가슴이 아니다.

"낯짝 같으니!" 미엔투스가 다시 외친다. "진지하지도 자연스럽지도 않고, 전부 따라 한 거야. 보잘것없고 가짜고 거짓이야."

머슴은 여전히 보이지 않았다. 우리는 꽤 괜찮은, 체격 좋고 금발 머리카락에 그런대로 잘생긴 견습공 한 명을 만났다. 하지만 불행히도 그는 계급의식을 획득한 탓에 마르크스의 구절들을 낭송하고 있었다——"낯짝 같으니! 빌어먹을 철학자놈!" 미엔투스가 말했다. 다른 사람도 만났는데, 전형적인 부랑아, 입에 칼을 물고 다니는 변두리 깡패였다. 잠시 이상적인 머슴처럼 보이기도 했지만, 유감스럽게도 그는 중절모를 쓰고 있었다. 다시 길모퉁이에서 한 사람이 스쳐 지나갔는데, 그 역시 처음엔 어느 모로 보나 흠잡을 데 없어 보였지만 이야기 도중에 '그럼에도 불구하고'라는 말을 사용하면서 다 끝났다.

"낯짝 같으니!" 잔뜩 화가 난 미엔투스가 중얼거렸다. "이건 아니야. 자, 더 가 보자. 더 가 보자고." 그가 흥분해서 계속 되뇌었다. "이건 정말 비통한 일이야. 학교하고 똑같잖아. 변두리 지역도 도시의 교훈을 그대로 따르는 거야. 빌어먹을. 열등한 계급은 학교의 저학년들과 똑같아. 그러니까 모두 저학년 기초반에 다니는 셈이야. 그래서 코를 흘리는 거지. 제기랄! 정말로 학교를 영원히 벗어날 수 없는 거야? 낯짝, 낯짝, 낯짝! 자, 가자! 더 가 보자!"

우리는 계속 걷고, 작은 목조 주택들이 나타난다. 어머니들은 딸들의 머리카락에서 이를 잡고 있고, 딸들은 어머니들의 머리카락에서 이를 잡고 있다. 아이들은 도랑 속을 굴러다니고, 노동자들은 일터에서 돌아온다. 사방에서 들리는 소리라고는 오직 하나, 욕설뿐이다. 거리를 채운 욕설이 진정한 프롤레타리아 찬가로 변모하고, 자신 있게 던진 도전장처럼 힘차게 울려 퍼진다. 격렬하게 쏟아져 나오면서 힘의 환상을, 진정한 삶의 환상을 제공한다.

"봤어?" 놀란 미엔투스가 말했다. "우리가 학교에서 한 거랑 똑같잖아. 저렇게 사기를 진작하는 거야. 결국 코흘리개 어린애들과 고전적인 얼간이들은 별 차이가 없어. 끔찍해. 모두가 아직 다 크지 않은 성장기인 거지. 자, 가자. 여기엔 머슴이 없어." 미엔투스가 막 발을 떼려는 순간 가벼운 바람이 불어와 뺨을 스쳤다. 그리고 그 순간 모든 것이, 집, 길, 하수구, 도랑, 이발소, 창문, 직공, 여자, 어머니와 딸, 기생충, 양배추, 냄새, 골목길, 먼지, 상인, 견습공, 신발, 작업복, 모자, 하이힐, 전차, 상점, 야채, 부랑아, 간판, 물건, 시선, 머리카락, 속눈썹, 입, 인도, 배[腹], 연장, 장기(臟器), 딸꾹질, 무릎, 팔꿈치, 창유리, 외침, 기침, 재채기, 침 뱉기, 대화, 아이들, 소음이…… 전부 다 사라졌다. 도시가 사라졌다. 그리고 우리 앞에 들판과 숲이 펼쳐졌다. 넓은 길.

미엔투스가 흥얼거렸다.

만세! 산 넘고 계곡을 지나……
만세! 산 넘고 계곡을 지나……

"몽둥이를 들자! 나뭇가지를 하나 꺾어! 저기 가면, 들판에 머슴이 나타날 거야! 벌써 모습이 그려지는걸. 아주 멋진 머슴이야!"

나도 흥얼거렸다.

> 만세! 산 넘고 계곡을 지나……
> 만세! 산 넘고 계곡을 지나……

하지만 난 노래의 리듬을 견딜 수가 없었고, 노래는 내 입술 위에서 숨을 거두었다. 넓게 펼쳐진 곳, 흙, 멀리 암소 한 마리가 보인다. 그 너머로 기러기가 날아간다. 거대한 하늘. 안개 속에 펼쳐진 푸른 지평선. 그런데 도시가 끝나는 이곳까지 와서 불현듯 나는 무리 속에서 살아야 한다고, 만들어진 물건들, 인간들이 창조해 낸 인간적인 요소들과 함께 살아야 한다고 깨닫는다. 나는 미엔투스의 팔을 붙잡았다.

"미엔투스, 가지 마. 돌아가자, 미엔투스. 도시를 벗어나면 안 돼."

뿌리 뽑히듯 갑자기 사람들로부터 떨어져 나온 나는 알 수 없는 식물들과 관목들 틈에 서서 바람에 흔들리는 나뭇잎처럼 몸을 떨었다. 사람들이 나를 이 꼴로 만들었는데, 그 사람들이 없다는 이유로 이렇게 된다는 건 말도 안 되는 일, 설명할 수 없는 일이었다. 미엔투스도 잠시 머뭇거렸다. 하지만 그는 머슴을 생각하며 두려움을 이겨 냈다.

"가야 해!" 미엔투스가 몽둥이를 치켜들며 외쳤다. "나 혼자

갈 수는 없어. 너도 같이 가야 해. 자, 가자. 가자."

　바람이 불었고, 나무들이 전율했고, 나뭇잎들이 속삭였다. 나무 꼭대기에서 떨어져 그 무한한 공간과 가차 없이 마주친 잎새 하나가 내 몸을 때렸다. 새 한 마리가 지저귀고, 개 한 마리가 도시의 끝으로 달려가 어두운 들판 속으로 사라졌다. 미엔투스는 대담하게도 넓은 길과 평행한 골목길로 들어섰다. 나는 거친 바다를 향해 가는 작은 배처럼 그의 뒤를 따라갔다. 우리가 알던 땅이 사라지고, 굴뚝도 탑도 사라지고, 우리만 남았다. 차갑고 미끈거리는 돌이 흙 속으로 파고드는 소리까지 들릴 정도로 조용했다. 아무것도 모르지만 나는 그냥 간다. 귓가에 바람이 윙윙거리고, 우리 발자국의 리듬이 마치 요람처럼 나를 살며시 흔들어 준다. 자연. 난 자연 같은 거 싫다. 나한테는 사람들이 자연이다. 돌아가자. 난 시골의 산소보다 극장의 습기가 더 좋다. 자연 앞에 서면 인간이 왜소해진다고 말한 작자가 누구인가? 반대로 난 자연 앞에 서면 늘어나고 커지는 것 같고, 쉽게 공격당할 것 같다. 말하자면 거대한 자연의 들판이라는 쟁반 위에 벌거벗은 채로 놓여 반자연적 인간성을 드러내고 있는 것 같다. 아, 나의 덤불숲과 식물들, 그러니까 눈과 입과 말과 시선과 얼굴과 미소와 찡그림은 다 어디에 있는가? 또 다른 숲, 침묵이 흐르고 침엽수가 빽빽이 늘어서고 우거진 숲, 토끼가 도망 다니고 애벌레가 기어 다니는 숲이 보인다. 어쩌자고 작은 마을 하나 보이지 않고, 숲과 들판 사이에 길 하나만 덩그러니 나 있다. 팽팽하게 잡아당긴 줄처럼 뻣뻣하고 불편한 상태로 우리가 도대체 몇 시간을 걸었는지도 잘 모르겠다. 우리는 계속 걷는 것 외에는 할 게 없었다. 그냥 서 있는 것도 걷기보다 힘들었다. 그렇다고 차갑고 습기 찬 땅 위에 앉거나 누울 수도 없었다. 작은 마을을 몇 개 더 지났지만, 인기척조차 없었다. 문에 못이 박힌 초가집들이 우리의 텅 빈 궤도를 보여 주었다. 계속 이렇게 사막을 걸어야 하나?

"이게 무슨 일이래?" 미엔투스가 말했다. "농촌에 전염병이라도 돌았나? 다 죽어 버린 거야? 계속 이런 식이면 머슴을 찾긴 힘들겠는걸!"

우리는 인적 없는 마을의 초가집 문을 두드려 보기로 했다. 그때 커다란 불도그에서 제일 작은 발바리까지 개들이 전부 광견병에 걸려 날뛰듯이 한꺼번에 사납게 짖어대기 시작했다.

"뭐야? 다 어디 있던 개들이야?" 미엔투스가 말했다. "왜 농부는 없어? 날 한번 꼬집어 봐. 이건 정말 꿈일 거야……."

미엔투스의 말이 투명한 공기 속으로 흩어지기도 전에 감자 보관 구덩이에서 농부가 나타났지만 곧 사라졌다. 구덩이 쪽으로 다가가 보니 안에서 다시 개 짖는 소리가 났다.

"이런, 빌어먹……." 미엔투스가 말했다. "또 개들이야? 농부는 어디로 간 거야?"

농부를 찾아 구덩이 주위를 돌아보는데 초가집 안에서 울부짖는 소리가 들렸다. 마침내 농부를, 그리고 나오지도 않는 젖을 아이 넷한테 물린(넷 모두에게 한쪽 젖을 물렸다. 다른 쪽은 오래전에 쓸 수 없게 되었기 때문이다.) 그의 아내를 볼 수 있었다. 그들은 절망의 울음을 짖어대더니 도망치기 시작했다. 미엔투스가 달려들어 수컷을 잡았다. 비쩍 마르고 비실비실한 수컷은 바로 쓰러져서 신음했다.

"제발, 살려주서. 우릴 만지지 마서. 제발, 제발. 우릴 괴롭히지 마서."

"이봐요, 인간! 왜 그래? 왜 숨어요?" 미엔투스가 물었다.

'인간'이라는 말에 초가집 안과 울타리 뒤에서 개 짖는 소리가 두 배나 커졌고, 농부는 백지장처럼 창백해졌다.

"제발, 제발이어요. 쩌는 인간이 아뇨. 정말 쩌를 놓아주서요."

"이봐요, 선생. 당신 제정신이오? 왜 둘 다 그렇게 짖어대지? 해치려는 게 아니오." 미엔투스가 친절한 목소리로 말했다.

'선생'이라는 말에 개 짖는 소리가 두 배로 커졌고, 농부의 아내는 울음을 터뜨렸다.

"제발, 제발, 제발 이러지 마서. 선상이 아녀요. 저걸 보고 선상이라뇨? 아녀요, 절대로 아녀요. 예수님, 마리아님, 요셉님, 오떡해요. 세상에, 오쩌면 좋아요! 헤칠 맘 엄는 분들이 요런 시간에 뭐 할라고 온 거래!"

"이봐요, 친구. 왜 이래요? 해치지 않는다고 했잖아요. 도와줄게요." 미엔투스가 말했다.

"친구!" 농부가 겁에 질려 소리를 질렀다.

"도아준대!" 농부의 아내가 울부짖었다. "우린 사람이 아뇨. 우린 개여. 정말 개여. 멍, 멍!"

그러자 젖을 물린 아이 하나가 갑자기 새끼 강아지처럼 낑낑대기 시작했다. 농부의 아내는 우리 일행이 둘뿐이라는 걸 알고는 으르렁거리며 내 배를 물어 버렸다. 나는 간신히 그 이빨에서 배를 빼냈다!

"그레, 저 인간을 무러 버려! 겁주라니까! 무러! 자, 자, 크릉! 헤칠 맘 엄는 분들 무러 버려! 으…… 텔리겐치아를 무러. 자, 둘 다 무러. 무러! 고양이, 고양이, 크릉…… 크릉……."

그들은 흥분하고 날뛰면서 조금씩 다가왔다. 설상가상으로 우리가 자기들을 더는 쫓지 않게 하려는 건지 아니면 자기들이 힘을 내려는 건지 알 수 없지만, 여하튼 진짜 개들을 매어 놓았고, 그 개들이 모두 앞다리를 들고 일어서서 입에 거품을 물고 사납게 짖어댔다. 상황이 실제로 위험하다기보다는 심리적으로 위험해졌다. 6시쯤 되었을 것이다. 날이 어두워지기 시작했다. 구름이 해를 가렸고, 이슬비가 내렸다. 우리는 알 수 없는 곳에서 차가운 비를 맞으며 농부들 앞에, 도시 지식인들의 공격을 피하기 위해 자기들이 기르는 개처럼 행동하는 이들 앞에 서 있고, 아이들은 말하는 법도 몰라 네 발로 기면서 짖고, 부모가 옆에서 계속 부추겼다.

"그레, 헤봐. 메도르. 우리 세끼. 헤봐. 너한테 손 못 데게 헤. 자, 메도르, 용감한 아들!"

지나치게 집약적인 인간화를 피하기 위해 인간 무리 전체가 개 흉내를 내다가 이토록 단시간에 개가 되어 버린 예는 지금까지 본 적이 없었다. 저들이 덤벼들면 어쩌지? 농부와 개가 덤벼들 때 맞서는 법은 여러분도 알 것이다. 하지만 으르렁거리며 짖어대고 물려고 덤벼드는 농부 가족 앞에서는 속수무책이 될 수밖에 없다. 미엔투스가 몽둥이를 떨어뜨린다. 내 눈앞에는 내가 이런 비정상적인 상황에서 삶을 마감하게 될 미끄럽고 신비로운 풀밭이 펼쳐져 있다. 내 몸의 부분들이여, 영원히 안녕! 나의 낯짝이여, 영원히 안녕. 길들여진 나의 궁 뎅이여, 영원히 안녕!

그렇게 운명적인 장소를 영원히 벗어나지 못하고 우리가 이름도 없이 삼켜지려는 찰나에 모든 것이 바뀐다. 갑자기 울린 클랙슨 소리 때문이다. 자동차 한 대가 군중 사이를 뚫고 와서 멈춰 서고, 결혼 전 성(姓)이 '린'인 후를레츠카 이모가 나타난다.

"유조! 세상에. 얘야, 거기서 뭐 하는 거니?"

나의 진짜 이모, 후를레츠카 이모가 얼마나 위험한 상황인지도 모르고, 아무것도 보지 못한 채로 차에서 내린다. 숄을 걸치고, 나를 안기 위해 두 팔을 벌리고 달려온다. 이런! 이모라니! 어디로 도망치지? 다시 이모한테 붙잡혀 큰길로 끌려가느니 차라리 개한테 잡아먹히는 게 낫다. 나를 어릴 때부터 알았고 내가 어릴 때 입던 반바지를, 내가 요람에 누워서 팔다리를 떨던 모습을 기억하는 이모가 나타나 내 이마에 입을 맞추자, 짖어대던 농부들이 웃음을 터뜨린다. 내가 무서운 공무원이 아니라 이모의 사랑을 받는 아이임이 드러나는 순간 온 마을에 웃음보가 터진다. 자신들이 속았음을 깨달은 것이다. 미엔투스는 베레모를 벗었고, 이모는 입맞춤을 받으려고 손을 내민다.

"네 친구니, 유조? 만나서 기뻐요."

미엔투스가 이모의 손에 입을 맞춘다. 나도 이모 손에 입을 맞춘다. 이모는 우리한테 춥지 않은지, 어디로 가고 어디서 왔는지, 언제부터 가고 뭐 하러 가고 누구와 가는지, 어떻게 가고 왜 가는지 묻는다. 난 그냥 소풍 나왔다고 대답한다.

"소풍을 나왔다고? 하지만 세상에. 얘들아, 이렇게 나쁜 날씨에 누가 밖으로 내보내 줬니? 나하고 같이 가자. 차에 타렴. 볼리모프에 있는 우리 집으로 가자. 이모부가 좋아하시겠구나."

항변해도 소용없다. 이모는 모든 항변을 거부하는 사람이다. 거리에 끈질기게 내리는 차가운 실비 속에서, 피어오르는 안개 속에서, 우리는 이모와 함께 서 있다가 결국 차에 올라탄다. 운전기사가 클랙슨을 울리고, 자동차가 출발한다. 망토를 뒤집어쓴 농부들이 웃어대고, 자동차가 전신주를 따라 미끄러지며 우리를 싣고 멀어진다.

"자, 유조. 날 만난 게 기쁘지 않니?" 이모가 말한다. "난 네외가 쪽 친척이란다. 이중으로 이모지. 우리 어머니가 네 어머니의 이모의 이모의 사촌이거든. 네 엄마는 정말 안됐지 뭐니! 불쌍하기도 해라! 우리가 몇 년 만에 보는 거지? 피프치츠키가 결혼한 이후로 사 년 동안 못 본 거 맞지? 네가 모래 가지고 놀던 게 생각나는데…… 너도 모래 기억하지? 그런데 조금 전 그 사람들은 너한테 왜 그런 거니? 세상에, 어찌나 무섭던지! 요즘의 민중은 별로란다. 세균투성이지. 끓이지 않은 물은 마시지 마라. 그리고 과일은 꼭 껍질을 깎아 먹든가 끓인 물로 씻든가 해야 한다. 알겠지? 난 정말 네가 이 숄을 걸치면 좋겠구나. 네 친구도 다른 숄을 걸치고. 꼭 그러면 좋겠다. 불편해

할 것 없단다. 날 엄마로 생각하렴. 네 친구 엄마도 걱정하고 계시지 않겠니?"

운전기사가 클랙슨을 울린다. 모터 소리, 바람 소리, 이모가 떠드는 소리. 전봇대와 나무 들이 줄지어 지나간다. 오막살이, 진창이 질척거리는 동네, 오리나무 숲, 전나무 숲이다. 자동차가 달리는 길은 군데군데 움푹 파였거나 울퉁불퉁 튀어나와 있다. 차가 덜컹거리면서 몸이 튀어 오른다.

"너무 빨리 달리지 마, 펠릭스. 너무 빠르잖아." 이모가 말한다. "참, 너 프라니아 삼촌 생각나니? 크리시아가 약혼했단다. 아눌카는 백일해를 앓았지. 헤니아는 군대에 갔고. 그런데 너 안색이 안 좋구나. 혹시 이가 아픈 거면 말하렴, 나한테 아스피린이 한 알 있으니까. 참, 공부는 잘돼 가니? 넌 네 엄마처럼 역사에 소질이 있을 거다. 네 엄마를 닮은 거지. 네 파란 눈동자는 엄마를, 코는 아빠를 닮았어. 하지만 그 턱은 정말 피프치츠키흐 가문의 내력이란다. 그때 네가 과일 씨를 가지고 놀다가 빼앗기고는 얼마나 울어대던지. 손가락을 입에 넣고 "아야, 아야, 아야, 암, 아퍼, 아퍼, 여기, 아이야, 아이야!" 하며 울어댔지.(빌어먹을 이모.) 그래, 잠시 생각해 보자. 그게 몇 년 전이냐…… 이십…… 이십팔…… 그래, 천구백…… 그러니까…… 그래, 난 그해에 비시로 떠났고, 녹색 여행 가방을 샀지. 그래, 그래. 이제 넌 삼십 대가 됐겠구나……. 서른…… 그래, 딱 서른 살이야. 얘야, 숄을 잘 걸치렴. 언제나 바람을 조심해야 한단다."

"서른 살이라고요?" 미엔투스가 묻는다.

"서른 살이지." 이모가 말한다. 성 베드로와 성 바오로 대축일에 서른 살이 되었잖니. 테레니아보다 네 살 반 어리지. 조시아, 그래, 알프레드의 딸 조시아보다 육 주 빠르고. 헨리코스트보는 2월에 결혼했단다."

"하지만 부인, 얘는 저랑 같이 학교에 다니는걸요. 우린 고등학교 2학년이에요!"

"내 말이 맞아. 헨리코스트보의 결혼식이 2월이었어. 분명해. 내가 망통으로 여행 가기 다섯 달 전이었거든. 헬렌카가 6월에 죽었고. 서른 살이 맞아. 엄마가 포딜리야에서 오던 때니까. 서른 살이야. 요안나가 디프테리아를 앓은 지 이 년 후. 서른 살 맞아. 큰 무도회가 열렸지. 서른 살 맞아. 너도 사탕 좀 줄까? 유조, 사탕 하나 줄까? 이모는 요즘도 사탕을 가지고 다닌단다. '이모, 아탕 줘, 아탕 먹을래.' 하면서 고사리 손을 내밀던 거 기억나니? 그때랑 같은 사탕이란다. 자, 한 개 받아라. 먹으렴. 기침에 좋단다. 숄 좀 잘 걸쳐라, 얘야."

운전기사가 클랙슨을 울리고, 자동차가 미끄러져 나간다. 전봇대들, 가로수들, 오막살이들, 군데군데 울타리들, 무언가가 심어진 땅, 숲, 초원, 동네들이 줄지어 지나간다. 7시다. 밤이고, 운전기사가 헤드라이트를 켜자 그 불빛이 두 개의 기둥처럼 퍼져 나간다. 이모는 실내등을 켜고 유년기의 사탕을 건네준다. 미엔투스는 어리둥절해져 사탕을 입에 넣고 오물거리고, 이모도 봉지를 손에 들고 사탕을 오물거린다. 우리는 사탕을 오물거린다. 여인이여, 만일 내가 서른 살이라면, 그대는 내가 진짜 서른 살임을 이해하지 못하는가? 그렇다. 이모는 이해하지 못한다. 이모는 너무 착하다. 너무 선하다. 선(善)의 구현이다. 나는 진창에 빠지듯이 이모의 선함 속에 빠져 헤어나오지 못하고, 달콤한 사탕을 오물거린다. 이모에게 난 언제나 두 살이다. 이모의 눈에 내가 존재하기는 할까? 아니다. 나는 존재하지 않는다. 이모의 눈에는 오로지 에드바르다 삼촌의 머리카락, 내 아버지의 코, 내 어머니의 눈, 피프치츠키흐 가문의 턱, 혈통을 보여 주는 몸의 부분들만 존재한다. 이모는 혈통 속에 빠져 헤어 나오지 못하고, 나에게 숄을 덮어 준다. 송아지 한 마리가 길에 나와 다리를 벌린 채 서 있다. 운전기사가 나팔 부는 대천사처럼 떠들어도 송아지는 꿈쩍하지 않는다. 결국 자동차가 멈춰 서고, 운전기사가 차에서 내려 송아지를 밀어낸 뒤 다시 출발한다. 이모는 내가 열 살 때 유리창에다 손가락으로 글씨를 쓰던 일을 이야기한다. 이모는 내가 기억하지 못하는 걸 기억한다. 나 자신은 전혀 알지 못하는 나를 안다. 하지만 이모는 너무 착하기 때문에 나는 이모를 죽일 생각을 할 수 없다. 끓어오르는 오래전 유년기의 사건들, 창피하고 우스꽝스러운 사소한 사건들에 대한 이모들의 기억을 신께서 선함 속에 빠뜨린 데는 그럴 만한 이유가 있을 것이다. 우리는 계속 나아가고, 엄청나게 큰 숲으로 들어간다. 헤드라이트 불빛이 나무의 조각들, 나의 과거의 조각들을 비춘다. 느낌이 안 좋은 동네. 어쩌자고 이렇게 멀리까지 왔을까? 지금 여긴 어딜까? 거칠고 음침한 시골의 거대한 조각이 자동차를, 비에 젖어 물이 흥건하고 축축한 이 작은 상자를 감싼다. 그 속에서 이모가 옛날에 내가 손가락을 다친 적이 있다고,

상처가 아직 남아 있을 거라고 내 손가락 이야기를 한다. 머슴 생각에 빠져 있는 미엔투스는 내가 서른 살이라는 사실이 놀라울 뿐이다. 비는 멈출 기미가 보이지 않는다. 자동차는 모래 속을 오르락내리락하다가 모퉁이를 돌아 작은 길로 들어선다. 잠시 뒤에 한번 더 돈다. 사나운 개들이 날뛴다. 큰 불도그들이다. 야간 경비원이 달려와 개들을 쫓는다. 하인이 입구에 나타나고, 그 뒤에 다른 하인이 한 명 더 보인다. 우리는 차에서 내린다.

시골. 바람이 불어와 나무와 구름을 흔든다. 커다란 집 한 채가 있기는 한데, 어두워서 잘 보이지 않는다. 그런데 낯설지가 않다. 그렇다. 와 본 적이 있는 집이다. 분명 오래전에 머문 적이 있는 곳이다. 이모는 습기가 너무 많다며 야단법석이다. 이모가 하인들을 앞장세워 응접실로 들어가고, 운전기사가 가방들을 챙겨 들고 뒤따른다. 구레나룻이 난 늙은 하인이 이모의 옷을 받아 들고, 하녀가 내 옷을, 젊은 하인이 미엔투스의 옷을 받아 든다. 강아지들이 킁킁거리며 달려든다. 기억이 나지는 않지만, 이 모든 게 처음은 아닌데…… 그렇다, 이곳은 바로 내가 태어난 곳, 인생의 첫 십 년을 보낸 곳이다.

"손님 왔어요!" 이모가 큰 소리로 말했다. "코치! 브와디스와의 아들이 왔어요. 지그문트! 사촌이 왔단다. 조시아! 유조, 네 사촌 누이다. 자, 유조에게 인사하렴. 불쌍한 헬리네 아들이지. 유조, 여긴 코치 이모부. 코치, 여긴 유조."

우리는 악수를 하고, 뺨을 맞대며 인사하고, 몸의 부분들을 움켜쥔다. 이모네 식구들은 유쾌하면서 호의적이다. 그들이 우리를 거실로 안내한다. 로코코풍의 유서 깊은 의자에 앉으라고 권하고, 어떻게 지내느냐고, 건강은 어떠냐고 곧바로 묻는다. 결국 나도 그들에게 건강이 어떠냐고 묻고, 그렇게 온갖 질병에 관한 대화가 시작되어 우리를 움켜쥐고 놓아주지 않는다. 이모는 심장 질환이 있고, 콘스탄트 이모부는 류머티즘이 있다. 조시아는 얼마 전 빈혈이 생겼고 감기에 자주 걸리는데, 편도선이 약하지만 근본적인 치료법은 찾지 못했다. 지그문트도 감기에 걸렸고, 지난가을 바람이 불고 습기가 차기 시작할 즈음부터 귀에도 심각한 문제가 생겼다. 그만! 도착하자마자 온 가족의 병력을 듣는 게 내 건강에 무슨 도움이 되겠는가! 하지만 대화가 막힐 때마다 이모는 "조시아, 네가 얘기해 보렴." 하고 프랑스어로 나지막이 말했다. 그때마다 조시아는 자신의 매력이 손상되는 것을 무릅쓰고 새로운 병명을 대면서 이야기를 이어 갔다. 허혈증, 류머티즘, 천식, 뼈 통증, 통풍성 관절염, 감기와 기침, 전신 피로감, 간, 콩팥, 카를로비바리[26], 칼리토비치 교수, 그리고 피스타크 박사.

피스타크를 끝으로 이야기가 마무리될 것처럼 보였지만 아니었다. 이모는 대화를 이어 가기 위해 피스타크보다는 비스타크가 더 세련된 이름 같다고 말했고, 그렇게 해서 다시 비스타크, 피스타크, 청진, 귀와 목의 통증, 호흡기 질환, 심장의 심방과 심실, 통풍성 관절염, 진료, 담석, 위의 쓰라림, 불편한 몸, 혈구……로 대화가 이어졌다. 처음에 쓸데없이 이 집 식구

---

26) 체코의 도시.

들의 건강에 대해 물어본 것을 스스로 용서할 수 없었다. 하지만 그때는 그렇게 할 수밖에 없었다. 가장 불편해 보이는 건 조시아였다. 대화를 이어 가기 위해 자기의 림프절 결핵을 드러내 보여야 한다는 게 괴롭지 않겠는가. 그렇지만 막 도착한 젊은이들과 마주 앉아 있으면서 아무 말도 하지 않는 건 예의에 어긋나는 일이었다. 시골에서는 누구든 찾아오면 이렇게 붙잡아 앉혀 놓고 병에 관한 이야기부터 시작하나? 불행히도 시골 지주들은 엄격한 예절을 지키기 위해 이렇게 감기라는 경로를 통해서 다른 사람과 접촉해야만 하는 걸까? 어쩌면 그들이 항상 감기 걸린 것처럼 보이는 것도 그 때문일까? 무릎에 강아지를 앉힌 사람들의 얼굴이 석유램프 불빛 속에 창백했다. 시골이여, 시골이여! 시골의 오래된 저택이여! 오래전부터 내려오는 규칙들, 오래전부터 내려오는 비밀들이여! 도시의 거리들, 바르샤바에 우글거리는 사람들과는 너무도 다르지 않은가…….

오직 이모만이 착한 마음으로, 일부러 노력할 필요 없이 이모부가 열이 나던 때와 심한 설사를 하던 때의 이야기에 깊이 빠져들었다. 앞치마를 걸친 빨간 머리 하녀가 들어와 램프를 켰다. 미엔투스는 아무 말도 하지 않았다. 그는 이모 집에 하녀가 많아서 놀랐고, 골동품처럼 화려한 장신구 두 개를 보면서 무언가 '귀족'의 냄새를 맡고 놀랐다. 하지만 내가 궁금한 건 따로 있었다. 이모부도 내 어린 시절을 기억할까? 이모와 이모부는 우리를 어린아이로 대했지만, 그건 두 사람 사이에서도 마찬가지였다. 나는 마치 조상 대대로 내려오는 '킨더스

투버(Kinderstube)[27]'에 들어와 있는 기분이었다. 그때였다. 이 빠진 테이블 밑에 들어가서 놀던 기억이 희미하게 떠올랐고, 구석에 놓인 낡은 침대 겸용 소파의 늘어진 술 장식이 과거로부터 되살아났다. 옛날에 내가 저걸 입에 넣고 물어뜯었나? 먹었나? 아니면 저걸 종이로 말아서 구불구불하게 만들었나? 단지에 넣고 절였나? 기름을 쳤나? 어떻게 했지? 언제 그랬지? 아니면 콧구멍 속에 쑤셔 박았나?

이모는 옛날 학교에서 익힌 대로 상반신을 구부리고 머리를 조금 뒤로 젖힌 채 소파에 똑바로 앉아 있었다. 대화에 짓눌린 조시아는 손가락을 깍지 끼고 허리를 굽힌 자세였다. 지그문트는 안락의자 손잡이에 팔꿈치를 괸 채 신고 있는 장화의 코를 내려다보았다. 이모부는 다리가 짤막한 개를 만지작거리면서, 거대한 흰색 천장에 돌아다니는 가을 파리를 관찰했다. 밖에 돌풍이 일기 시작했다. 집 앞의 나무들이 얼마 안 남은 잎새들을 요란스럽게 흔들어댔고, 덧창이 덜컥거렸다. 가벼운 숨결이 방 안을 지나갔다――뭔가 다른 낯짝이, 완전히 새로운 거대한 낯짝이 나타날 것 같은 예감이 들었다. 개들이 거칠게 짖어댔다. 난 언제 짖어댈까? 분명 나도 짖게 되리라. 이 사이비 귀족들의 비현실적이고 낯선 관습, 엄청난 공허 속에서 알 수 없는 방법으로 데워지고 부풀려진 관습이 나로 하여금 겁먹게 하고 경계심을 갖게 만들었다. 그러니까 이들이 내뱉는 말 한마디 한마디에 이들의 게으름과 섬세함, 우아

---

27) 독일어로 탁아소.

함, 공손함, 귀족적 품위, 자부심, 친절함, 교활함, 기상천외한 괴상함이 잠재되어 있었다. 하지만 최악의 위협은 어디에서 오는가? 천장을 돌아다니는 고독한 가을 파리? 나의 어린 시절 과거를 기억하는 이모? 머슴을 생각하는 미엔투스? 침대 겸용 소파의 술 장식? 어쩌면 이 모든 것이 한데 모여 뾰족해진 것? 나는 조상 대대로 내려온 로코코풍 낡은 의자에 앉은 채로 피할 수 없는 낯짝이 등장할 순간을 기다렸다. 역시 의자에 앉은 이모는 대화를 이어 가기 위해 바람이 분다고 불평하기 시작했다. 이런 계절에 바람이 불면 뼈가 안 좋은 사람한테는 치명적이라고 했다. 저택에서 만날 수 있는 다른 많은 소녀들과 비슷한 조시아가 대화를 이어 가기 위해 웃기 시작했고, 그러자 차례로 웃음을 터뜨렸다.(사회적 속임수이며 환심을 사기 위한 능숙한 예절이다.) 잠시 뒤 웃음이 멎었다. 누구를 위해, 누구에 대해 웃은 걸까?

콘스탄트 이모부는 키가 크고, 말랐고, 흐물거리고, 머리가 꽤 벗어졌고, 코가 가늘고 길고, 손가락도 가늘고 길고, 입이 좁고, 콧구멍이 섬세하다. 또 완벽한 실험을 거치고 공들여 다듬은 듯한 계산된 매너를 지녔다. 이모부는 소파 등받이에 몸을 기댄 편안한 자세로, 사교계를 드나드는 사람한테서 흔히 볼 수 있듯이 아무 데도 관심 없어 보이는 우아한 자세로 앉아 있었다. 이모부가 무두질한 양가죽 실내화를 신은 발을 테이블 위에 얹으며 말했다.

"맞아, 바람이지. 이제 그쳤네."

파리가 붕붕거렸다. 이모가 선하게 소리 질렀다.

"코치! 그만 괴로워해요."

그러면서 이모는 이모부한테 사탕을 하나 건넸다. 하지만 이모부는 계속 괴로워하며 하품을 했다. 입을 너무 크게 벌리는 바람에 담뱃진으로 누렇게 전 치아가 다 드러났다. 이모부는 아무렇지도 않게, 정말 위엄 어린 무기력으로 연달아 두 번 하품을 한 뒤 흥얼거렸다.

"트라랄라-품-품-품⋯⋯. 늑대는 비케트를 먹고 싶지 않았다네, 비케트는 양배추 밖으로 나가고 싶지 않았다네."

이모부는 은제 담배 케이스를 꺼내서 가볍게 두드렸고, 그러다가 케이스를 떨어뜨렸다. 하지만 줍지 않고 다시 하품을 했다. 이모부는 도대체 누구에 대해, 누구를 위해 하품을 하는 걸까? 가족 모두가 로코코풍 가구에 앉아 조용히 이모부의 모든 행적에 참여하고 있었다. 그때 늙은 하인 프란치스제크가 나타났다.

"식사가 준비되었습니다."

"저녁 식사." 이모가 말했다.

"저녁 식사." 조시아가 말했다.

"저녁 식사." 지그문트가 말했다.

"담배 케이스." 이모부가 말했다.

하인이 바닥에서 담배 케이스를 주위 들었고, 우리는 앙리 4세 풍으로 장식된 식당으로 자리를 옮겼다. 벽에 오래된 초상화들이 걸려 있고, 구석에서는 사모바르 주전자가 소리 내며 물을 끓이고 있었다. 그라탱을 곁들인 햄과 통조림에 들어 있던 완두콩이 나왔다. 대화가 다시 시작되었다.

"자, 먹어 봅시다." 이모부가 겨자와 고추냉이를 조금 얹으면서 말했다.(도대체 누가 본다고 저러는 거야?) "제대로 만든 햄이라면 고추냉이를 얹어야 제맛이지. 하지만 정말 제대로 만든 햄은 헬리네서만 맛볼 수 있다네. 트라랄라-품-폰-폰, 헬리네에서만! 자, 마십시다. 한잔해요."

"건배!" 지그문트가 말하자 이모부가 물었다. "전쟁 전에 예레반에서 먹은 햄 생각나니?"

"햄은 위장에 안 좋아요." 이모가 말했다. "조시아, 왜 그렇게 안 먹니? 아직도 식욕이 없니?"

조시아가 뭔가 대답을 했지만, 다들 그냥 하는 말임을 알았기에 귀 기울이지 않았다. 이모부는 세련되고 섬세하게, 하지만 소리 내서 먹었다. 접시 위로 손가락을 움직여 햄의 기름기를 걷어 내고, 고추냉이 혹은 겨자로 간을 맞추고, 그런 뒤에 음식을 구강으로 쑤셔 넣었다. 소금이나 후추를 뿌리기도 했고, 토스트 빵에 버터를 바르기도 했고, 그러다가 맘에 들지 않는 조각은 뱉어 버렸고, 그러면 우두머리 하인이 재빨리 와서 치웠다. 과연 이모부는 누구를 향해 뱉은 걸까? 이모는 역시 선하고 푸짐하게, 하지만 조금씩 먹었고, 조시아는 꿀꺽꿀꺽 음식을 넘겼고, 지그문트는 게으르게 먹었다. 하인들은 까치발로 걸어 다니며 식사 시중을 들었다. 그런데 갑자기 미엔투스가 허공에 포크를 든 채 그대로 굳어 버렸다. 눈빛이 어두워지고, 낯짝이 잿빛으로 변하고, 입이 조금 벌어지고, 그렇게 끔찍한 주둥이 위로 너무도 멋진 감정적 미소가 환하게 피어났다. 환영과 우정의 미소였다. 날 알아봐 줘, 너로구나, 나 여기 있어. 미엔투스는 두 손을 테이블에 얹고는 고개를 숙였고, 울음이 터지려는 듯 윗입술이 들썩였지만 울음 대신 몸을 더 깊이 숙였다. 그는 진짜 농장 머슴을 본 것이다! 그곳에서 머슴을 찾았다! 하인, 식사 시중을 드는 말단 하인 말이다! 그랬다. 완두콩과 햄을 내오는 그 하인이 미엔투스가 꿈꾸던 농장 머슴이 분명했다.

농장 머슴! 미엔투스와 비슷한 나이, 열여덟 살이 넘지 않았고, 키가 크지도 작지도 않았고, 잘생기지도 못생기지도 않았으며, 머리카락이 금발은 아니지만 옅은 색이었다. 그는 깃 없이 훅 단추로 잠그는 셔츠, 그러니까 젊은 농부들이 일요일에 입는 옷을 입고 왼팔에 냅킨을 건 채 맨발로 분주하게 다니며 시중을 들었다. 그도 낯짝을 가졌지만, 미엔투스의 끔찍한 낯짝과는 비교할 수 없었다. 그의 낯짝은 만들어진 게 아니라 자연적인 것, 민중적인 낫도끼로 다듬어진 것이었다. 원래 얼굴이었다가 낯짝으로 변한 게 아니라, 단 한 번도 얼굴의 품위를 누려 본 적이 없는 낯짝, 다시 말해 다리와 마찬가지인 낯짝이었다! 머슴은 금발이 될 자격과 잘생길 자격이 없는 것과 마찬가지로, 얼굴을 가질 자격이 없고 침실 시중을 드는 하인이 될 자격이 없었다! 그는 장갑도 끼지 않고 신발도 신지 않은 채로 접시를 바꾸었다. 그래도 아무도 놀라지 않았다. 웃옷을 걸칠 자격도 없었다. 농장 머슴이다! 어째서 우리는 재수 없게 바로 이곳으로, 이모와 이모부가 사는 이 집으로 오게 된 걸까? 시작이로군. 나는 고무를 씹듯 햄을 씹으며 생각했다. 시작이야……. 대화가 이어질 수 있도록 하인들은 계속해서 먹을 것을 내왔다. 나는 완두콩 스튜를 먹었고, 브레첼과 홍차가 나왔다. 나는 고맙다고 말해야 했고, 목에 걸려 넘어가지 않는 자두 설탕 절임을 삼켜야 했다. 이모는 대화를 이어가기 위해 차린 것이 변변치 않아서 미안하다고 말했다.

"트랄랄라-붐-붐!" 이모부가 의자 위에 길게 드러누워서 말했다.

이모부는 무사태평한 자세로 입을 크게 벌리고 두 손가락으로 쥐고 있던 자두를 집어넣었다.

"드십쇼, 드세요! 자, 여러분, 마음껏 드십시오!"

이모부는 입안에 든 것을 씹고 게걸스레 먹었고, 마치 일부러 그러는 것처럼 노골적으로 포만감을 드러내며 덧붙였다.

"내일 마부 여섯 명을 내보낼 거야. 돈 안 주고 쫓아낼 거야. 왜냐고? 돈이 없으니까."

"코치!" 이모가 선하게 외쳤다.

"치즈 좀 건네줘." 이모부가 말했다.

이모부는 누구한테 말한 걸까? 하인들은 까치발로 걸어 다니며 식사 시중을 들었다. 미엔투스는 머슴의 촌스럽고 민중적인 낯짝, 다리와 다를 바 없는 낯짝을 쳐다보느라 넋이 나가서 마치 달콤한 술을 들이켜듯 그 낯짝을 바라보았다. 미엔투스의 집요하고 부담스러운 시선에 놀란 하인이 비틀거렸고, 그러다가 사람들의 머리 위에 차를 쏟을 뻔했다. 늙은 하인 프란치스제크가 그의 귀를 살짝 갈겼다.

"프란치스제크!" 이모가 선하게 말했다.

"조심하면 될걸, 뭐!" 이모부가 웅얼거리며 담배를 입에 물었고, 어린 하인이 허겁지겁 달려와 불을 붙였다. 이모부의 가녀린 입술 사이로 연기가 새어 나왔고, 사촌 지그문트도 이모부 못지않게 가느다란 입술 사이로 연기를 내뿜었다. 우리는 모두 거실로 자리를 옮겨 진귀한 로코코풍 안락의자에 앉았다. 끔찍한 화려함에서 진귀함이 배어 나왔다. 밖에선 돌풍이 신음했다. 지그문트가 생기를 띠며 말했다.

"브리지 한판 할까?"

하지만 미엔투스는 브리지를 할 줄 몰랐고, 결국 지그문트는 그대로 말없이 앉아 있었다. 조시아가 무언가 이야기를 했다. 가을에 비가 많이 내렸다는 말이었다. 이모는 나에게 헤드위지 숙모한테서 무슨 소식이 있었는지 물었다. 대화가 끝났다. 이모부는 머리를 뒤로 젖히고 다리를 꼬고 앉아서, 천장에서 방황 중인 불쌍한 파리 한 마리를 바라보았다. 그러다가 입천장과 누런 이가 드러날 정도로 입을 크게 벌려 하품을 했다. 지그문트는 말없이 한쪽 다리를 천천히 흔들면서 장화 끝에 반사되는 형상들을 보느라 신이 났다. 이모와 조시아는 무릎에 손을 얹고 앉아 있고, 땅딸막한 개가 테이블 위에 앉아 지그문트의 다리를 바라보았다. 그동안 미엔투스는 손으로 머리를 감싸 쥔 채 어둠 속에 정말 꼼짝도 하지 않았다. 이모가 다시 활기를 띤 목소리로 하인들에게 손님방을 준비하라고 말했다. 침대 안에 끓는 물이 담긴 보온병을 넣어 두고 침대 옆 테이블에는 호두와 잼을 한 접시 가져다 두라고 했다. 이모부가 무사태평한 어조로 자기도 먹고 싶다고 말하자, 하인들이 허겁지겁 내왔다. 우리는 다시 먹기 시작했다. 더 이상 먹을 수가 없었지만, 달콤한 과자가 놓인 쟁반이 나와 있고 먹으라는 권유를 받았기 때문에 먹지 않을 수도 없었다. 이 집 사람들로서는 쟁반이 테이블 위에 놓여 있으니 권하지 않을 수도 없었을 것이다. 미엔투스는 잼을 먹지 않겠다고 고집스레 사양했다.(나는 이유를 알 것 같았다. 머슴 때문이었다.) 하지만 이모는 역시 선하게 미엔투스에게 잼을 두 배로 주었고, 나한테는 들고 있던 봉지 속의 사탕을 주었다.

사탕은 달았다. 너무 달아서 먹을 수가 없었다. 구역질이 났다. 하지만 내 앞에 접시가 놓여 있으니 거절할 수는 없다. 나는 마음이 아프다. 어린 시절, 이모, 미엔투스, 반바지, 가족, 파리, 강아지, 하인, 미엔투스. 나는 배가 부르다. 사람들 때문에 질식할 것 같다. 밖에는 바람이 분다. 너무 많다. 꽉 찼다. 지나치다. 가증스러운 풍요. 로코코가 광채를 발한다. 자리에서 일어나 "안녕히 주무세요."라고 인사하고 자리를 뜨고 싶지만 그럴 수가 없다. 중간 단계를 거치지 않고 뜬금없이 그렇게 말할 수는 없다. 마침내 우리가 일어서려 하자, 모두 소리를 지르며 우리를 붙잡아 둔다. 이모부는 도대체 누구더러 보라고 저렇게 설탕으로 가득 차고 피곤한 입속에 딸기를 집어넣는 걸까? 잠시 뒤 조시아가 재채기를 했고, 덕분에 우리는 자리를 뜰 수 있었다. 인사를 주고받고, 고개 숙여 인사하고, 축하 인사를 주고받고, 몸의 부분들을 붙잡았다. 하녀가 우리를 2층으로 안내하는데, 나무 계단을 보는 순간 무언가 기억이 떠오를 것만 같다……. 우리 뒤로 하인이 잼과 호두를 쟁반에 받쳐 들고 따라온다. 너무 덥고, 숨이 막힌다. 이 잼은 토할 것 같다. 미엔투스도 그런가 보다. 시골 생활.

하녀가 나가자 미엔투스가 물었다.

"봤어?"

그는 앉으면서 손으로 머리를 감싸 쥐었다.

"말단 하인 말이야?" 나는 관심 없는 척 대답했다.

그리고 서둘러 블라인드를 내렸다. 어두운 정원 쪽으로 난 창을 통해 안이 훤히 들여다보이는 게 싫었다.

"말을 해 봐야겠어. 내려가야 해. 아니야, 아니야. 벨을 울려 봐. 이 방에도 벨이 있을 거야. 두 번 울려 봐!"

"뭐 하려고?" 나는 미엔투스를 말렸다. "그러다가 괜히 일만 복잡해지면 어쩌려고. 잊었어? 우리 이모와 이모부는……. 미엔투스! 벨을 울리면 안 돼! 그 하인을 데려다 어쩌려는 건지 그것부터 말해 봐!"

하지만 미엔투스는 이미 벨을 눌렀다. 그가 구시렁거렸다.

"빌어먹을! 잼만으론 부족할까 봐? 사과와 배도 가져다 놨네! 옷장 속에 숨겨 버려! 끓는 물 넣은 보온병도 치우고. 머슴이 보면 안 돼……."

미엔투스는 분노에 휩싸였다. 운명의 고뇌를 감추는 분노, 가장 내밀한 인간사의 분노였다. 그가 떨리는 목소리로 다정하고 심각하게 속삭였다

"유조! 유조, 너도 봤지? 그자는 정리되지 않은 낯짝, 정상적인 낯짝을 가지고 있어! 인상을 안 쓰는 낯짝 말이야! 진짜 머슴이야. 그보다 훌륭한 머슴은 없을 거야. 날 좀 도와줘! 혼자서는 못 할 것 같아."

"침착해! 뭘 하려는 건데?"

"모르겠어. 모르겠어. 만일 우리가 친구가 된다면, 그러니까 그와 혀…… 형제가 되면……." 미엔투스는 부끄러워하며 말했다. "혀…… 형제가 되면! 그래…… 동무가 될 거야! 그래야 해! 나 좀 도와줘!"

하인이 들어왔다.

"부르셨습니까요?"

하인은 문 옆에 서서 명령을 기다렸고, 그래서 미엔투스는 세면대에 물을 부어 달라고 했다. 하인은 물을 붓고 나서 기다렸고, 그래서 미엔투스는 창 위쪽의 작은 여닫이창을 열어 달라고 했다. 하인이 그렇게 하고 나서 기다렸고, 그래서 미엔투스는 커튼 봉에 손수건을 걸어 두라고 했다. 하인이 그렇게 했고, 그래서 미엔투스는 자기 웃옷을 벽장 속에 정리하라고 했다. 명령 내리기가 여간 고역이 아니었다. 미엔투스가 명령을 내리면 하인은 군말 없이 실행에 옮겼다. 명령은 점점 더 악몽이 되어 갔다. 애석하구나! 머슴과 형제가 되지 못하고 명령을 내리다니! 주인처럼 편안하게 명령하다니! 밤새도록 명령을 내리고 또 명령을 취소하다니! 미엔투스는 더 이상 내릴 명령이 없어서 어떤 명령을 내릴지 알 수 없게 되었고, 그래서 하인에게 우리가 숨겨 놓은 보온병과 과일들을 옷장에서 꺼내라고 했다. 의기소침해진 미엔투스가 작은 소리로 나한테 말했다.

"네가 좀 해 봐. 난 더 못 하겠어."

나는 천천히 웃옷을 벗고 다리를 늘어뜨린 채 침대 가장자리에 앉았다──머슴한테 접근하기에 적합한 자세였다. 나는 무관심하고 심드렁하게 물었다.

"이름이 뭐야?"

"발레크입니다요." 하인이 대답했다. 애칭이 아니라 진짜 이름이 분명했다. 예를 들면 발렌티고 같은 완전한 이름을 가질 자격이 없는 것이다.

미엔투스는 전율했다.

"여기서 일한 지 오래됐어?"

"한 달 돼 갑니다요."

"그전엔 뭘 했는데?"

"그전엔, 말들이랑 같이 있었습죠."

"여기가 좋아?"

"네, 좋습니다요."

"더운물 좀 갖다줘."

"알겠습니다요."

하인이 나가자 미엔투스의 눈엔 눈물이 그득했다. 그는 마치 막달라 마리아처럼 눈물을 흘렸다. 고통스러운 얼굴 위로 눈물이 흘러내렸다.

"들었어? 들었냐고! 발레크! 제대로 된 이름도 없어. 기막히게 잘 어울려! 그 낯짝 봤어? 인상 쓰는 표정 없이 자연스러운 낯짝이잖아! 유조! 만일 그가 나랑 혀…… 형제가 되지 않겠다고 하면 어쩌지?"

미엔투스는 나에게 화를 내면서 왜 머슴한테 더운물을 가져오게 했느냐고 나무랐다. 그리고 조금 전에 더 이상 내릴 명령이 없어서 옷장 속에 숨겨 둔 보온병을 꺼내라고 시킨 것도 자책했다.

"머슴은 정작 따뜻한 물을 쓰지도 못할 텐데, 끓는 물이 든 보온병이라니……. 한번 씻지도 못할 텐테. 하지만 더럽지 않더라고. 유조, 너도 봤지? 씻지 않는데도 더럽지 않잖아. 아무리 더러워도 공격적이지 않아. 놀랍지도 않고. 하지만 우린…… 우리가 더러우면……."

이 오래된 저택의 손님방에서 미엔투스의 정념은 커져만 갔다. 미엔투스가 눈물을 닦고 있을 때, 하인이 손잡이 달린 기다란 병을 가지고 들어왔다. 이번에는 미엔투스가 심문을 이어 갔다. 그는 하인을 쳐다보지 않으면서 물었다.

"몇 살이야?"

"저…… 모르는뎁쇼."

미엔투스는 할 말을 잊었다. 모르다니! 자기 나이를 모르다니! 우스꽝스러운 우연성들을 벗어난 정말 진정한 머슴이 아닌가! 손을 씻는다는 핑계로 미엔투스가 하인에게 다가가서 왜 떠느냐고 나무랐다.

"너한테도 나랑 같은 게 뭔가 있을 거야."

이번 말은 질문이 아니었다. 원하지 않으면 대답을 하지 않을 수도 있었다. 혀…… 형제가 되기 시작해야 했다. 하지만 하인은 이렇게 대답했다.

"뭐라고 하셨습니까요?"

미엔투스는 다시 질문할 수밖에 없었다.

"글을 읽고 쓸 줄 알아?"

"헤…… 어떻게 알겠습니까요?"

"가족은 있어?"

"누이가 하나 있습죠."

"누이는 뭘 하지?"

"소를 돌봅니다요."

하인은 장승처럼 서 있고, 미엔투스가 그 주위를 맴돌았다. 질문하고 명령을 내리고, 명령을 내리고 질문하고, 그 외에 다른 가능성은 없어 보였다. 미엔투스가 자리에 앉으면서 명령을 내렸다.

"신을 벗겨 줘!"

나도 앉았다. 길고 좁은 방이어서 세 사람이 움직이기는 조금 불편했다. 어둡고 습기 찬 정원이 거대하고도 슬픈 저택을 품고 있었다. 바람이 조금 수그러들었다. 바람직하지는 않았다. 차라리 거센 바람이 부는 게 나을 텐데……. 미엔투스는 다리를 내밀었고, 하인은 무릎을 꿇고 그 발에 낯짝을 가져다 댔다. 봉건적이고 창백하고 끔찍한 미엔투스의 낯짝이 하인의 낯짝을 내려다보았다. 미엔투스의 낯짝은 명령을 내리느라 뻣뻣하게 굳어 있었고, 더는 질문거리가 없었다.

"주인이 네 얼굴을 갈기기도 해?"

한순간 하인의 얼굴에 광채가 번졌다. 하인은 일종의 촌스러운 열정을 드러내며 경탄스럽게 말했다.

"물론입죠. 갈기고말고요. 갈깁니다요."

하인의 말이 다 끝나기도 전에 나는 마치 용수철이 튕기기라도 하듯 벌떡 일어서서 하인의 낯짝 왼쪽 부분을 손등으로 갈겼다. 그 소리가 고요한 밤에 마치 권총 소리처럼 크게 울려 퍼졌다. 하인은 낯짝에 손을 대었다가 이내 내려놓고 일어섰다.

"어, 나리도 때릴 줄 아시넵쇼." 중얼거리는 하인의 말에는 놀라움과 존경심이 배어 있었다.

"꺼져!" 내가 소리 질렀다.

하인이 나갔다.

"너 무슨 짓을 한 거야?" 미엔투스가 두 손을 꼬면서 말했다. "난 악수하려고 했는데! 손을 잡고 싶었단 말이야! 그래야 둘의 낯짝이 비슷해지고, 그러면 다 되는 건데! 그런데 네가 그 낯짝에다가 손찌검을 했어! 난 그의 손에 발을 내밀었고! 신발을 벗기느라 끈을 풀어야 했잖아! 신발 말이야! 도대체 넌 무슨 짓을 한 거야?"

나 자신도 알 수 없는 일이었다. 그냥 용수철이 튕기듯이 일어난 일이었다. "꺼져!" 하고 하인에게 소리를 지른 건 내가 그를 때렸기 때문이다. 그런데 왜 때렸지? 그때 노크 소리가 들리더니, 바지를 입고 양말을 신은 지그문트가 양초를 들고 나타났다.

"누가 총을 쐈어? 권총 소리가 들린 것 같아."

"너네 하인 발레크의 얼굴에 주먹이 날아간 소리였어."

"주둥이를 갈겼어?"

"내 담배 한 개비를 훔쳤거든."

지그문트가 내일 아침 다른 하인들한테서 이야기를 듣는 것보다는 차라리 내가 직접 말해 주는 게 나을 것 같았다. 나는 그가 그냥 내가 말한 대로 알고 있기를 바랐다. 지그문트는 조금 놀란 것 같더니 이내 다정하게 미소를 지었다.

"잘했어. 버릇을 고쳐야 해. 그런데 주둥이를 갈긴 거야?" 그가 반신반의하며 다시 물었다.

나는 미소를 지어 보였다. 그때 미엔투스가 정녕 잊지 못할 눈빛, 배반당한 남자의 눈빛으로 나를 바라보았고, 그런 다음 밖으로, 아마도 화장실 쪽으로 갔다. 지그문트는 계속 미엔투스를 보고 있었다.

"네 친구 화난 것 같네? 너 때문에 화난 거야? 프티부르주아군." 지그문트가 빈정거리며 말했다.

"프티부르주아지." 내가 할 말이 달리 없어서 이렇게 말했다.

"프티부르주아야." 지그문트가 다시 말했다. "발레크 같은 인간은 한 대 갈기면 그다음부터 널 주인처럼 섬기지. 그자들이 어떤지 알아야 해. 하인들은 그런 걸 좋아해."

"그런 걸 좋아하지." 내가 말했다.

"그런 걸 좋아하지. 그런 걸 좋아해, 하 하 하! 그런 걸 좋아해."

그때까지 우리를 어느 정도 조심스럽게 대하던 지그문트가 완전히 달라졌다. 거부감이 사라지고 눈이 반짝거렸다. 내가 발레크의 따귀를 갈긴 것이 꽤나 흡족하고 나라는 사람 역시 마음에 든 것이다. 그렇게 젊은 귀족은 숲과 민중의 냄새를 맡고 나서 게으르고 무기력한 학생 상태를 벗어났다. 지그문트는 창가에 양초를 내려놓고 침대 발치에 앉아 담배를 피웠다.

"그런 걸 좋아하지, 좋아한다고." 지그문트가 말했다. "때려도 돼. 하지만 팁을 줘야 해. 팁은 안 주고 때리기만 하는 건 반대야. 언젠가 그랜드 호텔에서 아버지와 세브린 삼촌이 문지기의 낯짝을 갈긴 적이 있어."

"에우스타히 삼촌도 그랬어. 이발사의 낯짝을 갈겼지." 내가 말했다.

"에벨리니 할머니만큼 낯짝을 잘 갈기는 사람은 없었지! 하지만 그것도 옛날얘기야. 그나마 얼마 전에 헨리시아 파츠가 잔뜩 취해서 운전기사의 낯짝을 갈기긴 했지. 헨리시아 파츠 알아? 아주 상냥하지."

나는 내가 아는 파츠라는 사람은 여러 명이라고, 그들 모두가 소박하고 친절하다고, 하지만 헨리시아 파츠라는 사람은 아직 만난 적이 없다고 대답했다. 하지만 보비시 피트비츠키가 '앵무새'에서 종업원의 머리통을 유리창에 꽂아 버린 적이 있었다.

"난 전차 차장을 들이받은 적이 있어." 지그문트가 말했다. "너 피포프스키 부부 알아? 그 여자는 정말 굉장한 속물이야. 하지만 보고 있기 즐거운 사람이야. 내일 자고새 사냥을 갈 거야."

(미엔투스는 어디 있지? 어디 간 거야? 왜 돌아오지 않지?) 지그문트는 돌아갈 생각이 없어 보였다. 내가 발레크의 따귀를 갈겨 버린 일이 마치 보드카를 같이 마신 것처럼 우리를 가깝게 만들어 주었고, 그는 담배, 낯짝 갈기기, 자고새 사냥, 피포프스키, 격식 버리기, 콜롬비아나, 헨리시와 타드지오, 현실주의자가 되어야 해, 코앞에 닥친 일, 농업 학교, 돈, 공부 마치

기…… 등등 쉬지 않고 수다를 떨었다. 나도 거의 비슷하게 대답했고, 그러면 지그문트가 다시 같은 것을 말하고, 그러면 나도 다시 같은 말을 하고, 결국 지그문트는 낯짝을 갈긴 이야기부터 언제 일어난 일이며 누가 한 일이고 그래서 어떻게 되었는지 알아야 한다며 다시 시작하고, 그러면 나는 턱보다는 차라리 귀가 낫겠다고 대답했다. 하지만 이 모든 게 어딘지 비현실적이었다. 나는 몇 번이고 사실은 이렇지 않다고, 이건 진짜가 아니라고, 오늘날에는 그렇게 때리는 사람이 없다고, 이젠 더 이상 그런 일이 없다고, 어쩌면 그런 적이 한 번도 없었을 거라고, 그건 전설이라고, 귀족적 환상이라고 말하고 싶었다. 하지만 하지 못했다. 지그문트의 수다가 너무 즐겁기도 했고, 귀족적 환상이 우리를 놓아주지 않았다. 우리는 젊은 허풍쟁이들처럼 수다를 떨었다. "가끔 때리는 건 나쁘지 않아." "낯짝을 갈기는 건 아주 바람직해." "낯짝을 갈기는 것만 한 일은 없지!"

"자, 이제 가야겠어." 마침내 지그문트가 말했다. "오래 있었네……. 바르샤바에서 만나. 헨리시아 파츠를 소개해 줄게. 세상에, 자정이로군. 네 친구는 안 오네? 어디 아픈가? 아무튼 잘 자."

지그문트는 나를 껴안으며 인사했다.

"잘 자, 유조."

"잘 자, 지그문트."

미엔투스는 왜 안 돌아오는 걸까? 나는 이마에 흐르는 땀을 닦았다. 무엇 때문에 나는 사촌 지그문트와 이런 대화를 했는가. 나는 작은 창문으로 밖을 바라보았다. 비는 이미 그쳤고, 쉰 발자국 너머는 어두워서 보이지 않았다. 그저 캄캄한 밤의 암흑 속에서 나무인 듯한 형체가 군데군데 보였지만, 그 불분명한 형체는 암흑보다 더 어두웠다. 벽 너머에, 빛이 들지 않는 밭터가 곳곳에 있는 넓은 정원이 습기에 젖은 채로 이상야릇하게 숨어 있었다. 나는 내 눈에 보이는 게 무엇인지 알 수 없었고, 뚫어져라 바라봐도 형체들이 깊은 밤보다 더 어두웠다. 결국 뒤로 물러서며 거칠게 창문을 닫았다. 이 모든 것에는 그 어떤 이유도 없었다. 나는 아무 이유 없이 하인을 때렸다. 지그문트와의 대화도 그랬다. 그렇다. 여기서 주둥이를 한 방 날리는 건 보드카를 한 잔 마신 것과 다르지 않다. 도시에서 건조하고 민주적인 따귀를 날리는 것과는 전혀 다르다. 오래된 귀족의 저택에서 하인의 주둥이는 어떤 가치가 있는가? 나는 어쩌자고 말단 하인의 낯짝을 갈기고 주인의 아들과 이야기를 나누었단 말인가! 그리고 미엔투스는 어디 갔단 말인가!

미엔투스는 새벽 1시쯤에야 돌아왔다. 문을 열고 곧장 들어오지 않고, 마치 외박하고 돌아오는 사람처럼 살짝 열린 문틈으로 내가 잠들었는지 살핀 뒤에 살금살금 들어왔다. 그리고 서둘러 램프의 심지를 줄이고 쏜살같이 옷을 벗었다. 그가 램프를 향해 얼굴을 숙이는 순간 더 많이 일그러진 낯짝이 보였다. 왼쪽이 무겁게 부어 올라서 마치 사과 같은, 아니, 설탕을 넣고 불에 얹어 조린 사과 같은 모습이었다. 아! 끔찍한 줄어들기! 나는 미엔투스의 얼굴에서 다시 그 흔적을 보았다.

그 순간, 그가 한 일을 정의할 말이 떠올랐다. 그것은 광대 짓이다. 그렇다. 끔찍한 광대 짓. 어떤 거친 힘이 미엔투스를 저 꼴로 만들었을까? 내 질문에 미엔투스는 날카롭게 소리 지르며 대답했다.

"할 일을 하러 갔어. 머슴하고 혀…… 형제가 됐어. 머슴이 내 낯짝을 갈겼어."

나는 내 귀를 믿을 수 없었다.

"그 말단 하인이 널…… 네 낯짝을 갈겼다고?"

"응." 미엔투스가 즐거운 목소리로, 하지만 일부러 꾸며 낸 듯하고 여전히 귀에 조금 거슬리는 날카로운 소리로 말했다. "이제 우린 형제야. 드디어 머슴한테 말했어!"

하지만 그렇게 말하는 미엔투스는 서툰 아마추어 사냥꾼 같은, 시골 결혼식에서 얼큰하게 마신 뒤 취했다고 허풍을 떠는 도시의 직장인을 생각나게 했다. 난폭하고 파괴적인 힘을 맛본 것 같긴 했지만, 그 힘에 대한 태도가 모호했다. 나는 미엔투스에게 질문을 퍼부었고, 그는 마지못해 얼굴을 어두운 쪽으로 숨기면서 결국 털어놓았다.

"내가 억지로 시켰어."

난 깜짝 놀라 피가 거꾸로 솟는 느낌이었다.

"뭐야? 뭐라고? 억지로 네 낯짝을 갈기게 했다고? 그자가 널 미친놈으로 생각하겠네!(내가 직접 따귀를 맞은 느낌이었다.) 아주 잘했군! 이모랑 이모부가 아시면……."

"너 때문이야." 미엔투스가 침울하게 말했다. "네가 먼저 때리지 말아야 했어. 무슨 잘난 귀족이나 된 척하느라고 네가 먼

저 시작했잖아. 네가 먼저 때렸기 때문에 그가 반드시 내 낯짝을 때려야 했어. 그러지 않으면 평등하지 않으니까. 안 그러면 내가 어떻게 그의 혀…… 형제……가 되겠어?"

미엔투스는 불을 끈 뒤 더듬거리며 자기가 저지르고 온 절망적인 시도들에 대해 이야기했다. 그러니까 방에서 나간 그는 주방에 딸린 방에서 머슴을 찾아내 주인의 구두를 광내고 있는 그의 곁에 앉았고, 그러자 머슴은 벌떡 일어섰다. 그렇게 모든 게 다시 시작되었다. 미엔투스는 하인이 긴장을 풀고 이야기하게 하려고, 친구가 될 수 있게 하려고 애쓰며 다시 대화를 시작했다. 하지만 그의 말은 입안에서 어처구니없는 연가(戀歌)로 변질되었고, 머슴은 성심성의껏 대답했지만, 이내 눈에 띄게 지겨워했다. 그는 정신 나간 젊은 나리가 왜 이러는지 알 수 없었다. 마침내 미엔투스는 싸구려 미사여구로 프랑스 혁명과 인권에 관해 떠들며 허우적댔다. 모든 인간은 평등하다는 것을 설명했고, 그것을 내세워 머슴더러 자기한테 악수를 청하라고 요구했다. 하지만 머슴은 계속 거부했다. "나리께 그럴 순 없습니다요." 그 순간 정신 나간 생각 하나가 미엔투스의 뇌리를 스쳤다. 머슴이 자기를 때린다면 둘 사이의 어색함이 사라지리라 생각한 것이다. "내 낯짝을 한번 갈겨 줘!" 미엔투스는 체면을 다 버리고 애원했다. "날 때리라고!" 그러면서 고개를 숙여 얼굴을 머슴의 손 가까이 가져다 댔다. 하지만 머슴은 그러고 싶지 않았다. "싫어요, 제가 왜 나리를 때립니까요?" 미엔투스는 애원하고 또 애원했고, 그러다가 결국 소리를 질렀다. "때려!…… 명령이야! 제기랄! 빨리 안 하고 뭐

해?" 그 순간 눈앞이 번쩍했다. 무너져 내렸다. 몽둥이의 충격이었다. 머슴이 미엔투스를 갈긴 것이다. "한번 더······!" 미엔투스가 소리쳤다. "한번 더!" 무너져 내렸다. 몽둥이의 충격이었다. 눈앞이 번쩍했다. 미엔투스가 눈을 뜨자, 새로운 명령을 시행할 태세를 갖춘 하인이 손을 앞쪽으로 뻗고 있었다! 하지만 그런 식으로 명령을 받고 따귀를 갈기는 건 세면대에 물을 붓는 일이나 구두에 광을 내는 일과 다름없이 주문받은 행동이었다. 얻어맞아 벌게진 미엔투스의 얼굴이 수치심으로 더욱 벌게졌다. "한번 더! 한번 더!" 억지로라도 머슴이 자기 얼굴과 혀······ 형제가 될 수 있도록 그는 기꺼이 순교자가 되리라 마음먹었다. 다시 한번 무너져 내렸다. 몽둥이의 충격이었다. 눈앞이 번쩍했다. 오! 아무도 없는 부엌 옆 골방에서, 물에 젖은 걸레들 가운데서, 설거지할 그릇들이 가득한 통 위에서 따귀를 얻어맞았다!

다행히도 하층 계급의 자식은 나리의 말도 안 되는 요구가 꽤 즐거웠다. 나리가 제정신이 아니라고 생각하고(하층 계급에게 정신 나간 주인만큼 신나는 일은 없다.) 농부다운 방식으로 상대를 놀리기 시작했다. 그러자 둘 사이에 모종의 친밀감이 생겼다. 머슴은 미엔투스를 정겹게 툭툭 건드리고 동전 몇 개를 우려낼 수 있을 만큼 친해졌다.

"줍쇼, 나리. 담배 좀 사게요."

이게 아닌데······. 이 모든 것에는 우정과 형제애 대신 적의가 들어 있었다. 농부들의 조롱, 상대를 망가뜨리는 빈정거림이 가득 찬 그것은 미엔투스가 꿈꾸어 오던 형제 사이가 아니었다. 그래도 그는 받아들였다. 주인으로서 머슴을 구박하는 것보다는 머슴한테 구박당하는 편이 나았다. 그때 부엌 하녀 마리치시카가 바닥을 닦기 위해 젖은 걸레를 들고 나타났다. 마리치시카는 눈앞의 광경에 입을 다물지 못했다.

"세상에 만상에! 요런 시간에 뭔 일이래요?"

식구들은 다 잠들어 있었다. 그러니까 머슴과 하녀가 부엌 옆 골방을 일부러 찾아온 나리와 잠시 놀아도, 농민의 웃음, 하층 계급의 웃음으로 놀려 줘도 탈이 없을 시간이었다. 그것이 바로 미엔투스가 원하던 바였고, 그래서 그는 머슴과 하녀를 부추기고 그들과 함께 웃었다. 하지만 미엔투스를 놀려대던 그들의 빈정거림은 점차 주인 식구들에게로 옮겨 갔다.

"주인네들은 원레 그러타니꺄." 머슴과 하녀는 부엌에서 쓰는 그들만의 거친 은어로 말했다. "원레 그러타니꺄! 일은 안 하고 먹어데기만 한다니꺄! 배가 팅팅 부어오르도록 먹기만 한다니꺄! 계속 먹기만 하고, 그라서 아프고, 아프면 누워서 뒹굴고, 방 안을 막 도라다니고, 그라면서 뭘 할지 몰른다고 떠든다니꺄. 예수님-마리아님-요셉님! 세상에 어찌 그리 먹어데는지! 농부인 나도 그 반도 못 먹는다니꺄. 밥 먹고 나면 간식 찾고, 또 사탕 찾고, 또 잼 찾고, 또 달걀 찾고, 또 밥 먹고……. 주인들이란 먹는 것만 찾고 주구장창 먹어덴다니꺄. 그라고 나면 배 처들고 누워 있고, 아프네 마네 하고……. 지난번엔 주인 나리가 사냥 갔다가 글쎄 사냥터지기한테 올라 탔다니꺄. 사냥터지기한테! 사냥터지기 비첸테고가 엽총 들고 나리 뒤에 있었는데, 글쎄 콘스탄트 나리가 멧돼지한테 총알만 한 방 날리고 놓쳐 버리고, 그라고 나더니, 글쎄 총을 버리고 비첸테고한테 올라타드라니껴.(말하면 안 돼, 마리치시카!) 비첸테고 위에 올라탔다니껴! 나무에는 못 올라가니까, 그러니까 비첸테고한테 올라탔다니껴. 그라고 나선 1즈워티를 주면서 멧돼지 못 오게 하라고, 안 그러면 쫓아낸다고 헷다니껴."

"오마오마! 입 다물라니껴! 겁이 나서 오금이 저린다니껴!"

마리치시카는 배꼽을 잡고 웃으며 계속 말했다.

"아가씨도 종일 산보만 하고, 두리번데고, 그라다가 또 산보한다니껴. 주인네들은 그저 산보 가서 처다보기만 한다니껴. 지그문트 도련님도 계속 날 처다보고, 그라다가 나쁜 짓도 한다니껴. 어느 날은 날 구석으로 막 끌고 가서, 보는 사람 엄는지 계속 처다보면서 그랬다니껴. 나도 배꼽 잡고 웃으며 장난치다가 빠져나왔다니껴. 나중에 나한테 1즈워티를 주면서 아무한테도 말하지 말라고, 술 취했었다는 거 말하지 말라고 했다니껴."

"술 취한 게 맞다니껴." 머슴이 말했다. "허구한 날 누가 자기를 처다보지 않는지 둘러보기만 하니까 다른 여자들은 다 도련님을 시러한다니껴. 저기 사는 늙은 과부 유제프케만 달라서, 맨날 둘이 저기 옆에 숲속을 들락거린다니껴. 그러면서 아무한테도, 증말로 아무한테도 말하지 말라고 닦달한다니껴."

"히 히 히 히! 그만하라니껴, 발레크. 주인네들은 높은 데 있는 거라니껴. 아주 우아하다니껴."

"우아한 게 맞다니껴. 혼자선 아무것도 못 해서, 코도 풀어줘야 한다니껴. 이것 좀 갖다줘, 그것 좀 이리 줘, 이것 좀 들어 줘, 어떨 땐 외투도 혼자 못 입어서 입혀 달라고 한다니껴. 처음 요기서 일하기 시작했을 땐 정말 깜짝 놀랐다니껴. 맨날 옆에서 남이 그러케 다 해 주면, 나 같으면 차라리 땅속으로 숨어 버릴 거라니껴. 주인 나리 아들은 나더러 자기 구두들에 전부 구두약을 발라 놓으라고 한다니껴.”

“난! 나더런 아가씨 몸을 문지르라고 했다니껴.” 마리치시카가 째질 듯한 목소리로 말했다. “아가씨가 몸이 약하다고 나더러 손으로 문지르라고 했다니껴. 주인들은 전부 우아하다니껴. 손도 우아하다니껴. 히 히 히. 손은 아무것도 아닌데도 그렇다니껴!”

“우라질, 산보하고 먹고 헛소리 늘어놓고 성질 부리는 거 말고는 아무것도 못 한다니껴.”

“그만하라니껴. 주인마님은 착한데 그러면 안 된다니껴.”

“착한가? 맞다니껴. 우리 피를 빨아먹는 걸 보면 착한 게 맞다니껴. 우리 마을엔 먹을 게 하나도 없다니껴. 전부 가난한 사람들의 피를 빨아먹는다니껴. 우라질. 다들 자기 일 해 줄 사람을 하나씩 가지고 있다니껴. 밭에 일하러는 안 나가고 다른 사람이 자기 대신 일하는 거는 보러 간다니껴.”

“마님은 가축들을 무서워한다니껴. 가축들을 무서워한다니껴, 증말 마님은! 가축들끼리 얘기하는 건데, 그냥 발 내미는 건데, 촌뜨기들인데!”――마리치시카는 쉬지 않고 떠벌려댔고, 머슴은 계속 놀라워하며 이야기했다. 그때 프란치스제크가 들어왔다.

“프란치스제크? 우두머리 하인 말이야?”

"그래, 바로 그자 말이야." 미엔투스가 날카로운 목소리로 대답했다. "그자가 왜 나타났는지 모르겠어. 아마 마리치시카가 쉴 새 없이 조잘대는 소리에 잠이 깬 모양이야. 그자가 나한텐 차마 뭐라고 말을 못 하고 하인과 마리치시카를 야단쳤어. 이렇게 수다 떨고 있을 시간이 아니니까 나가서 일하라고! 시간이 늦었는데 아직 부엌도 닦지 않았느냐고! 그러니 하인과 마리치시카는 금방 나가 버렸지. 비천한 종놈 같으니!"

"셋이 한 말을 다 들은 거야?"

"모르지. 몇 마디는 들었겠지. 난 그자한테는 관심 없어. 옷깃을 빳빳이 세우고 구레나룻을 기른 종이라니. 구레나룻을 기른 농부는 배신자야. 배신자에 고자질쟁이지. 만일 우리 말을 들었다면 일러바칠 게 분명해."

미엔투스가 신음하듯 말했다.

"정말 신나게 얘기했는데……."

"까딱하면 아침에 난리가 나겠는걸……." 내가 작은 소리로 말했다.

미엔투스가 화를 내며 가성으로 외쳤다.

"배신자들! 너도 마찬가지야. 너도 배신자야! 모두 배신자라고……."

그날 나는 잠이 오지 않았다. 천장 위에서 생쥐와 족제비들이 시끄럽게 뛰어다녔다. 삐악거리는 소리, 갑자기 튀어 오르는 소리, 쫓아가는 소리, 떨어지는 소리, 그러니까 타고난 야성으로 괴로워하는 짐승들의 소리가 들렸다. 지붕에서 물방울이 떨어졌다. 개들이 삐걱대는 기계 장치 같은 소리를 내며 울부짖었고, 완전히 밀폐된 방 내부는 암흑의 상자였다. 미엔투스는 옆 침대에서 잠을 이루지 못했다. 나도 내 침대에서 잠을 이루지 못했다. 우리는 깍지 낀 두 손으로 머리를 받치고 천장을 쳐다보면서, 들릴 듯 말 듯한 숨소리가 말해 주듯 잠을 이루지 못했다. 미엔투스가 밤의 장막 아래에서 하고 있는 일(잠을 안 자니까, 무언가 하고 있다.)을 나도 똑같이 했다. 잠을 안 자는 사람은 무언가를 한다. 하지 않을 수 없다. 그래서 미엔투스는 무언가를 했다. 나도 그랬다. 미엔투스는 무슨 생각을 할까? 날카롭게 곤두서서, 삐거덕거리며, 찡그리며, 바짝 긴장해서, 불에 달군 집게로 고문당하듯 괴로워하며, 진정 그는 무슨 생각을 하고 있을까? 나는 미엔투스가 잠들게 해 달라고 기도했다. 잠이 들어서 좀 덜 긴장하고, 더 자연스럽고, 덜 은밀하고, 조금은 이완되고 가벼워지길……

정말 괴로운 밤이었다! 어떻게 해야 할지 알 수 없었다. 이른 새벽에 도망을 갈까? 늙은 하인 프란치스제크가 분명 지난밤 미엔투스가 머슴과 수다를 떨고 치고받은 걸 이모와 이모부한테 일러바칠 테고, 보나 마나 다시 야단법석이 날 거고, 거짓말이 시작되고 낯짝이 시작될 것이다. 낯짝! 그리고 궁뎅이! 내가 므워드지아코프네 집에서 도망 나온 게 바로 그 때문 아니었나? 우리는 잠자는 맹수를 깨웠다. 길들여진 하인들을 풀어 준 것이다! 처음 도착했을 때부터 비밀을 암시하는 여러 증상이 이미 낯짝과 불안을 예감하게 했지만, 꼼짝하지 않고 침대에 누워 지새운 그 끔찍한 밤에 마침내 나는 이 저택의 비밀과 시골 귀족들의 비밀을 깨달았다. 그것은 바로 하인들의 비밀이다. 그 천박한 인간들이 바로 주인들의 비밀인 것이다. 이모부는 누구 보라고 하품을 하고, 누구 보라고 달콤한 딸기를 입에 쑤셔 넣었는가? 바로 그 천박한 인간들, 하인들 보라고 그런 것이다! 어째서 이모부는 자기가 떨어뜨린 담뱃갑을 줍지 않는가? 하인들이 줍게 하려고 그런 것이다. 어째서 우리를 그토록 선하게 격식을 차려 다정하게 대하는가? 어째서 그토록 예의 바르게 경의를 표하고, 훌륭한 매너를 보이고, 우아한 어조로 말하는가? 하인들과 다르게 돋보이기 위해서다. 하인들이 보는 앞에서 주인의 스타일을 유지하기 위해서다. 이모와 이모부가 하는 모든 일은 정도의 차이는 있지만 전부 하인들 보라고, 집 안의 하인들과 농장의 하인들 보라고 하는 것이다.

사실 그렇지 않을 수가 있겠는가? 우리 같은 도시 사람들은, 똑같이 옷을 입고 말이나 몸짓도 똑같은 우리는 수많은 매개를 거쳐 프롤레타리아와 연결되어 있기 때문에 주인 혹은 소유자라는 느낌이 별로 없다. 상점 주인에서 마부로, 마부에서 문지기로 한 계단 한 계단 내려가 제일 낮은 곳까지, 거리 청소부까지 갈 수 있다. 하지만 시골의 상황은 전혀 다르다. 주인들의 지위는 평평한 대지에 우뚝 선 한 그루 포플러처럼 두드러진다. 주인들과 하인들 사이에는 서서히 이동하는 중간 단계가 없다. 재산 관리인은 따로 떨어져 자기 집에 살고, 사제는 사제관에 산다. 이모부의 귀족적이고 거만한 태도는 천민이라는 밑바탕에 직접적으로 뿌리를 내리고 있고, 바로 그 즙을 빨아먹고 있다. 도시에서는 정상적이고 은밀한 방식으로 섬김을 받고, 또 경우에 따라서는 서로를 섬기지만, 시골에서는 주인 한 사람이 분명하게 정해진 하인들을 거느리고 있다. 시골의 주인들은 하인들로 하여금 자기 신발에 묻은 진흙을 털게 하려고 햄을 내민다. 이모와 이모부는 부엌 옆방에서 하인들이 무슨 얘기를 하고 있는지, 그 촌닭들이 커다란 눈으로 자기들을 어떻게 쳐다보는지 이미 알고 있을지도 모른다. 아니, 분명 알고 있다. 하지만 마음껏 알려고 하지는 않고, 그나마 아는 것도 억눌러 뇌의 어두운 동굴 속으로 밀어 넣고 막아 버린다.

농부들이 항상 보고 있다! 주인들은 농부들의 관찰과 쑥덕거림의 대상이 된다! 방에 들어와 주인들의 대화를 듣고 몸짓을 지켜보고 테이블이나 침대로 커피를 가져오는 하인들의 프리즘 속에서 자기의 깨진 이미지를 본다! 부엌 안에서 이루어지는 먼지 가득하고 누리끼리하고 눅눅한 험담의 주제가 된다! 그렇지만 결코 해명할 수는 없다! 그들과 공통의 언어를 가질 수 없다! 그렇다. 시골 귀족의 밑바탕은 오직 하인들, 시종, 마부, 하녀를 통해서만 알 수 있다. 하인 없이는 주인을 이해할 수 없다. 하녀를 모르고는 귀부인들의 스타일을, 그 숭고한 갈망을 존중할 수 없다. 젊은 귀족 나리는 농장의 아가씨를 기반으로 한다.

아! 나는 시골 영지를 찾아온 도시 사람들을 놀라게 만드는, 시골 귀족들의 두려움과 이상야릇한 거북함의 이유를 드디어 알 것 같았다. 그들은 천민들을 두려워하고, 천민들로 인해 한계가 그어졌다. 이것이 진실이다! 영원히 시골 귀족들을 놓아주지 않는 거북함의 이유다. 바로 그 때문에 은밀한 수많은 고통이 있고, 겉으로 드러나지 않는 수많은 전투로 오염된, 목숨 건 투쟁이 있다. 그런 투쟁은, 예를 들면 돈 문제가 연달아 닥친 상황보다 더 나쁘다. 서로의 몸이 다르고 정신이 이질적이기 때문이다. 시골 귀족들의 영혼은 마치 숲속을 헤매듯이 농부들의 영혼 속을 헤맨다. 우아한 나리의 몸은 정글을 헤매듯 천민들의 몸 사이에서 헤맨다. 나리의 손은 천민들의 천박한 발을 싫어한다. 나리의 발은 천민들의 다리몽둥이를, 나리의 얼굴은 천민들의 낯짝을 싫어한다. 나리의 눈은 천민들의 커다란 눈을, 나리의 가느다란 손가락은 천민들의 굵은 손가락을 싫어한다. 특히 그 굵은 손가락이 쉬지 않고 자기 몸에 와 닿을 때, 머슴의 표현대로 하면 문제를 '해결'해 줄 때, 몸치장을 해 줄 때, 포마드를 발라 줄 때, 하인의 손가락은 너무도 흉측해 보인다……. 자기와 다른, 이질적인 몸의 부분들을 집 안에 두고 살아가다니! 하지만 그것뿐이다! 다른 건 없다. 반경 10킬로미터 안에 천민들의 손과 발, 천민들의 언어, "물론입죠", "요런 시간에", "세상에 만상에", "빌어먹을 쥐새끼", "증말로" 같은 말들뿐이다. 나리와 비슷한 건 사제와 재산 관리인뿐이지만, 재산 관리인은 나리가 고용한 사람이고 사제는 신부복을 입고 있다. 식사 후 우리가 자리를 뜨려 할 때 계속 만류하면서 그야말로 넘치게 베풀던 이 집 식구들의 귀찮은 친절은 바로 그러한 고립 상태에서 비롯되었다. 시골 귀족들은 우리와 함께 있는 게 더 편안한 것이다. 우리는 그들과 한편이니까. 그런데 미엔투스는 머슴의 민중적 낯짝으로 나리들의 얼굴을 배반해 버렸다.

주인의 손님이며 또 그 자신이 주인이기도 한 미엔투스의 얼굴에 말단 하인이 손을 댔다는 전복적인 사실은 지극히 전복적인 결과를 초래할 수밖에 없었다. 오랜 세월 동안 이어져 내려온 위계질서는 나리들이 하인들의 몸의 부분들을 지배하고 있다는 데 근거한다. 다시 말해 주인의 손은 하인의 낯짝과 같은 높이에, 나리의 발은 농부의 몸 중간에 있어야 한다는 엄격한 봉건적 체계에 따른 것이다. 이런 위계질서는 태곳적부터 이어져 왔다. 그것은 영원한 법칙이며 계율이며 질서다. 그것은 태곳적부터의 관습으로 축성된 신비스러운 끈으로, 나리들과 평민들의 몸의 부분들을 이어 준다. 주인들은 오로지 이 질서에 따라서만 천민들과 접촉할 수 있다. 따귀가 지니는 마법의 가치는 바로 거기서 나온다. 발레크가 따귀에 대해 거의 종교적인 외경심을 가지고 있는 것도 그 때문이다. 또 지그문트의 나리다운 원기 왕성한 태도 역시 그로부터 나온다. 물론이다. 나리들은 아랫사람들을 때리지 않는다.(발레크는 가끔 이모부한테 얻어맞는다고 했다.) 하지만 따귀의 잠재적인 힘을 보유하고 있으며, 그래서 계속 나리일 수 있다. 하지만 이제 천민의 상스러운 손이 주인의 얼굴에 함부로 손을 대고 말았다!

이미 하인들이 고개를 들었다. 이미 부엌에서 험담이 일기 시작했다. 몸의 부분들이 허물없는 사이가 되는 바람에 타락하고 고삐가 풀린 천민들은 이미 거리낌 없이 주인들에 관해 수다를 떨고 주인을 비난하기 시작했다. 이모와 이모부가 이

일을 알면 어떻게 될까? 나리의 얼굴은 육중하고 천박한 낯짝
과 맞서 싸우게 될까? 서로 눈을 부릅뜨고서?

14장

날뛰는 낯짝들, 그리고 또다시 움켜쥐기

이튿날 아침 식사 후 이모가 날 따로 불렀다. 햇빛이 비치는 상쾌한 아침이었고, 땅은 습기로 축축하고 검은빛이었다. 넓은 마당에는 자그마한 숲이 가을의 푸르스름한 잎들을 늘어뜨리고 있고, 그 아래에서 친숙한 암탉들이 땅을 긁어대며 모이를 주워 먹었다. 오늘 아침에 이미 시간이 멈췄고, 황금빛 광선이 훈제실 바닥에 들러붙어 버렸다. 친숙한 개들이 게으름을 피우며 어슬렁거렸다. 친숙한 비둘기들이 구구거렸다. 이모는 높은 파도에 얻어맞아 휘청거리는 사람 같았다.

"얘야, 어찌 된 거니. 도대체…… 말해 보렴……. 프란치스제크가 그러는데, 네 친구가 부엌에서 하인들이랑 만났다는구나. 그 사람 혹시 선동꾼은 아니니?"

"그냥 이론가야." 지그문트가 말했다. "걱정하지 마세요, 엄

마. 이론을 많이 알아서 그래요. 이론으로 무장하고 시골에 온 거죠. 도시의 민주당원이에요!"

지그문트는 어제저녁과 마찬가지로 나리다운 명랑함을 간직하고 있었다.

"지그문트, 이론이 아니라 실제란다! 프란치스제크가 그러는데, 발레크하고 악수도 했다던데?"

다행히도 프란치스제크가 다 말해 버린 건 아니었다. 그나마 이모부는 전혀 알지 못했다. 나는 처음 듣는 이야기인 척하여 미소를 지었고(아! 삶은 우리에게 너무도 자주 억지 미소를 강요한다!), 미엔투스의 좌파적 사상에 대해 몇 가지 말했다. 일단 그렇게 수습되었다. 당연히 아무도 미엔투스에게 그 일에 대한 이야기를 꺼내지 않았다. 조시아가 킹 게임을 하자고 제안했고, 나로서는 그 제안을 거절한다는 건 법도에 어긋나는 일이었다. 결국 우리는 점심때까지 그 보드게임을 즐길 수밖에 없었다. 조시아와 지그문트, 미엔투스, 나, 넷이서 지겨워하고 웃어대면서 낮은 패 위에 높은 패를, 색깔에 따라, 하트 에이스를 게임 테이블 위로 던졌다. 지그문트는 담배를 입에 문 채 마치 클럽에 온 것처럼 무뚝뚝하고 정확하게 자기 패를 계산된 동작으로 앞으로 쭉 내밀어 보였다. 그가 하얀 손가락으로 패를 딸 때면 둔탁한 소리가 났다. 미엔투스는 손가락에 침을 묻히고 카드를 아무렇게나 만졌다. 너무도 귀족적인 킹 게임을 하기가 수치스러운 게 분명했다. 미엔투스는 계속해서 문 쪽을 바라보았다. 만일 머슴이 보게 된다면, 차라리 바닥에 엎드려 바타유 게임[30]을 하는 모습을 들키고 싶었을 것이다. 난 무엇보다 식사 시간이 두려웠다. 미엔투스에게는 식탁에서 머슴과 대면하는 것이 견디기 힘든 일이 아니겠는가. 내 생각이 기우가 아니었음이 밝혀졌다.

　전채 요리, 토마토 크림, 소갈비, 바닐라를 얹은 콩 등 부엌 하녀가 두툼한 손가락으로 만든 음식이 나왔고, 하인들은 '까치발'로 걸어 다니며 식사 시중을 들었다. 프란치스제크는 흰 장갑을 꼈고, 발레크는 팔에 냅킨을 걸치고 맨발로 다녔다. 미엔투스는 발레크가 내미는 맛있는 음식을 창백한 얼굴로 눈을 내리깔고 먹었다. 그로서는 발레크의 시중을 받으며 진귀한 음식을 먹기가 무척이나 괴로웠을 것이다. 게다가 이모는 지난밤 부엌 옆방에서 일어난 일이 경우에 어긋나는 것임을 넌지시 알려 주기 위해 미엔투스에게 특별히 다정하게 말을 건네면서 그의 가족에 대해, 돌아가신 그의 아버지에 대해 물었다. 미엔투스는 정중한 말로 대답할 수밖에 없었고, 눈을 옆으로 돌리지도 못한 채 머슴이 듣지 못하도록 가능한 한 작은 소리로 대답했다. 그러다가 한순간, 아마도 균형을 맞추려는 듯, 갑자기 이모 말에 대답하지 않고 발레크의 얼굴을 뚫어져라 쳐다보았고, 그렇게 눈을 떼지 못하는 미엔투스의 흉측한 낯짝 위로——손에는 작은 숟가락을 들고 있었다——그리움에 젖은 겸허한 미소가 번졌다. 내가 그의 맞은편이 아니라 옆자리에 있었다면 팔꿈치로 찔러서 정신을 차리게 했을 것이다. 이모는 입을 다물었다. 발레크는 나리들이 뚫어져라 쳐다볼

---

28) 두 명 이상이 하는 카드놀이의 일종.

때 평민들이 으레 그러듯이 농부의 어색한 웃음을 터뜨렸고, 손을 입에 가져다 댔다. 우두머리 하인이 그의 귀를 잡아당겼다. 이모부가 담배에 불을 붙이고 나서 한입 가득 연기를 내뿜었다. 다 본 걸까? 사실 너무도 분명한 상황이었기에 난 이모부가 미엔투스더러 나가라고 할까 봐 겁이 났다.

하지만 이모부는 입이 아니라 콧구멍으로 연기를 내뿜으며 큰 소리로 말했다.

"포도주! 포도주! 포도주 좀 줘!"

이모부는 기분이 아주 좋았다. 의자에 편하게 기댄 자세로, 박자를 맞춰 가며 손가락으로 테이블을 두들겼다.

"포도주 가져오게, 프란치스제크. 포도주 창고에 가서 할머니가 아끼시던 것 하나 가져와. 우리 같이 한잔하지! 발레크, 커피! 시가! 시가 한 대 피웁시다. 담배 따위 말고!"

이모부는 미엔투스를 위해 잔을 들며 추억을 늘어놓았다. 옛날에 세베린 공과 함께 꿩 사냥을 하러 다닌 이야기를 했다. 자리에 모인 다른 사람들은 무시하고 특별히 미엔투스의 건강을 위해 잔을 들었고, 그런 뒤에는 지금까지 만난 이발사 중 비스트롤 호텔의 이발사가 제일 솜씨가 좋다며 이야기를 이어 갔다. 이모부는 생기가 넘쳤고, 흥분했고, 하인들은 손가락을 재빨리 움직이며 잔을 채우는 등 바쁘게 시중을 들었다. 시체처럼 창백한 얼굴로 잔을 든 미엔투스는 어디서 생겨났는지 알 수 없는 이모부의 갑작스러운 관심에 어리둥절한 상태로 포도주를 들이켰다. 너무도 힘겨운 상황이었다. 그는 진귀한 포도주를, 향기 그득한 포도주를 발레크가 보는 앞에서 들이켤 수밖에 없었다. 이모부의 반응은 나에게도 의외였다. 점심 식사가 끝난 뒤 이모부는 내 팔을 잡고 훈제실로 데려 갔다.

"네 친구 말이야⋯⋯." 이모부는 사실적이면서 동시에 귀족 적인 어조로 말했다. "동성⋯⋯ 동⋯⋯ 음⋯⋯ 그러니까⋯⋯ 발레크를 따라다닌다는구나. 너도 알고 있었니? 하! 하! 하 지만 여자들 눈에 띄면 안 되지. 세베린 공도 가끔 그걸 좋아 했지."

이모부는 기지개를 켜듯 긴 다리를 폈다. 오! 이모부는 진 정 고귀한 솜씨로 하고 싶은 말을 표현한 것이다! 식당 급사 사백 명, 이발사 일흔 명, 마부 서른 명, 또 우두머리 웨이터 그만큼을 접해 오면서 축적한 나리의 경험이었다! 이모부는 술집에서 대귀족들과 식도락가들의 이야기를 주워들으며 획 득한 자신의 능력을 너무도 만족스럽게 과시했다! 혈통이 고 귀한 귀족은 특별한 풍습이나 퇴폐적인 일에 대해 무언가를 알게 되면 꼭 하인들과 이발사들한테서 배운 삶의 지식을 이 런 식으로 드러내곤 한다. 하지만 그 말을 듣는 순간 나는 레 스토랑에서 거두어들인 이모부의 자극적인 지혜에 화가 났다. 고양이 앞에서 화가 난 강아지보다 더 많이 이모부에 대해 화 가 났다. 이모부가 그토록 손쉬운 냉소적인 태도로 가장 편리 한 해석을 생각해 냈다는 걸 견딜 수 없었다. 나는 그때까지 의 걱정을 다 잊고, 화가 나서 그냥 다 말해 버렸다! 하느님, 용서하소서! 이모부가 지닌 그 카페의 성숙의 영향을 받아 저 는 어린 풋내기 속으로 빠져 버렸나이다. 레스토랑에서 나오는 것에 비하면 제대로 갖춰지지도 않고 먹기도 어려운 그런 것을 무슨 일이 있어도 이모부한테 떠넘기고 싶었나이다.

"이모부가 생각하는 거랑은 전혀 달라요." 내가 순진하게 말했다. "미엔투스는 하인과 혀…… 형제가 되려는 거예요."

이모부는 놀라는 기색이 역력했다.

"형제가 된다고? 어떻게? 어떻게 형제가 되지? '형제가 된다'는 게 무슨 뜻이야?"

당황한 이모부가 나를 곁눈질하며 말했다.

"혀…… 형제가 된다고요. 형제가 되려 해요."

"발레크와 형제가 된다고? 어떻게 그럴 수 있지? 그러니까 네 말은 그자가 하인들을 선동하고 있다는 거냐? 대중 운동가야? 볼셰비키 사상가야?"

"아뇨. 그냥 아이들끼리 친해지는 것 있잖아요. 그냥 형제가 되려는 거예요."

이모부가 자리에서 일어섰고, 시가의 재가 떨어졌다. 이모부는 무언가 적당한 말을 찾으려 애쓰는 기색이 역력했다.

"형제가 된다……" 이모부가 되풀이해 말했다. "그러니까 민중과 형제가 된다는 거냐?"

이모부는 눈앞에 벌어지고 있는 현상에 이름을 붙이고, 그리하여 사회적이고 세속적인 양상을 부여하고, 그렇게 함으로써 지금까지 경험한 바에 의거하여 그 현상을 받아들일 만한 것으로 만들려 했다. 이모부로선 남자애들이 그냥 형제가 된다는 건 생각할 수 없는 일이었다. 멋진 레스토랑에서는 볼 수 있는 일이 아니라는 것만 짐작할 수 있을 뿐이었다. 무엇보다도 이모부를 화나게 만든 건 바로 내가 미엔투스를 따라 수줍어하고 창피해하면서 '혀…… 형제가 된다'고 발음한 것이었다. 이모부로서는 더는 감당하기 어려웠다.

"그러니까 민중과 형제가 된다는 거냐?" 이모부가 조심스레 물었다.

"아뇨. 그냥 남자애랑 형제가 된다고요."

"그냥 남자애랑? 그래서? 같이 공놀이라도 하겠다는 거야?"

"아뇨. 그냥 자기도 남자애고 하인의 친구라고 느끼는 거예요. 그러고 나면 그 둘이 시골의 또 다른 애들과 형제가 되고요."

이모부의 얼굴이 벌게졌다. 이발소를 출입하는 동안에도 한 번도 없었던 일이다. 오! 이렇게 능숙한 어른이 거꾸로 순진한 젊은이 앞에서 얼굴이 붉어지다니! 이모부는 시계를 꺼내 들여다보더니 다시 집어 올렸고, 과학적이고 정치적이며 경제적 혹은 의학적인 용어를 찾아 마치 감상적이고 덧없는 현실을 상자에 넣어 가두듯 그 용어 속에 담아 두려 애썼다.

"타락이냐? 콤플렉스? 혀…… 형제가 된다고? 사회주의자냐? 아마 당원인가 보지? 민주당원인 거냐? 혀…… 형제가 된다고?" 이모부는 프랑스어를 쓰기 시작했다. "혀…… 형제가 된다는 게 뭘 뜻하지? 박애 말이냐? 자유, 평등?[29]

이모부는 프랑스어로 말했지만, 거만한 태도라기보다는 오히려 스스로를 방어하려는 것 같았다. 그러니까 이모부는 작

---

29) 프랑스 혁명의 이념들이다.

은 남자아이 앞에서 자신이 무력하다는 생각이 든 것이다. 이모부가 담배에 불을 붙였다가 곧 다시 껐고, 다리를 꼬면서 콧수염을 살짝 잡아당겼다.

"혀…… 형제가 된다고?" 이번엔 영어를 썼다. "혀…… 형제가 된다는 게 도대체 뭘 말하지? 말도 안 되는 소리는 집어치우거라. 세베린 공이……."

나는 은근히 고집을 부리며 계속해서 "혀…… 형제가 된대요."라고 말했다. 나는 이미 이모부에게 주입된 순진함을, 풋내기의 달콤한 순진함을 포기할 마음이 없었다. 이모가 사탕 봉지를 들고 문 앞에 서서 선하게 말했다.

"코치, 화내지 말아요. 예수 그리스도 안에서 형제가 되려나 보죠. 이웃에 대한 사랑으로 형제가 되는 거요."

"아니에요." 나는 고집을 꺾지 않았다. "그냥 혀…… 형제가 되는 거예요. 아무것도 덧붙이지 않고 그냥 그대로요."

"아! 그렇다면 그건 사악한 짓이 아니냐!" 이모부가 소리를 질렀다.

"절대 아니죠. 그냥 아무것도 없이, 사악한 것도 없이 형제가 되려는 거예요. 그냥 남자애로서."

"남자애라고? 남자애? 그래, 도대체 그게 뭐냐?" 이모부는 다시 프랑스어를 썼다. "네가 말하는 그 남자애라는 게 무슨 뜻이지? 발레크하고 그냥 남자애로서 그렇게 한다고? 발레크하고, 바로 내 집에서? 내 말단 하인하고……?"

이모부는 화를 내며 벨을 눌렀다.

"네가 말하는 그 남자애를 불러서 가르쳐 줄 게 있다."

발레크가 들어왔다. 이모부가 손을 들며 다가갔고, 얼굴을 갈기려 했다. 그런데 때릴 수가 없어서, 이런 상황에서 발레크의 낯짝을 마주 대할 수가 없어서, 이모부는 어찌할 바를 모르고 당황스러워하다가 결국 동작을 멈췄다. 남자애를, 남자애라는 이유만으로 때린다고? '형제가 되기' 때문에 때린다고? 그럴 수는 없었다. 커피 한 방울만 흘렸어도 망설이지 않고 갈길 수 있었을 테지만. 이모부는 결국 들었던 손을 내렸다.

"꺼져!" 이모부가 소리 질렀다.

"코치!" 이모가 선하게 큰 소리로 불렀다. "코치!"

"소용없어요." 내가 말했다. "얼굴을 때려 봤자 오히려 더 혀…… 형제가 되게 해줘요. 그건 미엔투스가 좋아하는 거예요."

이모부는 옷에 붙은 송충이를 손가락으로 떨어내는 듯한 표정으로 눈을 끔뻑이며 아무 말도 하지 않았다. 살롱과 레스토랑을 드나들면서 냉소적인 인물로 정평이 난 이모부가 나의 순진함으로 인해 저급한 층위에서 조롱당한 것이다. 다시 말해 검객이 오리한테 공격당한 꼴이었다. 인생을 안다고 자부하는 막대한 자산가가 나의 순진함으로 인해 순진하게도 무장 해제되었고, 무엇보다도 재미있는 건 세상을 알고 경험이 많은 이모부가 그럼에도 불구하고 내가 이모부에 맞서서 미엔투스와 발레크 편이 될 수 있다는 걸, 나리들이 불안해하는 꼴을 바라보며 즐길 수 있다는 걸 한순간도 생각하지 못했다는 사실이었다. 이모부는 내부 인물의 배신 가능성은 꿈도 꾸지 못하는 최고급 사회의 충성심을 지닌 사람이었다. 그때 깨끗이 면도하고 구레나룻을 기르고 제복을 입은 프란치스제크가 들어와 방 가운데 섰다.

냉정을 조금 잃었던 이모부는 프란치스제크를 보면서 습관적인 태평을 되찾았다.

"자, 프란치스제크?" 이모부가 선하게 물었지만, 그것은 경험 많은 늙은 하인에 대한 주인의 비굴함이 담긴 목소리였다. 그러니까, 오래 묵은 부르고뉴산 포도주를 대할 때와 비슷했다. "무슨 일인가?"

프란치스제크가 나를 바라보았다. 이모부는 놀랄 것 없다는 손짓을 해 보였다.

"자, 웬일인가?"

"나리께서 발레크에게 말씀하셨습니까?"

"말했냐고? 그렇네. 발레크한테 말했네, 프란치스제크."

"제가 알고 싶은 건, 나리께서 정말 발레크한테 말씀하셨느냐 하는 겁니다. 전 그놈을 절대로 두고 볼 수 없습니다. 목을 매달아 버릴 겁니다. 그놈은 주인 나리들을 멋대로 욕하고 다닌단 말입니다. 나리, 모두 쑥덕거리기 시작합니다!"

그때 여자애 셋이 굵은 맨다리를 보이며 안마당을 지나갔고, 그 뒤로 절름발이 개 한 마리가 짖어대며 달려갔고, 이어서 지그문트가 슬그머니 훈제실로 들어갔다.

"쑥덕거린다고?" 이모부가 물었다. "뭐에 대해 쑥덕거리지?"

"주인 나리들에 대해서죠!"

"우리에 대해서?"

다행히도 늙은 하인은 더 이상 말하지 않았다.

"주인 나리들에 대해 쑥덕거립니다." 그가 되풀이해 말했다. "발레크가 이번에 오신 손님과 친해져서, 이런 말씀 드리기 좀 그렇지만, 제멋대로 주인 나리들 얘기를 해댑니다. 발레크와 부엌 하녀들이 특히 그렇습니다. 어제도 제가 들었는데, 발레크가 그 젊은 나리하고 늦게까지 수다를 떨고 있었습니다. 제멋대로 수다를 떨었어요. 이 얘기 저 얘기 마음껏 떠들어댔습니다. 정말 이 자리에서 제가 옮길 수 없을 정도입니다. 전 그 비렁뱅이 같은 놈을 당장 쫓아내야겠습니다!"

거들먹거리는 프란치스제크의 얼굴은 토마토처럼, 모란꽃처럼 시뻘겠다. 늙고 비천한 종의 얼굴이 저렇게 붉어지다니! 주인의 얼굴도 시뻘게져서 하인의 시뻘건 얼굴에 단조의 선율로 응답했다. 저택의 주인들은 말이 없었다──뭔가를 묻는 건 격식에 어긋나는 일이었다. 더 상세하게 이야기하려는 듯 프란치스제크의 입술에서 말이 맴돌았지만, 결국 그는 더 말하지 않았다.

"좋아, 아주 좋아, 프란치스제크." 이모부가 말했다. "마음대로 하게."

하인은 왔을 때처럼 방에서 나갔다.

'주인들에 대해 쑥덕거린다.' 이 말 외에는 들은 게 없었다. 결국 이모부는 씁쓸한 표정으로 이모에게 한 가지 사실을 지적했다.

"당신은 하인들을 너무 부드럽게 대해. 하인들이 왜 그러는 거야? 그것들이 도대체 무슨 멍청한 말을 하고 다니지?"

이어서 부부는 다른 이야기를 꺼냈다. "테레니아 어디 있지?" "우체부가 왔다 갔나?" 프란치스제크가 나간 뒤 그들은 진부한 이야기들을 떠들며 의미 없는 말들을 한참 이어 갔다. 그들은 프란치스제크가 미완으로 남겨 둔 이야기가 자기들의 가장 민감한 부분에 얼마나 큰 타격을 주었는지 감추기 위해 아무렇지도 않은 척했다. 거의 십오 분가량 그렇게 버티다가 이모부는 기지개를 켜고 하품을 하면서 황급히 거실로 나갔다. 나는 이모부가 뭘 하려는 건지 짐작이 갔다. 이모부는 미엔투스를 찾아 나섰다. 이번 일에 대해 미엔투스에게 꼭 이야기해야 했다. 어찌 된 상황인지 확실하게 알고, 미엔투스의 설명을 들어야 했다. 더 이상 혼란스러운 상태로 있을 수는 없었다.

하지만 미엔투스는 거실에 없었다. 조시아 혼자 앉아서, 채소를 합리적으로 재배하는 법에 관한 책을 무릎에 얹어 놓은 채 벽에 붙은 파리를 쳐다보고 있었다. 미엔투스는 식당에도 서재에도 없었다. 나른한 오후였고, 저택은 졸음에 빠져 있었다. 파리가 붕붕거렸다. 밖에서는 암탉들이 메마른 풀밭을 돌아다니며 모이를 주워 먹었고, 폭스테리어 한 마리가 땅딸막한 다른 개의 꼬리를 물고 매달렸다. 이모부와 지그문트와 이모는 각기 미엔투스를 찾기 위해 조용히 움직였다. 위엄을 지키느라 자기들이 미엔투스를 찾고 있다고 말하지는 못했고, 그래서 겉으로 보기에는 느긋하고 경쾌했다. 하지만 사실상 끈질기게 여기저기 돌아보는 주인들의 모습은 악착같이 쫓아가는 모습보다 더 위협적이었다. 나는 점차 불거지기 시작하는, 종기처럼 무르익어 가는 위기를 어떻게 타개할 수 있을지 궁리했다. 이제 이 집 주인들과의 접촉은 불가능했다. 그들은 문을 걸어 잠갔다. 그들과 함께 이 일에 대해 이야기하는 것조차 불가능했다. 식당을 지나가다가 나는 부엌 옆방의 문 앞, 평상시와 마찬가지로 하녀들이 설거지하면서 수다 떨고 조잘거리고 시시덕거리는 소리가 들려오는 곳에 서 있는 이모를 발견했다. 이모는 하인들을 엿보는 전형적인 안주인의 모습이었고, 평상시의 선함은 완전히 사라지고 없었다. 이모는 날 보더니 잔기침을 하며 다른 곳으로 가 버렸다. 바로 그때, 저택을 나선 이모부가 부엌에 다가와 창문 앞에 멈춰 섰고, 처녀 하나가 고개를 내밀면서 소리 질렀다.

"지엘린스키, 지엘린스키! 노바크 부부한테 이 홈통 좀 고치라고 해!"

이모부는 소사나무가 심긴 골목길로 들어섰고, 정원사 지엘린스키가 모자를 손에 들고 따라갔다. 지그문트가 내 쪽으로 와서 팔을 잡으며 말했다.

"너도 때로는 조금 늙은 여자들이 좋지……? 난 정말 농부 아낙들이 좋아……. 헨리시아 파츠가 제일 처음 유행을 만들었지……. 난 농부 아낙들이 좋아……. 때에 따라서…… 그러니까 말이야……. 난 가끔 그 단순하고 선량한 아낙들이 좋아. 그냥 단순한 농부 아낙들 말이야. 바로 그거야! 난 그냥 평범하고, 심지어 조금 시들어 버린 농부 아낙이 좋아!"

아! 지그문트는 자기가 호수 가까이 있는 관목 숲 덤불 속에서 만나곤 하는 늙은 과부 '유제프케' 이야기를 하인들이 떠벌릴까 봐 겁이 난 것이다. 그래서 그런 식의 만남이 유행이라고 변명을 둘러대고 젊은 헨리시아 파츠를 들먹인 것이다. 나는 아무 말도 하지 않았다. 내가 뭐라고 말하든 이 집 식구들이 발을 들여놓은 광기의 내리막길은 거스를 수 없었다. 나의 창공에 다시 광기의 별이 등장했다. 핌코가 날 머저리로 만들어 버린 그 순간 이후 내가 겪어 온 모든 일들이 떠올랐고, 이번 일이 최악이 될 것 같은 예감이 들었다. 지그문트와 나는 안마당으로 갔다. 이모부는 소사나무가 심긴 골목길에서 나왔고, 여전히 모자를 손에 든 정원사 지엘린스키가 따라왔다.

"날씨가 기막히게 좋군!" 우리는 모두 파리한 얼굴로 크게 소리 내어 말했다. "굉장히 건조해!"

정말 더없이 좋은 날씨였다. 파란 하늘에 진갈색과 황금빛 나뭇잎들이 또렷이 모습을 드러냈고, 폭스테리어는 땅딸막한 개와 놀고 있었다. 하지만 미엔투스는 보이지 않았다. 멀리서 친절과 선함으로 가득 찬 미소를 띤 이모가 손에 든 버섯 두 개를 보여 주면서 다가왔다. 모두 입구에 모였다. 미엔투스를 찾고 있다는 사실을 아무도 인정하지 않았고, 오로지 지극히 훌륭한 우아함과 공손함만 드러냈다. 이모는 혹시 추운 사람이 없는지 선하게 물었다. 갈까마귀 여러 마리가 나뭇가지에 앉아 있었고, 더러운 손가락을 입에 넣은 아이들이 대문에 모여 주인들을 쳐다보며 수군거렸다. 지그문트가 애들을 발로 차면서 쫓아 버렸다. 하지만 잠시 뒤 아이들이 다시 산울타리 틈으로 들여다보았고, 지그문트가 다시 한번 쫓아 버려야 했다. 정원사가 돌을 던지자 아이들은 흩어졌지만, 우물까지 달려가서는 다시 바라보기 시작했다. 이제는 지그문트도 포기했다. 이모부는 사과를 가져오게 한 뒤 먹어치우며 껍질을 던지고 흥얼거리기 시작했다.

"트랄랄라-붐!"

미엔투스는 없었다. 모두 미엔투스를 만나 설명을 들어야 했음에도, 누구도 소리 내서 미엔투스를 찾지는 않았다. 이것을 추격이라고 부를 수 있다면, 정말 느리고 나른한, 거의 움직임이 없는, 그래서 더욱 위협적인 추격이었다. 나리들이 미엔투스를 추격했다. 하지만 나리와 마님들은 거의 제자리에서 움직이지 않았다. 이제 안마당에는, 더구나 꼬맹이들이 저렇게 울타리 사이로 보고 있으니, 더 있을 필요가 없어 보였다. 지그문트가 곳간 쪽을 한번 돌아보자고 말했다.

"저리로 한번 산책해 봐요."

우리는 산책하는 발걸음으로 지그문트를 따라갔다. 이모부 뒤에서는 여전히 정원사가 모자를 손에 들고 따라왔고, 꼬맹이들은 이번엔 울타리가 아니라 곳간 주위에서 우리를 바라보았다. 대문을 지나자 진창이 시작되었다. 거위들이 우리를 공격했지만 집사가 달려들어 쫓아 버렸다. 절름발이 개가 이빨을 드러내며 으르렁거리자 야간 경비원이 달려들어 쫓아냈다. 마구간 근처에 매어 놓은 개들이 우리의 기괴한 옷차림 때문에 멍멍거리고 울부짖기 시작했다. 나는 깃이 달린 정장에 넥타이를 매고 작은 신발을 신었고, 이모부는 두건 달린 외투를 입었고, 이모는 검은 모피 외투에 챙이 넓은 모자를 썼고, 지그문트는 스코틀랜드 스타일의 양말을 신고 골프 반바지를 입었다. 그 길은 정녕 내가 지금까지 경험한 것 중 가장 느리고 힘든 십자가의 길이었다. 여러분은 나중에 내가 머나먼 서부에서 혹은 흑인들 틈에서 겪은 일들을 듣게 될 테지만, 볼리모프에서 치른 긴 편력에 비하면 흑인은 아무것도 아니었다. 정말 어디서도 본 적 없는 낯선 풍경이었다. 그때만큼 발밑에서 음침한 환상들이 피어오른 적도 없었다. 난초, 오리엔트 나비처럼 처음 보는 낯선 풍경이 펼쳐졌다. 인간의 손이 결코 닿아 본 적 없는 거위는 더없이 멋진 벌새보다 더 이국적이고 낯설었다. 사실 그곳에는 우리의 손이 닿은 게 하나도 없었다. 마구간의 마부들, 헛간의 처녀들, 가금류, 쟁기, 마구, 사슬, 고삐, 주머니, 전부 그랬다. 가금류도 야생 상태였고, 말들도 야생마, 여자애들도 야생, 돼지들도 야생이었다! 기껏해야 마부들의 낯짝에만 이모부의 손길이 닿을 수 있었다. 또 마부들이 존경을 담은 민중의 입맞춤을 이모의 손에 할 때 그들의 낯짝이 이모의 손에 닿을 수 있었다. 하지만 그 외에는 어느 것도, 아무것도, 진짜 아무것도, 알거나 느껴 볼 수 없었다! 굽 달린 구두를 신은 우리가 앞으로 나아가려 할 때, 열댓 살쯤 된 꼬마들이 모는 암소 떼가 들어와 안마당을 가득 채웠다. 그렇게 우리는 손도 한번 대 본 적 없는 미지의 가축들에 둘러싸였다.

"조심해요!" 이모가 프랑스어로 소리 질렀다. "조심해요! 비켜요."

"쪼심해요! 삐껴요!" 꼬마 아이들이 이모를 흉내 내며 소리 질렀다. "쪼심해요! 삐껴요!"

야간 경비원과 집사가 달려들어 꼬마들과 가축을 한꺼번에 쫓아냈다. 외양간에서는 누구인지 알 수 없는 여자애들이 농부들 노래의 후렴을 흥얼거렸다. 튀르뤼르, 튀르뤼르? 하지만 가사는 알아들을 수가 없었다. 주인 도련님 이야기를 하는 노래인가? 가장 불쾌한 건 뭐니 뭐니 해도 하층 계급이 주인들을 보호하는 것 같다는 느낌이었다. 비록 주인들이 그들을 지배하고 경제적으로 착취하고 있지만, 사실은 어리광을 부리는 것과 다름없는 상황이었다. 그러니까 천민들이 주인들의 응석을 받아 주고, 주인들은 천민들이 응석을 받아 주기를 원했다. 집사는 노예처럼 이모를 부축해 물구덩이를 넘게 해 주었지만, 사실은 이모의 응석을 받아 주는 셈이었다. 주인들은 경제적인 측면에서 하층 계급을 빨아먹지만, 자세히 들여다보면 어린애와 같았다. 피만 빨아먹는 게 아니라 젖도 빨아먹었다. 이모부가 마부한테 버럭 화를 내도, 이모가 주인의 선함으로 어머니처럼 온유하게 손을 내밀어 입맞춤을 받아도, 전부 헛일이었다. 주인의 선함에도, 가장 엄한 명령에도, 결국 주인은 하층 계급의 아들이며 안주인은 그 딸이라는 인상을 떨치기 어려웠다. 우리 앞에서 도망치던 변두리의 대중과 달리, 농촌의 대중은 아직 인텔리겐치아 때문에 망가지지 않았다. 농부들은 흔들림이 없고 영원하고 치밀했다. 멀리서 그들 곁을 돌아가기만 해도 수레 끄는 말 10만 마리는 모인 듯한 힘을 느낄 수 있었다.

닭장에서 멀지 않은 곳에서 아낙 하나가 주인 나리들을 위해 맛있는 요리를 만들 생각을 하면서, 그들의 입천장을 위해 살진 칠면조에게 꾸역꾸역 사료를 먹였다. 대장간 옆에서는 수레를 끌 말 한 마리를 데려와 예쁘게 보이라고 꼬리를 잘랐다. 지그문트는 주인댁 도련님이 접촉해도 되는 몇 안 되는 것 중 하나인 말 옆에서 엉덩이를 쓰다듬고 말의 이빨을 살피고 있었다. 그러자 그가 알지도 못하면서 빨아먹는 여자애들이 더 큰 소리로 노래를 불렀다. 튀르튀르! 튀르튀르! 나리로서 느긋하게 바라보던 지그문트는 늙은 과부가 생각나서 짜증이 났다. 기분이 상한 그는 말의 목을 잡고 있던 손을 놓았고, 혹시 저 여자애들이 자기를 비웃고 있는 게 아닌가 해서 의혹 어린 눈길로 둘러보았다. 역시나 주인들에게 빨아먹히는 뼈가 앙상한 낯선 늙은 농부가 다가와 이모의 몸 중 적합한 부분에 입을 맞추기도 했다. 우리의 행렬은 건물들이 끝나는 지점에 이르렀다. 그 뒤로는 도로, 그리고 바둑판처럼 펼쳐진 밭이었다. 넓은 공간. 멀리서, 아주 멀리서, 쟁기질을 미루고 쉬고 있던 날품팔이 일꾼이 우리를 보고 급히 말에 채찍질을 해댔다. 땅이 젖어 있어서 잠시도 앉을 수가 없었다. 오른쪽에는 경작지, 호밀밭, 휴경지, 이탄지가 있고, 왼쪽은 늘 녹음이 우거진 숲, 소나무와 전나무가 늘어선 숲이었다. 미엔투스는 어디에도 없었다. 집에서 기르지만 야생 그대로인 닭 한 마리가 귀리를 주워 먹고 있었다.

그때, 수백 걸음쯤 떨어진 숲에서 미엔투스가 머슴과 함께 나왔다. 그는 머슴한테 황홀하게 정신을 빼앗긴 탓에 우리를 보지 못했다. 미엔투스는 어릿광대처럼 몸을 꼬고 좌우로 흔들었고, 머슴의 손을 잡은 채 그의 눈을 쳐다보았다. 그때마다 머슴은 천박한 민중의 웃음을 터뜨리며 미엔투스를 놀렸고, 친구라도 되는 양 그의 어깨를 툭툭 건드렸다. 두 사람은 그렇게 잡목림 끝으로 갔다. 머슴이 미엔투스를 따라가는가, 미엔투스가 머슴을 따라가는가! 미엔투스는 무의식적으로 주머니에 자꾸 손을 집어넣었고, 그때마다 무언가를 꺼내 머슴에게 주었다. 아마 1즈워티일 것이다. 머슴은 아주 친한 사이인 것처럼 미엔투스를 툭툭 쳤다.

"둘 다 취했나 봐." 이모가 작은 소리로 말했다.

그들은 취하지 않았다. 서쪽으로 기우는 태양 빛이 우리 눈앞의 장면을 환하게 밝혀 주었다. 석양 속에서 머슴이 미엔투스의 뺨을 때렸다……

지그문트가 소리를 질렀다.

"발레크!"

머슴은 숲으로 도망쳤다. 요술처럼 멋진 황홀경에서 한순간 끌려 나온 미엔투스는 그 자리에 얼어붙은 듯했다. 우리는 호밀밭을 지나 미엔투스가 있는 쪽으로 갔고, 미엔투스도 우리 쪽으로 왔다. 하지만 이모부는 이렇게 모두 모인 자리에서, 더구나 아이들이 지켜보며 밭일하며 빨아먹히는 농부들이 보는 앞에서 미엔투스의 설명을 듣고 싶지 않았다.

"숲을 한번 돌아봅시다." 이모부가 뜬금없이 완벽한 예의를 갖추면서 말했다.

우리는 곧 숲으로 들어갔다. 조용! 빽빽하게 자란 소나무들 사이에서 미엔투스가 설명을 시작했다! 좁은 공간에 낀 우리는 서로 바짝 붙어 섰다. 이모부는 속으로는 치를 떨면서도 겉으로는 몹시 친절했고, 아주 섬세하게 빈정거리는 어조로 입을 열었다.

"보아하니, 발레크와 함께 있는 게 즐거운 모양이구려."

"즐겁고말고요!" 불타는 증오심으로 얼굴이 허옇게 뜬 미엔투스가 날카로운 목소리로 대답했다.

뾰족뾰족한 소나무들이 늘어선 그곳에서 낯짝이 나뭇가지에 뒤덮인 미엔투스는 몰이사냥에 쫓기다가 사냥꾼들에게 둘러싸인 여우 꼴이었다. 바로 옆의 이모와 이모부, 그리고 지그문트 역시 가시에 둘러싸였다. 이모부는 빈정거림이 드러날락 말락 하게 계속 차가운 어조로 말했다.

"아마도 발레크와 혀…… 형제가 되려는가?"

그 순간 증오심에 가득 찬, 분노한 미엔투스가 외쳤다.

"혀…… 형제가 되죠."

"코치! 그만 가요. 여긴 너무 습해." 이모가 선하게 말했다.

"나무가 너무 빽빽하네요. 세 그루 중 하나씩은 쳐 버려야겠어요." 지그문트가 이모부에게 말했다.

"혀…… 형제가 되죠." 미엔투스가 신음하며 말했다.

나는 이모의 식구들이 미엔투스에게 이토록 가혹한 고통을 주리라고는 생각하지 못했다. 숲속에 들어왔으면서 미엔투스의 말을 들어 보려고도 하지 않다니! 지금까지 찾아다녔으면서 찾고 나니까 무시하다니! 왜 미엔투스의 설명을 듣지 않는단 말인가? 내가 기대했던 토론은 어디로 사라졌단 말인가? 그들은 비열하게도 역할을 바꿔 버렸다. 문제를 해결하려 하지 않았다. 너무도 거만한 그들은 어떻게든 미엔투스를 무시해야 했기에 상황을 밝혀 줄 설명마저도 포기해 버렸다. 그들은 미엔투스를 경멸했다. 진지하게 생각하지 않았다. 그 어떤 것도 알아내려 하지 않았다. 아! 정신 나간 비열한 나리들 같으니! 그 순간 미엔투스가 외쳤다.

"그래서 당신은 사냥터지기한테 올라탔군요! 멧돼지가 무서워서 사냥터지기한테 올라탔다면서! 내가 모를 줄 알죠? 모두 다 얘기하던걸요!"

너무 화가 나는 바람에 남아 있던 침착함을 다 빼앗긴 미엔투스가 이모부 흉내를 냈다.

"트랄랄라 붐붐붐! 트랄랄라, 붐-붐!"

이모부는 입술을 깨물었다. 그리고…… 아무 말도 하지 않았다.

"발레크를 쫓아내요." 지그문트가 냉정하게 이모부에게 말했다.

"그래, 발레크를 쫓아내야겠다." 이모부가 아들 못지않게 냉정하게 말했다. "유감스럽구나. 하지만 그렇게 타락한 하인들은 용납할 수 없지."

아! 발레크에게 복수를 하다니! 아! 비열하고 사악한 주인들은 미엔투스의 말에는 대꾸도 안 하고 발레크를 쫓아내려했다. 발레크를 통해 미엔투스를 공격하다니! 아까 부엌 옆방에서 늙은 하인 프란치스제크가 미엔투스한테는 아무 말도 안 하고 발레크와 하녀를 야단친 것도 마찬가지였다. 흔들리는 소나무 아래에서 미엔투스가 나리들에게 달려들려고 하는 순간, 우리 바로 옆 잡목 숲에서 녹색 제복을 입고 어깨에 엽

총을 멘 사냥터지기가 나와 공손하게 인사했다.

미엔투스가 다시 외쳤다

"올라타죠? 올라타라니까요. 멧돼지잖아요, 멧돼지!"

다음엔 지그문트에게 말했다.

"늙은 과부! 늙은 과부, 유제프케!"

미엔투스는 미친 사람처럼 뛰기 시작했다. 내가 그 뒤를 쫓아갔다. "미엔투스! 미엔투스!" 소리 질러도 소용없었다. 나는 정신없이 뛰어가느라 소나무에 부딪히고 주둥이를 박았다. 나는 도랑을 건너고 구덩이를 건너뛰고 개울을 건너고 나무뿌리들을 건너뛰면서 미엔투스를 따라갔다. 잡목 더미가 끝나고 숲이 시작되는 곳으로 달려갔다. 미엔투스는 여전히 더 빨리 달렸다. 미친 사람처럼, 멧돼지처럼 달렸다!

그런데 산책 중인 조시아가 지루함을 달래느라 이끼 위의 버섯을 따고 있었다. 미엔투스는 바로 그쪽으로 뛰어가고 있었다. 나는 미엔투스가 화가 나서 조시아를 해칠까 봐 더럭 겁이 났다.

"도망가!" 내가 소리 질렀다.

급박한 내 목소리에 놀란 조시아가 도망치기 시작했다. 조시아가 도망치는 것을 보더니 미엔투스는 그 뒤를 쫓아갔다. 나도 필사적으로 뛰었다. 적어도 미엔투스가 조시아를 잡게 된다면 나도 미엔투스를 잡아야 했다. 다행히도 미엔투스는 나무뿌리에 걸려 비틀거리더니 숲속의 작은 공터 한가운데에 뻗어 버렸다. 드디어 미엔투스를 잡았다.

"왜 이래? 왜 이러는데?" 미엔투스가 얼굴을 진흙에 처박은 채로 투덜댔다.

"집에 가자."

"주인들이란!(미엔투스가 이를 갈며 말했다.) 주인들이란! 꺼지라니껴! 너도 마찬가지라니껴! 너도 나리라니껴!"

"아니야! 아니라고!"

"아니긴 뭐가 아니란 말이껴! 너도 나리라니껴! 너도 나리라니껴!"

"미엔투스, 집에 가자. 그만해. 계속 이런 식이면 끝이 안 좋을 거야. 그만해, 그만하라고. 이런 식으로 행동하면 안 돼!"

"나리라니껴! 나리들이란 그저 폼만 잡는다니껴! 뭐든지 맘대로라니껴! 멍청한 인간들이라니껴! 맙소서! 너도 인제 그쪽으로 넘어갔다니껴!"

"그만해! 왜 그런 이상한 말투를 쓰는 거야? 네 말이 어떤지 알기나 해? 지금 나한테 어떤 식으로 말하고 있는지 알기는 하냐고?"

"내 거라니껴. 그는 내 거지 그 집 거가 아니라니껴. 내 거. 내가 가질 거라니껴. 발레크를 쫓아낼껴? 쫓아내? 발레크는 그 집 거가 아니라니껴! 내 거라니껴!"

"이제 집에 가자!"

영광스러울 게 없는 귀환이었다. 미엔투스는 가슴 아파하고 비통해하면서 천민들 같은 탄식을 늘어놓았다. "맙소서, 아야, 아퍼. 난 몰라. 난 몰라." 우리가 마을을 지나갈 때 마을 처녀들과 머슴들은 자기들과 같은 방식으로 징징거리는 나리의 모습을 보며 놀라고 감탄했다. 우리는 저녁 즈음에 저택의 베란다에 이르렀다. 나는 미엔투스에게 2층 우리 방에서 기다리라고 말하고 이모부와 상의하러 가다가, 훈제실에서 양손을 주머니에 넣고 서성이는 지그문트와 마주쳤다. 저택의 아들인 지그문트는 속으로는 부글부글 끓었고, 겉으로는 얼음처럼 차가웠다. 그는 나에게 조시아가 숲에서 반죽음 상태로 나왔다고, 감기에 걸렸다고, 이모가 조시아의 체온을 쟀다고 퉁명스럽게 알려 주었다. 발레크가 부엌으로 돌아왔지만 이제 저택에 들어올 수 없다고, 내일 아침 일찍 해고되어 쫓겨날 거라고도 했다. 지그문트는 '미엔탈스키 선생'의 말도 안 되는 행동에 대한 책임이 나한테 있다고 생각하지는 않는다고, 하지만 내가 좀 더 신중하게 친구를 골라야 할 것 같다고, 더 이상 나와 같이 지내지 못하는 게 유감이긴 하지만 볼리모프에 더 있어서 좋을 게 없을 것 같다고, 내일 아침 9시에 바르샤바행 기차가 있고 이미 마부에게 필요한 명령을 내려 놓았다고, 저녁 식사는 방에서 따로 먹는 게 낫고 이미 프란치스제크한테 지시를 해 놓았다고 말했다. 지그문트는 이 집의 아들로서 대답이 필요 없는 거의 공식적인 말투로 이 모든 내용을 전달했다.

"난 이제 내가 해야 할 일을 알아. 미엔탈스키 선생이 내 아버지와 누이에게 한 일에 대해 반드시 준엄한 벌을 내려 줄 거야. 난 귀족 학생단 '아리스토리아'의 단원이라고."

그러면서 지그문트는 미엔탈스키 선생의 따귀를 갈겨 버리겠다고 큰 소리로 말했다. 난 그의 의도를 알 것 같았다. 천민한테 얻어맞은 미엔투스의 얼굴을 깎아내리려는 것이다. 그러니까 이번엔 자기가 미엔투스의 뺨을 갈김으로써 귀족들의 영광스러운 얼굴 목록에서 미엔투스를 삭제해 버리려는 것이다.

다행히도 훈제실로 들어오던 이모부가 그 말을 들었다.

"미엔탈스키 선생이라니? 네가 지금 누구의 따귀를 갈기려고 하는지 알고나 있는 거냐? 아직 학교도 안 마친 풋내기를? 엉덩이를 때려 줘야지!"

그러자 지그문트는 자기가 내뱉은 명예로운 계획에 대해 얼굴을 붉히며 아무 말도 하지 못했다. 이모부의 말 이후에 그가 미엔투스의 따귀를 때리는 것은 불가능해졌다. 스무 살이 넘은 그가 방년 열여덟 살 청년을, 풋내기 미성년이라는 사실이 공표되고 강조된 뒤에 때리는 건 명예롭지 않은 일이었다. 하지만 최악의 상황은 바로 미엔투스의 변화가 과도기적 상태라는 것이었다. 주인들은 그를 설익은 풋내기로 간주하지만, 너무 일찍 익어 버린 천민들에게 그는 머리부터 발끝까지 나리였다. 그의 얼굴은 두말할 것도 없이 진정한 주인의 얼굴이었다. 어떻게 한다? 발레크가 미엔투스의 얼굴을 때린 건 분명 하인이 주인을 때린 것이다. 그 점에서 미엔투스의 얼굴은 분명 주인의 얼굴이었다. 하지만 주인들이 그 얼굴에 복수해야 할 정도로 주인의 얼굴은 아니었다. 지그문트는 불공평한 자연의 섭리에 분노하며 아버지를 쳐다보았다. 이모부로서는 미엔투스가 코흘리개가 아닌 다른 무엇일 수 있다는 생각은 도저히 용납할 수 없었다. 점심 식사 때 미엔투스가 동성애자일 거라고 짐작하고 다정하게 그의 건강을 위해 건배했지만, 이제 이모부는 그와 자기 사이에 티끌만 한 공통점도 용납할 수 없었다. 이모부는 미엔투스를 그저 풋내기, 학생으로 간주했고, 그의 나이를 무시했다.

이모부를 이렇게 만든 건 바로 자부심이었다! 그의 내부에서 혈통이, 고귀한 혈통이 끓어오른 것이다. 거역할 수 없는 흐름으로 연연히 이어져 온 역사 속에서 점점 늘어난 땅과 권력을 소유한 나리께서는 몸과 영혼 모두, 특히 몸이 고귀한 혈통이었다. 농지 개혁도, 원칙적인 법적·정치적 평등도 받아들일 수 있지만, 개인적이고 육체적인 평등, 사람들이 혀…… 형제가 된다는 건 생각만 해도 피가 끓어올랐다. 그것은 말하자면 어두컴컴한 인간 내면의 가장 깊은 구역을, 태곳적부터 내려온 혈통의 저장고를 건드리는 평등이었다. 빈틈을 주지 않는 증오에 찬 본능이 두려움과 공포와 가증스러운 혐오가 뒤섞인 채 지켜 온 곳이 아닌가! 재산을 빼앗아 가도 좋다. 개혁도 좋다. 하지만 주인의 손이 하인의 손을 만지는 것만은 안 된다! 주인의 뺨이 하인의 그 짐승 같은 손을 찾아다닐 수는 없다! 무엇 때문에 순수한 감정으로 기꺼이 천민을 향해 다가간단 말인가? 무엇 때문에 혈통을 배반하고 하인들을 경배한단 말인가? 어떻게 하인의 팔다리를, 하인의 몸짓을, 하인의 말을 직접적으로 순진하게 찬미할 수 있단 말인가? 어떻게 천한 존재를 사랑할 수 있단 말인가? 다른 주인이 자기 하인을 그렇게 애지중지해 버리면 원래 주인은 어쩌란 말인가? 아니다. 아니다. 미엔투스는 주인이 아니다. 그자는 제대로 된 어른이 아니다. 그저 학생이고 미천한 코흘리개일 뿐이다. 볼셰비키의 프로파간다에 영향을 받아 코흘리개처럼 행동했을 뿐이다.

"볼셰비키적인 경향이 학교에 퍼져 나가는 것 같구나." 이모부는 미엔투스가 민중을 사랑하는 자가 아니라 미숙한 혁명가인 것처럼 말했다. "엉덩이를 때려 줘라." 이모부가 웃으면서 말했다. "궁뎅이를 때려!"

그때 살짝 열린 창틈으로 무슨 소리가 들렸다. 부엌 가까이 있는 수풀에서 나는 소리였다. 킥킥대는 웃음소리도 들려왔다. 미적지근한 저녁나절이었고, 토요일이었으며…… 부엌 하녀들이 놀러 온 머슴들을 웃기며 같이 킥킥거렸다. 이모부가 창문으로 머리를 내밀면서 고함을 질렀다.

"누구야? 저리 못 가?"

누군가 풀밭으로 사라졌다. 웃음소리가 들려왔다. 누군가 세게 던진 돌맹이 하나가 날아와 창문 바로 앞에 떨어졌다. 잡목 숲 뒤에서 누군가 목소리를 꾸며 가며 목이 터져라 노래를 불렀다.

나 여기 있지, 여기 있지!
그놈이 나리의 낯짝을 갈겼다네
세상에, 나리의 낯짝을 갈겼다네!

누군가 다시 째질 듯한 목소리로 외쳤고, 웃음도 터뜨렸다. 농부들 사이에 소문이 퍼져서 다 알게 된 것이다. 부엌 하녀들이 머슴들한테 떠벌렸을 것이다. 예상했어야 하는 일이지만, 시골 귀족 나리는 너무 화가 나서 자기 창문 밑에서 들려오는 건방진 노래를 용납하지 못했다. 무시해야 한다는 걸 잊었고, 온 뺨이 울긋불긋했고, 그러다가 말없이 권총을 가지러 갔다.

다행히도 때맞추어 이모가 나타났다.

"코치!" 이모는 이것저것 물어보느라 시간을 허비하지 않고 곧바로 선하게 말했다. "코치, 그거 치워요. 어서 치워요! 제발 치우라니까. 장전한 무기는 절대 안 돼. 총을 들 거면 실탄이라도 빼요!"

바로 조금 전에 미엔투스의 따귀를 갈기겠다는 지그문트의 위협을 이모부가 대수롭지 않게 대했던 것과 똑같이, 이번에는 이모가 이모부의 위협을 대수롭지 않게 대했다. 이모는 이모부를 껴안고 ─ 이모부는 손에 권총을 든 채로 안겼다 ─ 이모부의 넥타이를 매만졌고, 그렇게 권총은 무력해졌다. 이모는 바람이 분다며 창문을 닫은 뒤 수많은 자질구레한 동작들, 줄어들고 작아지게 만드는 동작들을 이어 갔다. 푹신한 어머니의 온기로 광채를 발하는 자신의 존재를 내세워 상황을 마무리 지으려는 것이다. 이모는 나를 따로 데려가더니 작은 봉지에서 사탕 몇 개를 꺼내 내 주머니에 넣어 주며 너그러운 목소리로 말했다.

"아! 악동들 같으니! 아주 잘했구나! 조시아는 아프고, 이모부는 화가 났네. 너희들이 그 천민하고 난리법석을 떠는 바람에 이렇게 됐구나. 얘야, 하인들을 대하는 법을 알아야 한단다. 친근하게 대해선 안 돼. 하인들이 스스로 하인이라는 걸 알아야 하니까. 하인들은 아이들처럼 무지하고 원시적이란다. 스타시우프 삼촌의 아들 키쿠시가 농부들을 좋아해서 난리를 치더니, 이제 네가 그러는구나.(이모는 나를 쳐다보며 말했다.) 그래, 콧방울이 닮았네. 그래, 좋다. 내가 화난 건 아니지만, 이모부가 싫어하시니까 저녁 먹으러 내려오지 않는 게 좋겠다. 잼을 올려 보내 줄 테니 마음을 달래렴. 옛날에 네가 '더럽다'고 하는 바람에 우리 집 하인 브와디스와브가 널 때린 거 기억나니? 정말 끔찍한 인간이었지! 지금 생각해도 몸이 떨리는구나. 바로 쫓아냈단다. 요롷게 어린 천사를 때리다니! 요롷게 예쁜 보물을! 귀여운 너를! 누구보다도 사랑스러운 너를!"

이모는 나에게 갑작스러운 애정을 쏟아 부으며 사탕을 더 건네주었다. 나는 유년기의 사탕을 입에 물고 자리를 떴다. 이모에게서 멀어지는 동안, 이모가 지그문트에게 자기 맥박을 재어 보라고 말하는 소리가 들렸다. 이 집 아들이 침대 겸용 소파에 기대앉아 허공을 쳐다보는 이모의 손목을 잡고 손목시계를 들여다보기 시작했다. 나는 사탕을 빨면서 내 방으로 돌아왔다. 도무지 나 자신이 실제로 존재한다는 느낌이 들지 않았다. 이모 앞에선 누구든 비현실적이 되고 만다. 이모는 선함으로 사람들을 녹여 버리는, 질병 속에 빠뜨려 허우적거리게 하는, 사람들을 남에게 속한 신체 부분들과 뒤섞어 버리는 기묘한 재주를 가졌다. 하인들이 두려워서 그런 걸까? 발레크가 이모에 대해 한 말이 생각났다. "착한가? 맞다니꺼. 우리 피를 빨아먹는 걸 보면 착한 게 맞다니꺼." 그렇다. "우리의 피를 빨아먹는 걸 보면 착한 게 분명하다니꺼." 상황이 위험해졌다. 이 집 식구들은 상황을 심각하지 않게 받아들이려 한다. 이모부는 자존심 때문이고, 이모는 두려움 때문이다. 그래서 아직 충돌이 일어나지 않은 것이다. 그래서 지그문트는 미엔투스를 공격하지 않았고 이모부는 권총을 사용하지 않은 것이다. 나는 한시바삐 이 집을 떠나기로 했다.

미엔투스는 두 팔로 머리를 감싼 채 바닥에 누워 있었다
—그 일 이후 미엔투스는 머리를 감추는, 팔로 감싸는, 그렇
게 보호하는 경향이 생겼다. 미엔투스는 움직이지 않았고, 머
리를 파묻은 채 작은 소리로 흐느꼈고, 어린애처럼 유치하고
천박하게 계속 칭얼거렸다.

"아야, 아퍼, 잉, 잉. 난 몰라, 어떻게 해."—그러다가 미엔투
스는 흙덩이처럼 거무튀튀하고 우둘투둘한, 어린 개암나무처
럼 푸르른, 농부답고 민중적이고 신선한 말들을 횡설수설 늘
어놓았다. 그야말로 체면은 다 놓아 버렸고, 프란치스제크가
저녁을 들고 와도 여전히 시골스럽게 느릿느릿 칭얼거렸다. 하
인을 향해 정열을 불태워도 전혀 창피하지 않고 늙은 하인 앞
에서 젊은 하인을 연모해도 전혀 부끄러울 게 없는 지경에 이
른 것이다. 나는 교양 있는 사람이 그 정도까지 무너지는 것을
한 번도 본 적이 없었다. 프란치스제크는 미엔투스 쪽을 쳐다
보지 않았지만, 쟁반을 테이블에 내려놓는 그의 손이 분노로
떨리더니 나갈 때는 문을 쾅 닫았다. 미엔투스는 음식을 입에
대려 하지 않았다. 도무지 그를 달랠 방법이 없었다. 그의 내
면에서 무언가가 말하고 중얼댔고, 무언가가 생기를 잃고 시
름시름했고, 무언가가 안개에 싸였다. 그는 온 힘을 다했고, 조
합했고, 반박했다—그러다가 돌연 천민의 상스러운 분노가
그의 목을 조였다. 그는 머슴과의 일이 실패한 건 모두 이모와
이모부 때문이라고, 전부 주인들, 주인들의 죄라고, 주인들이
그렇게 반대하고 혐오하지만 않았다면 분명 혀…… 형제가 될

수 있었다고, 이모와 이모부가 왜 방해한 거냐고, 무엇 때문에 발레크를 멀리 보내 버렸느냐고 비난했다. 내가 내일 떠나야 하는 이유를 아무리 설명해도 미엔투스는 막무가내였다.

"난 안 떠나. 내 말 들으라니껴. 난 안 떠난다니껴, 증말로. 그 사람들한테 떠나라고 하라니껴. 난 발레크가 있는 곳에 있을 거라니껴. 무조건 발레크 옆에 있을 거라니껴. 내 거 발레크하고 있을 거라니껴. 내가 너무나 사랑하는 우리 예쁜 머슴하고 있을 거라니껴."

나는 미엔투스와 공통의 언어를 찾을 수 없었다. 그는 이미 머슴에 빠져 길을 잃었고, 이제 그의 눈에는 세속적인 생각이 조금도 남아 있지 않았다. 마침내 우리가 더 이상 이곳에 있을 수 없다는 걸 이해하고 난 뒤에도 미엔투스는 눈물을 흘리며 제발 자기를 머슴과 갈라놓지 말라고 애원했다.

"혼자는 안 간다니껴! 발레크를 혼자 두지 않을 거라니껴! 발레크도 데리고 가면 왜 안 되냐니껴? 내가 밥벌이를 할 수 있다니껴. 굶어 죽게 돼도 발레크 혼자 둘 수는 없다니껴. 절대로, 절대로 안 된다니껴. 날 이 집에서 쫓아내도 좋다니껴. 그냥 마을에 있으면 된다니껴. 그 늙은 과부네 집에 있으면, (미엔투스는 독살스럽게 덧붙였다.) 그 늙수그레한 유제프케네 집에 있으면 된다니껴! 증말이라니껴. 내가 거기 있으면 쫓아내지 못한다니껴. 내가 내 맘대로 마을에 머무는데 무슨 상관이냐니껴?"

어떻게 해야 난감한 상황에서 벗어날 수 있을지 막막했다. 정말로 미엔투스가 마을로 가서 그 빌어먹을 과부의 집에, 그러니까 지그문트의 과부, 머슴 말대로 하면 '유제프케'의 집에 머물지도 모르고, 혹시라도 그러면서 계속 저택을 물고 늘어지며 이모와 이모부의 명예에 흠집을 내면 어쩐단 말인가! 그렇게 해서 천민들의 언어로 주인들의 비밀을 떠벌리고, 배신자나 끄나풀이 된다면! 그러면 천민들이 얼마나 신이 날까!

바로 그때 안마당에서 엄청나게 큰 따귀 소리가 났다. 그러자 개들이 합창하듯 한꺼번에 짖어댔다. 우리는 창문에 달라붙어 밖을 내다보았다. 집에서 새어 나간 불빛으로 현관 앞 낮은 층계 위에 서 있는 이모부의 모습이 보였다. 이모부는 소총을 들고 어둠 속을 주의 깊게 살폈고, 다시 총을 겨냥하고 방아쇠를 당겼다. 총소리는 밤의 침묵을 깨고 대포 소리처럼 퍼져 나갔다. 어둠에 잠긴 근방으로까지 퍼져 나갔다. 개들이 더욱 사납게 짖어댔다.

"이걸 어쩨, 머슴한테 총을 쏜다니껴!" 미엔투스가 신경질적으로 나를 움켜쥐며 말했다. "발레크를 골로 보내려고 한다니껴!"

이모부는 겁을 주기 위해 방아쇠를 당긴 것이다. 농부들이 다시 노래를 시작한 걸까? 신경이 곤두서서 더는 참지 못하고 방아쇠를 당긴 걸까? 훈제실에서 서랍의 권총을 꺼낼 때부터 장전되어 있는 걸 알고 방아쇠를 당길 준비가 되어 있었던 걸까? 그 속을 누가 알겠는가. 자존심, 자긍심에서 나온 난폭한 행동일까? 화가 치민 주인이 총을 쏘아서 자기가 무기를 가지고 있고 경계하고 있다는 걸 가장 외진 길에까지, 들판에 외로이 서 있는 버드나무한테까지 다 들리도록 알린 걸까? 이모가 달려와 재빨리 사탕을 나눠 주고 이모부의 목에 목도리를 둘러 주면서 집 안으로 데려갔다. 영지의 개들이 짖기를 멈추자 마을의 개들이 응답했다. 불현듯 나는 농부들 사이에 야단법석이 일고 머슴과 여자애 들이 탄성을 지르고 있는 모습을 떠올렸다. 천민들은 서로 물어볼 것이다. "도대체 요런 시간에 웬일이래요? 주인 나리가 총을 쏜 거래요? 왜 쏜 거래요?" 젊은 나리가 발레크한테 낯짝을 얻어맞았다는 둥 따귀 사건에 대한 험담들이 입에서 입으로 퍼지면서 더욱 커져 갈 것이다. 거들먹거리며 우레처럼 울려 퍼진 총소리로 인해 더욱 살쪄 갈 것이다.

더 이상 참을 수 없었다. 나는 당장 도망치기로 했다. 지면으로 드러나지 않는 은밀한 권력들, 그리고 오염된 부패물이 뿜어내는 악취로 가득 찬 이 집에서 밤을 보내기가 두려웠다. 도망치자! 머뭇거리지 말고 도망치자! 하지만 미엔투스는 발레크를 두고 가려 하지 않았고, 결국 나는 최대한 빨리 도망치기 위해 머슴을 데리고 떠나기로 했다. 어차피 그는 쫓겨날 처지가 아닌가! 우리는 모두 잠들기를 기다렸다가 내가 머슴을 찾아가 함께 도망가자고 설득하기로 했다. 만일 거절하면 명령을 내리면 된다! 내가 그를 데리고 미엔투스한테로 오면, 그렇게 셋이 어떤 방식으로 도망을 칠지 정해야 했다. 개들은 발레크를 아니까 짖지 않을 테고, 일단 이 집에서 나간 뒤 시골에서 아침이 되기를 기다리고, 그런 후에 도시로 가는 기차를 타는 거다! 어서, 도시로! 더 이상 스스로 작게 느껴지지 않는 곳, 인간들 사이에서 그들과 비슷한 모습으로 편안히 자리 잡을 수 있는 곳 도시로! 일 분이 백 년처럼 길게 느껴졌다. 우리는 물건을 정리해서 가방을 쌌고, 돈 계산을 했고, 거의 손대지 않은 저녁 식사를 침대 시트로 덮어 두었다.

자정이 지나고 모든 방에 불이 꺼진 것을 확인한 뒤 우리는 신발을 벗었다. 나는 맨발로 복도로 나가서 서둘러 부엌 옆방으로 갔다. 내가 나간 뒤 미엔투스가 방문을 잠가 집 안에 남은 불빛이 완전히 사라진 순간, 행동을 개시한 내가 모두가 잠든 이 집 안을 몰래 돌아다니기 시작한 순간, 내가 얼마나 어처구니없는 일을 벌이고 있는지, 내 계획이 얼마나 미친 짓인지 깨달았다. 머슴을 납치하기 위해 암흑 속으로 들어가다니! 미친 짓을 미친 짓이 아니게 만들 수 있는 것은 오직 행동뿐인 걸까? 나는 천천히 한 발 한 발 걸음을 옮겼다. 때로 마룻바닥이 삐걱거렸고, 쥐들이 다락방 위를 뛰어다니며 곤두박질쳤다. 내 뒤에는 천민이 된 미엔투스가 방 안에서 기다렸고, 내 아래 1층에는 이모와 이모부, 지그문트, 조시아가 있었다. 나는 바로 그들의 하인을 향해 소리를 죽이고 맨발로 걷고 있었다! 그리고 내 앞, 저택에 딸린 별채 안에는 이 모든 작업의 대상인 우리의 하인이 있었다. 매우 신중해야 했다. 한밤중에 복도에 서 있다 들키기라도 하면, 왜 야반도주하듯 떠나야 하는지 어떻게 이해시키겠는가! 사람들은 어떤 경로를 통해 비정상적이고 음침한 길로 빠져드는 걸까? 정상이란 비정상의 심연 위에 걸쳐 있는 곡예사의 줄에 지나지 않는다. 일상적인 질서 속에도 언제나 광기가 섞여 있는 법이다! 일들이 당신의 의지와 상관없이 이어지면서 그 힘으로 머슴을 납치하게 되고, 또 머슴을 데리고 도망치게 될 수도 있다. 언제 그리고 어떻게 그런 일이 일어날지는 아무도 모른다. 차라리 조시아를 납치하는 게 낫지 않을까? 조시아를 이 시골 저택에서 납치해 가는 것이 정상적이고 합당한 일이 아닐까? 그렇다. 누군가를 납치해야만 한다면 조시아여야 했다. 멍청한 머슴이 아니라 조시아를 납치해야 했다. 어두운 복도에서 조시아를 납치하고 싶은 충동이 일었다. 단정하고 올바르게 조시아를 납치하자. 그렇다. 올바른 방식으로 조시아를 납치하자!

아! 조시아를 납치하는 거다! 어른으로서, 나리로서, 귀족으로서, 예로부터 수없이 행해져 온 납치 그대로 조시아를 납치하는 거다! 하지만 이 생각을 뿌리쳐야 했다. 너무도 허무맹랑했다. 그런데도 복도의 위험한 마룻바닥 위로 한 걸음 옮길 때마다 내 마음은 정상적인 것에 끌렸다. 정상적인 납치가 이렇게 뒤죽박죽인 머슴 납치보다 자연스러우리라는 생각이 자꾸 나를 유혹했다. 그때 바닥에 구멍이 느껴져서 나는 비틀했다. 마룻바닥에 닿은 내 맨발 아래 구멍 하나가 느껴졌다. 이게 무슨 구멍이지? 불현듯 기억이 떠올랐다. 안녕, 잘 있었어? 바로 내가 만든 구멍이었다. 오래전 옛날에 내가 만든 구멍이었다! 그러니까 생일날 이모부한테 도끼를 선물 받고 나서 그 도끼로 이 구멍을 냈다. 이모가 뛰어와서 나한테 소리를 지르며 이 자리에 서 있었다. 큰 소리로 나무라던 말들이 조금씩 기억난다. 난 도끼를 들어 이모의 발을 내리쳤다. 빵! 이모가 비명을 질렀다. "아야, 아파!" 이모의 비명이 여전히 그 자리에 있었다. 그래서 내가 멈춰 서게 된 것이다. 옛날의 장면, 더는 존재하지 않지만 여전히 그 자리에 남아 있던 장면이 그곳을 다시 지나는 내 발을 붙잡았나? 내가 이모의 다리를 내리쳤다. 그 순간이 또렷이 기억난다. 나도 모르게 이모를 내리치던 순간이, 이모가 비명을 지르던 순간이 기억난다. 이모는 비명을 지르며 껑충껑충 뛰었다. 한순간 과거의, 먼 과거의 내 행동이 지금의 내 행동에 섞였다. 나는 갑자기 몸이 떨려서 이를 악물었다. 맙소사! 내가 조금만 세게 쳤으면 이모의 다리가 잘릴 뻔하지 않았는가? 그럴 만한 힘이 없었다는 게 얼마나 다행스러운 일인가. 아! 힘이 약해서 다행이었다. 하지만 이제 힘이 있지 않은가. 머슴을 찾으러 갈 게 아니라 이모 방으로 가서 도끼를 휘두르면? 물러가라, 유년기여!

유년기? 맙소사. 머슴도 유년기가 아닌가? 내가 머슴을 찾으러 갈 수 있다면, 두 가지는 같은 거니까, 이모를 찾아가 도끼를 휘두를 수도 있었다! 도끼질! 도끼질! 오! 정말 어린애 같구나. 난 삐걱거리는 소리 때문에 들키지 않도록 조심스레 바닥을 더듬었다. 그런 내 모습이 마치 원래 그렇게 기어 다니는 어린아이가 바닥을 더듬는 것 같았다. 오! 정말 어린애 같구나. 세 가지 유년기가 나를 움켜쥐었다. 만일 한 가지 유년기뿐이었다면 빠져나갈 수 있었을 테지만, 동시에 세 가지였다. 우선 머슴을 찾아 나선 어린애 짓. 둘째, 오래전에 이 자리에서 있었던 사건을 떠올린 어린애 짓. 셋째, 나리인 어린애 짓. 그러니까 난 나리이면서 동시에 아이였다. 살다 보면 이 세상에는 어느 정도 어린애 같은 장소가 있기 마련이다. 하지만 그중에서도 가장 유치한 건 시골 저택이 분명하다. 그곳에선 나리들과 천민들이 서로를 유년기에 붙잡아 둔다. 서로가 서로에게 어린애다. 밤을 뒤집어쓴 이 복도에 맨발로 들어서는 순간 나는 귀족의 과거 속으로, 나 자신의 유년기 속으로 들어섰다. 무언가 관능적이고 육체적인 세상이, 유치하고 예측 불가능한 세상이 날 끌어당기고 껴안고 빨아먹는 느낌이 들었다. 맹목적인 행동. 자동적으로 이루어지는 반사적 행동. 유전되는 본능. 나리다운 유치한 환상. 나는 시간 기준이 뒤섞여 버린 거대한 따귀 속에 발을 들여놓았다. 그것은 수백 년 동안 전통으로 이어져 온 따귀이자 동시에 그냥 어린애가 살짝 갈기는 따귀였다. 그러니까 그것은 나리와 어린애를 동시에 드러냈다. 나는 어릴 때 점점 속도가 빨라지는 맛에 취해서 위에서 아래까지 미끄럼을 타곤 했던 층계 난간을 더듬었다. 어린애 같고, 어린애이고, 어린애이면서 왕이고, 어린애이면서 나리인데…… 오! 만일 지금 내가 이모한테 도끼를 휘두른다면 이모는 다시 일어서지 못하리라! 내 힘이, 내 발톱이, 내 손톱이, 내 주먹이 무서웠다. 아이 안의 어른이 무서웠다. 나는 이 계단에서 무얼 하고 있는가? 왜 어딜 가고 무얼 하러 가고 있는가? 다시 한번 조시아를 납치해야겠다는 생각이 나의 뇌리를 스쳤다. 오직 그것만이 내 모험의 설득력 있는 동기가 될 수 있으며, 남자다운 해결책이며, 내가 어른으로 처신할 수 있는 길이었다. 조시아를 납치하자! 남자답게 조시아를 납치하자! 내가 아무리 떨쳐 버리려 애써도 이 생각은 도무지 떨쳐지지 않았다. 생각이 계속해서 내 안에서 붕붕거렸다.

　나는 1층으로 내려가 현관에 멈춰 섰다. 무거운 침묵이 흘렀다. 어디에도 움직이는 건 없었다. 주인들은 다른 날과 마찬 가지로 같은 시각에 잠자리에 들었다. 이모가 모두 자라고 침 대로 보내면서 이불을 덮어 주었을 것이다. 하지만 다들 쉬고 있을 리 없고, 각자 이불 아래에서 하루 동안의 일을 되새기 고 있을 것이다. 부엌 옆방의 살짝 열린 문틈으로 새어 나오는 불빛만 빼고 부엌 안도 고요했다. 머슴은 구두를 닦고 있었다. 그의 낯짝에는 오늘 있었던 일의 흔적이 전혀 없었다. 그냥 보 통 때와 같았다. 나는 조용히 들어가서 문을 닫았다. 손가락 을 입술에 대면서 귓속말로 모자를 쓰라고, 모든 걸 버리라고, 우리와 함께 가자고, 바르샤바로 가자고 했다. 내가 어쩌자고 이런 끔찍한 역할을 맡았단 말인가! 이렇게 멍청하게, 더군다 나 속삭이면서 상대를 설득하는 것만 아니라면 다른 어떤 일 도 다 좋을 것 같았다. 설상가상으로 머슴은 말을 듣지 않았 다. 주인이 널 내보낼 거라고, 그러니 여길 떠나서 미엔투스와 함께 바르샤바로 가는 게 나을 거라고, 미엔투스가 먹여 살려 줄 거라고 아무리 말해도 소용없었다. 그는 알아듣지 못했다. 아니, 알아들을 수가 없었다.

"내가 뭣 하러 그렇게 도망을 간대요?" 머슴은 주인들의 생 각에 대해 본능적인 혐오감을 드러내며 말했다. 다시 한번 나 는 조시아라면 보다 흔쾌히 받아들였을 거라는 생각을, 조시 아한테라면 한밤중에 귓속말을 하는 게 차라리 더 의미 있으 리라는 생각을 했다. 시간이 모자랐기 때문에 머슴을 설득하 는 시도를 짧게 끝낼 수밖에 없었다. 나는 머슴의 낯짝을 갈 겼고, 내 말대로 하라고 명령했다. 결국 머슴은 내 말을 받아들였다. 머슴을 때릴 때 주먹을 걸레로 쌌으니, 걸레를 통해 그의 주둥이를 갈긴 셈이었다. 소리가 너무 크게 나지 않도록 주먹을 걸레로 쌀 수밖에 없었다. 그렇다. 그렇다. 난 걸레로, 한밤중에, 머슴의 얼굴을 때렸다. 문제의 걸레가 그의 내면에 무언가를 일깨우기는 했지만, 어쨌든 그는 내 말을 들었다. 천민들이란 원래 규범에서 벗어나는 걸 좋아하지 않는 법이다.

"자, 빨리 가!" 내가 명령을 내렸다.

우리는 현관으로 나섰다. 머슴이 내 뒤를 따랐다. 층계가 어디지? 마치 무덤 속에 들어온 것처럼 캄캄했다. 그때 멀지 않은 곳에서 문이 삐걱거리는 소리가 나더니, 이모부의 목소리가 들렸다.

"누구요?"

나는 재빨리 머슴을 식당으로 밀어 넣었다. 우리는 문 뒤에 웅크렸다. 이모부가 천천히 식당으로 들어와 바로 우리 옆으로 지나갔다.

만일 안에 아무도 없으면 자기 꼴이 우습게 될까 봐 염려하는 듯 이모부가 조심스레 다시 물었다.

"누구요?"

그러고 나서 식당 끝까지 갔고, 꼼짝 않고 서 있었다. 이모부에게는 성냥이 없었고, 그야말로 칠흑 같은 어둠이었다. 이모부는 몇 발자국 뒤로 물러섰다가 다시 멈춰 섰고, 안도했다 —— 단번에, 완벽하게 안도했다. 조금 전 이모부는 머슴이 풍기는 천민들의 특별한 냄새를 맡은 걸까? 아니면 섬세한 주인의 피부가 다리몽둥이와 낯짝의 존재를 감지한 걸까? 이모부는 정말로 우리 가까이에, 손을 뻗으면 닿을 만한 거리에 있었다. 하지만 그래서 손을 쓰고 싶지 않았을 것이다. 우리가 너무 가까이에 있었기 때문에 이모부는 함정에 걸렸다. 그렇게 한동안 움직이지 않았고, 그 부동자세가 응축되었고, 처음에는 서서히, 그러다가 점점 더 빨리 응축되어, 마침내 불안을 드러내기 시작했다. 물론 겁이 나서 사냥터지기한테 올라타기는 했지만, 나는 그래도 이모부가 비겁하다고 생각하지는 않는다. 아니다. 이모부는 겁이 나서 움직이지 못한 게 아니라, 움직이지 못하기 때문에 겁이 난 것이다. 실제로 이모부는 진정하고 마음을 가라앉힌 뒤에도 아주 작은 움직임조차 순전히 형식적인 이유 때문에 점점 더 어려워했다. 그리고 이미 오래전부터 존재해 온 공포가 갑자기 마음속에 넘쳐흐르고 날뛰기 시작했다. 시골 귀족 나리의 여린 목울대가 도드라졌다. 머슴은 한마디도 하지 않았다. 우리는 이모부와 채 1미터도 안 되는 거리에 있었다. 살갗이 따끔거렸고, 털이 곤두섰다. 나는 상황을 바꾸는 그 어떤 일도 하지 않았다. 이모부가 냉정을 되찾아 이 자리를 떠나고, 그렇게 우리가 현관을 거쳐 2층으로 올라갈 수 있기만을 바랐다. 불안이 점점 더 심해져서 이모부의 몸이 마비될 수도 있다는 생각은 미처 하지 못했다. 이모부는 바뀌고 변한 게 분명했다. 이제 이모부는 움직이지 못하기 때문에 겁에 질린 게 아니라, 겁에 질렸기 때문에 움직이지 못했다. 이모부의 얼굴이 겁 때문에 잔뜩 심각해졌다. 매우 응축된, 끔찍할 정도로 심각한 얼굴이었다. 나 역시 겁이 나기 시작했다. 나는 이모부가 아니라 이모부의 불안이 두려웠다. 우리가 뒤로 물러서거나 조금 움직이기만 해도 이모부가 달려들어 우리를 붙잡을 것이다. 권총이 있다면 방아쇠를 당길 것이다——아니다. 그건 아니다. 우리는 너무 가까이 있었기 때문에, 물리적으로 그럴 수는 있겠지만, 정신적으로는 아니었다. 총을 쏘려면 내적으로, 정신적으로 힘을 발산해야 하는데, 그것을 위해 물러설 자리가 없었다. 하지만 맨손으로 달려들 수는 있었다. 이모부는 지금 무엇이 자기 앞에 어슬렁거리는지, 자칫 어떤 위험을 맞닥뜨리게 될지 알지 못했다. 우리는 이모부의 모습을 알지만, 이모부는 우리의 모습을 알지 못했다. 난 그냥 '이모부' 하고 부르든가, 아무튼 무슨 말이든 하면서 내 모습을 드러내고 싶었다. 하지만 수많은 초(秒)가 지나고 심지어 분(分)이 지난 뒤에 그럴 수는 없었다. 너무 늦었다. 여태까지 아무 말도 하지 않고 있은 걸 설명할 방도가 없었다. 마치 누군가 간질이기라도 한 듯 나는 자꾸 웃음이 나왔다. 점점 자라기. 커지기. 어둠 속에서 커지기. 응축과 긴장에 연결된 부풀어 오르기와 퍼져 나가기. 일반적이면서 특수한 확산, 허물 벗기, 담금질하는 긴장, 긴장된 담금질, 7층 높이에서 판자 하나에 매달려 있기, 모든 신체 기관이 곤두선 상태로 줄 하나에 매달려 있기, 그리고 간질임, 다른 것으로 바뀌기, 변형, 변모, 차곡차곡 겹쳐 쌓이며 커 가는 체계 속으로 추락하기……. 현관에서 발소리가 들렸다. 하지만 자그마한 떨림조차도 불가능한 상황이었기에, 우리 중 아무도 떨지 않았다. 지그문트가 슬리퍼를 끌며 나타났다.

"누구 있어요?" 지그문트가 문턱에 서서 물었고, 미지의 공간으로 한 발자국 내디디며 한번 더 물었다. "누구 있어요?" 이어서 무언가 냄새를 맡고 나서 더는 아무 말도 하지 않았다. 이모부가 발소리를 냈고 누구냐고 물었으니 분명 지그문트는 안에 있는 사람이 누구인지 알고 있었다. 그런데 그의 아버지는 왜 대답을 안 하는가? 이모부는 수백 년 동안 이어져 내려온 공포와 불안 때문에 꼼짝할 수 없게 된 상태였다. 하! 하! 하! 너무 무서워서 대답할 수가 없었다! 아버지의 공포는 아들을 움직일 수 없게 만들었다. 지그문트는 이미 생성된 두려움의 무게에 짓눌려 영원히 입을 다물었다. 아마도 처음엔 자기가 느끼는 게 뭔지 몰랐을 것이다. 하지만 이제는 그도 알고 있었다. 그것은 바로 두려움이었다. 두려움은 저절로 커져 갔다. 다시 처음으로 돌아가 엄청나게 강한 힘으로 펄럭이고 부어오르고 늘어났다. 긴장, 다듬기, 스치기, 잡아당기기, 단조로운 흡수, 겹겹이 쌓기, 매달려 있기──끝없이, 끝없이, 정말 한없이 계속해서 위쪽 또 아래쪽으로 이어졌다. 지그문트의 경우는 더 멀리까지 갔다. 압박, 옥죄기, 억압, 일으켜 세우기, 짓누르기, 넘치기, 서서히 매듭을 풀어 보기, 되풀이해 보고 축출해 보고 제거해 보기, 변화와 긴장, 긴장……. 몇 분이 지났지? 몇 시간이 지났나? 무슨 일이 일어나려 하는 거지? 여러 세상이 주마등처럼 나의 뇌리를 스쳐 갔다. 그리고 기억들이 떠올랐다. 내가 바로 여기에 숨어 있다가 유모를 무섭게 했었다. 바로 이 자리였다──웃음이 터질 뻔했다. 쉿! 어떻게 웃음이 나오지? 됐어, 이제 그만, 그만두자. 하지만 유년기가 마침내 모습을 드러내면, 이곳에 이렇게 한참 동안 머슴하고 함께 있고 나서 들키면, 그러면 어떻게 되겠는가! 설명할 수 없는 멍청한 이야기가 아닌가! 아, 조시아. 조시아와 함께라면, 머슴이 아니라 조시아와 함께 숨죽이고 있다면 좋을 텐데! 조시아와 함께라면 유치하지 않을 텐데! 한순간 나는 두려움도 없이 걸음을 옮겨 벽걸이 천 뒤에 숨었다. 이모부와 지그문트는 절대 움직이지 않을 것이다. 저들은 용기가 없다. 칠흑 같은 어둠 속에서 두려움 곁에 일종의 서투름이 있었다. 저들은 서툴게 침묵을 깨지 못할 것이다. 아마도 그러고 싶긴 할 것이다. 그러려 했을 것이다. 하지만 어떻게 해야 하는지 알지 못했다. 내가 지금 말하는 건 이모부와 지그문트의 두려움이다. 나의 두려움은 내가 한 발짝을 옮기는 순간 이미 사라졌다. 이모부와 지그문트는 아마도 이 문제의 형식적 양상만을 생각하고 배출구, 근사한 핑곗거리, 둘러댈 만한 외적 변명 같은 것을 찾고 있을 것이다. 더욱 최악인 것은 두 사람이 각각 자기의 존재로 서로를 거북하게 만들고 있다는 사실이었다. 이모부와 지그문트는 어떻게 그만두고 끝내야 하는지 모르는 채로 생각에 잠겨 있었다. 그러니까, 매듭을 풀고 빠져나가기 위한 시도가 끝없이 이어졌다.

움직임의 자유를 되찾은 나는 머슴을 잡고 끌어당겨서 현관으로 도망가기로 했다. 그런데 막 행동으로 옮기려는 찰나에 불! 불이 켜졌다! 바닥에 불빛이 비치고 발소리가 났다. 프란치스제크였다. 프란치스제크가 램프를 들고 나타났다. 이모부의 다리 하나가 윤곽을 드러냈고, 불빛에 환하게 드러났다. 다행히 나는 벽걸이 천 뒤에 숨어 있었다! 늙은 하인으로 인해, 나만 빼고 모두가 어둠 속에서 은밀하게 벌어지던 모든 것과 함께 모습을 드러내고 말았다. 그들은 그렇게 등장했다. 이모부, 지그문트, 머슴…… 등장하지 않을 수 없었다. 이모부는 머리카락이 조금 곤두선 채로 머슴 바로 옆에 있었다. 두 사람이 서로를 쳐다보았다. 지그문트는 조금 앞쪽에 장승처럼 서 있었다.

"누구 있어요?" 프란치스제크가 석유램프를 이리저리 움직이며 침울한 목소리로 물었다.

하지만 이미 때늦은 질문이었다. 어차피 이모부와 머슴의 모습이 대낮처럼 환하게 보이는 상황에서 프란치스제크가 자신의 등장을 정당화하기 위해 던진 질문이었다.

이모부가 움직였다. 프란치스제크는 머슴 곁에 붙어 선 주인 나리를 보고 무슨 생각을 했을까? 왜 둘이 저렇게 나란히 서 있지? 이모부로서는 그렇다고 갑자기 뒤로 물러설 수도 없었다. 그래서 조금씩 움직여 발레크와 멀어졌고, 그런 뒤에 한 발짝 옆으로 옮겨 섰다.

"여기서 뭐 해?" 이모부가 두려움을 분노로 변환하며 발레크에게 고함을 쳤다.

발레크는 대답하지 않았다. 뭐라고 대답해야 할지 알 수 없었던 것이다. 그냥 서 있는 건 어렵지 않았지만 말은 할 수 없었다. 그는 주인들 사이에 혼자 있었다. 이런 상황에서 천민의 침묵, 아무 설명도 하지 않는 침묵은 뭔가 수상한 낌새를 풍겼다. 프란치스제크가 이모부를 쳐다보았다. 주인들이 컴컴한 데서 발레크하고 같이 있다? 이 저택의 주인도 발레크와 친해졌나? 램프를 손에 들고 똑바로 서 있는 늙은 하인의 얼굴이 붉게 달아오르다가 석양의 해처럼 불그스레한 빛을 발했다.

"발레크!" 지그문트가 소리를 질렀다.

이번에도 적절한 순간을 빗나갔다. 주인들의 외침은 너무 일찍 오거나 아니면 너무 늦게 왔다. 나는 벽걸이 천 뒤에서 몸을 웅크렸다.

지그문트가 머뭇거리며 횡설수설 말을 쏟아 냈다.

"발소리가 들렸거든……. 발소리가 들렸어……. 걷는 소리 말이야. 여기서 뭘 하는 거지? 말해 봐, 뭘 하고 있었냐고! 대답해! 대답하라고! 제기랄!" 보기 애처로울 정도로 당황한 지그문트가 벌컥 화를 냈다.

한참 동안 죽음과도 같은 침묵이 흘렀다. 얼굴이 타는 불길처럼 벌게진 프란치스제크가 마침내 말했다. "알겠습니다. 어떤 상황인지 알겠습니다, 나리."

그는 구레나룻을 만지작거렸다.

"이 서랍 안에 은제 식기가 들어 있지요. 또 내일이면 나리께서 저놈을 쫓아내실 거고요. 그러니까 저놈이 그걸 꺼내려고 한 거군요."

은제 식기를 꺼내려 했다! 훔치려 했다! 드디어 해석을 만들어 낸 것이다. 그러니까 발레크는 은제 식기를 훔치려다가 현장에서 적발된 것이다. 모두가, 심지어 발레크까지도 기분이 후련해졌다. 벽걸이 천 뒤의 내 마음 역시 조금 후련해졌다. 이모부는 발레크한테서 멀어져 테이블 가까운 곳에 앉았다. 주인이 하인 앞에서 취하는 정상적인 태도를 되찾고 자기 자신에 대한 신뢰도 되찾은 것이다. 저놈이 도둑질을 하려던 게 아닌가!

"이리 와!" 이모부가 말했다. "이리 오란 말이다. 어서…… 좀 더 가까이. 더 가까이."

이제 이모부는 발레크와 가까이 있는 것이 두렵지 않았고, 더 이상 겁나지 않는다는 사실에 스스로 흡족해하는 기색이 역력했다. "가까이 오라니까! 더 가까이!" 발레크는 잔뜩 경계하며 다가갔다. "더 가까이 와!" 발레크는 이모부와 거의 몸이 닿을 거리까지 다가갔고, 긴장이 완전히 풀린 이모부는 여전히 앉은 채로 발레크의 낯짝을 갈겼다. 메네 데겔 우바르신![30]

"도둑질하는 법을 가르쳐 주마!"

어둠 속에서 겁에 질려 벌벌 떨다가 마침내 환한 데서 때리는 즐거움이라니! 겁에 질리게 만든 낯짝을 갈기는 즐거움! 도둑질이라는 제대로 정의된 틀 안에서 때리는 즐거움! 그토록 오랫동안 비정상적인 관계 속에 있다가 마침내 정상적인 관계를 누리는 즐거움! 지그문트도 아버지처럼 발레크를 갈겨서, 마치 바빌론의 공중 정원을 부수듯 이를 부서뜨렸다. 굉음을 내는 거친 따귀였다! 나는 벽걸이 천 뒤에서 몸을 꼬았다.

---

30) 바빌로니아의 마지막 왕인 발타자르는 연회 중 페르시아 왕 키루스의 군대에 포위되었다. 연회에서 신비의 손이 나타나 벽에 '메네 데겔 우바르신'이라고 썼고, 선지자 다니엘은 그 뜻을 "하느님께서 왕의 나라 햇수를 세어 보시고 마감하셨으며(메네), 왕을 저울에 달아 보시니 무게가 모자랐으며(데겔), 왕의 나라를 메대와 페르시아에게 갈라 주신다(우바르신)."라고 해석했다.(「다니엘서」 5장 25~28절) 그리고 결국 예언이 이루어졌다.

"전 안 훔쳤습니다요." 머슴이 숨을 가다듬으며 말했다.

그것은 바로 이모부와 지그문트가 기다리던 말이었다. 발레크가 그렇게 말해야만 도둑질이라는 현상을 최후의 한계까지 이용할 수 있었다.

"훔치지 않았다고?" 이모부가 의자에 앉은 채로 몸을 앞으로 숙이며 발레크의 주둥이를 다시 한번 갈겼다.

"훔치지 않았다고?" 이 집의 아들이 선 채로 다짜고짜 발레크의 따귀를 갈겼다.

아버지와 아들은 흥분했다. "훔치지 않았다고? 훔치지 않았단 말이지?" 그들은 계속해서, 쉼 없이, 같은 질문을 퍼부으며 발레크를 때렸다. 손이 발레크의 낯짝을 찾았고, 낯짝이 손안에 들어오면 갈겼다. 때로는 긴장을 풀고 짧게, 때로는 몸을 날려서 시끌벅적하게 갈겼다. 발레크는 팔로 얼굴을 가리면서 피하려 했지만, 이모부와 지그문트는 너무도 능숙했다. 처음에는 낯짝에만 손을 댔지만, 손이 점차 더 확장된 부위에 가 닿으리라는 예감이 들었다. 마침내 시골 귀족이 발레크의 머리카락을 움켜잡았고, 머리카락을 잡았기 때문에 그의 머리를 식기장 모서리에 박아 버렸다.

"도둑질하는 법을 가르쳐 주마! 내가 가르쳐 주지!"

아! 시작되는구나! 빌어먹을 밤이 점점 부풀어 오르는구나! 빌어먹을 어둠이 점점 커 가며 비밀을 드러내는구나! 어둠에 잠겨 있지만 않았어도 아무 일도 일어나지 않았을 텐데! 시골 귀족 나리가 흥분해서 날뛰었다. 도둑질을 핑계 삼아 때렸다. 자기의 두려움을 없애기 위해, 공포를 없애기 위해, 수치심으로 벌게진 얼굴을 되돌리기 위해, 미엔투스와 혀…… 형제가 되는 것 때문에, 지금껏 겪은 모든 일 때문에 때렸다.

"내 거란 말이다. 내 거라고." 이모부가 발레크를 서랍에, 가구 모서리에, 장식품에, 기둥 모서리에 밀어붙이며 말했다. "젠장, 내 거란 말이야."

그러면서 '내 거야'의 의미가 조금씩 바뀌었다. 도대체 뭐가 내 거인지 오리무중이 되어 버렸다. 은제 식기를 말하는 건지, 아니면 하인이 하는 일을 말하는 건지, 아니면 육체 혹은 영혼을 말하는 건지, 머리카락·관습·손·귀족·생활 방식·문화·혈통 등등…… 무엇을 말하는지 알 길이 없었다. 서랍이 아니라 허공에 머리를 박는 셈이었다. 서랍은 상관없다. 이제 그 어떤 핑계도 필요없다! 어쩌면 이모부는 머슴을 때리고 두들겨 패면서 자기 자신을 내세우고 싶었을 것이다. 은제 식기도 아니고, 재산도 아니고, 바로 자기 자신 말이다. 이모부는 바로 자기 자신을 내세우고 싶은 거다! 두려움, 두려움. 두려워하게 만들기, 힘으로 내세우기, 상대가 더 이상 혀…… 형제가 될 엄두를 내지 못하도록, 수다를 떨지 못하도록, 즐기지 못하도록, 주인들을 하느님처럼 섬기도록! 나리의 우아한 손으로 머슴의 낯짝에 주인의 본질을 쑤셔 넣기! 칠면조가 참새한테 자기의 본질을 가르치듯이, 폭스테리어가 잡종 개에게 가르치듯이, 부엉이가 어치한테, 황소가 강아지한테 가르치듯이 가르치기. 나는 벽걸이 천 뒤에서 눈을 비볐다. 소리를 지르고 싶었다. 도와 달라고 소리치고 싶었다. 하지만 그럴 수 없었다. 뒤로 물러선 프란치스제크의 작은 석유램프 불빛이 이 광경을 비추었다. 그런데 이모다! 이모다! 내가 헛것을 봤나? 정말 이모가 나타났나? 훈제실 문 앞에 사탕을 들고 서 있는 이모가 보였다. 나는 이모가 상황을 가라앉히고 누그러뜨리고 아무 일도 없었던 것으로 만들어 버릴 줄 알았다. 하지만 아니었다. 이모는 두 팔을 들어 올려 소리를 지르려는 것 같았고, 그러다가 알쏭달쏭한 미소를 지으며 손을 흔들더니 뭔가 알 수 없는 몸짓을 하고, 이어서 한 가지 동작을 더 하고 나서 훈제실로 그냥 들어가 버렸다. 다시 말해 이모는 없는 척했다. 자기가 본 것을 받아들이지 않았다. 자기 눈으로 본 장면을 이해하지 못했기 때문이다. 이해 불가능의 함량이 너무 높았다——그래서 이모는 자기 자신 속에, 공간 속에 틀어박혔고, 어쩌면 안개 속으로 사라져 버렸다. 너무도 희미한 안개라서 이모가 정말 왔다 갔는지조차 분명하지 않았다. 이모부는 기운이 다 빠졌지만 다시 몸을 던져 자기를 들이밀었고, 지그문트도 달려들어 자기 존재를 들이밀고 들이밀고 또 들이밀었다. 자기 손이 머슴에게 말할 수 있는 한, 계속해서 자기 존재를 들이밀었다. 힘이 다 빠진 이모부는 다시 힘을 모으고 모든 능력을 동원하고 온 힘을 다해 자기 존재를 들이밀었다. 이모부와 지그문트는 이를 악물고 헐떡거렸다.

"그래, 내가 사냥터지기한테 올라탔어? 사냥터지기한테 올라탔냐고? 그래, 혀…… 형제가 되려 한다고?"

"그래, 내가 늙은 과부랑 같이 있었어?"

그러면서 아버지와 아들은 발레크를 영원히 파괴하고 죽여 버리기 위해 계속 때렸다. 자기들의 진리는 물론 규칙을 지키면서 들이밀었다. 그러니까 다리는 절대 치지 않았다. 어깨도 치지 않았다. 오직 낯짝만 때렸다. 때리고 또 때렸다! 싸움이 아니었고, 아무렇게나 때리는 것도 아니었다. 오직 허용된 대로 낯짝을 갈겼다! 그것은 수 세기 전부터 허용된 권리였다! 램프를 들고 서 있던 늙은 하인 프란치스제크가 지친 손을 내려놓으며 조심스레 말했다.

"주인 나리들께서 너한테 도둑질하는 법을 가르쳐 주실 거다! 주인 나리들께서 가르쳐주실 거야!"

이모부와 지그문트는 마침내 때리기를 멈추고 자리에 앉았다. 머슴이 정신을 차렸다. 귀에서 피가 흐르고 낯짝과 머리가 엉망이었다. 아버지와 아들이 담배를 꺼내 물자 프란치스제크가 화들짝 달려가 담배에 불을 붙였다. 일단 끝난 것 같다. 하지만 지그문트가 담배 연기를 둥글게 내뿜으며 명령했다.

"과부! 과부를 가져와!"

미쳐 버린 거야? 늙은 과부를 어떻게 가져오라는 거야?

"나리, 그 과부는 마을에 있는뎁쇼!" 머슴이 핏발 선 두 눈을 찡그리며 말했다.

나는 이마에 흐르는 땀을 닦았다. 하지만 지그문트가 말하는 과부는 불쌍한 유제프케가 아니라, 식기장에 한 병 혹은 두 병 남은 진귀하고 귀족적이고 고귀한 술 '과부 클리코' 였다! 마침내 상황을 파악한 머슴이 식기장으로 달려가 병을 꺼냈고, 잔을 가득 채웠다. 지그문트는 아버지와 건배를 했다. 둘이 함께 늙은 과부를 즐겼다. 한 잔, 그리고 두 잔! 그리고 세 잔, 또 네 잔!

"우리가 가르쳐 줘야겠어! 조련해야겠어!"

그리고 다시 시작되었다. 또다시 시작되었다. 나 자신의 지각이 나를 속이고 있는 게 아닐까 싶을 정도였다. 사실 우리의 지각처럼 거짓된 것은 없다. 지금 이 모든 게 정말 사실일까? 벽걸이 천 뒤에 맨발로 숨은 나는 지금 내가 보는 것이 현실인지 그저 암흑인지 알 수 없었다. 맨발로 서서 현실을 보는 게 가능할까? 신발을 벗고 커튼 뒤에 숨어서 한번 보시라! 맨발로 보시라……. 정말 눈물겨운 광경이었다! 두 사람은 훌륭한 과부를 벌컥벌컥 들이켜면서 머슴을 훌륭한 하인으로 만들기 위해 조련했다. "이것 가져와, 저것 가져와!" 하고 소리 질렀고, "잔 가져와! 냅킨 가져와! 빵! 작은 빵! 전채 요리! 햄! 식탁 차려! 음식 내와!" 하고 명령했다. 머슴은 마치 뜨거운 숯불 위를 옮겨 다니듯 재빨리 뛰어다녔고, 이모부와 지그문트는 머슴이 보는 앞에서 먹고 또 먹고 마시고 맛보았다. 그렇게 머슴에게 자기들의 식사를, 주인 나리들의 식사를 들이밀었다. "주인 나리들이 마신다!" 이모부가 과부 한 잔을 비우며 소리 질렀고, "주인 나리들이 먹는다!" 지그문트가 응답하며 말했다. "난 내 것을 먹는다. 내 것을 마신다! 먹을 것 내 것! 마실 것 내 것! 주인들을 알아 모시는 법을 배워라!" 주인 나리들은 머슴의 코밑에 자기들의 존재를 들이밀고, 자기들의 모든 특성을 들이밀었다. 머슴이 죽는 날까지 다시는 자기들을 비난하거나 의문을 갖지 못하도록, 놀라지 않도록, 감탄하지도 않도록, 모든 것을 있는 그대로, '물(物) 자체', '딩 안 지히(Ding an sich)'로 받아들이도록! 그들은 또 "주인들이 명령하면 하인은 복종한다!"라고 외치면서 명령을 내렸다. 명령이 끝없이 이어졌다. 머슴은 모든 명령을 하나씩 수행했다. "내 발에 입을 맞춰!" 머슴이 발에 입을 맞췄다. "무릎 꿇어!" 머슴이 무릎을 꿇었다.

"주인 나리들이 너한테 가르쳐 주실 거다!" 프란치스제크가 옆에서 재치 있게 거들면서 자기의 역할을 수행했다. "주인 나리들이 가르쳐 주실 거다!"

이모부와 지그문트는 작은 석유램프의 불빛 아래 포도주가 묻은 테이블 옆에서 머슴을 조련했다! 머슴을 하인으로 변모시키는 것은 그들에게 허용된 일이었다. 나는 이제 그만하라고, 너무 심하다고 소리를 지르고 싶었다. 하지만 그럴 수가 없었다. 내가 숨어서 보고 있다는 걸 들키는 게 창피했다. 내가 보는 일이 정말로 내 눈앞에서 일어나고 있는지 혹시 착각은 아닌지, 나의 무엇인가가 저 끔찍한 광경 속에 들어 있지 않은지 그야말로 아무것도 알 수 없었다. 내가 맨발만 아니었어도 사물들이 다르게 보였을지도 모른다. 나는 어쩌면 낯선 또 하나의 시선, 그러니까 나와 나머지 광경을 다 볼 수 있는 제삼의 시선이 이 광경 속에 나까지 밀어 넣을지도 모른다는 생각을 했고, 그러자 불현듯 몸이 떨렸다. 머슴의 낯짝에 갈겨지는 매질 때문에 난 아주 작아지고 불안과 절망에 짓눌렸다. 하지만 웃고 싶었다. 누가 발바닥을 간질이기라도 하는 것처럼 나도 모르게 자꾸 웃음이 나왔다. 조시아, 아! 만일 조시아가 있었다면! 조시아를 납치해서, 당당한 어른으로서 조시아와 함께 도망을 친다면! 이모부와 지그문트는 여전히 미성숙한 농부를 훌륭하고 능란하게 조련하는 중이었다. 의자에 앉아 몸을 뒤로 젖히고, 이제는 오래 묵은 증류주를 마시면서, 우아하게, 심지어 광채를 발하며 조련했다.

그때 미엔투스가 문 앞에 나타났다.

"놔줘요! 놔주라고!"

미엔투스는 소리 지르는 게 아니고 병아리처럼 삐악거렸다. 그는 이모부에게 달려들었다. 바로 그때, 나는 밖에서 모두 지켜보고 있었음을 알아챘다! 모두 우리를 보고 있었다! 모두 창문 밖에 모여 있었다. 머슴들, 부엌 하녀들, 날품팔이 일꾼들, 아낙들, 하녀들, 소작지의 하인들, 저택의 하인들, 모두 우리를 지켜보고 있었다! 우리가 있는 곳의 빛이 창문으로 새어 나갔고, 밤중에 시끄러운 소란이 일자 모두 그 불빛을 향해 모여든 것이다. 그리고 주인 나리들이 어떻게 발레크를 야단치고 가르치는지, 어떻게 그에게 본때를 보여 주고 훌륭한 하인으로 만들기 위해 조련하는지 존경심을 가지고 지켜보고 있었다.

"미엔투스! 조심해!" 내가 외쳤다.

이미 늦었다. 이모부가 이미 경멸을 쏟아 내며 미엔투스를 외면하고 돌아서서 머슴의 주둥이를 한 대 더 갈겼다. 미엔투스가 달려가 발레크를 붙잡고, 포옹하고, 꽉 껴안았다. 그리고 째지는 듯한 목소리로 악을 썼다.

"내 거라니껴! 내 거라니껴! 안 줄 거라니껴. 놔두라니껴! 절대로 안 줄 거라니껴!"

이모부도 고함을 쳤다.

"코흘리개 애송이 같으니! 볼기! 넌 볼기를 좀 맞아야겠다, 이 코흘리개야!"

미엔투스의 젊은 신음에 분노한 이모부와 지그문트가 미엔투스에게 달려들었다. 미엔투스의 궁뎅이에 경멸의 자국을 남기자! 그렇게 미엔투스가 주장하는 혀…… 형제 되기의 의미를 제거해 버리자! 발레크와 농부들이 모두 보는 앞에서 그의 궁뎅이를 갈기는 거다!

"아야, 아파, 아파!" 미엔투스가 기이하게 몸을 웅크린 채 징징거렸다.

그러다가 그가 머슴의 등 뒤로 뛰어갔고, 그 순간, 이미 미엔투스와의 형제 되기를 통해 용기와 대담성을 얻은 머슴이 폭발해 이모부의 낯짝을 갈겼다.

"밀지 말라니껴!" 머슴이 야비한 말투로 말했다.

마법의 빗장이 열리고 말았다! 하인의 손이 주인의 얼굴을 친 것이다! 우당탕 궁탕, 우르릉 쾅쾅, 번쩍번쩍……. 예기치 못한 일격에 이모부는 완전히 바닥에 드러누웠다. 미성숙이 사방으로 퍼져 나갔다. 쨍그랑. 어둠. 누군가 능숙한 솜씨로 돌을 던져 램프를 깨뜨렸다. 창문이 부서졌고, 사람들이 한가득 몰려와서 기세를 떨쳤다. 농부들의 신체 부분들이 어둠을 가득 채우는 바람에 그 장소는 재산 관리인의 사무실만큼 비좁아졌다. 손과 발—아니, 천민들은 손과 발이 없다—, 다리몽둥이, 육중한 다리몽둥이들이 그득했다. 눈앞에 펼쳐진 미성숙 때문에 흥분한 천민들이 존경심을 잃고 자기들도 혀…… 형제가 되고 싶어진 것이다. 지그문트가 삐악거리는 소리가 났고, 이모부가 삐악거리는 소리도 한번 더 들렸다. 아마도 농부들이 두 사람을 나눠서, 상당히 천천히 미숙한 방식으로 다루는 것 같았다. 어두워서 잘 보이지는 않았다. 나는 커튼 뒤에서 뛰어나왔다. 이모! 이모! 이모를 잊고 있었다. 나는 맨발로 훈제실로 뛰어가 침대 겸용 소파에 앉아 있는 이모를 찾아냈다. 이모는 그렇게 앉아 존재하지 않으려고 애쓰고 있었다. 난 이모를 잡아당겨 난리통 속에 이모가 섞여 들도록 밀어 넣었다!

"얘야, 왜 이러니? 얘야?"

이모는 애원하면서 발로 차고, 나에게 사탕을 내밀기도 했다. 하지만 난 아이처럼 이모를 잡아당기고 또 잡아당겨서 야단법석이 이는 쪽으로 밀어 넣었다. 그 안에 전부 쑤셔 박았다. 그들이 이모를 손에 넣었다. 이모를 붙잡았다! 이모는 안에 있다. 이모가 저 안에 있다!

나는 뛰어서 집 안을 지나갔다. 도망친 게 아니라, 그냥 뛰었다. 뛰었을 뿐이다. 그뿐이었다. 그냥 뛰었다. 자기 꼬리를 붙잡으려고 뛰는 개처럼 성큼성큼, 맨발로 뛰었다! 현관 앞 작은 층계까지 왔다. 구름 사이로 달이 모습을 드러내기 시작했다. 저게 달인가 궁뎅이인가? 나무 꼭대기에 걸려 있는 거대한 궁뎅이, 세상 위에 떠 있는 어린애의 궁뎅이. 궁뎅이. 궁뎅이일 뿐 그 이상도 이하도 아니었다. 그들은 저기 방 안에서 벌어지는 야단법석 속에 들어가 함께 소용돌이치고 있었다. 저기는 똥, 여기는 궁뎅이. 관목의 나뭇잎들이 가벼운 바람에 떨어져 내렸다. 그리고 궁뎅이.

견딜 수 없는 절망감이 나를 옥죄었다. 나는 머리부터 발끝까지 어린애였다. 어디로 달려가지? 저택으로 돌아갈까? 그래 봤자 야단법석 속에서 발을 구르고 바닥에 드러눕고 무너질 뿐 아닌가! 어디다 얘기하지? 뭘 하지? 어떻게 이 세상 속에 자리 잡지? 어디가 좋을까? 난 혼자였다. 아니, 어린애가 되었으니 그보다 더 나쁜 상황이었다. 이런 상태로, 아무런 연결도 없이, 아무것도 가지지 않은 채로 오래 있기는 어렵다. 나는 마치 메뚜기처럼 메마른 나뭇가지 위를 건너뛰면서 길 쪽으로 나갔다. 무슨 끈이든 찾고 싶었다. 설령 오래가진 않더라도 나에게는 새로운 관계가 필요했다. 허공에 혼자 서 있을 수는 없었다. 그때 나무 곁에서 그림자 하나가 나타났다. 조시아. 조시아가 나를 붙잡고 나지막하게 물었다. "무슨 일이야? 농부들이 부모님을 공격한 거야?"

나는 조시아를 붙잡았다.

"도망가자!"

마치 내가 조시아를 납치하고 조시아는 나에게 납치당한 것처럼, 우리는 함께 들판을 가로질러서 멀리 미지의 장소로 도망쳤다. 더 이상 숨을 쉴 수 없을 때까지 정신없이 달렸다. 미처 끝나지 않은 밤을 달리면서 물가의 작은 풀밭을 지나고, 등나무 아래 웅크렸다. 추위에 이가 덜덜 떨렸다. 메뚜기들이 찌륵거리며 울었다. 새벽이 되자 새로운 붉은 궁뎅이가 백배 더 멋있어진 모습으로 지평선에 나타나 온 세상을 빛으로 채우고 세상 사물들에 긴 그림자를 드리웠다.

이제 어쩌지? 내 입은 저택에서 일어난 일을 조시아에게 도저히 설명할 수 없었다. 창피하기도 하고, 사실 할 말도 없었다. 조시아도 어느 정도 상황을 짐작했을 테지만, 그녀 역시 창피했을 테고, 그래서 그녀의 입도 말하려 하지 않았다. 조시아는 갈대들 속에 앉아 습기 찬 공기 때문에 기침을 했다. 내가 가진 돈이 얼마지? 세어 보니 잔돈을 빼고 50즈워티였다. 일단 가장 가까운 집에 들어가 도움을 청해야겠군. 하지만 우리의 입이 어떻게 모든 이야기를 알릴 수 있단 말인가? 너무 창피해서 도저히 말할 수 없었다. 다른 사람들에게 얘기하느니 차라리 여생을 등나무 밑에 앉아 보내는 게 나으리라! 절대 알릴 수 없다! 차라리 내가 조시아를 납치했다고, 우리가 같이 조시아의 부모 집에서 도망 나온 거라고 둘러대는 게 더 어른답고 나았다. 그 경우, 어차피 여자들은 언제라도 누군가 자기를 사랑한다는 걸 받아들일 준비가 되어 있으니까, 굳이 조시아를 설득할 필요도 없다. 그냥 납치를 이유로 내세우며 역으로 가서 바르샤바로 가는 기차를 타고, 바르샤바에서 우리만 아는 은밀한 새 삶을 시작하는 거다. 오직 납치만이 그런 은밀함을 정당화할 수 있었다.

그래서 나는 조시아의 뺨에 입을 맞추면서 나의 열렬한 감정을 알렸다. 우선 납치한 것부터 사과했다. 그녀의 가족들이 나처럼 돈 없는 사람과의 결합을 절대 인정하지 않을 것 같았다고, 처음 보는 순간부터 나의 감정이 불타올랐고, 그녀 역시 나를 향해 불타오르고 있음을 알았다고 말했다.

"널 납치해서 우리가 함께 도망치는 것 말고는 다른 방법이 없었어, 조시아."

조시아는 처음에는 살짝 놀라는 기색이었지만, 십오 분가량 내 고백을 듣고 난 뒤에는 짐짓 애교를 부리기 시작했다. 그녀는 내가 자기를 쳐다보았기에 나를 쳐다보기 시작하고 또 손가락을 움직이기 시작했다. 조시아는 농부들에 대해서도, 저택에서 일어난 야단법석에 대해서도 모두 잊었다. 이미 정말 납치당한 것 같았다. 그녀는 내가 자기를 납치한 걸 너무 좋아했다. 그때까지는 뜨개질을 하거나 공부를 하면서, 아니면 그냥 입 벌리고 앉아서 시간을 보내지 않았는가. 아니면 지루해하거나, 산보를 하거나, 창밖을 내다보거나, 피아노를 치거나, 봉사 단체 '상부상조'에서 박애를 베푸는 의무를 완수하거나, 채소 재배 관련 시험을 준비하거나, 음악 듣고 춤추고 시시덕거리거나, 온천을 드나들거나, 대화를 나누거나, 유리창에 코를 대고 있는 것 외에는 할 일이 없었다. 지금까지 조시아는 존재하지 않은 셈이었고, 사실 그녀는 누군가 나타나 자기를 소유해 주기만을 기다렸다. 그리고 마침내 그 누군가가 온 것이다. 하물며 납치해 주었다! 그러므로 조시아는 사랑의 모든 힘을 총동원했고, 내가 그녀를 사랑하기에 나를 사랑했다.

그사이 하늘 높이 솟아오른 궁뎅이가 수백만 개의 광선을 진짜 세계의 대용품 세상 위로, 재생지로 만든 배경에 녹색으로 칠한, 이글거리는 미광이 쏟아져 내리는 세상 위로 쏟아 냈다. 우리는 꼬불꼬불한 오솔길들을 지나고 인가를 피해 걸으며 기차역으로 향했다. 먼 길이었다. 약 20킬로미터. 조시아가 걷고, 내가 걸었다. 내가 걷고, 조시아가 걸었다. 우리는 인정사정없이 찬란하게 빛을 발하는 궁뎅이, 어린애 같고 세상을 어린애로 만드는 궁뎅이 아래를 계속 걸었다. 귀뚜라미들이 뛰어올랐다. 메뚜기들이 풀 속에서 찌르르거렸다. 작은 새들이 나무에 걸터앉았거나 날아올랐다. 길을 가다가 사람이 눈에 띄면 방향을 바꾸거나 관목 숲에 숨었다. 조시아는 자기가 이 길을 수천 번도 더 지나다녔다고, 자동차를 타고 수레를 타고 사륜마차를 타고 썰매를 타고 지나가 봐서 잘 안다고 했다. 뜨거운 열기가 우리를 짓눌렀다. 다행히도 길가에서 암소의 젖을 빨아 남들 눈에 띄지 않고 기운을 되찾을 수 있었고, 그런 뒤에 다시 걸었다. 그렇게 걷는 내내, 이미 사랑 고백이 있었기에 나는 다정한 연인들의 대화를 끌어갈 수밖에 없었고, 계속 조시아를 챙겨야 했다. 예를 들어 개울 위 작은 다리를 건너도록 도와주고, 달라붙는 파리를 쫓아 주고, 피곤하지 않은지 물어보고——그 외에도 여러 가지를 신경 쓰고 배려했다. 조시아 역시 애정을 표현해야 했으니, 나한테 붙은 파리를 쫓고, 피곤하지 않은지 물었다. 너무 피곤했다! 빨리 바르샤바에 가고 싶었다! 조시아를 떼어 내고 삶을 다시 시작하고 싶었다! 나는 그저 외양을 유지하고 핑계를 대기 위해 조시아가 필요했을 뿐이다. 상대적으로 성숙함을 갖추고 그 시골 저택의 야단법석으로부터 도망치기 위해서였다. 바르샤바로 도망가서 시간이 조금 지나면 나 혼자 살아갈 작정이었다. 하지만 그때까지는 조시아에게 관심을 가져야 했다. 상대방으로 인해 기쁨을 얻는 두 사람이 나누는 대화 같은 내밀한 대화를 이어 가야 했다. 조시아는 나의 감정에 황홀해하며 점점 더 적극적이 되었다. 궁뎅이는 수천만 세제곱 킬로미터의 높은 곳에 매달려 인정사정없는 열기를 내뿜으며 온 세상의 계곡을 짓눌렀다.

조시아는 나의 이모인 어머니, 그러니까 처녀 때 성이 '린' 인 후를레츠카 이모가 하인들과 함께 길러 낸 지방 아가씨였다. 지금까지 고등 원예 학교에서 공부했고, 상업 강의도 들었다. 때로 잼을 만들고, 까치밥나무 열매도 모으고, 마음과 정신을 갈고닦아 왔다. 그녀는 앉아 있는 시간이 제일 많았다. 사무실에서 조수로 일하기도 했고, 피아노도 조금 칠 줄 알았고, 걷기도 했고, 이런저런 이야기도 했다. 하지만 그녀가 하는 가장 중요한 일은 기다리는 것이었다. 조시아는 언젠가 자기를 사랑해 주고 납치해 줄 사람이 나타나길 기다리고 기다리고 또 기다렸다. 온화하고 수동적이고 숫기가 없는 조시아는 기다림의 전문가였고, 자기 같은 상황에는 치과 진료 대기실이 가장 적합함을 알고 그녀의 치아들 또한 그것을 알았기 때문에 자주 치통을 앓았다. 기다리던 남자가 드디어 나타나 납치해 준 지금, 장엄한 날이 밝아 온 지금, 조시아는 집약적으로 많은 행동을 하고, 자기를 내세우고 드러내기 시작했다. 그녀는 자기가 가진 장점들을 모두 꺼냈고, 그것들을 보여 주면서 미소 짓고 팔짝팔짝 뛰었고, 눈을 굴렸고, 이런저런 몸짓을 했고, 자신의 음악적 교양을 드러내기 위해(그녀는 피아노를 칠 줄 알고, 「월광 소나타」를 연주할 수 있었다.) 노래를 흥얼거렸다. 게다가 그녀는 자기 몸의 부분들 중에서 좋은 것을 돋보이게 드러내고 나쁜 것을 감출 줄 알았다. 나는 그저 지켜볼 수밖에 없었다. 나는 그 모습에 사로잡힌 척했고, 사로잡힌 사람의 흉내를 냈다. 끝없이 펼쳐진 창공에서 도도한 궁덩이가 빛을 발하면서 세상을 지배했고, 빛나고 광채를 발하고 광선을 내뿜었고, 메마른 풀들을 달구고 불태웠다. 사랑에 빠진 사람은 행복해진다는 것을 알았기에 조시아는 행복했다. 그녀의 눈은 빛나는 밝은 빛이었고, 나도 같은 눈빛이어야 했다. 조시아가 나직이 말했다.

"누구나 인생이 아름다우면 좋겠어. 누구나 우리처럼 행복하면 좋겠어. 누구든 착해지면 행복할 거야."

이런 말도 했다.

"우린 젊어. 서로 사랑하고……. 이 세상은 우리 거야!"

그녀는 나를 껴안았고, 나는 그녀를 껴안아야 했다.

조시아는 내가 자기를 사랑한다는 것에 일말의 의심도 없었기에 자기의 자질구레한 비밀들을 털어놓으면서 지금까지 그 누구와도 해 보지 못한 것들에 대해 진지하고 자신 있게 말했다. 그러니까 지금까지 조시아는 대인 공포증이 있었다. 처녀 때 성이 '린'이고 지금은 난리법석에 끼어든 후를레츠카 이모가 하인들과 함께 키워 낸 그녀는 지금까지 귀족적으로 혼자 떨어져 있었고, 남이 자기를 비판하거나 잘못 판단하는 일이 없도록 그 누구에게도 마음을 터놓은 적이 없었다. 그래서 그녀는 미완성 상태, 미확정 상태, 미확인 상태였으며, 자기가 어떤 인상을 주는지에 대해서도 분명하게 알지 못했다. 조시아에게는 절대적으로 호의가 필요했다. 그녀는 누군가 자기에게 보이는 호의 없이는 아무것도 할 수 없었다. 그녀는 오로지 자기에게 호의와 열정을 바치는 사람하고만 말할 수 있었다. 내가 그녀를 사랑한다는 생각에, 마침내 아무 조건 없이 자기를 열렬히 연모하고 자기가 무슨 말을 하든 사랑하기 때문에 다 받아들여 줄 준비가 된 사람을 얻었다는 생각에, 이제 조시아는 속내를 드러내고 외부로 향하기 시작했다. 자기가 언제 기뻤는지, 언제 슬펐는지, 어떤 취향과 어떤 환상을 가지고 있는지, 무엇에 열광하는지, 어떤 것을 꿈꾸었는지, 어떤 꿈이 깨졌는지, 어떤 감정을 느껴 보았는지, 어떤 때 환희에 젖는지, 어떤 추억을 간직하고 있는지 전부 시시콜콜 이야기했다. 아! 마침내 조시아는 사랑할 사람을 찾았다. 모든 것이 아무 비판 없이 다정하게 열정적으로 받아들여지리라는 걸 확신하며, 이제 안심하고 전부 이야기할 수 있었다. 나는…… 동의하고 받아들이고 열광할 수밖에 없었다.

조시아가 말했다.

"인간은 보편적이어야 해. 영적으로나 육체적으로 완전해져야 해. 언제나 아름다워야 해! 난 인간적인 충만함이 좋아. 저녁에 이마를 창유리에 대고 눈을 감기도 해. 그렇게 쉬어. 난 영화를 좋아해. 음악은 더 좋아하고."

나도 그렇다고 동의해야 했다. 그러면 조시아가 계속해서 조잘거렸다. 또 그녀는, 내가 자기의 작은 코에 관심이 있다고 확신하면서, 자기는 아침에 일어나면 코를 문질러야 한다고 말했다. 그러면서 웃음을 터뜨렸고, 그러면 나도 웃음을 터뜨려야 했다. 그런 뒤에 그녀는 슬픈 목소리로 덧붙였다.

"내가 바보같이 군다는 거 알아. 제대로 된 일은 하나도 못한다는 것도 알고. 별로 예쁘지 않다는 것도."

그러면 난 아니라고 부정해야 했다. 조시아는 내가 자기 말을 부정하는 건 진실의 이름으로가 아니라 오직 사랑 때문이라는 걸 알았고, 그렇기 때문에 나의 부정을 감미롭게 받아들였다. 무조건적으로 자기를 사랑해 주는 사람, 자기를 전적으로 받아들여 주는 사람, 모든 것을 호의와 열정으로 감싸 주는 사람을 마침내 찾아냈다는 사실에 황홀해했다.

아! 저택에서 농부들과 주인들이 여전히 볼썽사납게 뒤엉켜 구르며 서로 쥐어뜯는 동안에, 공중에 매달린 끔찍한 궁뎅이가 절정에 이르러 가차 없이 날카로운 광선을, 수백만 개의 화살을 던지는 동안…… 나는 호밀밭을 지나는 굽잇길 위에서 최소한 성숙의 외양을 갖추기 위해 이토록 힘겨운 고통을, 오! 이토록 호의 어린 치명적인 포근함을 감내해야 하는구나! 서로 황홀해하다니, 이런 로망스라니……. 오! 사랑에 굶주린 여인들, 사랑을 위해 뭐든 할 준비가 되어 있는 여인들, 순식간에 연모의 대상이 되어 버리는 여인들이라니, 뻔뻔하기도 하구나……. 조시아처럼 물렁하고 몰개성하며 아무것도 아닌 여자가 어떻게 나의 열정을 수긍하고 나의 연모를 받아들일 수 있단 말인가? 나의 경배를 탐욕스럽고 게걸스럽게 받아먹을 수 있단 말인가? 이 땅 위에, 하늘에 떠 있는 저 불타는 궁뎅이 아래, 지금 이 희미한 여인의 열정, 수치스러우며 거만한 이 연모와 포옹보다 더 괴로운 게 있을까?

최악의 상황은 바로 조시아가 상호성에 입각해, 그리고 상호적 환희의 체계를 완성하기 위해 나를 연모하기 시작했다는 것이다. 그녀는 나에 대해 관심을 가지고 주의 깊게 질문 하기 시작했다. 진짜 관심이 있어서가 아니라 내가 한 것을 되갚기 위해서였고, 자기가 나한테 관심을 가지면 그만큼 내가 자기 한테 관심을 가지게 될 것임을 알기 때문이었다. 나는 결국 나 자신에 대해 이야기할 수밖에 없었고, 그녀는 작은 머리를 내 어깨에 기대고 내 말을 들었다. 이따금 자기가 잘 듣고 있다는 걸 보여 주기 위해 질문을 하기도 했고, 그런 뒤에는 나한테 기댄 몸을 웅크리고, 처음 봤을 때부터 나한테 호감이 갔다, 처음부터 인상적이었다, 영원히 사랑한다, 내가 너무 대담하고 용감하다…… 등등 넘치는 다정한 연모로 나를 가득 채웠다.

"날 납치해 줬어……." 그녀는 자기 자신의 말에 도취되었다. "그렇게 할 사람은 너밖에 없어. 넌 날 사랑하고, 날 납치했어. 그 누구한테도 아무것도 묻지 않고, 우리 부모님도 겁내지 않고 날 납치했어……. 난 네 눈이 좋아. 뻔뻔하고 길들여지지 않는 정복자 같은 눈이……."

그녀가 연모의 마음을 늘어놓는 동안, 나는 마치 사탄의 채찍질을 당하는 사람처럼 몸을 꼬았다. 하늘에 떠 있는 지옥 같은 거대한 궁뎅이가 번쩍거리며 허공을 뚫고 내려왔다. 이 우주의 최후의 표시, 세상의 모든 문제들을 풀 열쇠, 단 하나의 공통분모…… 나한테 기댄 조시아는 열정적으로, 수줍어하며, 미숙한 솜씨로 날 제멋대로 만들어 냈다. 자기 마음대로 나에 대해 신화 같은 이야기를 지어냈다. 그녀가 내 자질이나 특성을 어색하게 연모하고 있다는 느낌이 들었다. 그녀는 찾고 찾아내고 불타올랐다. 그녀가 내 손을 잡고 애무하기 시작했다. 나는 그녀의 손을 애무했다. 유치하고 지옥 같은 궁뎅이는 하늘 꼭대기에 솟아올라 불타는 석쇠 같은 열기를 수직으로 내리꽂았다.

이 넓은 공간에서 가장 높은 곳에 매달린 궁뎅이는 황금빛과 은빛의 광선을 우리의 골짜기 곳곳에, 모든 지평선들 사이에 내리꽂았다. 나한테 기대 웅크린 조시아는 점점 더 나한테 바짝 달라붙었고, 점점 더 나를 자기 안에 끌어들였다. 졸음이 몰려왔다. 더 이상 걸을 수도 들을 수도 대답할 수도 없었다. 어딘지도 모를, 노란 솜털이 가득 덮인 초록색 풀들이 녹색으로 출렁이는 들판을 걸었다. 노란 솜털들은 수줍어하며 풀 속에 웅크렸고, 풀은 조금 미끄럽고 축축하고 습기를 머금어 하늘의 집요한 열기 아래 수증기를 발산했다. 오솔길 곳곳에 수북한 앵초들은 조금 메마르고 창백해 보였다. 언덕 위에는 아네모네가 많이 피어 있고 멜론이 자라났다. 습기 가득한 도랑 물에는 창백하고 시든, 섬세한, 희끄무레한 수련들이 세상을 바짝 말려 버리는 열기에 싸인 채로 떠 있었다. 조시아는 계속해서 몸을 웅크리며 나한테 기댔다. 궁뎅이는 세상을 짓눌렀다. 키 작은 나무들은 비쩍 야위고 구멍이 숭숭 난 듯한 모습이 차라리 버섯에 가까웠고, 어찌나 겁이 많은지 내가 손을 대자마자 그대로 부서져 버렸다. 참새들이 떼 지어 삐악거렸다. 하늘에는 불그스레하고 희끄무레하고 푸르스름한 구름들, 비단 종이 같고 감상에 젖은 가련한 구름들이 떠 있었다. 그런데 그 모든 것의 윤곽이 분명하지 않았다. 흐릿하고, 수동적이고, 수줍어하고, 기다림 속에 깊이 파묻혀 있었다. 절반만 살아 있고, 모습이 뚜렷하지 않았다. 그 어느 것도 진짜 경계가 그어지지 않았다. 가을마저 그랬다. 모든 것이 다른 것에 연결되어 단 하나의 덩어리, 질퍽거리고 창백하고 사그라지고 수동적인 덩어리 안에 뒤섞여 버렸다. 작은 실개천들이 웅얼거리고, 땅을 적시며 스며들고, 여기저기 수증기를 만들고, 물방울과 소용돌이를 만들고, 콸콸 소리 내며 흘렀다. 그리고 세상이 작아졌다. 줄어들고 움츠러들었다. 움츠러들면서 몸을 조이고 비볐다. 목에 꽉 끼는 목걸이처럼 우아하게…… 목에 달라붙었다. 어린애 같고 투명한 궁뎅이가 정말 끔찍스럽게 짓눌렀다. 나는 이마를 닦았다.

"도대체 이 동네는 뭐지?"

조시아가 마르고 빈약하고 게으른 얼굴을 내 쪽으로 돌리더니, 수줍어하며 내 어깨에 다정하게 기대 몸을 웅크리며 대답했다.

"내 동네야."

나는 목이 메었다. 조시아가 날 이리로 데려왔구나……. 결국 이거였구나……. 전부 조시아의 것이구나……. 하지만 졸음이 밀려왔고, 머리가 처졌고, 기운을 낼 수 없었다. 아! 여기서 벗어나자! 한 발만 물러서자. 조시아를 밀어내고 절대 접촉하지 말자. 조시아에게 심술을 부리자. 뭔가 불쾌한 얘기를 들려주자. 그녀를 무너뜨리자……. 심술을 부리자! 아! 조시아한테 심술을 부리자. 아! 조시아한테 심술을 부리자!

……그래야 한다. 그래야 한다! 나는 졸음에 빠져 머리를 어깨까지 떨어뜨린 채로 생각했다. 조시아한테 심술을 부려야 한다! 얼음처럼 차가운 심술, 구원의 길을 열어 줄 심술, 나를 살려 낼 심술! 지금이 바로 심술을 부리기 위한 결정적 순간

이다. 심술을 부려야 한다……. 하지만 나는 착한 사람인데, 조시아가 날 껴안고 있는데, 그녀가 선함으로 내 안에 파고들고 또 내가 나의 선함으로 그녀 안에 파고드는데, 그녀가 나한테 꼭 안기고 또 내가 그녀한테 꼭 안기는데, 그런데 어떻게 심술을 부린단 말인가? 아무것도 날 도와줄 수 없다! 들판과 풀밭 위에, 수줍어하는 풀밭 안에 우리 둘밖에 없다. 그녀와 나, 나와 그녀, 이렇게 둘뿐이다. 나를 해방해 줄 사람은 그 어디에도 없고 그 누구도 아니다! 나는 조시아와 단둘이 있다. 하늘엔 절대적인 지속 시간 동안 창공에 고정된 궁뎅이가 떠 있다. 팽팽해지고, 광선을 발하며, 어린애처럼, 세상을 어린애로 만들며, 닫힌 채로, 육중하게, 그 자체의 힘으로 더욱 강해져서…… 하늘 꼭대기에 떠 있다.

아! 제삼의 인물이 나타나면 얼마나 좋을까? 도와줘! 도와줘! 제삼의 인물이여, 어서 오라. 우리에게로 오라. 날 구하러 오라. 나에게 모습을 드러내서 내가 그대에게 기대게 하라. 날 구하러 오라! 제삼의 인물이여, 미지의 인물, 객관적이고 냉정하고 순수하며 머나먼 중립의 인물이여, 지금 즉시 이 자리에 나타나라! 파도처럼 펄럭이며 이방인으로서 이 미적지근함과 친근함을 갈겨 버리라! 날 조시아한테서 끌어내라! 오! 제삼의 인물이여, 어서 오라! 붙잡고 저항할 수 있는 발판을 나에게 제공하라! 내가 그대로부터 힘을 얻게 하라! 오라! 생명을 불어넣는 영감이여, 힘이여. 날 끌어내라. 날 떨어뜨려라. 날 멀리 데려가라! 하지만 조시아는 점점 더 다정하게, 뜨겁게, 정겹게 나한테 기대고 웅크렸다.

"누굴 부르는 거야? 왜 소리를 질러? 우리밖에 없잖아……."

그러면서 조시아는 낯짝을 나에게 들이밀었다. 나는 힘이 없었고, 꿈이 현실을 공격했고, 그래서 나는 어쩔 수가 없었다. 그녀가 자기 낯짝으로 내 낯짝을 껴안았으니, 난 그녀의 낯짝을 내 낯짝으로 껴안아야 했다.

낯짝들이여, 오라! 오냐, 나 그대들을 떠나지 않으리! 누군지 모르는 낯선 사람들의 누군지 모를 낯선 낯짝들, 내 글을 읽을 낯짝들이여! 난 떠나지 않고 그대들을 기다리겠노라! 내 몸의 부분들을 한데 모아 보기 좋은 화환을 만들어서 그대들을 맞이하겠노라! 바로 이 순간 모든 것이 시작되는도다. 오라. 나에게 오라. 와서 마음껏 주물러 섞어 보라! 나를 위해 새 낯짝 하나씩을 만들어 보라! 그러면 난 다시 그대들로부터 도망쳐 다른 사람들한테로 달려가야 하리라! 달리고 달리고 달리리라. 인류의 모든 사람들 속을 달려가리라. 낯짝한테 주어지는 유일한 안식처는 바로 다른 낯짝일지니! 그리고 인간으로부터 자신을 지키는 유일한 방법은 그 사이에 다른 인간을 두는 것일지니! 하지만 궁뎅이를 피할 안식처는 없다. 그대들이 원한다면 나를 따라 달려라. 낯짝을 두 손으로 감싸고 도망가는 내 뒤를 따라 달려라.

이제 끝이다. 트랄랄라.

이 책을 읽을 사람한테 한마디 하겠다. 제기랄!

W. G.

곰브로비치의 『페르디두르케』

수전 손택(Susan Sontag)

제목부터 시작해 보자. 무슨 의미인가…… 아무 의미도 없다. 소설에는 '페르디두르케'라는 이름의 인물이 나오지 않는다. 그리고 이것은 다가올 무례함을 미리 맛보여 주는 것에 불과하다.

1937년 말, 저자의 나이 서른세 살 때 출간된 『페르디두르케』는 이 위대한 폴란드 작가의 두 번째 작품이다. 첫 번째 작품의 제목인 『미성숙한 시절의 회고록』을 이 소설에 썼다면 멋지게 어울렸을 것이다. 그래서 곰브로비치가 무의미한 제목을 골랐는지도 모르겠다.

무심코 수치스러운 고백이라도 한 양 바르샤바의 평론가들로부터 맹비난을 받았던 곰브로비치의 첫 번째 책은 단편집이었다.(그가 1926년부터 잡지에 발표해 온 단편들이다.) 그 후 이 년 동안 첫 희곡인 「부르고뉴 공주 이본」과 『페르디두르케』에 막간 에피소드로 삽입되는 한 쌍의 단편(「어른이며 아이인 필리도르」와 「어른이며 아이인 필리베르」) 그리고 그것들에 덧붙인 가짜 서문들을 비롯하여 다수의 단편소설을 발표하였다. 그런 다음 1935년 초 본 작품의 집필에 착수했다. 기상천외한 이야기들을 모은 그의 책 제목이 —— 그의 말대로 —— "아무렇게나 고른" 것처럼 보였던가? 지금이라면 그는 정말로 그렇게 할 것이다. 그는 미성숙을 옹호하기 위해서라면 서사시라도 쓸 것이다. 그는 말년으로 가면서 이렇게 선언했으니까. "미성숙 —— 이 얼마나 망신스럽고 불쾌한 단어인가! —— 은 나의 구호가 되었다."

'미성숙'('젊음'이 아니라)은 뭔가 볼썽사나운 것, 그의 또 다른 키워드인 열등한 것을 상징한다는 점에서 곰브로비치가 고수하는 단어다. 그의 소설이 묘사하고 지지하는 열망은 찬란했던 젊은 시절을 되살리려는 파우스트 같은 것이 아니다. 어느 날 아침 잠에서 깨어나 자신의 삶과 모든 계획이 무가치하다는 확신에 사로잡힌 서른 살 먹은 남자가 한 교사에게 납치되어 풋내 나는 소년들의 세계로 보내지면서 겪게 되는 것은 치욕이며 전락이다.

곰브로비치는 집필을 시작하면서부터 "광기, 어리석음, 부조리"에 가까운 "환상적이고, 이상야릇하고, 기괴한 어조"를 택하기로 마음먹었다. 곰브로비치는 이렇게 말할지도 모르겠다. 화를 돋우는 쪽이 이기는 거라고. 나는 생각한다, 고로 나는 반박한다. 1930년대의 문학적인 바르샤바를 자랑으로 여기는 젊은 지망생으로서, 곰브로비치는 찌푸린 얼굴 표정과 물불 안 가리는 무모한 태도로 이미 작가들의 카페에서 전설적인 존재였다. 그는 책 속에서도 마찬가지로 독자들과 격정적인 관계를 추구한다. 웅장하면서도 실없는 이 소설은 비타협적인 연설과도 같은 작품이다.

그런데도 곰브로비치는 자기가 어디로 가고 있는지도 모르는 채 소설을 시작했던 것 같다. "생생하게 기억할 수 있다." 곰브로비치는 죽기 한 해 전인 1968년에 이렇게 단언했다.(기억해 낸 것일까? 아니면 자신의 전설을 꾸며 낸 것일까?)

『페르디두르케』를 시작할 때는 내 적수들을 누를 날카로운 풍자 정도나 써 볼 생각이었다. 그러나 내가 쓴 말들은 순식간에 격렬한 춤 속으로 휘말려 들어갔고, 제멋대로 사납게 날뛰면서 그로테스크한 광기를 향해 무서운 속도로 질주해 갔다. 그래서 수준을 맞추기 위해 책의 첫 부분을 다시 써야 할 정도였다.

그러나 문제는 앞부분에 광기 어린 에너지를 좀 더 집어넣어야 했다는 것보다는 곰브로비치가 자신의 이야기가 몰고 올 논쟁 —에로스의 본질에 대한, 문화(특히 폴란드 문화)에 대한, 이상(理想)에 대한— 에 치러야 할 대가를 예측하지 못했다는 것이었다.

『페르디두르케』는 큰 것은 작아지고 작은 것은 기괴하게 커지는 부조리한 세계, 예를 들면 거대한 엉덩이가 하늘에 떠 있

작품 해설

는 그런 세계로 끌려가는 비현실적인 유괴로 시작한다. 곰브로비치의 이상한 나라는 루이스 캐럴이 사춘기 이전의 소녀를 위해 그려 낸 풍경과는 대조적으로, 모양과 크기가 제멋대로 바뀌는 것들로 가득 차 있으며 욕정으로 부글부글 들끓고 있다.

어둠 속에서 커지기. 응축과 긴장에 연결된 부풀어 오르기와 퍼져 나가기. 일반적이면서 특수한 확산, 허물 벗기, 담금질하는 긴장, 긴장된 담금질, 7층 높이에서 판자 하나에 매달려 있기, 모든 신체 기관이 곤두선 상태로 줄 하나에 매달려 있기, 그리고 간질임. 다른 것으로 바뀌기, 변형, 변모, 차곡차곡 겹쳐 쌓이며 커 가는 체계 속으로 추락하기…….

앨리스의 이야기에서는 한 어린아이가 새롭고 환상적이지만 무자비한 논리가 지배하는 무성적인 지하 세계로 떨어진다. 반면 『페르디두르케』에서는 학생으로 변한 성인이 상대방을 격분시켜 수치스러운 욕망을 실토하게 만드는 새로운 어린아이의 자유를 발견한다.

유괴로 시작했으니 유괴로 끝내 보자. 첫 번째 유괴는(핌코 교수의 말에 따르면) 주인공을 진실한 장으로, 다시 말해 통제할 수 없는 감정과 욕망의 장으로 되돌려 놓는다. 두 번째 유괴는 주인공이 소위 성숙으로 회귀하는 잠정적인 비행에 나서는 모습을 보여 준다.

한밤중에 복도에 서 있다 들키기라도 하면, 왜 야반도주하 듯 떠나야 하는지 어떻게 이해시키겠는가? 사람들은 어떤 경로를 통해 비정상적이고 음침한 길로 빠져드는 걸까? 정상이란 비정상의 심연 위에 늘어뜨려 놓은 곡예사의 줄에 지나지 않는다. 일상적인 질서 속에도 언제나 광기가 섞여 있는 법이다! 당신의 의지와 상관없이 이어지면서 그 힘으로 머슴을 납치하게 되고, 또 머슴을 데리고 도망치게 될 수도 있다. 언제 그리고 어떻게 그런 일이 일어날지는 아무도 모른다. 차라리 조시아를 납치하는 게 낫지 않을까? 조시아를 이 시골 저택에서 납치해 가는 것이 정상적이고 합당한 일이 아닐까? 그렇다. 누군가를 납치해야만 한다면 조시아여야 했다. 멍청한 머슴이 아니라 조시아를 납치해야 했다.

『페르디두르케』는 성적 결합이 단 한 장면도 나오지 않으면서도, 지금까지 성적 욕망에 대해 쓰인 가장 신선하고 솔직한 작품 중 하나다. 확실히 에로스를 위해 카드 패들이 처음부터 교묘하게 맞춰져 있다. 엉덩이, 넓적다리, 장딴지의 아우성으로 이 사회의 허튼소리를 침묵시키는 데 동의하지 않을 사람이 누가 있겠는가? 머리는 명령한다. 적어도 그러기를 원한다. 엉덩이는 지배한다.

나중에 곰브로비치는 자신의 소설을 팸플릿이라고 불렀다. 그는 또한 이를 철학적 이야기를 볼테르식 패러디라고 칭하기도 했다. 곰브로비치는 20세기 최고의 논객 중 한 명이다. 그는 이렇게 선언했다. "사소한 문제에 대해서라도 반박한다는

것이야말로 오늘날 예술에서 최고의 필요조건이다." 그리고
『페르디두르케』는 여러 생각들을 담은 눈부신 소설이다. 이
생각들은 소설에 무게와 날개를 부여한다.

곰브로비치는 까불거리며 뛰놀다가 우레 같은 소리를 지르
고, 허세를 부리다가 조롱하기도 하지만, 재평가의 기획, 숭고
한 '이상들'에 대한 비평에는 대단히 진지하다. 『페르디두르케』
는 내가 아는 한 니체주의적이라고 말할 수 있는 몇 안 되는
소설들 중 하나다. 물론 그렇게 일컬을 수 있는 코믹 소설로는
유일하다.(혜세의 감동적인 환상곡 『황야의 이리』도 이 소설에 대
면 감상으로 가득 찬 것으로 느껴진다.) 니체는 기독교의 후원 아
래 노예의 가치가 득세하고 있다고 개탄하면서, 타락한 사상
들을 일소하고 새로운 형식의 주인 정신을 정립하자고 요청했
다. 곰브로비치는 불완전하고 미완성이며 열등한 젊음에 대한
'인간적인' 필요를 긍정하면서, 열등함에 있어서 전문가를 자
처한다. 추잡한 청춘은 오만한 성숙에 대한 강력한 해독제일
수도 있다. 그러나 곰브로비치가 생각하는 바는 바로 이런 것
이다. "퇴화는 영원히 나의 이상이 되었다. 나는 노예를 숭배
했다." 그것은 여전히 성숙 대 미성숙, 전체 대 부분, 착의(着
衣) 대 벌거벗음, 이성애 대 동성애, 완성 대 미완성이라는 이
원론들의 신나는 목신의 춤으로, 가면을 벗기고 정체를 폭로
하는 니체주의적 기획이다.

곰브로비치는 최근 '포스트모던'으로 새롭게 개명된, 소설
작법의 전통적인 규범을 비트는 문학적 모더니즘의 장치들을
유쾌하게 배치한다. 특히 눈에 띄는 것은 모순되는 감정 상태

를 오가면서 도처에서 불쑥불쑥 끼어드는 수다스러운 화자다. 익살스러운 풍자극은 어느새 애조 띤 분위기로 바뀐다. 그는 우쭐대고 있지 않으면 기가 푹 죽어 있다. 광대 짓을 하지 않으면 상처받기 쉽고 자기 연민에 빠지는 것이다.

미성숙한 화자는 일종의 솔직한 화자다. 보통은 숨기는 것까지 드러내 놓고 과시하는 자다. 솔직함과 도발이 판치는 세계에서 진실성이란 아무 의미 없는 이상 중 하나가 되었기에, 있는 그대로의 자신이 아니라는 것 자체가 '진실한' 화자다. "문학에서 진실성이란 아무 데도 이르지 못한다……. 우리는 인위적이 될수록 솔직함에 점점 더 가까워지게 된다. 예술가는 인위성을 통해 비로소 수치스러운 진실에 접근할 수 있다." 곰브로비치는 자신의 유명한 일기에 대해 다음과 같이 말한다.

당신은 '진실한' 일기라는 걸 읽어 본 적이 있는가? '진실한' 일기야말로 가장 거짓투성이의 일기다……. 그러니 결국 진실성이란 얼마나 진절머리 나는 것인가! 아무 쓸모도 없다.

그러면 어떻게 해야 할까? 내 일기는 진실해야 했지만 진실할 수가 없었다. 내가 어떻게 이 문제를 해결할 수 있었을까? 말, 자유롭게 입에서 흘러나오는 말에는 위안을 주는 특이함이 있다. 말은 그것이 고백하는 내용이 아니라 주장하고자 하는 것, 추구하는 것에서 진실성에 근접한다.

그래서 나는 내 일기가 고백으로 바뀌지 않게 해야 했다. 독자 앞에 불쑥 뛰어들려는 의도로, 모두가 지켜보는 가운데 나 자신을 창조하고 싶은 마음으로 '행동하는 중인' 나 자신을 보

여 주어야 했다. '이것이 내가 여러분을 위해 존재하고자 하는
방식이다.'이지, '이것이 내가 존재하는 방식이다.'가 아니다.

그렇기는 하지만, 『페르디두르케』의 구성이 아무리 기발하
다 해도, 주인공과 그의 열망을 저자 자신의 인격과 병적 일탈
의 치환으로 보지 않는 독자는 아무도 없을 것이다. 유조 코
발스키를 작가——엄청난 비웃음을 산 실패한 단편집? 그렇다,
『미성숙한 시절의 회고록』의 저자——로 만듦으로써, 곰브로비
치는 대담하게도 독자가 그 소설을 쓴 사람에 대해 생각하지
못하도록 만든다.

자신의 정체성과 특권을 버리는 공상에 골몰하는 작가. 유
괴로 상징되는 젊음으로의 비행을 꿈꾸는 작가. 어른에게 요
구되는, 자신의 존재를 아는 세계로부터의 삭제로 상징되는
운명을 지닌 낙오자.
그런데 그때 공상이 현실로 나타났다.(작가의 삶이 그토록 명
확하게 운명의 형태로 나타난 예는 거의 없었다.) 서른다섯 살 때,
운명의 날인 1939년 9월 1일을 며칠 남겨 놓은 어느 날, 곰브
로비치는 유럽에서 먼 곳으로, '미성숙한' 신세계로 갑작스럽
게 추방되었다. 그의 실제 삶에 일어난 이 같은 변화는 소설
속에서 서른 살 남자가 학생으로 변신한 것 못지않게 무지막
지한 것이었다. 그에 관해 알려진 것이 아무것도 없기에 그에
게 기대되는 것도 전혀 없는 곳에서, 생계 수단도 없이 오도
가도 못할 상황에 빠져, 그는 길을 잃을 천우신조의 기회를 얻

었다. 그는 폴란드에서는 명문가 출신의 비톨트 곰브로비치, 많은 이들이(그의 친구이자 같은 시기의 또 다른 위대한 작가 브루노 슐츠도 포함해서) 걸작으로 쳐 주는 책을 쓴 저명한 '전위' 작가였다. 아르헨티나에서 그는 이렇게 적고 있다. "나는 아무것도 아니었다. 그래서 무엇이든 할 수 있었다."

아르헨티나에서 보낸 이십사 년(대부분의 세월을 극도의 궁핍 속에서 보냈다.)의 시간과 그가 자신의 공상, 용기, 자존심에 어울리도록 만들어 낸 아르헨티나 없이 곰브로비치를 상상하기란 불가능하다. 그는 젊은이로 폴란드를 떠나 예순이 다 되어 유럽으로 돌아와(폴란드에는 끝내 돌아가지 못했다.) 프랑스 남부에서 육 년 후 사망했다. 유럽을 떠난 덕에 그가 작가로서 대성할 수 있었던 것은 아니었다. 떠나기 이 년 전 『페르디두르케』를 발표하면서 그는 이미 완전히 문학의 대가가 되어 있었다. 망명은 그보다는 그의 소설이 알고 있는 모든 것을 운 좋게도 가장 적절한 때에 확인해 주고, 앞으로도 계속될 경탄스러운 저작 활동에 방향과 신랄함을 더해 주었다.

이주의 시련——곰브로비치에게 그것은 시련이었다——은 일기에서 익히 알 수 있듯이 그의 문화적 호전성을 날카롭게 벼려 주었다. 일기——영어로 된 세 권짜리 책으로, '개인적인' 일기라고 할 수는 없는 것——는 일종의 자유 형식 소설, 포스트모던 전위 문학으로 읽힐 수 있다. 다시 말해 규범을 위반하는 프로그램에 의해 움직인다는 점에서 『페르디두르케』와 유사하다. 저자의 경이적인 천재성과 날카로운 지성을 주장하는 의견은 그의 불안정함, 결함들, 당혹스러움, 야만스럽고 촌스러운 편견들에 대한 도전적인 자인(自認) 등을 줄기차게 거론하는 목소리와 팽팽히 맞선다. 곰브로비치는 1930년대 말 부에노스아이레스의 생동하는 문학적 환경이 자신을 무시한다고 생각했으므로 이를 거부하고 싶었고, 또한 이론의 여지가 없을 만큼 위대한 한 작가가 그곳에 자리 잡고 있음을 의식했기 때문에, 자신이 보르헤스의 '대척점'에 서 있다고 선언했다. "그는 문학에 깊이 뿌리를 박고 있지만, 나는 삶에 뿌리 박고 있다. 솔직히 말하자면 나는 반문학적이다."

곰브로비치가 문학의 개념과 벌인 순전히 이기적인 싸움에 피상적으로나마 동의하는 양, 지금은 많은 이들이 『페르디두르케』 대신 일기를 그의 최고 걸작으로 꼽는다.

일기의 악명 높은 서두는 아무도 잊지 못할 것이다.

일요일

나.

화요일

나.

수요일

나.

목요일

나.

곰브로비치는 이런 식으로 쭉 나가다가, 금요일의 기록은 폴란드 신문에서 읽은 어떤 자료에 대한 희미한 회상에 할애

했다.

곰브로비치는 자기중심적인 태도로 상대를 화나게 만들려 한다. 작가는 끊임없이 자신의 영역을 방어해야 한다. 그러나 작가는 또한 경계선을 버려야만 하는 자이다. 그렇기에 곰브로비치가 주장하듯이 이기주의는 정신적·지적 자유의 전제 조건이다. "나…… 나…… 나…… 나."에서 "우리…… 우리…… 우리…… 우리."에 조소를 보내는 고독한 망명자의 목소리를 들을 수 있다. 곰브로비치는 폴란드 문화, 즉 폴란드의 완고한 정신적 집단주의(일반적으로 낭만주의라 불리는)와 폴란드 작가들의 애국적 순교, 국가적 정체성에 대한 강박적인 집착과 끊임없이 논쟁을 벌였다. 문화적·예술적 문제들에 대한 그의 관찰에서 엿보이는 냉철한 지성과 에너지, 폴란드가 경건하게 섬기는 대상들에 대한 정당한 도전, 대담하고 화려한 논쟁 솜씨로 인해 그는 결국 고국에서 지난 반세기 동안 가장 영향력 있는 산문 작가로 떠올랐다.

여러 세대에 걸쳐 외국의 지배를 받아 오면서 유럽 문화와 서유럽의 관심권 밖으로 밀려났다는 폴란드인으로서의 의식 덕분에, 이 불행한 망명자는 긴 세월을 작가로서 거의 완전히 고립된 상태에서 보내면서도 자신이 기대한 이상으로 잘 버텨 낼 준비가 되어 있었다. 그는 용감하게도 아르헨티나에서 어디에도 기댈 곳 없게 된 자신의 상황으로부터 깊이 있고 자유로운 의식을 끌어내는 대사업에 착수했다. 망명은 그의 사명을 시험하고 확장시켰다. 그는 망명을 통해 민족주의자들의 애국심과 자기만족에 대한 반감을 굳히면서 세계 문학의 완벽한 시민이 된 것이다.

『페르디두르케』가 나온 지 육십 년도 더 지난 지금, 곰브로비치의 조롱거리가 됐던 폴란드의 표적들은 거의 남아 있지 않다. 그것들은 그가 성년이 되기까지 자랐던 폴란드와 함께 자취를 감추었다. 전쟁, 나치의 점령, 구소련의 지배(그를 끝내 돌아오지 못하게 만든), 1989년 이후의 소비주의 풍조 등 다양한 타격으로 파괴된 것이다. 성인들은 항상 스스로 성숙하다고 주장한다는 그의 가정도 이제는 거의 구닥다리가 되었다.

우리는 타인들과의 관계에서 교양 있고 우월하고 성숙한 모습이길 원한다. 그래서 성숙한 용어를 사용하며, 예를 들면 아름다움, 선, 진실 따위에 대해 논한다…… 그러나 우리들 자신의 내밀한 현실 속 깊은 곳에서는 부적절함, 미성숙, 그런 것들밖엔 느껴지지 않는다……

이 선언은 딴 세상에서 온 것 같다. 이제는 사람들이 느끼는 어떠한 당혹스러운 결함이라도 아름다움, 선, 진실 따위의 허풍스러운 절대적 가치들로 가려진다는 것은 생각도 할 수 없는 일이다. 성숙, 교양, 지혜 등 유럽식 이상은 영원한 젊음에 대한 미국식 찬양에 서서히 밀려났다. 문학에 대한 불신과 '고급' 문화의 엘리트주의, 혹은 반생명주의와의 동일시는 오락적 가치가 지배하는 새로운 문화의 단골 메뉴가 되었다. 이제는 강요에 의해서가 아니라 대중에게 오락거리를 제공하기 위한 차원에서 타인의 비관습적인 성적 감정을 누설하는 일이 다반사가 되었다. 이제 '이류'를 좋아한다고 주장하고 싶은 사람은 그것이 전혀 격이 떨어지는 일이 아니며, 오히려 더 훌륭한 일이라고 주장해야 할 것이다. 곰브로비치가 맞서 싸웠던 주류 견해들 중 아직도 여전히 영향력을 유지하고 있는 것은 거의 없다.

그렇다면 『페르디두르케』가 아직도 불쾌감을 일으킬 수 있을까? 아직도 발칙하게 보이는가? 이 소설의 신랄한 여성 혐오를 제외한다면, 아마도 대답은 부정적일 것이다. 여전히 황당무계하고, 눈부시고, 불온하고, 용감하고, 우스꽝스러운가? 그렇다.

자기 자신의 전설을 열성적으로 관리해 온 인물답게, 곰브로비치가 모든 형태의 위대성을 훌륭하게 피해 왔다는 주장은 진실을 말한 것이기도 하고 그렇지 않기도 하다. 그러나 그가 무슨 생각을 했든, 혹은 자기가 무슨 생각을 하는 것으로 보이고 싶었든 간에, 누군가가 걸작을 빚어냈다면 피할 수 없는 어떤 결과들이 있기 마련이며, 결국은 그 자체로서 인정받게 된다. 1950년대 후반 『페르디두르케』가(운 좋게 후원을 얻어) 마침내 프랑스어로 번역되었고, 곰브로비치는 드디어 "발견되고야 말았다." 이 성공, 실재든 가공이든 그의 적들과 중상모략자들에 대한 승리야말로 그가 학수고대해 온 것이었다. 그러나 독자들에게 스스로에 대한 어떤 표현도 삼가도록 하고, 모든 믿음을 경계하고 감정을 불신하며 무엇보다도 그들을 정의하는 것과 자신을 동일시하지 말라고 충고했던 그 작가는 나 곰브로비치는 그 책이 아니라고 주장할 수밖에 없었다. 진짜로 그는 그보다 못해야만 했다. "그 작품은 문화로 탈바꿈하여 하늘 높이 떠오른 반면, 나는 아래에 남아 있었다." 소설의 말미에서 내키지 않는 심정으로 정상(正常)으로 날아가는 주인공 머리 위에 높이 떠 있는 거대한 엉덩이처럼, 『페르디두르케』는 문학의 최고천(最高天)을 향해 위로 위로 떠올랐다. 욕망을 정상의 틀에 맞추려는 모든 시도에 대한 장엄한 조소가 영원하기를……. 그리고 위대한 문학의 영역도 그러하기를.

(송은주 옮김)

미성숙의 축제와 도발

서른 살의 나이에도 세상 속에 "확실하게 정해진 위치" 없이 어정쩡하게 살아가던 유조 코발스키는 어느 날 아침 잠에서 깨어나면서 갑작스러운 공포에 사로잡힌다. 그것은 "무(無)에 대한 두려움, 공허 앞에서 느끼는 공포, 실재하지 않는 것 앞에서의 뒷걸음질, 속으로 찢기고 벌어지고 흩어지는 순간에 온몸의 세포가 내지르는 생물학적 외침"이었다. 아마도 그 공포의 여파로 그날 밤 꿈속에서 서른 살의 유조는 열다섯 혹은 열여섯 살 '풋내기'일 때의 자기 자신을 만나게 된다. 몸이 하나로 합쳐지지 않고 "각 부분이 온전하고 잔인한 조롱의 분위기 속에서 거세게 날뛰는" 느낌에 시달린 그 만남 이후 주인공은 자신이 세상의 일원이 되기 위해 어떤 노력을 했는지 되짚어 보게 된다. 그 과정에서 등장하는 책, 유조 코발스키가 주변의 우려와 경고를 무시하고 써낸『미성숙한 시절의 회고록』이 실제 곰브로비치의 첫 작품의 제목이라는 점에서 한순간 자전적 유희를 끌어들인 뒤, 이야기는 곧 기상천외한 모험을 따라간다. 그 여정은 "자신의 존재 이유를 지고의 방식으로 알리는 작품"을 새로 쓰기 시작한 유조 코발스키 앞에 "크라쿠프의 교육자이자 교양 있는 문법학자" 핌코가 나타나면서 시작된다. 그가 코안경 너머로 던진 눈길이 주인공을 전날 꿈속에서 본 '풋내기'로 바꾸어 버린 것이다. "갑자기 내 몸이 작아지기 시작했다. 발이 작아지고, 손이 작아지고, 나의 작품이 작아지고, 나의 자아가 작아지고, 내 존재가 작아지고, 내 몸도 작아졌다."

주인공 유조가 일인칭 화자로서 이야기를 이끌어 가는 소설『페르디두르케』는 총 14개 장으로 이루어진다. 발단에 해당하는 1장에 이어, 2장과 3장은 유조가 핌코의 손에 이끌려 가게 된 학교에서 벌어지는 일들을 이야기한다. 가장 중요한 것은 '청년' 시폰과 '건달' 미엔투스의 대립이고, 그들의 갈등은 결국 누가 더 얼굴을 잘 찌푸려서 "개인적이고 개별적이고 감동적이고 공격적인 표정"을 만들어 내는지로 승부가 결정되는 기이한 '인상 쓰기' 결투에 이른다. 이어서 4장과 5장은 화자 스스로 "그저 종이를 채우겠다는, 내 앞에 놓인 백지의 양을 줄이겠다는" 의도로 끼워 넣었다고 주장하는, 종합론자 필리도르 박사와 분석론자 안티필리도르 박사의 황당무계한 대결 이야기다. 이후 원래의 줄거리로 돌아가 6장부터 10장까지는 순진함을 주입해 모두를 어린애로 만드는 것을 교육 철학으로 삼는 학교, 그리고 현대성의 기수인 므워드지아코프 부부가 사는 하숙집을 오가며 사건들이 전개된다. 그 중심에는 "현대적인 여고생" 주트카와 낭만적 과거를 구현하는 "구닥다리 현학자" 핌코의 대립이 자리 잡고 있고, 유조는 "모종의 수치심이 모두의 입을 막아 버"린 탓에 "조용한 교회 안에서처럼 침묵 속에서 이어"진 난투극을 불러일으킨 뒤 그 집을 떠난다. 이어 11장, 12장에서는 앞의 필리도르 이야기에 대응하여 "대칭과 유사의 법칙이라는 철칙"에 따라 필리도르 이야기 못지않게 황당무계한 필리베르 이야기가 펼쳐진다. 마지막 13장과 14장은 "진정한 머슴"을 꿈꾸는 미엔투스를 데리고 길을 떠난 주인공이 우연히 머물게 된 후를레츠카 이모의 집을 배경으로 하고, 유조의 등장은 태곳적부터 이어져 온 시골 귀족과 하인들의 관계——"주인의 손은 하인의 낯짝과 같은 높이에" 있는 것으로 규정된다——를 우스꽝스럽고 기괴한 방식으로 무너뜨린다. 그리고 얼떨결에 사촌 누이 조시아를 데리고 바르샤바로 돌아가는 것으로 서른 살이고 열다섯 살인 유조 코발스키의 긴 여정이 끝난다. "그대들이 원한다면 나를 따라 달려라. 낯짝을 두 손으로 감싸고 도망가는 내 뒤를 따라 달려라. 이제 끝이다. 트랄랄라. 이 책을 읽을 사람한테 한마디 하겠다. 제기랄!"

비톨트 곰브로비치는 1904년 폴란드 바르샤바 근교의 지주이던 부유한 귀족의 아들로 태어났다. 부모의 바람대로 바르샤바 대학교에서 법학을 공부한 뒤 이후 파리에서 철학과 경제학을 공부했고, 변호사 생활을 하면서 글을 쓰기 시작했다. 작가로서의 그의 삶을 대략 세 시기로 나누어 보면, 첫 시기는 바르샤바 비평가들로부터 맹비난을 받은 단편집 『미성숙한 시절의 회고록』(1933)을 시작으로 희곡 『부르고뉴 공주 이본』(1935)과 소설 『페르디두르케』(1937)까지, 그가 '미성숙'이라는 주제를 휘두르며 바르샤바의 문단을 휘젓던 '앙팡 테리블' 시절이다. 이어서 그는 아르헨티나에 관한 기사를 쓰기 위해 남아메리카로 떠났다가, 나치의 폴란드 침공으로 귀국하지 못하고 머물게 된다. 본의 아니게 시작되어 이십사 년 동안 이어진 아르헨티나 체류 기간 동안 그는 조상에게서 물려받은 경제적 안락함 대신 무엇이든 마음대로 할 수 있고 마음껏 미성숙할 수 있는 자유를 누렸다. 그곳에서 『페르디두르케』의 스페인어판(1947)을 시작으로 희곡 「결혼」(1953)과 소설 『대서양 횡단선』(1953)과 『포르노그라피아』(1960)를 발표했다. 마지막은 1963년 포드 재단의 지원을 받은 베를린 체류를 시작으로 유럽에 머문 시기로(조국 폴란드에는 끝내 돌아가지 못했다), 이듬해 파리를 거쳐 프랑스 남부 방스에 정착한 곰브로비치는 그곳에서 여생을 보내며 소설 『코스모스』(1967), 희곡 「오페레타」(1966) 등을 발표했다.

1969년 곰브로비치가 사망했을 때 프랑스 언론은 "알려지지 않은 작가들 중 가장 유명한 작가"의 죽음을 애도했다. 사실 지금도 곰브로비치는 일반 대중에게는 여전히 낯선 작가라고 말할 수 있고, 동구권 문화에 대한 관심이 그다지 높지 않은 우리나라의 독자들에게는 더욱 그렇다. 사실 이러한 '낯섧'의 거리는 그의 작품을 읽고 난 연후에도 그다지 줄어들지 않는다. 문학사의 계보를 그리려고 노력하는 비평가들은 그의 이름을 세르반테스, 라블레, 카프카, 주네, 나보코프, 쿤데라…… 등 많은 이름과 연결하려 했지만, 장피에르 살가가 곰브로비치에 대한 비평서에서 말한 대로 이 수수께끼 같은 인물이 쓰고 있는 가면들을 벗겨 내기는 쉽지 않다. 그의 작품들은 20세기 중반의 정치적 상황 때문에 정작 폴란드에서는 1957년이 되어서야 일시적인 자유화 흐름을 타고 출간되었다가(이때 『미성숙한 시절의 회고록』의 증보판 『바카카이』가 나왔다) 역시 정치적인 이유로 곧 다시 출간이 금지되었고, 프랑스와 독일 등 서유럽 국가들을 중심으로 서서히 퍼져 나갔다. 그중에서도 그의 작품 출간이 가장 활발했던 곳은 작가가 말년을 보낸 프랑스로, 『페르디두르케』, 『포르노그라피아』, 『바카카이』 외에도 수전 손택에 따르면 "일종의 자유 형식의 소설"이자 "포스트모던 전위 문학으로 읽힐 수 있는" 『일기』 등이 출간되었다.

이 책은 『페르디두르케』의 프랑스어판을 우리말로 옮긴 것이다. 프랑스 독자들에게도 낯설었기 때문인지 프랑스식으로 바꾼 인명들(예를 들어 하숙집의 '므워드지아코프' 부부는 '르죈' 부부로 나온다)의 경우는 폴란드어판을 따랐다.

전통적 의미의 소설과 거리가 먼 『페르디두르케』는 청년과 건달의 대결, 종합론자와 분석론자의 대결, 현대적인 여고생과 구닥다리 현학자의 대결, 진정한 머슴을 찾아 떠난 젊은이

옮긴이의 말

와 시골 귀족의 대결 등 허무맹랑한 에피소드들을 유기적 관계라는 구성 원칙과 무관하게 늘어놓는다. 사건들과 말들은 있음직한 관계로 엮이지 않고, 서술을 이끌어 가는 나-화자의 논리는 개연성과 거리가 멀다. 『페르디두르케』는 무엇보다 미성숙의 이야기다. 성숙의 세계는 '형식'이라는 껍질 안에 미성숙을 가둔 채로 미성숙의 자유를 부러워하고 동시에 두려워한다. "어른의 이상에 맞서 다른 어른의 이상으로 대항하는 혁명 투사"를 두려워하지 않는 성숙의 세상은 그래서 미성숙의 낌새만 감지해도 지체 없이 공격한다. 이런 상황에서 성숙의 강요로 미성숙이 뒤집어쓰는 형식이 바로 '낯짝'이다. 미성숙의 낯짝은 성숙이라는 가치를 앞세운 타인들의 시선이 만들어 낸 실존의 가면이다. 주인공-화자는 이렇게 말한다. "정신의 세계에는 항구적인 폭력이 존재한다. 우리는 자율적이지 않고, 타인에 대한 함수일 뿐이다." 하지만 미성숙의 낯짝은 고정된 형식으로서의 얼굴과 달리 언제라도 다르게 변할 수 있다. 자유의 힘을 동반한 미성숙의 노골적인 반격이 결국 성숙을 혼란 속에 '쑤셔 넣는' 것은 그 때문이다. 낯짝과 함께 미성숙의 세계를 지탱하는 것은 '궁뎅이'다. 궁뎅이는 미성숙의 근원, 코흘리개 애송이들만 갖는 몸의 가장 중요한 '부분'이며, "얼굴은 궁뎅이에서부터 꽃을 피운 나무의 꼭대기"다. 성숙의 세계를 진창 속에 밀어 넣고 '잡탕'을 만들어 버린 후에 바로 이 궁뎅이가 하늘 높이 솟아오르면서 "수백만 개의 광선을 진짜 세계의 대용품 세상 위로" 쏟아 붓지 않는가?

곰브로비치의 작품은 고약하고 음험하다. "정상이란 비정상의 심연 위에 걸쳐 있는 곡예사의 줄에 지나지 않는다"라고 주장하는 그의 작품은 독자에게 무언가를 이야기하지 않는 척하면서 떠안긴다. 독자가 게임에 참여할 수도 비켜나 있을 수도 없게 만들면서 우롱한다. 독자로 하여금 생각하기보다는 낄낄대며 즐기게 하지만, 가끔, 그야말로 얼떨결에, 어느새 코앞에 와 있는 심오한 현실을 아찔하게 엿보게 만든다. 이것이 바로 『페르디두르케』의 조소 어린 공격이—작가가 1930년대에 이 글을 쓰면서 겨눈 것은 혈통과 계급을 중심으로 한 폴란드의 문화, 작가들이 고양하던 애국심과 강박적 민족주의였을 테지만—여전히 의미를 가질 수 있게 해 주는, 절대적으로 숭배되는 가치에 대한 저항으로 읽힐 수 있게 해 주는 힘이다. 사실 '페르디두르케'라는 제목부터가 수수께끼다. 독서를 시작하는 독자는 이것이 누군가의 이름 혹은 지명일 거라는 기대를 품고 아마도 작품의 의미의 핵이 될 이 사람 혹은 장소가 등장하기를 기다리지만, 마지막 책장을 덮을 때까지 페르디두르케는 등장하지 않는다. 이 제목이 곰브로비치가 즐겨 읽던 미국 소설가 루이스의 어느 작품에 별다른 비중 없이 등장하는 '프레디 더키(Fredy Durkee)'라는 인물의 이름에서 따온 것이라고 말하는 비평가들도 있지만, 작가가 그토록 맹렬히 비난하던 비평가들의 도움 없이는 독자가 알 수 없는 것이라면—"그런 감식가들이 재능을 펼쳐 보일 자리를 마련해 주기 위해 진정 예술가가 그토록 많은 노력을 해야 한단 말인가?"—그것은 몰라도 좋은 것, 아마도 모르길 바란 것, 그러니까 아무 뜻 없는 것이 아니겠는가? 사실 이런 작품에 해설을 단다는 것은 곰브로비치 식으로 말하면 우리의 정신이 '송아지'를 잡아먹으려고 하늘 위를 맴도는 '독수리'처럼 '궁뎅이'를 내려다보게 하는 것이다. "음매 하며 우는 송아지를 잡지 못하고 하늘을 배회하는" 독수리라니! 그래도 우리는 여전히, 모든 시도가 헛일임을 예감하면서 이리저리 작품을 해석해 보게 된다. 그리고 그런 우리 앞에 유조 코발스키가 불쑥 고개를 내밀고 묻는다. 이런 어처구니없고 시답잖은 이야기를 언제까지 진지하게 읽고 있을 거냐고. 그리고 우리를 도발한다. 낄낄거리든 짜증을 내든, 당신 또한 이 책 속의 세상과 다름없는 삶을 살고 있지 않느냐고.

윤진

작가 연보

1904년   8월 4일 폴란드 남부 마워시체의 귀족 가문에서 태어났다.

1927년   바르샤바 대학교에서 법학 석사 학위를 받았다.

1928년   프랑스 파리에서 철학과 경제학을 공부.

1929년   집안의 뜻에 따라 바르샤바에서 변호사로 개업한 이후 틈틈이 작품 활동을 계속했다.

1933년   첫 번째 단편집 『미성숙한 시절의 회고록(Pamięnikz okresu dojerzwania)』 출간. 변호사업을 접고 창작에만 전념하기 시작했다.

1935년   첫 번째 희곡 「부르고뉴 공주 이본(Iwona, księznicka Burgunda)」 상연.

1937년   첫 번째 장편소설 『페르디두르케(Ferdydurke)』 출간.

1939년	아르헨티나에 대한 기사를 쓰기 위해 부에노스아이레스로 이주했다.
	2차 세계대전이 발발하고 폴란드가 침공당하자 귀국을 포기하고 은행원으로 팔 년간 근무했다.
1946년	희곡 「결혼(Ślub)」 집필.
1947년	아르헨티나의 동료들과 함께 『페르디두르케』의 스페인어 번역에 착수했다.
1951년	잡지 《쿨투라(Kultura)》 간행에 참여했다.
1953년	희곡 「결혼」, 두 번째 장편소설 『대서양 횡단선(Trans-Atlantyk)』 출간.
1957년	『대서양 횡단선』과 『바카카이(Bakakaj)』 등 일부 작품이 폴란드에서 출간되나 곧 금서로 묶여 삼십여 년 동안 판금되었다.
1958년	『페르디두르케』가 프랑스에서 출간되었다.
1960년	세 번째 장편소설 『포르노그라피아(Pornografia)』 출간.
1963년	포드 문화재단의 지원으로 아르헨티나를 떠나 독일의 베를린에서 체류했다.
1964년	프랑스 남부의 방스로 이주했다.
1965년	네 번째 장편소설 『코스모스(Kosmos)』 출간.
1966년	희곡 「오페레타(Operetka)」 출간.
1967년	『코스모스』로 '국제 문학상(International Prize for Literature)'을 수상했다.
1968년	노벨 문학상 후보에 올랐다.
1969년	7월 24일 프랑스 방스에서 별세했다.

세계문학전집 **101**

페르디두르케

1판 1쇄 펴냄 2004년 5월 15일
1판 28쇄 펴냄 2022년 1월 18일
2판 1쇄 찍음 2023년 8월 18일
2판 1쇄 펴냄 2023년 8월 23일

지은이 비톨트 곰브로비치
옮긴이 윤진
발행인 박근섭, 박상준
펴낸곳 (주)민음사

출판등록 1966. 5. 19. (제 16-490호)
서울특별시 강남구 도산대로1길 62(신사동) 강남출판문화센터 5층 (우편번호 06027)
대표전화 02-515-2000 팩시밀리 02-515-2007
www.minumsa.com

ISBN 978-89-374-6101-9 04800
ISBN 978-89-374-6000-5 (세트)

* 잘못 만들어진 책은 구입처에서 교환해 드립니다.

세계문학전집 목록

세계문학전집은 계속 간행됩니다.